U0732554

大魚讀品
BIG FISH BOOKS

让日常阅读成为砍向我们内心冰封大海的斧头。

Tell the Wolves
I'm Home
Carol Rifka Brunt

告诉狼们
我回家了

[美]卡萝·瑞夫卡·布朗特 著
华静文 译

浙江教育出版社·杭州

图书在版编目（CIP）数据

告诉狼们我回家了 /（美）卡萝·瑞夫卡·布朗特著；华静文译 . –– 杭州：浙江教育出版社，2022.6
ISBN 978-7-5722-1603-9

Ⅰ . ①告… Ⅱ . ①卡… ②华… Ⅲ . ①长篇小说—美国—现代 Ⅳ . ① I712.45

中国版本图书馆 CIP 数据核字 (2021) 第 058566 号

版权登记号 图字：11-2021-116

责任编辑 孙露露   **产品经理** 陈 雷 施 然
美术编辑 曾国兴   **责任校对** 董安涛
责任印务 陆 江   **特约编辑** 刘晨楚 陈煦婧

告诉狼们我回家了

［美］卡萝·瑞夫卡·布朗特 著 华静文 译

出版发行 浙江教育出版社
（杭州市天目山路 40 号 电话：0571-85170300-80928）
印 刷 三河市冀华印务有限公司
开 本 880mm × 1230mm 1/32
成品尺寸 145mm × 210mm
印 张 13.25
字 数 307400
版 次 2022 年 6 月第 1 版
印 次 2022 年 6 月第 1 次印刷
标准书号 ISBN 978-7-5722-1603-9
定 价 52.00 元

如发现印装质量问题，影响阅读，请与本社市场营销部联系调换，
电话：0571-88909719

1

　　那天下午，芬恩舅舅正在给我和姐姐格雷塔画肖像，因为他知道，他快要死了。在这之前，我已经明白了自己长大以后不会搬进他的公寓，与他共度余生。在这之前，我已经不再认为他染上艾滋病这件事完全是被搞错了。他第一次提出这个请求时，妈妈拒绝了。她说，那样的场景会让她感到毛骨悚然。她一想到我和姐姐坐在芬恩舅舅那间有着巨大的窗户、弥漫着薰衣草和橙花香的公寓里，想到他看我们俩的眼神仿佛是见最后一面，她就受不了。她还说，从韦斯切斯特北边一路开车进入曼哈顿，要开好久。她胳膊交叉抱在胸前，直直地盯着芬恩舅舅碧蓝的眼睛，对他说，最近真是没时间。

　　"可不是嘛。"他说。

　　淡淡的一句话，让妈妈伤心欲绝。

　　我现在是十五岁，不过那天下午我还是十四岁。格雷塔当时是十六岁。那是1986年的十二月下旬，之前的六个月里，我们每个月都有一个星期天的下午会去芬恩舅舅家。每次都只是妈妈、格雷塔和我三个人。爸爸从来不跟我们同去，他这么做倒也没错，因为这件事跟他无关。

我坐在面包车后排的座位。格雷塔坐在我前面那排。我是有意这么坐的，因为这样我就能盯着她看，同时又不会被她发现。观察别人是个不错的爱好，但是你得小心一点儿。看的时候不能被别人发现。要是被抓到了，他们就会像对一级罪犯那样对待你。或许，他们这么做也没错。或许，试图看到别人不想让你看见的东西本来就应该是一种犯罪。跟格雷塔在一起时，我喜欢看她乌黑油亮的头发上反射着太阳光的样子，还有，她眼镜腿的末梢就像两滴迷途的泪水，正好躲在她的耳朵后面。

妈妈开着KICK FM，是播放乡村音乐的电台，虽然我不喜欢乡村音乐，但是有时候，如果你放下成见，那些人从心底发出来的声音会让你的脑海中浮现出这样的画面：过去全家人在后院举行的烧烤大餐、孩子们坐着雪橇滑下白雪皑皑的山坡，还有丰盛的感恩节晚餐。都是好东西。也是由于这个原因，妈妈在去芬恩家的路上就喜欢听点儿乡村音乐。

每次进城去的路上，大家都不怎么说话。只有面包车在平稳地行驶，还有轻柔的乡村音乐在耳边做伴，公路一旁是灰蒙蒙的哈德逊河，河的另一边则是同样灰蒙蒙的大块头新泽西。我的视线始终停留在格雷塔身上，因为这样，我才不会过于思念芬恩。

我们上次来看他是在十一月的一个星期天，下着雨。芬恩一向很瘦——格雷塔也是，妈妈也是，我也希望自己能有那样的身材——可是那次见到他，我发现他已经瘦到了一个新的等级，简直就是皮包骨头。因为腰带全部太肥，于是他便在腰上系了一条翡翠绿的领带。我正盯着那领带发呆，试图去想象他上一次戴它会是什么时候，会是怎样的场合，能配上如此艳丽、灿若彩虹的行头，这时，芬恩突然从画像上方抬起眼睛，对我们说："快了。"他的手中仍握着画笔，悬在半空。

格雷塔和我点点头，虽然我们都不知道他是在说这幅画，还是在说时日不多的自己。后来，回到家，我对妈妈说，他看着就像一只瘪掉的气球。格雷塔则说他像一只灰色的小飞蛾，被缠在一张灰色的蛛网里。这是因为，跟格雷塔有关的一切都更美丽，连她描述事物的方式也不例外。

已经到了十二月，下周就是圣诞节了，我们被堵在乔治·华盛顿大桥附近。格雷塔坐在座位上，回头看我。她意味深长地冲我一笑，然后把手伸进大衣口袋，掏出一小枝槲寄生来。前两年的圣诞，她也是这样，随身带着一枝槲寄生来搞突袭。她不但把槲寄生带到学校，在家也拿它吓唬我们。她最爱玩的把戏是偷偷溜到爸妈身后，然后跳起来把槲寄生举到他们头顶。爸妈不是那种喜欢秀恩爱的人，所以格雷塔喜欢强迫他们秀一秀。此时此刻，在面包车里，格雷塔挥舞着手中的槲寄生，直直地从我面前掠过。

"你等着，竹恩，"她说，"待会儿我把这个举到你和芬恩舅舅的头顶，然后你们俩会做什么？"她笑嘻嘻地望着我，等着我的回答。

我知道她在想什么。我要么得不留情面地拒绝芬恩，要么就得冒染上艾滋病的风险，而她想看着我做出决定。格雷塔知道芬恩对我来说意味着怎样的朋友。她知道他会带我去画廊，会教我怎样仅仅用手指在铅笔印上擦两下，就让画出来的人脸变得更加柔和。她知道，这一切都和她无关。

我耸耸肩。"他只会吻我的脸。"

但是即便只是这么一说，我也想起芬恩的嘴唇如今总是干到起皮，有时还会裂开小小的口子，渗出鲜血。

格雷塔凑过来，胳膊撑在椅背上。

"是啊，但是你怎么知道亲吻带来的病毒不会从你脸上的皮肤渗入体内？你怎么能确定它们不会直接从张开的毛孔游进血液里？"

我不知道。我也不想死。我不想变得灰败。

我又耸耸肩。格雷塔转身坐了回去，但是即便从她的背影，我也能看出她在得意地笑着。

我们在城里的街道穿行，天空下起了雨夹雪，湿乎乎的冰碴儿啪嗒啪嗒落在车窗上。我绞尽脑汁想找出一句话来回敬格雷塔，想让她知道芬恩绝不会让我置身于危险中。我想起所有那些格雷塔不知道的关于芬恩的事。比如，他是怎样让我知道，为我们画像只是个借口而已。我想起来我们第一次去他家让他画画像时，他是如何读懂了我脸上的表情。他等妈妈和格雷塔先进了客厅，等到狭窄的门厅里只剩下我和他两个人，这时，他把一只手放在我的肩上，俯身在我耳边悄悄地说："我还有什么法子才能跟你一起度过这些星期天呢，鳄鱼？"

但是，我永远也不会把这件事告诉格雷塔。相反，当我们在光线昏暗的停车场下车时，我不假思索地说了一句："反正皮肤是防水的。"

格雷塔轻轻地关上车门，绕过车厢走到我跟前。她在那儿站了几秒，直直地盯着我。盯着我又胖又笨的身躯。双肩包的背带被她拉得紧紧的，挂在她那瘦得像麻雀一样的肩膀上。她摇了摇头。

"你愿意相信什么，就去信好了。"说完，她转身朝楼梯走去。

可那是不可能的，格雷塔明明知道。你可以试着去相信自己愿意相信的，然而，你永远也不可能真正做到。你会相信什么，是由你的大脑和内心决定的，这一点无法改变。你喜欢也好，不喜欢也罢。

在芬恩舅舅家的几个小时，妈妈都待在厨房里，用芬恩那只色泽华丽的俄罗斯茶壶为我们沏上一壶又一壶的茶，那只茶壶金色、红色和蓝色相间，侧面还画着跳舞的小熊。芬恩说，这只茶壶只给他最喜欢的人用。我们每次过来，它都在那儿等着我们。我们在客厅里，能听见妈妈在帮芬恩整理橱柜，她把瓶瓶罐罐和杯盘碗碟都搬出来，然后再重新放回去。每隔一会儿，她就会出来给我们倒茶，可是茶总是凉掉，因为芬恩忙着画画，而我和格雷塔又不能乱动。所有的那些星期天里，妈妈几乎从来不看芬恩一眼。很明显，她为唯一的弟弟即将死去而感到心如刀绞。可是有时候，我感觉还有别的原因。妈妈也从来不去看那幅画。她会从厨房出来，放下茶壶，然后径直从画架旁边走过去，把头扭向一边。有时，我感觉她根本不是在躲着芬恩。有时，她试图回避的似乎是画布、画笔，还有颜料。

那天下午，我们坐了一个半小时给芬恩画画像。他在放莫扎特的《安魂曲》，这首曲子我和他都喜欢。虽然我并不信奉上帝，但是去年，我还是说服妈妈让我参加了镇上的天主教堂唱诗班，因为这样，我就能在复活节的时候唱莫扎特的《垂怜经》①了。其实我

---

① 《安魂曲》第二乐章。

都不太会唱，然而关键在于，唱拉丁文时，如果你闭上眼睛，如果你正好站在最后一排，能够把一只手按在冰冷的石头墙面上，你就能假装自己来到了中世纪。这就是我这么做的原因。这就是我加入唱诗班的目的。

《安魂曲》是我和芬恩之间的一个秘密。只有我们两个人知道。当他摁下开关时，我和他甚至都不需要看对方一眼。我们都懂。有一次，他带我去84街上一座漂亮的教堂里参加了一场音乐会，他叫我闭上眼睛听。那是我第一次听到这首曲子，也是我第一次爱上它。

"它会悄悄地向你靠近，是吧？"他说，"它会让你产生一种错觉，认为它好听而又无害，它如泣如诉，然后突然轰隆一下让你毛骨悚然。震耳的鼓点、尖细的弦乐还有低沉的人声，一齐响起来。然后在刹那之间，一切又恢复了原来的宁静。听出来了吗，鳄鱼？听出来了吗？"

鳄鱼是芬恩给我起的名字，因为他说我就像从另一个时代穿越来的某种东西，每次做决定之前，都会躲在一旁一边观察，一边等待。我喜欢他这么叫我。他坐在那座教堂里，努力想确保我听懂了。"听出来了吗？"他又问了一遍。

我确实听出来了。至少我认为自己听出来了，也可能我只是装的，因为我最不希望看到的就是让芬恩觉得我很笨。

那天下午，《安魂曲》飘荡在芬恩的公寓里，飘荡在所有那些美好事物的上空。他那些柔软的土耳其地毯。那只头顶是丝绸、磨破的一侧靠墙挂着的旧帽子。那个大大的旧梅森罐①，里面满满

---

① Mason jar，家庭常用于保存食品的玻璃罐，以发明者约翰·兰迪斯·梅森的名字命名。

地装着各种颜色、各种花纹的吉他拨片。芬恩把它们叫作"吉他泡菜"[①]，因为它们被他装在那只食品罐里。音乐声飘过门厅，飘过芬恩卧室的门，那扇门关着，那里是他的私人领地，向来如此。妈妈和格雷塔似乎没有注意到芬恩的嘴唇随着音乐在动——voca me cum benedictus[②]... gere curam mei finis[③]...她们不知道自己在听一支关于死亡的曲子，这倒也是好事，因为妈妈要是知道了，肯定会立刻把它关掉。立——刻——关——掉。

过了一会儿，芬恩把画布转过来，于是我们便看到了他的作品。这可是大事，因为这是他第一次让我们真真切切地看到这幅画。

"姑娘们，走近一点儿看。"他说。他工作时从不说话，因此等他终于开口，嗓音便又细又干，音量跟耳语差不多。他的脸上闪过一丝窘迫，接着，他伸手端了一杯已经凉掉的茶，抿了一小口，清了清嗓子。"丹妮，你也来吧——进来，看一眼。"

妈妈没有回答，于是芬恩又朝厨房里叫了一声。"来看看吧，就一小下。我想听听你的意见。"

"等会儿，"妈妈回答，"我忙着呢。"

芬恩不停地往厨房的方向看，似乎盼着她能改变主意。等他意识到她明显不打算过来，便拧起了眉头，重新盯着画布。

他从那张蓝色的旧椅子上站起身来，每次画画，他都坐在这张椅子上。起身的那一刹那，他痛苦地皱了一下眉，努力让自己站稳。他向后退了一步，我能看见除了腰上那条绿色的领带，他身上

---

① 拨片 pick 与泡菜 pickle 音近。
② 大意：请你招我，与应受祝福的人为伍。
③ 大意：求你照顾我的生死关头。

仅有的色彩便是白色工作服上星星点点的颜料了。那是我和格雷塔的颜色。我真想从他手里把画笔夺过来，给他也着上色，让他变回原来的样子。

"感谢上帝，终于好了。"格雷塔一边说，一边伸了个懒腰，把胳膊高高地举过头顶，甩了甩头发。

我盯着那幅画像。我看出芬恩把我画得稍稍靠前，尽管我们俩并不是那样坐的，我笑了。

"还没画完……是吧？"我问。

芬恩走过来，站到我旁边。他歪着头看那幅画像，看看画里的格雷塔，又看看画里的我。他眯起眼睛，直直地凝视着另一个我的眼睛。他凑得很近，脸几乎都贴到了湿乎乎的画布上，我感觉胳膊上起了一层鸡皮疙瘩。

"没，"他摇摇头，眼睛仍然盯着画像，"还没呢。你看出来了吗？还缺点儿东西。也许背景里还缺点儿什么……也许头发上还要再加一点儿。你觉得呢？"

我舒了一口气，胸中一块大石头落了地，忍不住笑了。我使劲儿点头。"我也是这么想的。我觉得我们还得再多来几次。"

芬恩也冲我笑笑，用他苍白的手揉了揉苍白的额头。"对。还得再来几次。"他说。

他问我们目前为止对这幅画的感觉如何。我说非常好，但是格雷塔一个字也没说。她背对着我们，甚至都没在看那幅画。她双手抄在口袋里，慢慢地转过身子，脸上毫无表情。格雷塔就是这样。她可以把自己所有的想法都隐藏起来。等我回过神，她已经把槲寄生从口袋里掏了出来，站在那儿，一只手将它高高举起。她举着槲寄生来回挥舞，划过一道弧线，仿佛要把我们头顶的空气切开，仿佛她手里举着的并不只是一小枝圣诞时节的树叶和浆果。芬恩和我一齐抬头望去，我的心都不跳了。我们对视了一眼，那一眼极其短暂，可能只是沙漏里一粒沙子落下的一瞬间，或是漏水的龙头里滴下了一滴水，接着，芬恩，我的舅舅芬恩，他读懂了我的眼神——咔嚓一下——就像那样。就在那万分之一秒里，他读出了我的恐惧，他摁下我的头，在我的头顶轻轻一吻，轻得就像是一只蝴蝶飞落下来。

回家的路上，我问格雷塔通过头发能不能染上艾滋病。她耸耸肩，然后便扭头盯着窗外，全程都没再动过。

那天晚上，我用洗发水把头洗了三遍。然后我便裹上浴巾，爬进被窝，努力让自己睡着。我数完羊，又开始数星星，最后又数起了草叶，可还是没用。我满脑子都是芬恩。我想起他那个温柔的吻。我想起就在他朝我俯身的那一秒，艾滋病、格雷塔还有妈妈全都消失不见了。在那短得不能再短的一刹那，屋子里只剩下他和我两个人，我还没来得及阻拦自己，已经在想：万一他真的吻了我的嘴唇，会是什么感觉？我知道这样想有多么恶心，多么令人作呕，但是我想说实话，而实话就是那天夜里，我躺在床上，想象着芬恩的吻。我躺在床上，思索着心中所有可能和不可能的一切，所有的对与错，所有能说和不能说的念头，而当所有的千头万绪终于消散时，只剩下了一点：我将会多么想念我的芬恩舅舅啊！

2

独自去树林里，是假装身处另一个时代的最佳途径。这件事，你只能一个人做。如果有其他人和你一起，会很容易让你想起自己到底身在何处。我常去的那片树林从初中和高中的两栋教学楼后面延伸开去。从那儿开始，树林向北绵延了好几英里①到梅欧帕克和卡梅尔，然后继续往远处伸展，去往我叫不出名字的地方。

到了树林里，我做的第一件事就是把书包挂到树枝上。接着我便往里走。为了产生效果，你得一直走到一点儿汽车的声音都听不见了为止，我就是这么做的。我走啊走，直到耳边只剩下树枝咔嚓断裂和溪水淙淙流淌的声音。我沿着小溪，来到一堵岩块已经干裂剥落的石墙旁边，那里有一棵高大的枫树，树干上刚刚高过我头顶的地方钉着一颗钉子，上面挂着一只生锈的铁桶，是收集糖浆用的。这里就是我的据点。我在这儿停下了脚步。《时间的皱褶》那

---

① 英制单位，1 英里约合 1.609 千米。

本书里说，时间就像一床大大的、皱巴巴的旧毛毯。而我所期待的，就是将自己塞在其中一道皱褶中。藏起来。躲在狭小密闭的褶皱里。

大多数时候，我会让自己回到中世纪。通常是英国。有时，我会唱一小段《安魂曲》给自己听，尽管我知道《安魂曲》并不是中世纪的。我凝望着一切——石头、落叶，还有枯死的树——仿佛我能读懂它们似的。仿佛我生命的希望就在于搞明白这片树林到底想说些什么。

我特意从家里带了一条格雷塔的旧裙子，是她十二岁时穿的甘妮·萨克斯①连衣裙。因为我穿上太小，所以只好在里面搭了一件衬衫，还把后背的纽扣敞着。相比于中世纪，这条裙子更像是《草原上的小木屋》里的装束，不过我也只能做到这样了。还有我那双中世纪的皮靴。任谁都会告诉你，鞋子是最难穿对的。最长的一段时间里，我只能穿普普通通的黑色凯兹②帆布鞋，我会尽量不朝脚上看，免得因此而前功尽弃。

这双靴子是我跟芬恩一起去修道院博物馆的中世纪艺术节时，他买给我的，是黑色麂皮的材质，正面是呈十字交叉的皮质鞋带。当时是十月，我和格雷塔的那幅画像，芬恩已经画了四个月。那是他第三次带我去这个艺术节。第一次是他的主意，但是后面两次都是我提出来的。树叶刚一开始泛黄卷曲，我便开始央求他带我去。

"你都快变成十足的中世纪研究家了，鳄鱼，"他总会说，"我都对你做了什么？"

---

① Gunne Sax，美国女装品牌。
② Keds，美国帆布鞋品牌。

他说得对。都怪他。中世纪艺术是芬恩的最爱，这些年，我们花了大把的时间一起翻阅他的书。我们第三次去艺术节时，芬恩已经开始消瘦。那天挺冷的，得穿羊毛衫了，费恩穿了两件，外面一件里面一件。我们喝着热乎乎的香料苹果酒，只有我们两个人，空气里飘着扦子上烤乳猪油腻腻的香味，耳边是鲁特琴的乐声，一匹即将参加马背比武表演的马儿在嘶鸣，还有猎隼者的铃铛丁零零地响着。那天，芬恩看到那双靴子，便为我买了下来，因为他知道我会喜欢。他陪我待在那个靴匠的摊位，一遍又一遍地帮我把粗糙的皮质鞋带解开又系上，仿佛他也没什么别的事想做。要是不合适，他会帮我把靴子从脚上脱下来。有时，他的手触到我的脚踝，或者是光秃秃的膝盖，我就会脸红。我没告诉他，但是我有意选了一双大两个号的。我不在乎我得在里面套上多少层袜子。我希望自己永远也不会长到穿不上它。

要是我有很多钱，我会买下几公顷树林。我会在周围筑上围墙，然后住在里面，就像生活在另一个时代。也许我会找到另一个人，和我一起住在那里。那个人得愿意发誓永远也不会说出跟任何现代事物有关的一个字。我怀疑我能不能找到这样的人。我还从来没遇到过可能做出这种承诺的人。

关于我在树林里会做些什么，我只告诉过一个人，这个人就是芬恩，我甚至都不是刻意要告诉他的。当时，我们看完《看得见风景的房间》，正从电影院往他的公寓走。路上，芬恩开始谈起影片中的那些人物是多么迷人，因为他们都把身子裹得严严实实，于是看着他们试图让彼此脱掉衣服就变得非常养眼，非常浪漫，他说。他说他真希望现在也是那样。我想让他知道我懂——我想让他知道我为了回到过去，愿意做任何事——于是便跟他说了关于树林的事。他哈哈大笑，用肩膀撞我，说我是书呆子，我便说他是整天想着画画的怪胎，然后我们俩都笑了，因为我们都知道自己说得没错。我们都知道我们俩是全世界最怪的怪胎。如今芬恩不在了，我放学之后去树林里的事也就没人知道了。有时，我甚至感觉已经没人记得那片树林的存在了。

3

那幅画像一直没给我们——没有正式给我们。没说过。

这是因为它一直没画完。芬恩是这么说的。我们得再去一次，再在那儿坐着，等到去了，又是还得再去一次。没有人提出过异议，除了格雷塔，她星期天已经不去芬恩家了。她说如果芬恩只是画背景，就不需要我们俩都在场。她说她星期天下午还有别的事要做——更好的事。

那是一月的一个早晨，天特别冷，是圣诞假期后开学的第一天，我们在家门口等校车。我们家在菲尔普斯街，是校车最后经过的几条街之一。我们住在小镇南头，学校在北头稍微往郊外去一点儿的地方。沿着马路走大约是两英里，不过如果从各家的后院里穿行，再从树林里抄过去——我有时候就这么走——就近多了。

因为我们家是校车最后停靠的几站之一，所以总是很难确定校车到达的准确时间。这些年，我和格雷塔花了大把的时间在那里等车，盯着沿街人家前院的一排草坪。菲尔普斯街上的房子主要是好

望角式^①和牧场式^②，唯独位于这条街尽头一座小山上的米勒家是都
铎式^③。不过，他们家显然是假冒的都铎式，因为在都铎时期，韦
斯切斯特只有莫西干族的印第安人，没有别人，因此我不知道米勒
家认为自己在糊弄谁。很可能谁也没想糊弄。很可能米勒家的人从
来就没想过这个问题。但是我想过。每次看到他们家的房子，我都
会这么想。我们家是一座浅蓝色的好望角式住宅，装了黑色的百叶
窗，门前种着一棵张牙舞爪的红枫树。

那天早上，我在原地跑跑跳跳，想让身子暖和一点儿。格雷塔
则靠在枫树上，正研究脚上那双新买的麂皮短靴。她一会儿把眼镜戴
上，一会儿又摘下来，朝镜片上哈出白茫茫的雾气，然后再擦干净。

"格雷塔？"

"嗯？"

"你星期天都做些什么更好的事？"

我不确定自己是不是真的想知道。我两只手抱着胳膊，把大衣
裹紧了些。

格雷塔慢吞吞地扭头冲我使劲儿一笑，嘴巴抿得紧紧的。她摇
摇头，睁大了眼睛。

"你想都想不到的事。"

"哦，好吧。"我说。

格雷塔去了车道的另一侧站着。

---

① 通常呈对称设计，大门在中心位置，多扇窗户分布两侧。框架结构大，屋顶陡峭，
呈三角形，屋顶中央有一个大烟囱。主要分布在美国东部地区。
② 通常为平房，房顶轮廓低且长，整个房屋呈 "一" 字形或 L 形、U 形，连车库。
分布遍及美国各州。
③ 因流行于英国都铎王朝时期而得名，混合了传统哥特式和文艺复兴风格。

我估计她说的是做爱。不过，也可能不是，因为这个我能想象得到。我不想去想，但是我能想到。

她又把眼镜摘下来，把镜片哈成了白色。

"嘿，"我冲她喊了一句，"咱们又成孤儿了。现在是孤儿季。"

格雷塔明白我的意思。她知道我说的是纳税季孤儿。每年都是如此。热闹的圣诞和新年刚过，爸妈便在冬天最难熬的几个月消失不见了。他们早上六点半不到就出门，大多数时候晚上至少七点才能到家。作为两个会计师的孩子，生活就是这样。从我记事时就开始了。

每到纳税季，爸妈在校车来之前就得出门，所以他们经常让街对面的谢格纳太太帮忙，从她家的客厅窗户看着我们。九岁的格雷塔会和七岁的我一起站在那里等车。虽然我们知道谢格纳太太在，但是仍然感觉只有我们两个人。格雷塔会搂着我的肩膀，把我揽在怀里。有时，如果等了很久车还没到，或者下起了雪，格雷塔就会唱歌。她会唱《布偶电影》里的插曲，有时还会唱詹姆斯·泰勒那首《心中的卡罗莱纳》，是爸妈那张《精选辑》唱片里的。即便在那时，格雷塔的嗓音已经很好听了。她唱歌时仿佛变了一个人，仿佛她身体里的某个地方藏着一个截然不同的格雷塔。她会一边唱歌，一边紧紧地搂着我，直到看见校车从街角拐过来。然后她就会对我说，也可能是对她自己说："你看，也没那么糟糕。是吧？"

我不知道格雷塔还记不记得这些。我记得。哪怕在她变得无比刻薄时，我仍然会望着她，记起当年的我们。

格雷塔瞥了我一眼，试图表现出漠不关心的样子，试图假装她不在乎。她把手抄在屁股口袋里，说："哎，竹恩，这一切的关键就是，你爸妈要加班。没什么大不了的。"她转过身去背对着我，直到校车慢吞吞地开过来。

　　我又和妈妈一起到芬恩家去了三次。我们开始每两周去一次了，不再是一个月才去一次。我们也不一定总在星期天去。我很想自己一个人去，就像以前那样，哪怕只有一次也行。我想和芬恩好好说说话。可是每次我提出这个请求，妈妈都说："要不下次吧。好吗，竹妮？"这根本就不是在问我。这是妈妈在用她的方式告诉我她的决定。我开始感觉她在利用我和那幅画像作为借口，进城去看望芬恩。我从没感觉他们俩有多亲近，我猜她可能是开始后悔了。我现在似乎成了一种特洛伊木马，可以让妈妈躲在里面骑过去。这不公平，而且在这背后隐藏着这样一个危险的事实，那就是不会再有很多次了。我们从来没有说起过，但是我们俩都清楚自己在和芬恩生命的倒计时争分夺秒。

　　那个星期天，也是后来变成我们最后一次去芬恩家的那个星期天，格雷塔坐在她的书桌前，把指甲涂成两种颜色。她交替着涂——一只紫色，一只黑色，然后又是一只紫色，一只黑色。她的床还没整理，我在床边坐下，望着她。

　　"格雷塔，"我说，"你知道，时间不多了。我的意思是，跟芬恩在一起的时光。"

　　我想确定她的理解跟我一样。妈妈说，人生就像一盘永远倒不回去的磁带。然而，当你在听的时候，很难记住不能倒带这个事实。于是你就会忘记，会沉浸到音乐当中，然后还没等你反应过来，磁带便戛然而止。

　　"我当然知道，"她说，"你还什么都不知道的时候，我就已经知道芬恩舅舅病了。"

"那你为什么不和我们一起去？"

格雷塔把黑色和紫色的指甲油放回她那张小小的木质化妆品架上，又取下来一瓶深红色的。她把瓶盖拧开，小心翼翼地把刷子在瓶口蹭了两下。她把两条腿蜷起来，膝盖抵到胸口，从小指开始涂脚指甲。

"因为反正他会把那幅画画完，"格雷塔甚至懒得抬头看我一眼，"而且，再说了，咱俩都知道，要是可以的话，他压根儿就不会把我画进去。他只会画他亲爱的竹妮一个人。"

"芬恩不是那样的人。"

"随你怎么想，竹恩。我又不在乎。无所谓。现在，随时可能有一天电话铃响起来，然后你就会发现芬恩死了，而你还剩下一辈子的星期天要打发。那时候你准备做什么呢？嗯？多一个星期天，少一个星期天，已经没意义了。你连这都不知道吗？"

我一句话也没说。格雷塔永远有办法让我哑口无言。她把指甲油的瓶盖重新拧上，活动两下刚刚涂好的脚趾。然后，她又扭头对着我。"干吗？"她说，"别盯着我。"

4

纳税季永远弥漫着炖菜的味道。大多数时候，妈妈会把那只芥末黄色的炖锅放在厨房的台面上，慢炖点儿东西给我们当晚餐。锅里是什么并不重要——鸡肉、蔬菜或者豆子——只要炖好了，都是一个味。

那是下午四点，格雷塔在学校参加音乐剧的排练。她在《南太平洋》里扮演一个重要的配角——血腥玛丽，得到这个角色是因为她唱谁像谁，而且她比较黑。反正她的头发和眼睛都是黑色，所以只需要把她的脸涂得黑一点儿，再抹点儿深色的眼线，就能让她变成波利尼西亚人的样子。她跟我们说，她几乎每天晚上都得在学校待到"很晚"。

在这一带所有的学校当中，我们学校的音乐剧水平最高，这是众所周知的事实。有些年头，甚至有人专门从城里跑过来观看我们的演出。戏剧界人士、编舞家、导演这类。曾经有传言说，大约十年前，有一位编舞家看了演出，认为其中一位高年级女生演得很好，于是等她毕业之后便让她在《歌舞线上》演了一个角色。这个故事每年都会流传，虽然每个人都说自己不信，但是你能看得出来，他们信。真的，他们愿意相信这样一件童话般的故事也会发生在自己身上。

气温已经连续几天降到了一位数，太冷了，不适合去树林里，于是我便独自待在家中，坐在厨房的餐桌旁写地理作业。这时，电话铃响了。

"艾尔布斯女士？"一个男人的声音。那个声音听起来很模糊。仿佛含着泪。

"不是。"

"哦……好吧。抱歉。请问艾尔布斯女士在吗？"不但像是哭过，而且还带着口音。有点儿像英国的。

"她还没回来。我能捎个话吗？"

电话那头沉默了很久，接着："竹恩？真的是你吗，竹恩？"

这个男人居然知道我的名字，而我可以肯定自己从来没跟他说过话，我感觉他的手指仿佛正顺着电话线朝我伸过来。

"回头再打吧。"说完，我迅速挂了电话。

我想起那部电影，里面有一个女孩在当保姆，有人不停地打电话过来，说他能看见她，让她去看看孩子，于是她越来越怕。这一通电话给我的感觉就是这样。虽然那个男人并没有说什么吓人的话，但我还是在家里巡视了一圈，把所有的门窗都锁上了。我回到厨房，坐在冰箱旁边的地上，开了一罐Yoo-hoo①。

这时，电话铃又响了。铃声不停地响，直到留言机接通。还是

① 20 世纪 20 年代源于美国的一种巧克力牛奶饮料。

那个声音。

"要是我把你吓着了，对不起，真对不起。我打电话是为了你舅舅的事。你在城里的芬恩舅舅。我晚点儿会再打过来。就这些。对不起。"

芬恩舅舅。他认识芬恩舅舅。我浑身都凉了。我站起来，把剩下的Yoo-hoo全都倒进了水池。接着，我便在厨房的棕色油毡地板上踱来踱去。芬恩走了。我知道，芬恩走了。

我拿起电话拨了他的号码，那串数字我已经烂熟于心。铃响了两声，通了。"嘎嗒"一声，有人接起来了，我的心头涌起一股强烈的喜悦。

"芬恩？"电话那头很安静，我等了一会儿，又说，"芬恩？"我听见了自己声音里的绝望。

"我……恐怕不行。他不……"

我立刻挂了电话。还是那个声音。还是刚刚在我家的留言机上留言的那个人。

我跑上楼，回到自己的房间。这间屋子第一次显得这么小。好像缩小了似的。我环顾四周，那些傻乎乎的假蜡烛，那一大摞笨重的"选择你自己的冒险"丛书，还有那床俗艳的红被子，上面印着假的织锦图案。纽约城仿佛远在千里之外。仿佛没了芬恩，它便没了分量，无法停留在原地。仿佛它会直接飘走。

我爬到床底，紧紧闭上眼睛。我在床下待了两个小时，闻着难闻的炖菜味儿，假装自己被埋在远古时期的坟墓里，留意着后门打开的声音，这样，只要听到有人重新播放留言机里那条愚蠢的留言，我就可以立刻用手紧紧地捂住耳朵。

5

格雷塔说的——她比我先知道芬恩病了——很可能是真的。我知道的时候她不在。我知道的那一天,本来是应该跟妈妈去看牙医的,但是妈妈什么也没说,就在主路向左拐了弯,本来是应该右拐的,等我反应过来,我们已经到了芒特迪斯科餐厅。我从一开始就应该发现那天有点儿异常,因为我和格雷塔一直都是一起去看牙医的,而那天妈妈只带了我一个人。或许她是盼着不用去看牙医这个好消息能让我如释重负,因而关于芬恩的消息也就不会显得那么糟糕。她错了。我喜欢去看牙医。我喜欢含氟凝胶的味道,我喜欢张着嘴巴坐在希皮医生的牙科椅上,在那二十分钟里,我的牙齿对他来说就是全世界最重要的事。

我们坐在一个卡座里,也就是说里面有一台自动点唱机。我还没问,妈妈就递给我一枚二十五美分的硬币,让我选歌。

"选几首好听的,行吗?"她说,"开心一点儿的。"

我点点头。我不知道我们要聊什么,于是点了《魔鬼克星》和

《姑娘们只想玩乐》，还有《99只红气球》，点唱机里有这首歌的英文版和德文版，我选了德文版，因为感觉德文版更酷。

妈妈点了杯咖啡，没点吃的。我点了柠檬酥皮派和巧克力奶。

我还在点唱机里来回翻页，《魔鬼克星》开始了。我一页一页、一首一首地读着歌名，想知道自己选得够不够好。这时，妈妈突然握住了我的手。

"竹恩。"她好像快要哭出来了。

"嗯？"

她柔声说了句什么，但是声音太小，我一个字也没听清。

"什么？"我伏在桌子上，问道。

她又说了一遍，但我只能看见她的嘴唇在动，仿佛她根本不想让我听见。

我摇摇头。点唱机里响起小雷派克洪亮的歌声，他在唱自己不怕鬼。

妈妈指指她身旁的座位，我便走过去坐下。她用手捧起我的脸，把我拉到跟前，她的嘴唇几乎碰到了我的耳朵。

"竹恩，芬恩要死了。"

她其实可以说，芬恩病了——哪怕是病得很重——但是她没有这么说。她直截了当地告诉我，芬恩要死了。妈妈通常不会这样。她通常不会道出残酷的事实，但是这一次，她一定是觉得只有这么说才能免去更多的解释，才无须多言。因为，这样的事，她又能怎么解释？又有谁能解释得了呢？她把我拉得更近一点儿，我们就这么待了几秒，彼此都不愿去看对方的眼睛。我的脑袋里仿佛出现了交通堵塞，冒出了无数种我应该做出的回答。

"柠檬酥皮派？"

　　服务员突然出现了，她端着我的酥皮派站在那儿，我只好收回身子，点点头。我盯着那块蓬松而又荒唐的酥皮派，不敢相信几分钟前，这个丫头还想吃这样的东西。

　　"什么样的'要死了'？"我终于说。

　　我看着妈妈用食指在桌上描出一行字来。艾滋。接着，仿佛那张桌子是一块黑板，仿佛它会记住她写了什么似的，妈妈用手掌把刚才的痕迹擦掉了。

　　"哦。"我起身回到对面的座位上。酥皮派躺在那里，仿佛在笑话我。我将叉子扎进那块愚蠢的、满怀希望的派里，把它戳成了两半。接着我便一屁股挪到点唱机旁边，耳朵紧紧贴在喇叭上。我闭上眼睛，试图让整个餐厅从眼前消失。等《99只红气球》的乐声响起，我便坐在那里等着妮娜唱"柯克船长"，整首歌里，我能听懂的就是这几个字。

6

芬恩的葬礼上，棺材是合上的，每个人都对此心存感激，尤其
是我。我一直在想象他闭着眼睛的样子。他那瘦到干瘪的眼皮。我
一直在好奇怎样才能克制住自己不要用手指去轻轻地把它们拨开。
我只想再看一眼芬恩那双碧蓝的眼睛。

葬礼在电话过后正好一星期时举行。那天是星期四，我们没上
下午的课。我基本确定这是格雷塔同意参加葬礼的唯一原因。这也
是我有史以来难得见到爸妈在纳税季的同一天休假。

妈妈把芬恩给我们俩画的画像也带来了，因为她想着把它挂起
来，可以很好地表现出芬恩是一个怎样的人。可是等我们到了殡仪
馆的停车场，她又改了主意。

"他也在。"她说。她的声音怪怪的，含着愤怒和恐慌。

爸爸停了车，向窗外看去。"哪儿？"

"就在那儿，你没看见吗？就他一个人，在那边。"

爸爸点点头，我也望了过去。有一个男人，弓着背，坐在一堵

低矮的砖墙上。他又瘦又高，让我想起《睡谷的传说》①里的伊卡布·克莱恩。

"那个人是谁？"我指着窗外问道。

我坐在后排，爸妈同时回过头来看我。格雷塔用胳膊肘杵我的肋骨，用最刻薄的声音对我说："闭嘴。"

"你才闭嘴。"我说。

"又不是我在问这种笨蛋问题。"她扶了扶眼镜，不再看我。

"你们两个，都给我安静。"爸爸说，"妈妈已经够难受的了。"

我心里想："我也很难受啊！"但是我没有说出来。我一言不发，我明白作为一个外甥女，我所感受到的悲伤是错误的。我知道芬恩的离去并不应该由我来悲痛欲绝。现在他离开了人世，他便属于我的妈妈和外婆。她们才是大家同情的对象，尽管她们俩跟他似乎根本没那么亲。对于参加芬恩葬礼的每一个人而言，我只是他的外甥女。我盯着窗外，我知道没人对我的心情有哪怕一丝一毫的理解。没人知道每天我有多少分钟在想念着芬恩，还有，幸好，没有人知道在那些思念里，我到底在想些什么。

妈妈把葬礼安排在了我们镇上的一家殡仪馆，而没有在城里举行，尽管芬恩所有的朋友都住在那边。这一点没有任何异议。似乎她想把他收起来，仿佛她想把芬恩完全留给她自己。

爸爸扭头看着妈妈："那……我要不要把它留在后备厢？"

她嘴唇紧闭，点了点头："放那儿吧。"

原来，芬恩去世后的第二天，爸爸开车去城里拿回了那幅画

---

① 美国作家华盛顿·欧文创作的中篇小说 *The Legend of the Sleepy Hollow*。

像。他是晚上去的，我们都没有主动要跟他同去。妈妈有一把公寓的钥匙，芬恩在上面系了根红丝带。很多年前我们就有那把钥匙了，但是我不确定有没有人用过。妈妈总说，那是为了"以防万一"。芬恩想让我们留一把。

那天夜里很晚，爸爸才回来。他进来的时候"砰"地关上门，连我都无意中听到了他和妈妈的对话。

"他在吗？"她问。

"丹妮……"

"在吗？"

"他当然在。"

这时，我感觉能听见妈妈哭了。

"天哪。只要一想起他……你就会觉得事情应该变得公平一点儿。哪怕只是一点点。"

"嘘。丹妮，你得放下。"

"我不。我放不下。"楼下静了片刻，接着，"好吧，不管怎么说，画在哪儿呢？你拿到了，对吧？"

他肯定点头了，因为第二天早上，那幅画已经在餐桌上，在一只黑色的垃圾袋里。我是第一个起床的，发现它躺在那儿，看着没什么特别的。我在桌子旁边绕了一圈，然后伸手摸了摸那只袋子。我把鼻子贴到袋子外面，搜寻着芬恩的气息，可是什么也没有。我把袋子打开，把脑袋塞了进去，深深地吸了一口，但是化学颜料的味道盖住了其他任何可能被卷进画布里的气息。我闭上眼睛，更慢、更用力地吸气，把袋口紧紧裹在脖子周围。

"嘿，呆瓜。"我感觉后背被人狠狠拍了一下。是格雷塔。我把脑袋从袋子里抽了出来。

"你要是想自寻了断，我是不会拦着你的，但是就让我们把这幅画留下，行吗？它已经够恶心的了，不需要再多一个死尸的故事。"

死尸。芬恩就是一具死尸。

"姑娘们？"妈妈站在楼梯中间，正在系身上那件粉色夹棉睡袍的带子。她眯起惺忪的睡眼。"你们没在摆弄那幅画吧？"

我们俩都摇摇头。接着，格雷塔笑了。

"我们当中有一个人刚才想用那只垃圾袋来自杀，没别的。"

"什么？"

"格雷塔，闭嘴。"我喝道，但是她不听。她永远也不会闭上嘴巴。

"我看到她在楼下，半个脑袋都在袋子里。"

妈妈走过来紧紧抱住了我，简直让我喘不过气。接着，她把我松开了。

"我知道你对芬恩的感觉，我也希望你知道，竹妮，任何时候，任何时候，如果你需要找人聊聊……"

"我没想自杀。"

"没事，"她说，"你什么都不用说。我们都在这儿。我、你爸爸，还有格雷塔。我们都爱你。"格雷塔站在妈妈身后，冲我瞪着大眼，模仿用绳索上吊的样子。

争辩毫无意义，于是我只好点点头，在桌子旁边坐下。

妈妈拎起那只塑料袋上了楼。她说我们需要从那幅画像中抽离一段时间，她要把它放到某个安全的地方。在葬礼之前，那是我最后一次看见那幅画。

此刻，我们踏上了通向殡仪馆大门的小路，爸妈在前面走，我和格雷塔在后面。爸爸停下脚步，一只手挽着妈妈的胳膊。

"去吧，"他一边说，一边指指门前的台阶，"去找你妈妈。看看她怎么样。"

妈妈点点头。她穿着那件漂亮的黑色羊毛大衣，里面是深灰色的衬衫和修身的黑色半裙，还戴了一顶蒙着面纱的黑色小礼帽。她看上去很漂亮，她一向如此。天下着小雪，雪花不停地飘落在她的帽子上，停留几秒，然后便融进黑色的毛呢里。

外婆正在门厅里跟一个我不认识的人说话。她和妈妈一点儿都不像，不过这就是韦斯家那边的故事了。仿佛芬恩和我妈妈看了看他们的父母，然后决定自己无论如何也不愿意变成他们那样。我的外公韦斯先生是一位高大魁梧的军人，可他的儿子芬恩去当了艺术家。至于我的外婆韦斯太太，她一辈子都在给外公熨衣煮饭，做头发。而对我妈妈来说，只要不用熨衣服或者做一桌像样的饭菜，她愿意付出一切代价。她还把头发剪得很短，这样就不用操心该折腾成什么发型。如果我和格雷塔也继承这个趋势，那就意味着我们俩都不会愿意在办公室里工作，对于我而言，目前的确如此。如果事情朝着我所期望的方向发展，我会在文艺复兴的集市上当一名驯隼人。我将不必关心事业爬坡或是升职，因为驯隼人的职业不是这样的。你要么是驯隼人，要么不是。鸟儿们要么会回来找你，要么就会飞走。

爸爸一直等妈妈进了殡仪馆，才转身回来找我们俩。我注意到他的下巴上冒出了一道细细的胡楂儿，他没刮到，我还注意到他那天总是眉头紧锁。就像表演杂耍的人那样，不得不全神贯注，确保所有的球都在空中不掉下来。对于芬恩的死，他似乎并不伤心。如果他有任何感受，我想，他表现出来的应该是一种解脱。

"如果你们俩看见那个男人进来，我希望你们能告诉我，好吗？"

我们都点点头。

"这是为了你们的妈妈和外婆，明白吗？"

我们又点点头。

"好孩子。我知道这很不容易，你们俩都做得很棒。"他在我的肩膀上捏了两下，然后又捏捏格雷塔，"葬礼过后，就能安稳下来了，好吗？"我们再次点头。他又看了我们一眼，便转身往开着的大门小跑过去。

格雷塔和我站在门前的小路上，路面结了冰。有时我明显感觉自己比格雷塔高了，虽然她年纪比我大。我凑到她旁边，冲着那个人的方向点点头。

"他到底是谁啊？"我小声问。我几乎可以断定她不准备告诉我，我猜对了。她什么也没说，只是打了个手势，让我沿着小路朝着他站的位置走。我抬头瞥了他一眼，发现他正盯着我看。他没看格雷塔，只看着我。他身子前倾，似乎要站起身来，似乎以为我要过去跟他打招呼。我刚要转身回头，但是格雷塔挽住我的胳膊，拉着我继续向前。我们一直走到离那个人大概有一间屋子的距离。这时，格雷塔停住脚步，顿了一下，清了清嗓子。

"他就是没有被邀请参加葬礼的那些人之一。"她的声音很大，足够让他听见。

我向那个人看去，一秒钟前，他似乎还试图与我的目光相遇，可是现在，他把脸别了过去。他把手插进口袋，盯着脚下的人行道。

"你为什么说那个？"

"我一个字也不会告诉你。"她说。

格雷塔知道而我不知道的原因就是，她会偷听。我们家有几个地方，在那儿什么声音都能听到。我讨厌那些地方，但是格雷塔很喜欢。她最喜欢的是楼下的洗手间，因为几乎没有人用，所以没人记得里面有人。即使你被发现了，也可以喊一声"等一下"，然后再把锁打开让人进来。等到那时，你已经什么都听见了。

我不喜欢在无意中听到什么，因为根据我的经验，父母不跟你说的事也是你自己不想知道的。当你知道你的外公外婆在经历了五十二年风平浪静的婚姻之后，却突然因为外公发脾气打了外婆一耳光而要分开时，那种感觉并不好。当你提前知道了自己的圣诞礼物或者生日礼物，并且尽管你很不擅长说谎，却依然要在收到礼物时装出惊喜的样子时，那种感觉并不好。当你知道老师在一次家长会上对你妈妈说，你的数学和英语水平都属于中等，并且认为你应该为此而高兴时，那种感觉并不好。

格雷塔冲到我前面，向殡仪馆大门跑去。她到了门口，便停下来转身对着我。

"我又想了一下，"她的声音很大，每个字都说得很清楚，"我又想了一下，我还是告诉你吧。"她用手背擦掉脸上融化的雪花。

我感到又冷又恶心。格雷塔的消息总能让我产生这种感觉。我想知道，但是又害怕知道。我冲她微微点点头。

她指着那个人说："他就是害死芬恩舅舅的那个人。"

我扭头看他，但他已经转身走了。我只看见一个瘦瘦高高的背影，正俯下身子想要钻进那辆蓝色的小车。

葬礼过程中，我坐在前排，我努力去听人们口中所有关于芬恩的美好的事。那间屋子很闷，光线也很昏暗，椅子的角度很不舒服，只能直挺挺地坐着。格雷塔没跟我们一起坐在前面，她说她想坐最后一排，我回头看她时，发现她低着头，用手捂着耳朵，眼睛闭着。不仅仅是闭着，而且闭得很紧，仿佛想同这一切隔绝开来。某一瞬间，我感觉她可能在哭，但似乎又不像。

妈妈简短地讲了一番话，讲了她和芬恩小时候的事。说他是多么好的弟弟。她说的一切都很含糊，仿佛细节如果太过尖利，可能会刺痛她。妈妈说完之后，宾夕法尼亚州的一个表亲讲了几句。最后，葬礼主持人又唠叨了一小会儿。我试着去听，可总是忍不住去想刚才外面的那个人。

我不愿去想芬恩是怎么染上艾滋病的。这个问题不该由我来操心。如果真是那个人害死了芬恩，那么他一定就是他的男朋友，而如果他是芬恩的男朋友，为什么我会对他一无所知？格雷塔又是怎么知道的？如果她知道芬恩有一个秘密男友，她一定会拿这件事来嘲笑我的。她从来不会错过任何一个机会，来让我知道自己知道的事不如她多。那么就有了两种可能。要么她也是刚刚才知道这个男人，要么就是这些都不是真的。

我决定相信后者。想要决定相信某件事而不是另一件事，很难。通常而言，大脑会自己做出决定。但是我强迫自己这么做，因为想到芬恩会把这么重大的秘密瞒着我，我就想吐。

葬礼结束，人们鱼贯而出。有几个人停下来在门厅里说话，但是我径直出了门，试图找到那辆蓝色的小车。可是连车的影子也没有。那个人也不见了。雪已经下大了，街道和草坪都变得洁白无瑕。我把大衣的拉链拉到最高，向马路两旁张望，可是什么也没看见。他走了。

7

　　暴风雪过后是去树林里的最佳时机之一，因为所有的空啤酒瓶、苏打饮料罐和糖纸都不见了，你不用费那么多力气就可以置身另一个时代。而且，踩在没人走过的雪地上，本身就是一件美好的事，会让你觉得自己很特别，哪怕你知道其实不是。

　　我戴着格雷塔给我织的那副橘黄色的连指手套，那是她五年级的时候织的，当时她参加了针织俱乐部。这副手套又肥又大，很难看，而且大拇指被织到了中间而不是边上。我懒得穿那条甘妮·萨克斯的裙子，不过还是换上了那双中世纪的皮靴。其实那天并没有那么冷，我向树林深处比平时走得更远了点儿，穿过山脚下流淌的那条小溪，然后又爬到山的另一边。我努力不去想芬恩和他可能瞒着我的所有的秘密。我试着让心思只集中在我自己讲给自己的故事里，在这里，我是唯一足够强壮、能够为整个村子打猎的人，我不得不跋山涉雪去搜寻鹿的踪迹。人们认为女孩子不应该打猎，于是我只好束起头发，假扮成男丁。就是这种故事。

新雪底下有一层之前的冻雪，我上山时，每走一步都会往下滑一点点。等我终于爬到山顶，便精疲力竭地坐在地上。四周一片宁静，我闭上眼睛。有那么一瞬，我看见了芬恩的脸，我笑了，我把眼睛闭得更紧，想把他留住。然而，那个画面消失了。我向后一倒，于是便平躺在雪地上，望着头顶光秃秃的枝丫迎着灰色的天空摆出歪歪扭扭的图案。等我的身子整个陷进雪里，一切都静止了，虽然我努力让自己的思绪停留在中世纪，芬恩还是不停地溜进我的脑海。我真希望他是被埋在了土里，而没有被火化，因为那样我就可以摘下手套，把掌心按在地上，知道他就在下面的某个地方。知道我们仍然可以通过这片冰冻大地的所有微粒建立起一种联系。接着，我想起了殡仪馆外面的那个男人，我为自己的愚蠢感到脸红。芬恩这么出色的人，当然会有男朋友。怎么可能没有？他一定就是那天打电话的那个人。那个知道我名字的英国人。那个从芬恩的公寓打电话来的人。他就在芬恩的公寓里。和我的芬恩舅舅在一起。一滴滚烫的泪滑落我的脸庞。

万籁俱寂之中，突然传来一声悲伤的长嚎。有那么一瞬，那声音仿佛是从我的身体里发出来的。仿佛世界读懂了我所有的感受，将它化成了声音。

等我坐起来，又听见两声嚎叫。可能是狗，也可能是郊狼或者狼。叫声听上去并不平稳。都有点儿沙哑，一前一后。其中一只先叫了一声，几秒钟后，第二只又跟着叫。接着又有更多的同伴加入进来。可能有三四只。我仔细听着，试着分辨它们离我有多远，但那声音仿佛来自四面八方。有远也有近。萦绕在云端和林子周围。嚎叫声越来越大，我的脑海中浮现出一只灰狼，它的毛被雪水浸得很沉很沉，湿乎乎、脏兮兮、乱蓬蓬的，向我猛扑过来。在目瞪口呆的一刹那，我仿佛真的来到了中世纪的树林里，那时的狼群可以把小婴儿叼走，还可以将人整个吞下去。

"我不怕。"我对着山的那面大喊。接着我便跑起来，踉踉跄跄，一步一滑。过小溪时，我因判断失误，一只脚踩进了水里，我吃力地爬到对岸，抓着细细的小树苗将身子稳住。几分钟后，我出了林子，到了学校的停车场。几乎所有的车都开走了，我在那儿站了一小会儿，弯着腰，喘着粗气。

"该死。"我一边说，一边低头看看右手。我对着停车场边缘那堆铲出来的脏雪踢了一脚。格雷塔给我织的那副手套，丢了一只。

8

"你想不想参加派对？"

格雷塔问我的时候并没有笑。她甚至都没看我。她正弯着腰在五斗橱前，我当时下楼去吃早餐，正好路过她的房门。

我断定是自己听错了，于是便停下来，等她再说点儿别的什么。我张着嘴巴在走廊上站着，那模样一定像个傻瓜。

格雷塔转过身来，把我上下打量了一番。

"派——对，"她一字一顿，口型夸张地重复了一遍，"你——想——不——想——去？"

我走进她的房间。里面依然是她七岁时的样子，白色的家具，粉色的墙，屋顶还贴了一条细细的霍利·霍比卡通壁纸。从装饰的风格来看，不了解格雷塔的人会以为房间的主人是一位可爱的小女生。我在她的床边坐下。

"哪种派对？"

"好的那种。"

"哦，对。"

格雷塔知道，对我来说，不存在好的派对。我跟一两个人在一起时还行，但是人一多，我就成了一只没穿衣服的小鼹鼠。这就是害羞的感觉。就好像我的皮肤太薄，而灯光又太强烈。仿佛我最应该待的地方就是又冷又黑的泥土下方深处的隧道里。要是有人问我什么问题，我会一脸茫然地盯着他们，绞尽脑汁想挤出点儿有意思的话来，于是脑袋便被挤成了一团糨糊。可是末了，我只会点点头或者耸耸肩，因为他们充满期待的目光是那么热切，让我无法承受。然后，就没有然后了，世界上又多了一个将我的存在完完全全、彻彻底底看作是浪费空间的人。

最糟的就是那种愚蠢的希望。每次参加一个新的派对，每次遇到一批新人，我都会想，或许这次是我的机会。这次我会变得正常起来。一片新生的树叶。一个全新的开始。然而，等到了派对现场，我会发现自己想的是：唉，是啊，又来了。

于是我便站在角落里，双手合十，祈祷不要有人试图直视我的眼睛。好在，通常没人这样。

"我就不去了吧。"我说。

"哎，去吧，竹恩。我保证不会不好的。"

我扬起眉毛。她的整个表现听上去太真诚了。一点儿都不像格雷塔。

"真的。我发誓。"她把双手按在胸前。我使劲儿想忍着不笑，但是我能感觉到脸上的表情出卖了我。

"好吧，在哪儿？"过了一会儿，我说。

"还不知道呢，不过吉利安·兰普顿在组织。你认识吉利安·兰普顿吧？"

吉利安，我认识。她是《南太平洋》里最耀眼的人物之一。她把头发染成黑色，剪成了个性十足的波波头。我一直觉得她就是我理想中的模样。吉利安上高中三年级，比格雷塔低一个年级，但是很可能比格雷塔大一两岁。

这件事只有很少的人知道。格雷塔虽然上高中四年级，但是她只有十六岁。她的朋友们都不知道她的真实年龄。一个都不知道。在我五岁、格雷塔七岁时，我们从皇后镇搬到这里。当时格雷塔应该上二年级，但是被安排进了三年级。是她的上一任老师建议的。她说课业对于格雷塔来说毫无挑战，她对我们的爸妈说，就算让格雷塔跳一级，她也能应付自如。爸爸明显有些犹豫，但是妈妈认为这个主意再好不过了。"机遇一旦错过，就不会再回来找你。"这是她的座右铭。主要是说给格雷塔听的。仿佛机遇就像滑溜溜的小鱼，一不小心就会从你的眼前游走。格雷塔说她无所谓。于是他们就让她跳了级。虽然她已经是班里年纪最小的孩子之一，但还是跳了一级。现在，她比班里其他学生至少要小一岁，比大多数人小了接近两岁。但她对此闭口不提。她过生日时，妈妈会在蛋糕上多插一支蜡烛，纯粹是插给别人看的。每年生日的传统是，格雷塔会决定哪支蜡烛是"骗人"的那支，然后尽量不把它吹灭。她害怕要是它被吹灭了，她所有的愿望都会反转过来。成绩单里会显示年龄，但是除此之外，似乎大家通常都想不起来。不过，我有时候能看得出来。我从来不会跟格雷塔提起，但是有时我能看出跟她的朋友们比起来，她更像个小孩子。

"我不知道，格雷塔。我觉得妈妈不会……"

"不用担心妈妈。我来搞定她。纳税季开始进入一个半月了。妈妈不会在意的。"格雷塔双手插进屁股口袋，把头歪向一边，

"那你来吗？"

"我……你为什么想要我去？"

格雷塔的脸上闪过一丝什么东西。我分不清那是一闪而过的爱意、悔意，还是刻薄，不过她接着说："我为什么不想要你去呢？"

因为你讨厌我。我心里想，但是没有说出来。

自三年前开始，纳税季时爸妈不再让凯丽·韦斯特维尔特过来照顾我们俩了。他们让格雷塔负责。他们相信她。"你们俩都是懂事的姑娘。"妈妈说。没有凯丽·韦斯特维尔特的第一年，格雷塔注意着我的一举一动。她会辅导我写作业，乘校车回家的路上，她也会坐在我旁边。她会做美式干酪和蛋黄酱的三明治给我们俩当零食，我们会坐在她的房间里吃，假装我们没有父母，只能相依为命。有时，家里一片沉寂，静悄悄、空荡荡的，于是我们便会很容易信以为真。要是那时候她叫我去参加派对，我一秒钟都不会犹豫。哪怕我讨厌派对，我也会答应。我一丁点儿都不会怀疑她。

很难说到底是从什么时候开始的，我们不再是最好的朋友，甚至都不再像亲姐妹。格雷塔上了高中，而我还在初中。格雷塔有了新的朋友，而我有了芬恩。格雷塔变得更漂亮了，而我……变得更古怪。我不知道。这些原本都应该无关紧要，但是我猜想，其实还是很重要的。我猜，它们就像流水。温柔，无害，直到经过足够长久的岁月。然后突然，你发现自己捧在手里的已然成了大运河。

"来吧。求你了，竹恩。"

"我还没想好，或许吧。"我嘟囔。我想相信她是出于好意。我直直地盯着她的目光深处，眯起眼睛，想探明这一切是从何而来。可我什么也看不见。接着我又想，或许出于某种原因，跟芬恩有关。或许等你死了，你就能爬进其他人的身体里，让他们比之前更加友善。其实这种事我是不信的，但我还是冲她笑了。万一呢？万一是芬恩透过格雷塔的眼睛在望着我呢？

"那你同意去咯？"她说。

我环顾她的房间。每个角落里都堆着皱巴巴的衣服。口红和眼线笔滚到她那张带坡度的书桌边缘，靠在一份《南太平洋》剧本的复印件上。一个未完成的魔方上有一只被压扁的七喜饮料罐。镜子的右上角塞了她和朋友们的大头贴，我还在当中看见了自己的脚。那是一张我——我们俩——的老照片，我脚上脏兮兮的白拖鞋和黄色波点背心裙的边缘从其他照片底下露了出来。

或许是因为格雷塔仍然把那张照片放在手边，或许是因为格雷塔邀请我和她一起行动让我感到惊喜，也可能是因为我知道这是我和她真正在一起的最后一年。她已经收到了达特茅斯学院提前录取的通知书。虽然似乎难以置信，但是再过六个月，她就要从家里搬出去了。可能是因为上面的任何一条，也可能是因为派对似乎还很遥远，我知道自己还有足够的时间反悔。何必破坏此刻的氛围呢？或许是这个原因，我发现自己点了头。

"好吧，"我带着一丝笑意，"估计我会去的。"

格雷塔鼓起掌来，还跳了两下。接着她便伸手把我的辫子拎到头顶。

"我会帮你搞定的，"她说，"我还有一点儿Sun-In①染发剂，梅根说如果你站在离灯泡足够近的地方，即使不是夏天也能发挥效果。我们还可以化点儿妆。"她停了一下，让我的头发重新垂到肩上。她从五斗橱顶上把眼镜拿过来戴上。接着，她认真地看着我。

———————————————

① 20世纪90年代流行于美国的一种提亮发色的产品，能将棕褐色头发提亮到金色。

"我们又回来了，对吗？就像我们以前那样？我会帮你忘记关于芬恩舅舅的一切。现在芬恩已经走了，你和我……"格雷塔笑着。她的表情几乎有些忘乎所以。

我退后两步，瞪着她。

"我不想忘记芬恩。"

我只说了这一句。这句话发自我的内心，径直从我嘴里蹦了出来，虽然它千真万确，但我还是花了很长时间希望自己没说。我希望自己对格雷塔说的是：是啊，我们又回来了。我们又是最好的朋友了。一切又可以回到原来的样子了。

她试图飞快地扭头，但是在她扭过去之前，我看到了她满脸的失望。她背对着我，烦躁地摆弄着桌上的什么东西。等她重新回过头来，刚才那失望的表情已经不见了，取而代之的是她一如既往居高临下的嫌恶。

"天哪，竹恩。你非得永远这么蠢吗？"

"我……"

"走吧。你可以走了。"

我走到门口，然后转过身来。

"格雷塔？"

她不耐烦地叹了一口气。"干吗？"

"我不是那个意思……"

她冲我摆摆手。

"我不想听。走吧。出去。"

9

芬恩舅舅不只是我的舅舅，还是我的教父。格雷塔的教父母是英格拉姆夫妇：弗雷德·英格拉姆，品食乐集团的一名品控经理，还有他的妻子贝卡·英格拉姆。他们有一个儿子，名叫麦奇，比我小两三岁。从麦奇出生开始，我和格雷塔就认识他了，他的肩膀上有一块怪怪的胎记，就像波特酒的污渍。夏天，英格拉姆一家经常来和我们一起烧烤，英格拉姆先生总是会自己带肉过来。我们去镇上的游泳池游泳或者冲凉时，麦奇也总是穿着T恤，因为那块胎记。即使在我和格雷塔面前也不例外，虽然我们早就见过了。

英格拉姆家的人还不错，但你永远也感觉不到他们是格雷塔的教父母。同为教父，芬恩对这个身份则严肃得很。我问过妈妈，为什么没让芬恩也当格雷塔的教父，妈妈的回答是，格雷塔出生的时候，他还没有安顿下来。他还在"外面游荡"，经常一冲动就到处旅行。我听着觉得没什么，但是在妈妈看来，那样的状态不适合做教父。

她说，即使格雷塔在我之后出生，她也不会请芬恩再当一次教父，因为后来的结果是他太上心了。她没想到他会这么有兴致，而且现在我长大了，她觉得这件事已经开始让我分心。在他去世之前，有一次她曾经说，对我而言，不能再过分依赖他或许倒是一件好事。

我痛恨那句话。我痛恨她说的所有以"你这个年纪的女孩子……"开头的话。

我知道格雷塔对于我有芬恩舅舅而她只有英格拉姆夫妇这件事愤愤不平。其实芬恩从来没有说过格雷塔不能跟我们一起。他从来没把她排除在外。是她把自己排除在外了。有时，她会用傲慢的口吻说："我不想打扰你和芬恩特殊的教父时光。"我也从来不和她争论，因为我的确希望芬恩只属于我一个人。

去年夏天，麦奇试图亲吻格雷塔。她跟他说这样很恶心，因为他是她教父母的儿子，这样就像乱伦。

"但是你可以吻竹恩。"她说。麦奇脸红了，不知道该往哪儿看。没有人想吻我，连麦奇都不想，而格雷塔则要确保让我再次认识到这一点。然而，我从中看到的，是格雷塔始终记着教父的事。她一直耿耿于怀。是我运气好，得到了芬恩，她知道。

10

芬恩舅舅葬礼过后那个星期二的早晨，画像终于从那个难看的黑色垃圾袋里出来了。那天上午，原本只是校车要迟到两个小时，可是雪又大又急，下个不停，于是我们干脆没去上学。我喜欢下雪天。尤其是当地上积起厚厚的雪，你就可以出门在草坪上走个两三步，假装自己来到了云端的天堂。

小时候，在格雷塔变得刻薄之前，我们俩会穿上肥大的滑雪服，一起消失在后院里。我们一起仰面朝天躺在地上，当雪花落到脸上时，使劲儿忍着不眨眼睛。格雷塔说，有一次，一片雪花正好落在她的眼球上，于是她便看到了它每一处精致的小细节。每一个晶体。只持续了一秒。仿佛它正好被刻在她的眼睛里。她说那是她想象得到的最美丽的雪花。甚至比天使还要漂亮。接着她便跑回屋子里。她扯着妈妈的裙角不停地叫她，因为她知道我是永远也不可能看见那片雪花的。她知道她永远也无法向我展示那么完美的东西。妈妈有时会讲这个故事，描述我和格雷塔以前的样子。有时我会相信。有时我又不信。

"咱们得给它镶个框。"妈妈说。那天，爸爸已经上班去了，但是妈妈留在家里陪我们。她在厨房踱来踱去，那幅画就在塑料袋里，被她抱在胸前。厨房里弥漫着炒蛋和咖啡的香味，地上的雪已经积得很厚，我连停在车道上的车都看不见了。

"不用吧，"格雷塔说，"谁规定一定要镶框了？"

"画都得镶框，"妈妈说，"你们俩谁把它拿出来。咱们看一眼。"

没什么可怕的。我这么对自己说。我把手伸向袋子。妈妈把它递过来，然后退后一步。我把它整个平放在餐桌上，抽掉袋子，格雷塔一直凑在旁边。

我和格雷塔站在餐桌旁，盯着画里的自己。我的头发跟平时一样——脑袋两侧分别梳了一条细细的麻花辫，一起束在脑后。格雷塔则戴着眼镜，因为芬恩跟她说了，他觉得我们俩应该跟平时一样，画像应该写实。芬恩笔下的我好像知道什么重大的秘密，但同时又永远不打算告诉任何人。其实他应该把格雷塔画成这样，因为这更像是她，然而他笔下的格雷塔反倒像是刚刚把一个秘密告诉别人，现在正坐在那儿等着对方的反应。如果你仔细看这幅画像，你就能看出芬恩是多么出色的画家。我甚至都无法理解他是怎么捕捉到别人的脑袋里在想什么，然后又呈现在画布上。看不见的想法怎么就能变成斑斑点点的红色、黄色和白色呢？

我们都无法把视线从画像上移开。妈妈搂着我们的腰，轻轻挤到我们俩中间。我沉浸在画里，每一道笔触、每一种或浓或淡的色彩、每一个角度、每一道线条都吸引着我。我能感觉到妈妈也跟我一样，甚至格雷塔也是。我能感觉到她们想一头扎进画布里。妈妈把我搂得越来越紧，越来越紧，直到我感觉她的手已经在我的衬衫外面紧紧握成了拳头。她扭头用毛衣的袖子擦了擦脸。

"你没事吧？"我问。

妈妈立刻点点头，眼睛仍然盯着那幅画。"真可惜。瞧瞧这个。瞧瞧他多厉害。全世界的机会都在等着他……"

我以为她要哭了，没想到她迅速用力拍了一下手，击破了那一刹那的沉默。接着，她用过于欢快的语气说："好了。选个什么样的画框？有主意吗？"

我把头歪向一边。"有没有人觉得它看上去……我不知道……有点儿不一样？"

"我不知道，"格雷塔摸着下巴，假装在思考的样子，"你看上去仍然像个笨蛋。"

"格雷塔，现在别闹。"妈妈一边说，一边长长地吐了一口气。

但是那幅画看起来的确有点儿不一样。我上一次看到它，还是最后一次去芬恩家的时候。当时颜料还是湿的，当时我感觉从没见过芬恩这么瘦小。他把一只手放在我的肩上，说："对不起，竹恩。对不起，画得不太好。"他说我们会继续加工。

我们。他说的是"我们"。好像也包括我似的。

"大家都看完了吗？"妈妈一边问，一边伸手要收那幅画像。

"等一下。"我在画里搜寻着，想找到是什么地方变了。我盯着画中那个自己的眼睛，然后又去看格雷塔的。没有。眼睛没变。接着，我注意到了纽扣。我的T恤面前有五颗纽扣。我刚一看见它们，便感到无法理解：我怎么会没立刻注意到它们呢？这些纽扣简直不像芬恩的作品，倒像是小孩子画的。每颗都是纯黑色，上面有一团白色的小点，做出反光的样子。芬恩为什么要在T恤上画纽扣呢？我用指尖摸了一下最上面的那颗纽扣。那里的颜料比其他地方都要厚，不知道为什么，这令我伤心起来。

我看了看妈妈和格雷塔，决定不要提纽扣的事。

"好了，"我说，"我看完了。可以收起来了。"

星期五放学后，我们去了镇中心的装裱店。矮矮胖胖的特拉斯基先生向我们表示，他明白选出我们大家都满意的画框有多么重要，于是他翻了一下门上的牌子，让"闭店"二字对着外面，让我们在里面待了半个小时。妈妈让特拉斯基先生给画像试了左一款右一款框型，可是我们当中总有人觉得不满意。最后，那幅画还是没镶进框里。它又回到了车的后备厢，回到我们把它带来时装的那个黑色塑料袋里。

"咱们明天再来。"在停车场里，妈妈说，"他说他还有别的。"

"你为什么不自己去？"格雷塔问。

"当然不行。这是芬恩为你们两个人画的。这是你们的责任。"

"那好吧，要我说，就选那款纯黑木头的。"

我讨厌那款纯黑木头的。它让我们看上去带着讽刺。

特拉斯基先生摆在画像周围的每一款画框似乎都会让它完全变一个模样。妈妈喜欢的那款叫巴伦西亚，是用深色的木头做的，边缘刻着小小的像咖啡豆一样的图案。我觉得它让整幅画像都显得很无趣。

"我喜欢那款金色的。老式的那个。"

"没想到啊，真没想到。"格雷塔说。

它的名字叫托斯卡纳金，我觉得看上去很显档次。仿佛把画装进去，直接就能送到博物馆去展览。

"芬恩会喜欢它的。"我说。

"你怎么知道芬恩会喜欢什么？"格雷塔问，她的声音很尖刻，"你现在是跳绳跳到死亡之地去了吗？"

有时候，格雷塔的记忆力好得让我惊叹。我九岁时，曾经冒出过一个关于时间旅行的想法。我当时想，要是我能用足够快的速度倒着跳绳，就能回到过去。如果我能把周围的空气搅动得足够厉害，就能形成一个小小的向后滚的气泡。我已经不信这个了。我也不相信有谁能有那样的能力。

妈妈当时的样子仿佛随时就要失声痛哭，于是我轻轻推了一下格雷塔。

"明天吧。也许明天咱们能看得更清楚一点儿。"妈妈说。

不知怎么的，第二天早上，我们的确看得更清楚了。我们选了特拉斯基先生向我们展示的第一款。我们选得快，有可能是因为格雷塔找了一个很好的理由没一起来，所以只有我和妈妈两个人。也可能是因为我们俩都累了，或者这款画框的确就是最好的。它是可可棕色的，边缘呈斜坡形，放在画布周围几乎看不出来，只留下画本身。

"把画在我这儿放两天。我应该……差不多……星期二上午就能镶好。"特拉斯基先生一边说，一边在便笺本上潦草地写着。

"放在这儿？"我问。

妈妈把手放在我的肩上。"他现在做不了，宝贝儿。要费点儿工夫呢。"

"可是我不想把画留在这儿。不想让它离开我们。"

"好了，别这么没礼貌。特拉斯基先生已经尽力了。"妈妈冲他笑笑，但他仍在便笺本上写着。

"来，我跟你说。我明天下午专门为你们镶这幅画，做好了我就送到你们家。怎么样？"

我点点头。它还是得留在这里过夜，但这似乎是我能得到的最佳条件了。

"请你谢谢特拉斯基先生，竹恩。他这样做真是太贴心了。"

我谢了他，我们便走了。特拉斯基先生没有食言，第二天，那幅画就回到了我们家。他把它竖在厨房的台面上，让我们好好看一眼。

"哎呀，真是件精美的艺术品。"爸爸把手插在屁股口袋里，说道。

"画框太完美了。真心感谢您做的一切。"妈妈说。

"它让一切都不一样了，你知道的。"特拉斯基先生说。

爸妈都点点头，虽然我都不确定他们究竟有没有在听。

"你觉得呢，竹恩，你喜欢吗？"特拉斯基先生问。

对于这种问题，你只能回答说是。可我其实并不喜欢。我只看到我和格雷塔一起被胡乱地推进了那个画框里。不管发生什么，我们俩将始终被困在那四块木头中间。

11

"你能签收一下吗……"邮递员一只手捧着写字夹板，另一只手指着板上夹着的一张纸中间的一行。他的鸭舌帽压得很低，帽檐把眼睛都遮住了。他检查了一下姓和名："……竹恩。竹恩·艾尔布斯。"

这是芬恩的葬礼过后两三个星期的一个下午，当时家里只有我一个人。我签名时，用余光瞥见那个邮递员在偷偷朝屋里张望。等我签完，他递给我一个盒子。

"谢谢。"我抬头看了他一眼，说。

他也盯着我，某一瞬间他似乎想跟我说点儿什么。接着他又笑了，说："嗯。对。很好……竹恩。"

他转身要走，但是又停下脚步站了片刻，背对着我。

我轻轻地准备关门，可那个邮递员仍然站在那儿不动。有那么一瞬，他似乎想转过身来。他竖起一只手指举到空中，仿佛想说点儿什么，但是又没说。他又把手垂了下来，走了。

我直接上楼回了自己的房间，匆忙爬上床。我盘腿坐下，把包裹放在大腿上。那个盒子被胶带整个裹了起来，仿佛有人拿了一卷棕色的封箱胶带，在盒子外面从各个方向缠了一圈又一圈，直到盒子已经看不见了为止。我试着找到断头来撕开，但是没找到，于是便用剪刀从顶部剪开。现在不是我的生日，而且圣诞节已经过了两个月。盒子上没有写寄件人的地址。上面除了用黑色的记号笔写了我的名字和地址，其他什么信息也没有。

里面是裹得严严实实的两大团，其中一团比另一团小一些。我先打开了那团小的。等我拆到最后几层气泡膜和报纸时，我开始感觉到可能是什么。接着，等我看到一抹鲜艳的蓝色夹杂着金色和红色，便意识到是芬恩那只俄罗斯茶壶的盖子。我差点儿把它摔到了地板上。它被仔仔细细地包了里三层外三层，而我却差点儿让它从指间滑落。我立刻开始拆那个大纸团。又撕又扯。我迫切地想再次见到那只完整的茶壶。

我上一次看到它，还是我们去芬恩家的最后一个星期日。就是格雷塔不愿意跟我们一起去的那次。那天，妈妈和芬恩因为那只茶壶争执起来。他想让她收下，可是她不肯。他双手递过去，她又挡回来。

"别这样。我们还会再来看你的。"她说。

芬恩迅速看了我一眼，仿佛想确认自己能不能道出真相。我把脸别了过去。我想去别的房间待着，可是芬恩住的是一居室，除了两扇西部时代那种双开式弹簧门后面那间小小的厨房，我无处可去。

"丹妮，拿着吧。给竹恩的。你就听我一次。"

"哈。就一次。说得真好。"妈妈的声音很刺耳，"我们不需要你的茶壶。就这么简单。"

他穿过房间向我走来，双手轻轻捧着那只茶壶。

妈妈看了我一眼。"竹妮，你想都别想。"

我呆呆地站在那儿。妈妈上前拦住芬恩，伸手去抓那只茶壶。芬恩把壶举到头顶，努力地想递给我。

当时，我以为我会看见那只茶壶的下场。我以为我会看见它被摔落在芬恩家客厅的木地板上。我以为我会看见所有那些五颜六色闪闪发光的碎片反射着从芬恩家的大窗户照进来的西斜的阳光。我看见半只跳舞的小熊，它没了头，只剩下腿，朝天花板蹬着。

"你这个傻瓜老女人。"芬恩说。他总是叫我妈妈"老女人"。妈妈有一次告诉我，他们小时候，他就这样叫她了。他们之间还有别的笑话。芬恩会称她"老来俏"，不过不太像，而她会说他是"少年老成"，倒是挺像。芬恩的确打扮得像个老头，他穿着无领的开襟毛衣，上面有棕色的纽扣，脚上是笨重的老人鞋，口袋里还装着手帕。不过穿在他身上很好看。看上去很适合他。

"你这个傻瓜，傻瓜老女人。"

妈妈不再伸手去够那只茶壶。她挤出一丝几乎看不见的笑容。

"或许吧，"她整个身子都耷拉下去了，"或许我就是那样的。"

芬恩把茶壶从头顶放下来，拿回了厨房。他的面色是那么苍白，把旁边茶壶上的色彩衬得格外刺眼。我很想从他手里把茶壶接过来。这并不需要意味着什么。并不一定意味着我们再也见不到他。

"竹恩，"芬恩在厨房里叫我，他的声音沙哑而又疲惫，"你能过来一下吗？"

等我进去，他拥抱了我，然后在我的耳边轻声说："你知道，那只茶壶是给你的。不管发生什么，好吗？"

"好的。"

"答应我，你只会用它招待最好的人。"他哽住了，"只招待最好最好的人，好吗？"他的脸颊贴着我，湿乎乎的，我没有看他，只点点头。

我答应他了。然后他捏捏我的手，收回身子，冲我笑笑。

"这就是我希望你能拥有的。"他说，"我希望你只认识最好的那些人。"

这时我再也忍不住了，哭了起来，因为我已经认识了最好的人。芬恩就是我认识的最好的人。

那是我最后一次在芬恩家看见那只茶壶。我以为那也会是最后一次。直到那天，它出现在我家门口的台阶上。

我把剩余的包装纸全都撕开，然后把茶壶放在五斗橱上。它还是原来的样子。我把盖子从床上拿起来，走过去盖上。这时，我发现茶壶的肚子里有东西。乍一看像是一片包装纸，但是折得很仔细。接着，我看到上面有我的名字。"竹恩收"。是字条吗？也许是芬恩写的？我的胸中涌起一股喜悦，同时也有一种恐惧。

我用所有的气泡膜把茶壶重新裹好，但是把那张字条留在外面。我把茶壶放进盒子里，又看了看。没有寄件人的地址，也没有邮戳。怎么会没有邮戳呢？一刹那，我的脑袋里冒出那个愚蠢的念头：也许是芬恩的鬼魂把茶壶送来的？然而这时，我的眼前又浮现出那个邮递员的身影。我一细想，才突然意识到他穿的衣服一点儿也不正式。海军蓝的棒球帽，海军蓝的夹克衫？爸妈要是知道我给他开了门，肯定会杀了我。可是还有点儿别的东西。他看我时的神情。那是什么？为什么似曾相识？接下来，我恍然大悟。是葬礼上的那个人。是被格雷塔称作凶手的那个人。我感到浑身一激灵。他直接到我家门口来了。

　　我从床上抓起字条，然后把那个盒子塞到衣柜的最里面。我飞奔下楼，拿了大衣就走。我把字条塞进大衣口袋，然后，虽然天渐渐黑了，但我还是向树林里跑去。

12

亲爱的竹恩：

我叫托比。我是你舅舅芬恩的一个非常亲近的朋友。我想知道我们俩有没有可能见一面。我猜测你也许知道我是谁，因为我们通过一次电话。如果那次我让你难过了，我诚恳地向你道歉。还有，我知道你在葬礼上看见我了。我就是大家都不想见到的那个人。

请不要误会，也不要害怕，但我还是想建议你不要把这封信的事告诉你的父母甚至你的姐姐，因为我估计你也知道他们可能会有什么样的反应。我想，你可能是唯一和我一样思念芬恩的人，我觉得，就见一面，或许对我们俩都有好处。

我的建议是这样的：三月六日星期五，下午三点半，我会在你家这儿的火车站等你。如果你能过去见我，我们可以乘火车找个地方转转，安静地聊聊天，可以吗？

　　我不知道你听过关于我的什么事，但是很可能不是真的。

　　期待能尽快见到你。

托比

　　信里是这么写的。我不得不坐在学校停车场里一盏路灯下面的路缘石上读了这封信，因为等我到那儿的时候，树林里已经太黑了。有几个演音乐剧的学生在那儿等他们的妈妈过来送晚餐。我待在停车场远处的角落里，用防风帽把脑袋遮住，不想被人看见。

　　我刚一读完，就把信重新塞回了口袋，径直向昏暗的树林里走去。地上湿乎乎的，还结着冰，但是我不在乎。我走啊走，一直走到小溪旁。整个水面的边缘结着像纸一样薄的一层冰，上面沾着棕色的落叶。不过水流中央仍在流淌，弯弯曲曲，很急，好像担心自己被抓住似的。我跳到小溪的另一边，又走了一段，然后在一块湿漉漉的大石头上坐下。我肯定走得比自己以为的要远，因为我又听见了上次来时听到的悲伤的长号。或者，也可能我并没有走远；也可能是那些狼——或者不管是其他什么动物——到了近处。我把字条展开，想再读一遍。我坐在那里，眯起眼睛，想再看一眼那些话，可是看不清楚。尽管树叶都掉光了，但是仅有的一点儿光亮还是被树枝遮住了。

　　不过也没关系。我不需要亮光。字条里的话已经刻在我的心里。"你可能是唯一和我一样思念芬恩的人。"这是想表达什么意思？是想表示有人认为自己跟我一样思念芬恩、我的芬恩舅舅，并且认为假扮成邮递员、出现在他男朋友的外甥女家门口是一个好主意？是这个人害死了芬恩。我本可以和那群狼一起大声叫出来。我本可以用一声温暖的长号，把我的呼吸变成这片冬日树林里的鬼魂。可是我没有。我只是**静静**地坐在那儿。

我想过把那张字条撕成无数碎片。我想过把那些碎片扔进冰冷湍急的小溪里，看着它们漂走。可是我没有这么做。我把它折成厚厚小小的方形，放回口袋里收好，然后往家走去。

13

"妈？"

"什么事？"

"芬恩的公寓会怎么处理？"

那是那天晚上后来发生的事。我一直等到格雷塔上了床。爸爸在看晚间新闻，妈妈在厨房里刷那只炖锅。她戴着黄色的橡胶手套，肩膀因为用力擦洗而来回晃动。根据妈妈晚上做的事，你就能判断出纳税季到了什么阶段。现在，她睡觉前还在刷碗。等到三月中旬，炖锅就会在水里泡上一整夜，而她会和爸爸一起坐在沙发上，两人几乎连眼睛都睁不开了，腿上还放着一沓又一沓文件。

妈妈听到我的问题，停下了手中的工作，站在那里朝厨房黑漆漆的窗户外面凝视了片刻。接着，她把手套一只只摘下，扔进水池。等她把身子转过来时，有点儿皱眉头，但是我能看出她在努力克制自己。

"咱们坐下说。"她指着门厅那头的客厅，"去吧。我马上就来。"

那张折好的字条还在我的口袋里，我把手伸进口袋，用指尖拨着纸的边缘。我望着妈妈，心里想，她完全不知道我手里是什么，等时机合适了再告诉她。

在客厅里，画像上的眼睛正盯着我。特拉斯基先生把画像送来之后只过了几个小时，我们便把它挂上了。一开始，妈妈说应该挂在我们俩的卧室里。在格雷塔的房间挂一个月，再在我的房间挂一个月，就像这样轮换。她说，芬恩是为我们俩画的。格雷塔立刻说她不想把它挂在自己的房间。她说它让她害怕，而且她不喜欢芬恩笔下她的样子。她说他有意把她画得像个傻瓜。她还说，她也不喜欢画里的我。

"为什么？"我问，"我觉得还行啊。"

"你当然觉得还行。他把你画得比你这辈子最好看的时候还要好。你当然喜欢了。"

她是对的。我的确喜欢画里的自己。我的眼睛里有一种智慧，我很确定是现实生活中我所没有的，而且我看上去也比真人小巧些。格雷塔、芬恩还有妈妈都是苗条的骨架。爸爸和我是笨拙的大骨架，就像畸形的泰迪熊。但是在那幅画像里，我和格雷塔几乎差不多大。

不过，如果你看看格雷塔本人，再看看画像，就会发现格雷塔在真实生活中比我漂亮，在画像里也是，而且我也跟她说了这一点。

"我不是更漂亮，你这个白痴。我只是更老。难道你连这也分不清楚吗？"

她说的是好话。以她的方式。跟格雷塔在一起，你得从她所有刻薄的话里找出隐藏在其中的好意。格雷塔的话就像地理上的晶洞。虽然外表和内里的大多数地方都很难看，但是时不时地会有某些闪光的东西。

"好吧，那我就自私一下吧，"妈妈开口了，"我觉得把那幅画像永远锁在一个人的房间里不太公平，所以我提议，咱们把它挂在壁炉上面。大家有意见吗？"

格雷塔哼了一声。"那样更不好。它会让整个客厅都变得可怕。而且每个进来的人肯定都会看见那东西。"

"恐怕就得这样了，格雷塔。竹恩，你有问题吗？"

"没有。可以。"

"那好，就这么定了。我们让爸爸把它挂上去。"

自从画像被挂起来，我就注意到妈妈会凝视着它。不是一次两次，而是很多次。在芬恩家的时候，她每次都好像完全不感兴趣的样子，简直就是排斥，而如今到了我们家，她却几乎对它着了迷。我见过她用跟芬恩一样的方式看它。歪着头，小声对它嘟囔几句。走近两步，再退回来。通常是在夜里，在我本应上床之后，要是她发现我站在那儿，会尴尬地冲我笑笑。然后她就会离开客厅，好像什么事都没发生过一样。

我问起关于公寓的事时，首先确保格雷塔不在附近。我觉得她很可能知道关于如何处置公寓的所有可怕的细节。她很可能知道它会被用漂白剂彻底刷洗，薰衣草和橙花的气息一丝也不会留下。她很可能知道新主人会是谁，还有他们会是一群可怕的人，会在公寓里摆上电视、音响，到处都拉上电线，把那里变成像垃圾堆一样的地方。芬恩讨厌电线。他讨厌到处都插着电。

妈妈刚进客厅时，什么也没说。她仰起头看看画像，然后又看看我。她在沙发上挨着我坐下，离我很近，用胳膊搂着我的肩膀。她身上有柠檬洗洁精的味道。

"竹妮，"她说，"你得了解一些关于芬恩的事。"她把脸别过去，然后又转回来看着我，"我知道你有多爱你的舅舅，我也一样。他是我的弟弟。我曾经那么爱他。"

"现在也爱。"

"什么？"

"现在也爱，不是曾经爱。我们现在仍然可以爱他。"

妈妈仰起脸。

"我们当然可以。你说得对。但是芬恩的问题是，他并没有每次都做出最佳的选择。他想做什么就做什么，想什么时候做就什么时候做。他并不总是……"

"在意别人希望他做什么？"

"对。"

"他不在意你希望他做什么。"

"这不是重点。重点是，你要明白，芬恩是一个自由的灵魂，是个好人，但是有时他也许太容易轻信别人。"

妈妈说了很多对芬恩的这种评价。说他永远长不大。她说出来时，仿佛那是一件坏事，然而在我看来，这是他身上最棒的优点之一。

"那……这和他的公寓有什么关系？"

"没什么关系。只是……呃……芬恩有一种不同的……生活方式。你明白我的意思吗？"

"妈，我知道芬恩是同性恋。人人都知道。"

"你当然知道。当然。那咱们就说到这儿，好吗？我们不需要再为那间公寓操心了。"妈妈摩挲着我的背，冲我笑笑。她开始起身，可是我还没说完。

"呃……万一我想去呢？"

妈妈摇摇头，接着又久久地凝视着那幅画像。等她终于重新把视线转向我时，她的表情很严肃。

"竹恩，你看，那里住着一个男人。好吗？他是芬恩的……特殊朋友。你明白我的意思吗？"妈妈的脸有些扭曲，虽然我能看出她在努力克制，"我不想说这些……"

特殊朋友？我强忍住笑。"特殊朋友"让我想到幼儿园的郊游。让我想起我和多娜·福尔杰手拉着手，过马路前左右看的情景。

"那是什么意思？"我问。

"我想你知道那是什么意思。好了，我们可以不说这个了吗？"

我的脸上仍然挂着一丝笑，但是随着整件事开始沉入我的内心，我的笑容慢慢凝固了。芬恩从来没有跟我说过等他死后会有人搬进他的公寓。这么大的事，他为什么不告诉我呢？

我又伸手去摸那张字条。"唯一和我一样思念芬恩的人。"里面是这么写的。托比。我知道那个特殊朋友的名字。我还知道他曾经从公寓打电话给我，但是我以为他会找一个新的住处。

我差点儿要当场问妈妈为什么从来没人跟我提起过这位特殊朋友，这个叫托比的人，但是我开不了口。那样会让我很难堪。会显得这件事对我特别重要。过去这几年，我一直把芬恩看作最好的朋友，最好最好的朋友。也许我错了。

我冲妈妈点点头，但是没有看她的眼睛。突然，告诉她芬恩的"特殊朋友"曾经来到我们家的门口，告诉她芬恩的"特殊朋友"知道我是唯一和他一样思念芬恩的人，告诉她芬恩的"特殊朋友"

请求我去见他，这样的念头似乎成了不可能。

"嗯，好吧，我不说了。"我说。虽然我使出浑身的力气把眼泪忍了回去，但我其实很想哭。不仅仅是因为芬恩从来没跟我提起过这个人，还因为我已经没办法去问他。我想，直到那时，我才真正理解逝去的含义。

14

"还记得那个派对吗？"我刚从楼上的洗手间出来，格雷塔就一把拉住我，贴着我的耳朵小声问道。我的手还湿漉漉的，便在毛衣上擦了两下。

"嗯？"

格雷塔恼火地叹了一口气。"唉，果然。你记不记得我问过你想不想参加一个派对？吉利安·兰普顿？记得吗？"

其实我没忘。我想，我只是把它收到了别处。或者，也许我从一开始就认为这纯粹是个玩笑，是格雷塔的某个残忍的点子，她说出来只是为了看看我的反应。不过我还是点点头。

"对，好了，它一直在推迟，不过现在定在今晚。"

"今晚？可是……"

"我跟妈妈说了音乐剧需要人去帮忙。"

"可是我没演戏啊。"

格雷塔翻了个白眼儿，长长地深吸一口气。"是的，我知道，你会参加那个派对。"

"哦。"我从来没有因为自己的行踪向父母撒过谎。我之前也从来没什么地方可去。

"你可以带毕恩丝一起，如果你愿意的话。"

我和毕恩丝已经很多年不是朋友了。不算是朋友。三年级的时候，毕恩丝刚从俄亥俄州搬过来，留着多萝西·哈蜜尔的发型，书包外面缝着4-H俱乐部的徽章，那时，她一个朋友也没有。那时，我和她是最好的朋友。有很长一段时间，一直到小学毕业，毕恩丝都是我唯一的朋友。因为我一直就是那样。我只需要一个真正了解我的好朋友。大多数人不这么想。大多数人总想让更多的人了解自己。结果，毕恩丝也和大多数人一样。过了一阵，她已经交了很多好朋友，等我们上了五年级，有一点已经很明显，那就是虽然她是我最好的朋友，但我并不是她最好的朋友。

不知道为什么，我们全家似乎都不知道毕恩丝和我已经不是好朋友了。我仍然可以给她打电话，她也仍然会很热情，但是感觉会很怪异。不论我告诉妈妈多少次，毕恩丝还有很多很多其他朋友，妈妈依然始终认为我们俩还像从前一样。也许是我不想让她知道，因为她要是知道了，就会唠叨个不停，让我再去结交新的朋友。我不想向她解释我是谁。我是那个在书包里放一本破破烂烂的《中世纪读者便携版》的古怪的女生，那个只穿半裙、通常搭中世纪皮靴的女生，那个会盯着别人然后被人发现的女生。我不想被迫告诉她，其实并没有很多人排着队想跟我一起玩。

而且，一旦你有了像芬恩这样的朋友，几乎就不可能在中学里找到哪怕跟他只是有那么一丁点儿相像的人。有时我会想，我会不会花上一辈子的时间，去找寻那个只和他有千分之一相像的人。

格雷塔拉开钱包的拉链。"我们俩一起活动，妈妈很高兴。你知道她干什么了吗？"

我摇摇头。

"她给了我十块钱。"格雷塔咧嘴一笑，把那张十美元的纸币从钱包里拿出来，在我面前晃了一晃，"她说结束之后我应该带你去吃冰淇淋。所以就这么搞定啦。你还想去吗？"

"我想是吧。"

"很好。穿上靴子。还有，一定要穿暖和点儿。是在树林里。"

"格雷塔？"

"嗯？"

"你知道葬礼上的那个人吗？"

"嗯。"

"他是芬恩的男朋友，对吧？"我尽量表现得满不在乎的样子。

自从那天收到茶壶，我感觉到处都会看到托比的影子。更糟糕的是，我不太记得他的长相，只记得他的身材。又高又瘦的男人随处可见，乍一看去，他们当中的任何一个都有可能是托比。

这几天，我一直在等待时机，想抓住格雷塔没有防备的时候。我想，如果我在她意想不到的时候问她点儿什么，或许她就会告诉我一些原本没打算告诉我的事。这么多年过来，我发现让她放松警惕最好的办法就是装傻。她一旦认为我不知道什么事，便会一股脑儿和盘托出。

"祝贺你，福尔摩斯。你才花了几百年就明白了。"

"我不是想说这个。"

"好吧，那你想说什么？"

"那他现在住在芬恩的公寓里吗？"

"对啊。人生真是不公平。你害死一个人，最后还能在上西区得到一套上好的公寓。"

"所以你认为肯定是他把艾滋病传染给芬恩的。你确定？"

"不只是确定。我知道他是故意的。那个人认识芬恩的时候就已经知道自己得了艾滋病。他知道这一点。"

"你怎么知道的？"

"我就是知道。我听说的。"

"那他真的相当于杀人犯吗？"

"没错。"她的语气变了。我对她知道的事情感兴趣，似乎让她突然开心起来。我想，也许我当时可以把茶壶和那封信，还有三月六日要在火车站见面的事都告诉她，也许等她听完，会惊叹我也难得有了自己的新闻。可是我说不出口。那封信里说了不要告诉任何人，也许托比是对的。也许，即使是杀人犯，有时也可能是对的。

"好吧。"

"什么好吧？"

"没什么，我就是想确认一下。"

"管他呢，竹恩。快点儿长大吧。这些已经都结束了。"

"嗯，我知道。"

我给毕恩丝打了电话。我猜是因为当时我以为自己应该主动，但是她说她出不来。所以我只能一个人去了，我，和格雷塔的一帮朋友。

后来，我们下楼去吃晚饭时，格雷塔杵了一下我的肩膀，然后往我牛仔裤屁股后面的口袋里塞了一张字条。"派对取消。"原来，很多人都出不去。可是因为我和格雷塔已经向爸妈撒了谎，于是我只好和她一起去参加音乐剧的排练。我将不得不坐在礼堂后排的红色丝绒座椅上，看着她一遍又一遍地变成血腥玛丽。

当然，派对取消让我松了一口气。不只是因为害羞或者社交方面的迟钝。不只这些。对于喝啤酒、喝伏特加、抽烟，或者其他所有格雷塔认为我连想都想不到的事，我都没兴趣。我不想去想象那些事。那些事谁都能想得到。我想去想象褶皱的时间、野狼出没的树林，还有午夜的荒原。我梦想着不需要通过做爱就能知道彼此相爱的人。我梦想着只会吻你脸颊的人。

那天晚上，我坐在学校的礼堂里，看莱恩·库克唱那首关于迷人夜晚的歌。莱恩一头金发，魅力十足。导演内博维茨先生不停地打断他，让他把某些段落重新唱了一遍又一遍，让他把感情流露出来，流露到脸上。

"我们应该能像读一首诗一样读你的表情。哪怕你一句话不说，观众席里的每一个人也应该明白你的感受。"内博维茨先生很年轻，留着浓密的黑色卷发。他想让莱恩纠正的是那首歌的结尾部分。那部分唱的是坚持、永不放弃。

莱恩试了一遍又一遍。我没听出有多大区别，但是内博维茨先生说："不错。有进步。"他让莱恩下去，又叫格雷塔上台。

"Happy Talk①，好吗？"

格雷塔点点头，走到舞台上。她没化妆，也没有穿戏服，只穿着T恤和牛仔裤，甚至连眼镜也没摘。她用一只手把头发拢到脑后，然后闭上眼睛。顿了片刻，内博维茨先生开始弹钢琴伴奏。

"一直往下唱。"他一边说，一边冲格雷塔点头。

----

① 音乐剧《南太平洋》中的唱段。

　　她把整首都唱完了，我看不出或者说听不出一丁点儿问题。等她唱完，内博维茨先生带头鼓掌，然后对坐在观众席里的其他演员说："都听见了吗？这就是我所期待的水平。"接着他又把目光重新投向台上的格雷塔，感谢她所付出的全部努力。要是我，这种话会让我尴尬得无地自容，而格雷塔却只是滑稽而又夸张地鞠了个躬，头顶几乎都要擦到舞台的地面，引得其他孩子一阵哄笑。我也笑了，因为这么长时间以来，这是我第一次看见她这么放松、这么搞笑。于是我也很高兴自己被迫来了排练现场。

　　格雷塔从舞台上下来，我又想起了托比。我想到"特殊朋友"可以有任何含义。不一定非得有什么大不了。芬恩从来没提起他，也许是因为他根本不重要。是妈妈用了"特殊"这个词。芬恩从来不会那样称呼别人。至少不会板着脸这么叫。也许那个人最后得到芬恩的公寓只是因为幸运。也许芬恩同情他。

　　大约八点半时，排练结束了。我在座位上没动，望着格雷塔、莱恩还有剧组里一群其他同学坐在舞台台口，一边晃悠着腿，一边说说笑笑。格雷塔现在就是跟这些孩子一起玩。聪明的孩子，不但聪明，而且受欢迎。他们无所不能。莱恩·库克、梅根·多尼根，还有朱莉·肯多利。格雷塔在那儿，看上去很开心、很放松。仿佛这里真的是南太平洋中的某个海岛。她看上去比其他人都小。一群人那样坐成一排，看着很明显，我不知道大家怎么会看不出来。莱恩有一点儿胡子。梅根和朱莉的腿都是成熟女性的腿，丰满而又匀称。格雷塔的腿则是瘦巴巴的，挂在舞台边上，使她看上去就像一个荡秋千的小孩子。

　　内博维茨先生向大家道晚安，然后又问格雷塔能不能等一下。其他孩子一个接着一个跳下舞台，抓起外套和包就走。格雷塔则跟着内博维茨先生出了礼堂。我留在后排等着，心想我不应该丢下格雷塔自己走。

"嘿，说你呢。我要关灯了。"我看出那是本·德拉亨特，他上高中三年级，是音乐剧的助理舞台总监。

我在昏暗的光线里点点头。

"我只是在等我姐姐，"我说，"我马上就走。"

本是那种让你觉得长大以后会很有钱的那一类孩子。并不只是因为他有多么优秀，而更多是因为他是那种似乎总是很有计划的人。他总是把头发扎成一个马尾，还有传言说他发明了一种新的计算机语言，不过估计这不是真的。他不是班上最好的学生，但是他很聪明，足够聪明。他抬起一只手，在眼睛上方搭起凉棚，冲后排的方向眯着眼睛，仿佛在眺望远处的大海。接着他便沿着中间的过道走了过来。等他走近了，他把我上上下下打量了一番，最后把目光聚焦在我的脚上。

"嘿，你就是那个穿靴子的女生。"他一边笑，一边点头，仿佛刚刚解决了某个难题。他正要在我旁边坐下，格雷塔从舞台下场口回来了。她站在台上，扫视着台下的座位。

"你到底来不来？"话音刚落，她转身就要走。

"来，来了。"我应道。我向本告别，然后一路小跑过去追格雷塔。回家的路上，她始终怒气冲冲地走在前面，把我甩下好几步远。等我们终于走到家，她一句话也没说。她径直跑上楼梯，冲进房间，"砰"的一声关了门。

15

自从芬恩去世，我的周末有大把的时间是在树林里度过的。爸妈会去办公室加几个小时的班，格雷塔会去参加额外的排练，而我就去树林里待着。有时，我会把大衣脱下来叠好，放在石墙后面，这样我就能感受刺骨的寒冷带来的疼痛。有时，我把自己想象成一个不幸的女孩，连御寒的衣服都没有，那感觉还挺好。

以前，我也并不是每个周末都会和芬恩一起做点儿什么，但总归这个可能性是有的。一大早，电话铃可能会响起来——通常是星期天——然后芬恩就在那头问，有没有人想一起去某个地方。他总是这样，问"有没有人"想去，但我知道，其实他在问我。

"你爱上芬恩舅舅了。"有一个星期天，芬恩的电话打过来之后，格雷塔对我说。

她一直在厨房那头看着我，看着我听芬恩说今天天气很好，适合去修道院博物馆，然后立刻就变得容光焕发。等我挂了电话，格雷塔笑嘻嘻地站在那儿，顿了几秒。然后她就对我说了那句话，说我爱上了芬恩，我差点儿就想打她。我握紧拳头，使劲儿塞进口袋深处，走出厨房，但是她跟了上来。

"谁都知道。"

我停住了，闭上眼睛，仍然背对着格雷塔。

"你知道我听见阿尔方斯夫人说什么了吗？"她说。

阿尔方斯夫人是妈妈在园艺俱乐部里认识的一个朋友。妈妈其实对园艺根本不感兴趣，但她还是会在每月的一个星期四晚上参加园艺俱乐部的见面会，跟其他那些很可能也不怎么养花种草的妈妈一起喝喝咖啡，聊聊天。

我仍然背对着格雷塔，拳头握得越发紧了。

"我听见她问妈妈关于你和芬恩的事。'一个女孩子，单独和舅舅在一起待这么长时间，有点儿怪，是不是？我不是说现在有什么奇怪的事情发生。我完全不是那个意思。'她是这么说的，但我能听出来她的意思是她认为这样很不好。我还能感觉到她跟其他妈妈也聊过这事。而咱俩那可怜的妈妈，她都不知道该怎么回答……"

我的拳头渐渐松开了，因为我非常仔细地在听格雷塔说话。可是接着我便想起阿尔方斯夫人和她那头烫得很卷的卷发。阿尔方斯夫人干吗要操我和芬恩的心？

"就是想告诉你而已，没别的。就是想让你知道你让妈妈处在怎样的境地，还有，大家都知道。"

"什么大家？"我问，尽管我其实一个字也不想说。

"好吧，如果你认为阿尔方斯夫人不会跟吉米聊这事，你就错了。如果你认为吉米不会告诉她认识的所有人，那么，好吧，随你的便。"

吉米·阿尔方斯是我们班的一个女生，很不起眼。在此之前，我从来就没想到过她。

"所以，继续去跟你心爱的芬恩舅舅见面吧。祝你玩得愉快。"

我不能让格雷塔这么得逞。我不能一声不吭就让她把我星期天的喜悦撕扯得一干二净。

"没什么见不得人的，因为芬恩是同性恋，大家都知道。"我扭头想看看自己是不是把格雷塔驳得哑口无言了，看看她的笑容会不会消散。但是没有。她笑得更起劲了。

她顿了一顿，然后说："我说的是你爱上了芬恩。我没有说芬恩爱你吧？"

我还能说什么？什么也说不出来。跟以前一样。

那天，我的确和芬恩出去玩了。我乘火车进了城，和他在中央车站会合，然后我们去了修道院博物馆，那是我们俩最喜欢的地方。一直如此。通常，我们会在几乎没人的时候过去——特别早或者特别晚，等到快要关门的时候。在这些时候，修道院博物馆比任何画廊或是西村①那家放映各种老电影的电影院还要好。甚至比霍恩哈达特自助餐厅还好，虽然后者像电影《杰森一家》里一样，在机器上付完钱，就能得到一盘真正的饭菜。

之所以说修道院博物馆最好，是因为那里就像身处曼哈顿南端的另一个时代。不是我随口说说而已。那里真的有一大片法式的中世纪修道院，是运到纽约然后组装起来的。连那儿的视野也堪称完美，因为河对岸新泽西那边的一整片土地都被洛克菲勒买下来了，所以那边什么也建不了。也许连洛克菲勒也需要不时地从自己所处

---

① 又名格林威治村。

的时代中抽身出来。

我努力忘记格雷塔说的那些话，但是无论如何它们都在那里，把一整天都污染了。我试着不要跟芬恩站得太近，试着不要笑得太多。但是没用。也许格雷塔是对的。也许我的确很恶心。

那天，我们没怎么说话。芬恩和我都是。我们走过用石头筑成的走廊，并没有真的在看什么。我觉得当个修道士应该很不错。那种不被允许开口说话的修道士。我想象着和芬恩一起坐在一间大石头屋子里，里面坐满了其他修道士，他们都安静得很，都在忙着用最薄的金树叶照亮经文的手稿。芬恩和我会隔着整个房间凝望彼此，一个字也不用说。我们会听见彼此心里的话。这就是我所想象的和芬恩之间的爱。我是这么讲给自己听的。这种爱并不恶心，因为它发生在另一个时代，而我也不是真正的我。

然而，当修道士不过是另一件无法实现的事，跟穿越回过去或是把芬恩永远留在这里一样，因为要想当修道士，你得是男人，还得信奉上帝，而这两件事永远也不可能发生。我不相信上帝居然会创造出一种疾病，害死像芬恩这样的人，而如果上帝真这么做了，那么我压根儿就不会考虑要信奉他。

在修道院博物馆的那天，我和芬恩坐在石头墙角的一张石头长凳上，那里光线昏暗，他问我认为人死了之后会怎么样。我摇摇头，假装没听见。跟芬恩在一起的时候，我有时就会这样。我会假装自己听不清楚，然后他就会朝我挨得更近一点儿。他的确过来了。那天，他在长凳上直接挪到我旁边，用胳膊搂着我的肩膀，又问了我一遍。

"所有这一切会怎么样？"他直直地看着我的眼睛。

我耸耸肩，说我认为什么也不会发生。我说我觉得一切都会结束，然后暗淡下去。

芬恩点点头说："我也觉得。"

要是我当时知道他是在说他自己，我一定会编点儿什么。我会立刻幻想出一个完美的芬恩天堂。

那个星期六的上午，我把托比的字条带到了树林里。每一根树枝上都积着陈雪，让整个树林看上去摇摇欲坠，仿佛随时可能塌下来。我沿着小溪上薄薄的冰面走，留意着狼的叫声。我把手窝成杯子的形状罩在耳朵上，闭上眼睛，仔细地听，但是什么也没听见。什么也听不见。

我把那张字条读了一遍又一遍。我开始感到无法逃离这一刻了。即便我脚上穿着芬恩买的那双皮靴。即便我脑袋里想着隼。仿佛只要想到托比，我的思绪就会被牢牢地固定在此时此刻。

我原本很确定自己不打算去见他，非常确定，但是现在我开始重新考虑了。万一他知道一些事呢？万一我也一直是个秘密呢？万一我可以出现在火车站，成为自己理想中的任何人呢？

16

D版，第26页！

那个星期天的早晨，扬斯基夫人往我们家的邮箱里投了一个信封，她在上面写了这几个字。信封里是前一天的《纽约时报》。爸妈平时不看《纽约时报》。他们看《纽约邮报》，而且只在星期天才看，所以要不是好管闲事的扬斯基夫人提醒，艾尔布斯家根本不会注意到这篇关于画像的文章。那幅画也会继续挂在壁炉上方的墙上，挂在属于它的地方。

是格雷塔发现那个信封的，也是她把那篇文章念给全家听的。她把大家都叫进了客厅。当时我在楼上穿衣服，因为毕恩丝和她的一帮朋友要去商场，她打电话来问我想不想一起去。我很确定是妈妈跟她的妈妈说起了我。我当然不想去，但是妈妈不停地提起这件事，说去一下对我有好处，还说如果你总是拒绝，就留不住朋友。于是我回电话说我去，心里想着要是不去，妈妈得唠叨我好几个星期。不过，也有别的原因。商场里的电影院在星期天会举办奥斯卡系列活动，播放最近几年获过奖的影片。那个星期上映的是《莫扎特传》，我已经和芬恩一起看了两次。所以我才同意去了。

自从排练的那天晚上到现在，格雷塔比以前更加孤僻了。我想问她内博维茨先生在办公室里都跟她说了些什么，但我知道，问也是白问。她要是想说，等她准备好了就会说的，而这一天很可能永远也不会到来。不管怎么说，至少对我是这样。

那个星期六的上午，格雷塔站在画像前面，我和爸妈坐在沙发上，面朝着她。看来她是对的。那幅画像的确让整个客厅都变得可怕。大多数时候，我们都尽量不去那里。没人想和那幅画像坐在一起。我们会坐在厨房的餐桌边，或者我和格雷塔会上楼回自己的房间。爸爸大多数时候会待在厨房边上的小办公室里。至于妈妈，不论画像挂上之前还是之后，她向来就不怎么坐下。

但是那天早晨，格雷塔把我们大家都叫了去，坐在画像对面。格雷塔站在那里，重心放在左腿，一只手插进屁股口袋。她的另一只手里握着报纸。

"好了，格雷塔，人齐了。念吧。我还有一大堆文件要看呢。"爸爸说。

"好的。别紧张，"格雷塔的声音里透着恼火，"不是什么大事。我们只是……出名了。"

"好了，格雷塔。把你手里那个给我们看一眼。"妈妈盘腿坐着，不耐烦地用手拍着一只脚。

"好吧。"格雷塔把页面转过来，于是我们都看到了。上面是芬恩那幅画像。我们俩的画像。我们两个人。画像是彩印的，占了半版。然后格雷塔便开始念。

如果你十年都没有出过新作品，如果你的名字是芬恩·韦斯，那么，公众一定会对你的最新作品有那么点儿好奇，想要一睹为快。韦斯在本月的早些时候去世（未经确认的报道称他的死因与艾滋病有关）——格雷塔有意突出了"艾滋病"几个字，接着又继续往下念——如果最近的发现可以作为判断依据，那么他显然对人物肖像产生了偏爱。这幅画的名字叫《告诉狼们我回家了》，画中是两个十来岁的女孩，一个白皮肤，另一个黑皮肤，她们的神情所表现出的亲密令人震惊，以至于让人感觉她们仿佛能够看透观者的内心世界。仿佛她们能够洞悉观者心中最黑暗的秘密所在。

据《艺术》杂志主编哈里特·巴尔称，韦斯因其作品的多样性而著称。"芬恩·韦斯"的非凡之处在于他能够驾驭任何媒介。他不但能用油彩和丙烯酸颜料作画，还能用石头、木头以及更具概念性的装置元素创作出精彩的作品。

令评论家和同时期的其他艺术家感到困惑的是，差不多十年前，韦斯从公众的视野中消失了，他深居简出，只有最亲近的朋友和家人知道他的住处。有人对他离开镁光灯表示赞许，称此举非常勇敢。更为愤世嫉俗的观点是他遁世仅仅是试图借机抬高自己作品的价值。其本人此前收藏的几件早期作品偶尔会在拍卖会上出现并以高价卖出，这一事实也让后一种论调显得更为可信。

"行了，格雷塔，可以了。"妈妈伸手要去拿报纸。格雷塔迅速把报纸藏到身后。

我只坐了沙发的一点点边，等着听余下的部分。

"让她念吧，"我说，"我想听。"

"念吧，丹妮，没事的。"爸爸伸出一只手，放在妈妈的膝盖上。

"有事。"妈妈把腿抽了回去。她站起身，出了客厅。等她走了，爸爸冲格雷塔点点头，示意她可以继续往下念。格雷塔清了清嗓子，轻轻拍了拍胸脯，又念起来。

虽然对他的动机众说纷纭，但是大家一致认为最新出现的这幅画像让我们得以一睹韦斯在"消失的"那几年里可能在做些什么。的确，巴尔认为这幅作品可能是他创作的巅峰。

这样一幅作品说明艺术家对他笔下的人物非常了解，而且，或许更重要的是，他对她们充满感情。看着这幅画，你会感觉如果伸手去触碰它，你的指尖都能被灼伤。你会感觉那两个女孩是活生生的人。你会感觉如果靠得太近，她们或许会咬你的手。

厨房的门"砰"地被关上了，我知道妈妈出去了。格雷塔抬头看了一眼，找不到刚才念到哪儿了。她用手指逐行搜索，终于找到了。

这幅画目前身在何处，尚不可知。这张图片是匿名寄给《时报》的，除了艺术家的姓名和作品名称，没有其他任何信息……

格雷塔垂下胳膊，报纸耷拉在她身子旁边。

"我不喜欢这样。"她说。

"什么？"我问。

"整个这件事。我们俩，我，出现在一篇关于某个死于艾滋病的人的文章里。"

"某个人？他是芬恩舅舅，格雷塔。"我说。

"我才不在乎他是谁。我不想一幅自己的大照片在'艾滋病'几个字旁边晃悠，行吗？你愿意吗？"她把报纸扔到茶几上，"我从来也不想跟那幅画像有什么瓜葛，可是每个人都说'你的芬恩舅舅这，你的芬恩舅舅那'。呸。他要是没死，我都想把他杀了。他很有名吗？非常有名吗？他可从来都没跟我们提过。"

"冷静点儿。这不过是一篇文章而已。"爸爸把报纸拿起来，折了又折，"甚至都算不上正儿八经的文章。在《纽约时报》艺术版的最后面。谁会看那儿啊，嗯？大家不会记得这种东西的。"

"这可是全国最大的报纸。"

"又不是说你有艾滋病。"我说。

"行了。够了。"爸爸把报纸扔进壁炉，掏出打火机，"这东西搅得全家人都不安宁，所以"——他弯下腰，摁下打火机，把火苗对准了报纸一角——"它该走了。"

小小的火焰上方挂着那幅真正的画像。画中的我和格雷塔望着现实中的我们目睹另一个版本的自己被烧成灰烬。

我什么也做不了。那篇文章我还没看够。我甚至都没有看完全文。我想再读点儿关于芬恩的事。关于他多么优秀。关于他为什么不再画画。我知道芬恩有点儿名气。当我们走进一家画廊时，从别人投向我们的目光里，我就能看得出来。他们会冲他微笑，上前来和他握手。我懂，但是这对我来说并不重要。他跟我在一起时，并没有名人的架子，而且我觉得自己从来也没想过他到底会有多出名。

刚吃完午饭，毕恩丝和她妈妈就过来接我去商场。我对毕恩丝说，我不介意单独和她妈妈坐在前面。我不想和一群自己几乎不认识的女生挤在后排的座位上。到了商场，我对毕恩丝说，我回头去餐饮区跟她会合。我撒了个谎，说自己要去西尔斯帮爸爸取点儿东西。然而，实际上我直接去了商场地下那层的电影院，这样我就能一个人重温一遍《莫扎特传》了。我一有机会就会去看电影，因为电影院就像树林，是另一个像时光机一样的地方。毕恩丝似乎并不在意。

"你想干啥就干啥吧，"她说，"我知道你来只是因为你妈妈想让你来。"

"不是……我……"

"没关系，我知道。三点去餐饮区找我们好了。"

《莫扎特传》是有史以来最棒的电影之一。芬恩跟我一样喜欢它，但是他说片中关于《安魂曲》的整个故事都是错的。没人认为萨列里委约《安魂曲》并且毒死了莫扎特。不过，如果芬恩仍然在世，那天下午我们很可能会一起去再看一遍。只是为了听里面的音乐，为了置身另一个时代，还因为我们俩都酷爱以悲剧收尾的影片。

我刚从商场回来，妈妈就到家了。正好赶上做晚饭。意大利面、肉丸，还有蒜香面包。晚餐聊天的主要话题是，把画像的消息告诉《纽约时报》的人会是谁。每次托比的名字被提起，我都会凑近一点儿，迫切地想多听见一些自己不知道的事。最后，我们基本上一致认定是托比干的。妈妈什么也没说。她还是不想谈论那篇文章，也不想谈论托比，但她似乎已经放弃阻止我们谈论它了。

"也可能是特拉斯基先生。"我说，"画像在他那儿放了一夜。"

"不可能。"格雷塔说，"特拉斯基先生干吗要掺和这种事？"

"或许他只是喜爱艺术。或许他想让每个人都有机会看到芬恩的作品。"

"对，没错。"

我耸耸肩，但我知道格雷塔应该是对的。托比是唯一有可能的人。因为那幅画的名称。我们都不知道那幅画叫《告诉狼们我回家了》。这种信息只有托比可能知道。

"那到底是什么意思？'告诉狼们我回家了'？"格雷塔问。

没人回答，因为我们都不知道。这只是芬恩留给我们的又一个谜。又一件我无法打电话去问他的事。

17

　　第二天放学后，我去了图书馆，事实证明，这不是最佳选择。我以为我会找到那篇文章，自己印一份，然后就拿到树林里去读。也许我会读两遍，也许会读上一百遍，也许更多。然而我事先不知道的是，图书馆那层的复印机坏了，于是我不得不请工作人员帮我复印。要是我拿去找楼上的图书管理员，估计也没问题，因为他不认识我，可我愚蠢地去了楼下的儿童区。我仍然很喜欢去儿童区，因为那里有明亮的色彩，那儿的书里讲的也是真正的故事。可是这个选择很愚蠢，因为儿童区的图书管理员是莱斯特夫人，从我大约五岁时开始，她就认识我了，所以她一看到那篇文章便眼前一亮。

　　"哎呀，竹妮。你们俩的这幅画真好看。"

　　我点点头。

　　"你们俩看上去都很……成熟，很聪明。"

　　我又点点头。

　　"也很漂亮。简直就像……呃……像一张照片。"莱斯特夫人咯咯笑了，"我们楼下现在有大复印机了。我可以把这一页的大部分内容都印在同一张纸上。"

"太好了。"我说。我一定表现得很着急，因为莱斯特夫人迈着碎步加速小跑去了柜台后面。等她重新出来时，手里拿着两份复印件。

"呃……我只需要一份。"

"我知道，宝贝儿，不过我们也需要留一份放在板子上。"

"板子？"

"张贴板。你和格雷塔出名了。你们是艺术品了。这儿能出点儿名人，多好呀。如果你明白的话……"

"别。真的，别。我们……我们都不想引起太多的关注。"

"我坚持想这么做。竹恩，你们已经被发现了。不要再隐藏你们的光芒。"

我知道阻止莱斯特夫人把那篇文章贴出来的唯一办法就是告诉她，画像的创作者是我的舅舅芬恩，他刚刚死于艾滋病，我们全家对这个话题都有点儿敏感。对莱斯特夫人来说，听见"艾滋病"这几个字估计就足够了，可是我说不出口。我没法站在那儿，假装自己因为芬恩而感到难堪。

我拿了我的那份复印件，把印着画像的那一面向内折好，回到楼上，回到棕灰色调的图书馆主馆。我向张贴板走去，想看看等她把那篇文章贴上，我有没有办法能撕下来。趁没人看见的时候。可是不可能。所有的通知都在一扇带锁的玻璃门后面。

我带着那篇文章的复印件去了树林。我把那张纸折得很小，小到能塞进大衣口袋。我一直走到能听见狼叫声的地方。文章里没有再提及多少关于芬恩的事，只说了这些：

韦斯卖出的最后一幅画，或许也是他最著名的作品，是他的一幅自画像《这位老人》，画中，他光着身子，只穿了一件邋里邋遢的羊毛夹克，对着一池塘的鳄鱼，手里捧着一只巨大的人类心脏。他的胸脯上画着一道锯齿状缝合的疤痕，上面写着"空的"。打动观者的正是这一姿态所表现出的真诚。画中没有讽刺，只会让你感觉自己在见证画家即将让那湿乎乎、正在跳动的东西从手中滑落的一瞬间，让你感觉自己真的得到了他想给你的一切。这幅画在1979年的一次拍卖中以超过20万美元的高价卖出。根据苏富比拍卖行的估算，《告诉狼们我回家了》的价格可以高达70万美元。

这幅画很值钱，我以为这对我来说会是一件大事，可是并没有。我们永远也不可能把它卖掉，所以其实也就无所谓了。我注意到的是，报纸上的照片里并没有纽扣。我的T恤上没有装饰，就是一件普普通通的黑色T恤，上面一粒纽扣也没有。

等我回到家，画像已经不在壁炉上方挂着了。爸妈把它重新装进了黑色的垃圾袋，开车送到了纽约银行，让他们把画像放进了银行地下室某个地方的保险库。我的脑海里浮现出我们的脸，我和格雷塔的脸，凝视着黑漆漆的保险库。我想，至少我在那里并不孤单。在那样一个伸手不见五指的地方，哪怕跟格雷塔在一起，也比自己一个人强。

18

爸妈的专长是帮餐厅做账。因此，艾尔布斯家的人在韦斯切斯特全镇的餐厅都可以免费用餐。即使外面有人排队，我们也能要到一张桌子。我以为这应该让我感觉自己像个名人，可是事实恰恰相反。很明显，我们都是普普通通的人，所以我们看上去就像一群插队的笨蛋。连格雷塔都觉得尴尬。爸爸也是。只有妈妈，她很享受那种偶尔当一下名人的感觉。

因为赶上葬礼和纳税季，还有格雷塔的排练，我们彻底错过了爸爸的生日大餐。他的生日已经过了差不多一个月。妈妈最后拿定主意，说她才不在乎这是纳税季中间的一个星期二。我们已经把爸爸的生日宴推迟了太久，所以，就这么定了。

他选了Gasho日本料理，这个选择堪称完美，因为爸妈并不给这家餐厅做账，而且，如果你心情不错，的确会觉得Gasho非常炫酷。它的创始人拆了一整座十六世纪的日本农舍，将所有的零部件都运到美国，然后重新组装，建成了一家餐厅。这儿的厨师在桌子正中央的滚烫的烤炉上做菜，餐厅后面有一个日式花园，里面有小桥流水，安静的角落里还有长椅供人们歇息。

要是你的心情不错，这儿的确是个好去处。可是，事实是，没有人心情不错。

原因在于，每次我们当中有人过生日，芬恩总会出来跟我们一起吃饭，一向如此。有时我们会去城里，由芬恩来安排。其他时候，他就会来我们这边。这是第一次没有他参加的生日宴。妈妈试图提议转而邀请英格拉姆家一起，可是没人赞同，连格雷塔都不同意。

"姑娘们，今天打扮得真漂亮。"我们爬进面包车时，爸爸夸了一句。我和格雷塔瞥了一下对方，都翻了个白眼儿。

格雷塔坐在我前面那排，她穿了一条白色细条纹的牛仔裤，膝盖上还有破洞。我穿着黑色的半裙和一件肥大的套头衫。我没穿芬恩给我买的那双靴子。那天晚上，我实在没法穿上它。

去Gasho的路上，车里静悄悄的，只有爸爸那盘"西蒙和加芬克尔金曲"磁带的声音。爸妈听的所有音乐都来自金曲集。仿佛他们连一首烂歌也不能忍受。汽车行驶在高速公路上，我的思绪则飞回到以前的那些生日大餐。爸爸的三十五岁生日是在西村那家芬恩认识的光线昏暗的摩洛哥餐厅过的。格雷塔十岁生日时，我们让IlVecchio的大厨在所有的比萨上都用甜椒摆出了"格雷塔生日快乐"的字样。我的十二岁生日，芬恩在一家很老的酒店里订了一个包间，让我们大家一起玩他在书里看过的那些维多利亚时期的室内游戏。他戴了一顶高高的礼帽，穿了一身燕尾服，从头到尾都是一口英国腔。等到那天晚上的活动结束，我们所有人说话时都成了英国人。连格雷塔也不例外。我们左一个pardon（对不起，请再说一遍），右一个would you mind terribly much（您是否介意），

swimmingly（一帆风顺）不离口，还想尽办法互相笑骂cads（卑鄙）和bounders（无赖）。

还有妈妈的四十岁生日，那天，我和芬恩坐在一起。那家餐厅很高档，屋子一角有位乐手在钢琴上弹奏爵士乐，所有的桌子上都摆着厚厚的正方形玻璃烛台，里面还点着蜡烛。那时我十岁，格雷塔十二岁。妈妈揭开芬恩送她的礼物包装纸时，我凝视着摇曳在她脸庞的烛光。这是芬恩送礼物的一大特色。你总会把他的包装纸保存下来，因为它永远比你见过的其他任何纸都要漂亮。那次，他用的是一种很深的暗红色包装纸，简直就像真正的丝绒做的，妈妈慢慢地、小心翼翼地揭开，生怕给撕坏了，等她把一端打开，便轻轻地从里面倒出来一本黑色封皮的写生簿。

那本写生簿最后的下场是去了格雷塔房间的一个书架上。芬恩在里面写了很短的一句话，"你知道你想……"，旁边是一幅很小很小的钢笔素描，画的是妈妈，手里握着一支铅笔。令人惊叹的是，虽然那幅素描只有半英寸高，但是你一眼就能看出来画的是妈妈。芬恩就是这么厉害。

那天晚上，其他人都在说话。爸爸在小声同格雷塔争执，因为她不肯把餐巾铺在膝盖上。芬恩坐在我旁边，一直在把他的餐巾折啊拧的，最后突然从桌子底下拿了上来，原来他已经折成了一只蝴蝶。我们看着他把蝴蝶投向格雷塔，对她说："给，我这儿有人需要在谁的膝盖上歇一会儿。"格雷塔咯咯直笑，从芬恩手里把蝴蝶接过来，立刻就铺在膝盖上，爸爸看了芬恩一眼，冲他微微一笑。我记得我当时在想，我也想要一只蝴蝶餐巾。我也想让芬恩为我折点儿什么。我刚要向他提出来，扭头便看见他正盯着桌子对面的妈妈。写生簿摊在她面前，翻到扉页的位置，她正低头凝视着那幅小小的自己的画像。过了片刻，她抬头去看芬恩。她抬头的动作很慢很慢，也没有像通常人们收到礼物时那样面带笑容或是表示感谢。没有。她只是坐在那儿，嘴唇紧闭，用一种悲伤而又严肃的眼神望着他，然后摇了摇头。接着，她把写生簿塞回包装纸里，随手朝桌子下面一扔。有一些瞬间会被定格，而那个画面就是其中一个。我不知道为什么有些记忆会是这样，一切都被原原本本地保存下来，仿佛被冻住了一样。而那个记忆——芬恩凝视妈妈的目光，还有妈妈慢慢摇头的样子——恰恰如此。

到了Gasho餐厅，我们跟着迎宾小姐来到其中一张高高的桌子前，爬上高脚凳。每张桌子大约能坐下12个人，大家围着一个大大的烤炉，厨师就在桌子的另一端，用一把短柄小斧头把肉切下来。爸爸点了两杯日本啤酒。然后，他看着我们俩，问我们想不想喝秀兰·邓波①。

"你知道，我又不是三岁，"格雷塔说，"我要喝健怡可乐。"

"我觉得，我也来杯可乐吧。"我也跟着说，虽然我其实很想喝一杯秀兰·邓波。

除此之外，那天晚上我们几乎没怎么说话。我估计那家餐厅里没人能猜出我们是出来庆祝生日的。爸爸问格雷塔音乐剧的情况，她只答了两个字——"很好"。妈妈说菜单有一个地方变了，但也仅限于此。我们都不像芬恩。我试着回忆其中一项维多利亚时期的游戏，可是什么也没想起来。也许我们还说了点儿别的，也许有些话被甜椒和洋葱嗞嗞的响声淹没了，不过，在我的印象中就是这样的。我坐在那儿，一边看着头戴白色高帽的日本厨师帮我们煎炸食

---

① 无酒精饮料。

物，一边在心里想，芬恩不在了，我会怎么样呢？我会一辈子笨下去吗？谁会把真相、把隐藏在人们视线背后的真实故事告诉我呢？怎样才能成为知道那些事的人呢？怎样才能成为拥有透视眼的人呢？怎样才能成为芬恩呢？

回家的路上，我又想起了托比的字条。我想到还有三天就到三月六日了，我要是去见他，该有多蠢呀。我再一次想到应该把这件事告诉爸妈。告诉他们这个人直接到了我们家门口，还请求我去跟他见面，还让我对此保密。现在把这一切都告诉他们，还来得及。

爸妈信任我。我知道这一点。而且，我也没有辜负他们的信任。我是个乖乖女，总是做该做的事。可是这次不一样。我知道托比有很多故事。他知道一些我从来没见过的关于芬恩的点点滴滴。还有公寓。也许我能有机会再去他的公寓看一眼。妈妈会称之为退而求其次。寻求最后一点点希望。妈妈会称之为贪心不足，但是我不在乎。如果你认为故事可以像一种水泥，就是你抹在砖头中间的稀稀的那种，就像蛋糕上的糖霜变硬、干掉之前的样子，那么，或许我觉得就有可能用托比所拥有的东西拼接出芬恩的模样，让他在我身边多待一小会儿。

19

"派对。明晚。百分之百确定。不许爽约。"

我洗澡时，格雷塔进了洗手间，隔着珊瑚粉色的浴帘悄悄对我说。

"什么？"

格雷塔又说了一遍，她放慢了语速，音量也提高到不让爸妈听见的最大限度。我还是听不清楚，便关了龙头，擦了一把耳朵里的水，从浴帘后面探出脑袋。

"什么？"

她无可奈何地叹了一口气，然后又重复了一遍。这回我听清了。

"爸妈明晚七点才能下班，所以咱们可以直接跟他们说你又要去剧组帮忙。行吗？"

我点点头，但是我的思绪已经飞到九霄云外了。派对和跟托比的见面在同一天。

"行吗？"格雷塔问。

"应该……行吧。好吧。"

"是在学校后面的树林里。"

我的树林。派对会在我的树林里举行。我在心里笑了。总算有一次，我会比格雷塔知道得多。我将是唯一对那里了如指掌的人。

格雷塔两只手背在屁股后，站在那儿望着我，好像在等我说点儿什么。"你知道那片树林吧？"

"我……知道。从餐厅后面能看见的那一片。"

她又等了几秒，然后点点头。

我重新把龙头开到最大，让水冲在脖子上。

隔着浴帘，我能看见格雷塔脑门的形状。我冲她杵了一下，她也伸手杵了回来，想要杵我的肩膀。我们俩都笑了，隔着那块粉色的塑料布胡乱地朝对方杵来杵去。

"行了行了。"格雷塔虽然嘴上这么说，但是手并没有停下来。

我从浴帘边上伸出一只湿漉漉的胳膊咯吱她，两人都笑得直不起腰来。

"姑娘们，怎么啦？"楼下传来爸爸低沉的声音。

我把胳膊缩了回来。

"没事。"格雷塔冲楼下喊。

每隔一段时间，我和格雷塔就会这样。就一两分钟。仿佛瞥见了我们从前的样子。

她把头从浴帘外面伸进来，把脸别过去，不看我光溜溜的身子。

"那你还会来喽？"

"来。你去吧。树林里见。"

20

　　我在纸上写了几条讨厌托比的理由。我想做好准备。我不想哭哭啼啼又呆又笨地出现在他面前。我想表现得很严肃。我希望自己能教他认清现实。

　　1. 记住，他是导致芬恩死去的人。说不定还是故意的。

　　2. 记住，是他连问都没问，就把画像——我们的画像——寄给了报纸，尽管那是我们的画像，跟他一点儿关系也没有。

　　3. 记住，只有非常可怕的人才会给一个十四岁的女孩写信，还让她不要告诉父母。

　　我看着这份清单，可是没用。我似乎对他讨厌不起来。芬恩没有恨托比。芬恩说不定还爱着托比。而且，托比很可能是世界上最后一个和芬恩说过话、看见他活着的人。于是，我又加了这条：

　　4. 托比是最后一个跟芬恩说话的人。托比是最后一个握住芬恩手的人、最后一个拥抱芬恩的人。那个人不是我，是托比。

　　这时，这张单子开始生效了。我想要当最后那个人，而不是某个又高又瘦、说话还带着哭腔的英国佬。

21

如果你站在横跨铁轨的苏马克大道上隔着围栏眺望，可以看见车站的整个站台。我迟到了，而且冻得瑟瑟发抖，因为我把那件看上去很臃肿的浅蓝色羽绒服塞在了书包里。我故意绕了远路，先是往北经过自行车店和美孚加油站，然后又穿过路德教会附近那片杂草丛生的田野。等我走近了，我开始想，说不定托比自己就不会露面。说不定他会在什么地方躲着，一边观察一边等，看我会不会来，就像我自己这样，我决定就这么对他。

我从栏杆上方仔细瞧着，尽量不让自己靠得太近。我甚至都不确定能不能认出他来，不过我还是认出来了。我一眼就看见他了。他坐在站台尽头的一张长椅上，膝盖抬到胸口，手指摆弄着鞋带。我能看出他也非常瘦，不过不是艾滋病患者的那种瘦。他看上去不像芬恩临死之前的状态。他看上去像是一直就那么瘦。

我站了一会儿，观察他。他不时猛然抬头四处张望一下，简直就像神经紧张的病人一样。仿佛他能感觉到我就在附近的某个地

方。他每次一抬头，我就立马跳出他的视野。

托比看上去比芬恩年轻。比我爸妈都要年轻。如果非要我猜的话，我会说他差不多三十岁，不过猜年龄不是我的强项。从我所在的位置能看见他纤瘦的脖子，还有巨大凸起的喉结；他的头发看上去很柔软，就像小鸟的羽毛散落在他头顶。托比起身沿着站台走了过来。他背着一个小小的蓝色双肩包，穿着牛仔裤、运动鞋，还有一件厚厚的灰毛衣，系着红色的羊毛围巾，但是没穿外套。他看上去很不起眼，我真好奇芬恩这样的人为什么会看上他，他低头盯着铁轨，然后扫了一眼手表。我听见火车进站了。

托比又低头看了一下手表，接着，我还没反应过来，他已经抬起头，正好冲我站着的地方望了过来。没等他看见我，我便往后跳了一步，也正是在这时，我决定不下去了。我还是不要见托比了吧。我做不到。我能说什么呢？不。我不下去了。我就从上面看着他。我要等到列车把他带走。他会明白我的意思。

我小心翼翼地挪回刚才站着的地方，使劲儿往下看。托比进入了我的视线，他正又一次抬头看我，直直地盯着我所在的位置。他用一只手搭着凉棚，一看见我，便张开另一只手的手指，微微挥了两下。我还没来得及决定不去理他，已经冲他也挥了挥手。我把一只手伸到刚刚超过栏杆顶部的地方，伸开五指。

然后，我笑了。只是最浅的一点儿笑意，而且我并没有想让自己笑。我不知道自己怎么会对害死芬恩的人笑得出来，不过我的确笑了，而且，这一笑似乎就定下了某种基调。那笑容仿佛将我束缚住了，仿佛它是一种承诺，让我别无选择，只能走下楼梯，来到站台上。

托比一直用一种忧虑的眼神仰头凝视着我。阳光洒在他的脸上，他的手一直举在那里，使他看上去就像中世纪油画里的人物，正用手遮住某个比他自己还要大的东西。他指指站台，冲下面点点头。我还没来得及拦住自己，已经在点头回应，朝着带顶棚的楼梯走去。我感觉自己的动作好像慢镜头。走啊走，仿佛楼梯总也走不完。

不过，当我踏上站台时，发现那里又亮又暖和，列车刚刚进站。托比面带微笑地朝我走来，他的笑容不是成年人那种堆笑且另有企图的笑。他的笑容很真诚。好像他看见我特别开心，简直不敢相信自己会有这样的好运。

"走吧。"他说，好像我们已经彼此认识了一样。

这个时间点有些奇怪。大部分人还没下班，而且即使下了班，多数也是往北走，从城里回家去。我踏上了南向的列车，尽量不去多想自己究竟在干什么。

我们上的那节车厢几乎没人。托比指指两排面对面的四个座位，问："坐这儿吗？"

我点点头，坐下了。托比坐在挨着过道的那一侧，和我斜对角。他的腿很长，膝盖支棱出来，于是我不得不靠着窗户，避免和他有肢体的接触。

"谢谢你来。"他说。我看得出来，他很想和我有眼神上的接触，但是我不想。我一直把脸扭向一边，盯着窗外站台上一块绝对伏特加的大广告牌。有人在底部写了Def Leppard①Rokz②几个字，不过又有人把Rokz划掉，改成了Sukz③。

---

① 威豹乐队。
② 棒极了。
③ 糟透了。

"没事。"我一边回答,一边眼睛仍然盯着窗外。

"你没被我吓着吧?因为我知道我在电话里给你留下的是什么印象,我也知道你的家人对我有什么看法,我一直想方设法跟你聊聊。"

列车出站了,慢吞吞地左右摇晃。

"没,你没吓着我。"

"好。那就好。"他凝视着过道对面的空座,然后慢慢转过头来,面朝着我,"你今天过来,有没有跟你父母说?"

一开始我没有回答,接着,我扭头直直地盯着他,说:"提出这种问题,倒挺吓人的,是不是?"

托比似乎担心了一下。他微微皱起眉头,好像意识到自己犯了个错误。不过,接着他哈哈大笑起来。"你说得对。是挺吓人的,非常吓人。不过,其实我不是那个意思。"他眨巴眨巴眼睛。他的眼珠是深棕色的,目光很柔和,让我想起一种动物的眼睛,就像马的棕色大眼。"芬恩经常说……"

他一提起芬恩的名字,我立刻坐直了一点儿。我的整个身体都变得紧张起来,托比一定看出来了,因为他又皱了皱眉,用一种讨好的眼神看着我。"哦,没什么。"他摆摆他的大手。他歪着头,想再次和我的目光相遇。他想判断我是不是信任他。

"不管怎么说,我的回答是没有。我谁也没说。"我的外套口袋里有一把瑞士军刀,螺丝刀已经打开了。以防万一。

托比把手伸进背包,掏出一只皱巴巴的Dunkin' Donuts纸袋,里面是一个法式扭扭圈。他掰下一块递给我。上面的糖浆黏糊糊的,有点儿融化了,整个糊成一团。我不想接,可我又是直接从学校过来的,已经饿坏了。

"谢谢。"我说。

我坐在那儿，把两股甜甜圈掰开，当我抬头时，发现托比也在做同样的动作。我们俩都笑了，都有点儿紧张，不知道该说什么。接着，我因为自己给了他笑脸而感到难过起来，因为我不想让他以为我们已经是朋友之类的。

列车减速了。门滑开了，一股冷空气涌了进来。托比似乎都没注意到车已经停了。我估计那时候应该已经快四点了，但是我一句话也不想说。我已经说了我不害怕，我也的确不怕。门又关上了，列车重新出发。

"就像DNA一样，不是吗？"托比对着窗户，举起扯开一半的甜甜圈，"你知道吧，双螺旋结构。"

这个口吻很像芬恩，我忍不住笑了。托比身上有一种让人觉得似曾相识的东西，我忍不住接过话茬儿。"Dunkin DNA，Dunkin血细胞，还有一包12个的Dunkin眼球……"

托比伸手捂住嘴巴，不让嘴里的甜甜圈喷出来。他的嘴唇上沾满了黏糊糊的糖浆。"还有Dunkin细菌，Dunkin病毒……"

我看得出来，他原本没打算说这个词——"病毒"。我把视线移向别处。托比垂下眼帘，当他重新抬起头时，他的表情很严肃。

"嘿，"他说，"你知道，我很想他。"

我把最后一点儿甜甜圈塞进嘴里，凝视着邻近铁轨的人家用栅栏围起来的后院。隔着一些窗户，能看见有些房子的厨房里有人正在准备晚餐。我把黏糊糊的手指在椅套上蹭了蹭。

"我也是。"过了一会儿，我说。

"他总是提起你，"托比说，"你知道的，对吧？"

我能感觉到自己开始微笑，两颊也红起来，我迅速把脸别了过去。接着，我明白了他的意思。我并不是一个秘密。托比知道我。

"嗯，对。"我一边说，一边耸耸肩膀，装出漫不经心的样子。

"真的。"

我们俩静静地坐着。我看见托比不停地摆弄手里的车票。折起来，又展开，再折起来，再展开。

"那……你也是搞艺术的？"我问。

"哦，不是。不是，我什么都不是。我就是一个废物，一事无成。"托比哈哈大笑，"有一次，芬恩想让我试试雕塑，可是……"他朝我看过来。我一定在皱眉头，因为他立刻变了语气。"我不知道。就是不行，真的。"

"我也是。"

"你为什么这么说？"

"因为我没多少艺术细胞。我连在班级里都排不上号。"我并没有打算跟他聊我自己，可是还没来得及打住，话已经脱口而出。

"呃……芬恩认为你很优秀，真的很优秀。"托比收起他的二郎腿，往我跟前凑过来，"芬恩说过，艺术并不在于用素描或是油彩画一幅完美的水果静物，而在于思想。而你，他说，你有足够多的好想法，够用一辈子的。"

"他这么说？"

"是啊。"

我的脸又红了，我把脸别了过去，望向窗外。有那么一瞬，仿佛芬恩也在那趟列车上，和我们在一起。仿佛托比的肩膀上坐着一个小小的芬恩的鬼魂，正在教他说每一句话。

我不想让自己被这种好话所蒙蔽，但是很难。我很难不想永远听着芬恩说过的关于我的每一句动听的话。我瞄了托比一眼。这些很可能都是他瞎编的。毕竟他才是那个特殊的人。而我只是那个又呆又笨的外甥女。突然，我感觉整个都不对了，这个人，这个陌生人，居然跟芬恩谈论过我。他居然知道关于我的各种事，而我却一无所知。

"那芬恩的公寓现在归你了？"我说。我听得出自己声音里的刻薄，我听出自己的口气更像格雷塔，而不是我自己，不过我不在乎。

托比垂下头。"我……"

"无所谓。我不想知道。"

又是一阵安静。

"你知道，你随时可以过来，"他说，"任何时候都可以。我是认真的。不论白天还是黑夜。"

我耸了耸肩。接着，还没等我反应过来，我已经感到眼圈开始疼了。我感到泪水正往上涌，我越想忍住，它就越想出来。我把头扭向一边，但是感觉到托比伸出一只手，放在我的背上。我退到一旁。我竭力放慢呼吸，直到感觉自己恢复过来。

"嘿，会好起来的。"他说。接着，他把旁边座位上的毛衣拿过来，放在他的大腿上。仅此而已。只是在说，如果我愿意，可以坐过去。我看了一眼那个座位，让他明白我知道他的意思，知道他想表达什么，但是我不打算过去。我不需要他的帮助。

他并没有把毛衣放回去。他抱着大腿上的毛衣，我们俩中间的那个座位就这么空着。列车又停靠了四站，我坐在那里，任它载着我，离家越来越远。驶出树林。离开郊外，来到冷冰冰的城市里。

列车驶入中央车站时，我们俩一起下了车。

他又感谢我过来见他，谢了得有二十次，还说他希望这不会是最后一次。他打开背包，递给我一个棕色的纸袋。"是芬恩给你的。"他一边说，一边向我凑近了些，然后迅速缩回身子。

"之后还会再有。"

我接过纸袋，但是并没有朝它看，仿佛它并不重要。

"那你为什么不直接带过来？要是还有别的东西。"

托比似乎有些尴尬。他把双手背到身后，低头望着车站脏兮兮的地面。

"因为，我觉得如果你都拿到了，就不会再来见我了。而我需要——我想让你再来。我非常想。"

接着，他把手伸进口袋，掏出来一厚沓钱，递给我。那些钱并没有码放整齐，而像是从某一大堆钱里拿过来随手塞进口袋里的。

"给。你知道的，如果你需要什么东西的话。"

我没仔细看，但是能看出来不是个小数目。我们的邻居开普勒夫人以前有时候会想给我和格雷塔每人一美元。她会说，只是因为我们俩看上去都是好姑娘。但是妈妈从来都不让我们拿。"除非是家里人，否则不能要别人的钱。"她总是这么说，然后让我们还回去。

"我不能拿。"我一边把钱推回去，一边对托比说。

"不不不，你可以拿，这是芬恩的，你并不是从我这儿拿钱。还有很多呢，别担心。"

"我想要的那种东西不需要花钱。"我一边说，一边把钱塞回他的手里。我不知道他有没有明白我的意思。我是想说，我想让时光倒流，我希望芬恩永远都不会遇见托比，永远不会染上艾滋病，我希望他依然活在这个世界上，只有我和他两个人，就像我一直以为的那样。

"哦。"托比回答，他似乎突然感到自己很愚蠢。我很好奇当时的场景会是什么样。我们俩站在拥挤的中央车站大厅中央，托比攥着那么一大把钱，只等着有人过来一把从他手里夺走。他试图把钱放回口袋，可是又塞不进去，就在这时，仅仅持续了一秒钟，我开始替他感到难过起来。

"好吧，好吧，"我一边说，一边把背包举到他面前，"但是你动作快点儿。"

他笑了，把钱扔了进去。"这也是芬恩希望看到的，好吗？"

我刚想说没人知道芬恩希望怎样，可是脑袋里突然冒出一个糟糕的念头，也许托比真的知道。也许只有我什么都不知道。

"我们可以……我不知道，要不去喝杯咖啡？吃个冰淇淋？喝点儿什么？"托比冲站里的小吃店轻轻点了点头。

我看了一眼站台上的大钟：四点五十。即使我真的想和托比去哪儿，也来不及了。我得回去参加派对。

我摇摇头。"我得走了。"

"当然。下次好吗？咱们还能再见面吗？"

我把托比上下打量了一番。他站在那儿，耷拉着肩膀。他的手指在拨弄毛衣边缘一根散落的线头，棕色的大眼睛直直地盯着我，仿佛他真的很在意我的回答。

"我……估计我会给你打电话吧。回头找时间。如果我没有别的更好的事情可做的话。"

托比的脸一下子亮了。他点点头，把手递过来，好像想跟我握手，但是我没有接。

"太好了。什么时候都行，好吗？任何时候都可以。我一直都在。还有，如果你有任何需要……不管是什么，真的。"

我们就这样告了别。托比问了我五六次能不能一个人回家，等他终于相信我没问题时，我们说了"再见"。他沿着拱道向出口走，然后又停下来回头看我。他一边笑，一边冲我挥手，那姿势仿佛在一部看不见的电话机上拨号。接着，他指指我。我点点头示意他离开，然后我去买了回家的票。我用的是自己带的钱。我自己的钱，不是托比刚才给我的。我没再朝托比的方向看。我站在站台上，低头望着脏兮兮的铁轨，一边等车，一边在心里想，恐怕我再也不会见他了。

22

学校后面的树林里，《南太平洋》剧组的成员几乎全来了。莱恩·库克、朱莉·康多利、梅根·多尼根，还有一部分技术人员——负责灯光和舞美布景的。这些人平时穿着一身黑，在幕布中间偷偷窜来窜去。要是我也在剧组里，肯定也是搞技术的。当时，我感觉自己就像一名舞台工作人员，躲在一棵大树后面，望着大家弓着身子围在一堆篝火旁。我还没看见格雷塔，已经先听见了她的声音。她那带着颤音的歌声穿越树林，传入我的耳朵里。我听到的是Bali Ha'i（《巴厘岛》）当中的几句，那首歌是血腥玛丽的重头戏。Island… sea… me… 接着歌声便消失了，我看见了她。我看见格雷塔正竖起一个酒瓶往嘴里倒酒。是棕色的，威士忌或者白兰地吧。我甚至都不知道格雷塔会喝酒。我也不想知道。

我是从火车站一路穿城跑过来的，感觉有点儿像是奔向自己最后一个成为正常人的机会。我迎着冷风往前冲，穿过一片片结着冰碴儿的雪地，逃离跟托比在一起的整个下午那种怪异的感觉。我感觉自己仿佛变了一个人。仿佛我正置身于一场关于某人的表演当中，那个人和我几乎一模一样，然而并不是我。

我等待着从大树后面出来加入派对的合适时机，可是似乎总也等不来。我站在那儿，感觉越来越冷，最后终于从背包里把外套拿出来穿上。我已经不在乎自己的模样了。我退后一步，绊了一跤，被几个学生看见了。其中一个就是格雷塔，她笑了一下，然后便扭头跟旁边的男生说了两句。另一个是本·德拉亨特。他低头朝我脚上瞄了一眼，然后便走了过来。

"看来，咱们又见面了。你就是艾尔布斯家的那个妹妹？"

我的脸红了。"嗯。我叫竹恩。"

"我之前就注意到你这双靴子。"

我把一只脚藏到另一只后面，想让靴子看起来小巧一些。我不想让本·德拉亨特盯着我的靴子看。这一天很漫长，我感觉自己已经没有力气去守护芬恩给我的这件最好的礼物。

"你上次就说过了。靴子怎么了？"我没想到自己的语气会这么刻薄。

"哦哦，淡定，淡定。"本举起双手，仿佛怕我打他，"没什么。只是……很酷……而已。我是不会介意有这样一双靴子的。"

"好吧，不卖。"

"我知道，"他一边说，一边哈哈大笑，"别担心。"

我不知道是不是格雷塔让本来关照我，不知道她是不是因为他才邀请我参加派对，也不知道那天晚上她有没有看见我们俩在礼堂里说话。

本走到一个小冰箱旁边，拿了一瓶。他递给我："来瓶啤酒？"

他已经打开了，所以我别无选择，只好从他手里接过来。我想着可以喝一小口，然后找个地方把剩下的倒掉。

"谢谢。"我说。

本把我从头到脚打量了一番。"你好像……比你姐姐高不少。"

"嗯，我知道。"

我们俩尴尬地在那儿站了一会儿。

"你想不想去散散步什么的？"本问。

我思考了几秒钟。也许这几秒有些过于漫长，因为本又说了一句："只是去走走，你知道的，不是什么生死攸关的大事。"

于是我说，好吧。倒不是因为我想跟本·德拉亨特一起散步，而是因为这样至少意味着我可以远离人群。我不想留在那堆篝火附近。格雷塔就在不远的地方喝酒，周围都是我不认识的人。如果我们到林子里去，那几乎就不像是在开派对了。而且，万一真有什么问题，反正那把螺丝刀还在我的口袋里。在跟托比坐车的途中，我已经把刀头收了起来，但是仍然放在口袋里，随时备用。我还带了一个手电筒，我说肯定用不着，但是格雷塔坚持要我带上。

我们向树林深处走去，这时，我听见有一个男生喊："加油，本！"

"别理他。"本一边说，一边朝我挨近了一点儿。

我们往小溪走时，他停住了脚步。

"你听见了吗？"他说，"听着像是，我不知道……狗之类的。"

"有可能是狼。"我刚说完，就后悔了。

他哈哈大笑。"是哦，对。差不多一百年前吧，这儿的狼就已经全被打死了。你得再往北走好远好远，才能遇到狼。"

"我们又不是无所不知。说不定北边的狼可以走到威斯切斯特这儿来啊。我们怎么会知道？"我又喝了一口啤酒，胆子突然大了起来。

"嘘，"他说，"咱们听听看。"他举起两根手指贴在唇上。"不管怎么说，"他小声道，"并非所有的狼都是坏的。"

我垂下眼睛。"对。不是所有的狼都是坏的。只是……只是自私。它们就是这样，又饿又自私。"

他不知道该怎么回答。"是啊，呃……反正很可能只是郊狼，或者是狗，也可能是杂种狗。"他四处张望了一圈，目光又回到我身上。他牵起我的手："如果你愿意，咱们可以去找找看。"

篝火在我们身后烧得正旺。人们围在一旁，把啤酒往嘴里倒。树林深处有星星点点的光亮，那是其他离开火堆的人拿着的蜡烛和手电筒。

"我不觉得我想知道。"我不想告诉他，其实我愿意相信真的有狼。

"你为什么不想知道？"他把手伸进大衣口袋，然后掌心向上朝我递过来，"你玩过龙与地下城吗？"

我摇摇头。

"啊，那好……"本有些得意，开始向我解释其中的百分比、角色设置，还有经验值。接着，他递给我一个形状很怪异的骰子，让我掷出去。

"来，"他说，"就这儿。"他伸出双手，掌心放平。他的手跟我爸爸的手一样大，声音低沉而又平稳。他的下巴上有一小撮胡楂儿。当时只有我们两个人，我和本·德拉亨特相差两岁，不知道为什么，这两岁的年龄差反倒显得比仅仅几个小时之前，我和托比之间十五甚至二十岁的差距还要大，还要深不可测。我也不知道自己到底想干什么，但还是让骰子从我的指尖滑落到他手上。

"好极了。"他说。

"什么？"

"我成功说服你去找狼了。"

"是吗？"

"当然了。你有……呃……一分经验值都没有。"

我在那儿站了几秒，心里想着是不是应该往回走。我真正想做的是直接离开这儿。可是，篝火附近，我已经看不见格雷塔的身影，而我要是走掉了，自己回家了，格雷塔肯定会倒霉的。我不能这么对她。

"那……好吧。"我说，"咱们走吧。"我朝错误的方向指过去，远离我知道的狼所在的位置，然后我们便出发了。一路上，本滔滔不绝地说着龙与地下城，还有《银河系漫游指南》里的各种探索和他最喜欢的部分。每走一段，我们会停下来坐一会儿，本会从他的大衣口袋里再掏出一瓶啤酒来。我不会说我真的很享受这种感觉，但是感觉还不错，很放松。于是让派对显得也还可以接受。

我领着本绕了一大圈，最后又回到篝火上方的小山上。

"看来没有狼。"他一边说，一边把手放在我的背上。

这一天里，他是除家人以外第二个主动触碰我的人，感觉怪怪的，仿佛他和我截然不同。

"应该是吧。"我上前一步，于是他的手落下了。接着，我笑笑说："但这并不意味着它们就不存在，对吧？"

他开始争辩，但我已经朝着山下的篝火小跑过去。等我回到那儿，火堆仍在发出暗淡的光，人们堆在上面的树叶冒着青烟。那些没喝完的啤酒罐里散发出一种发酵似的气味，虽然天色似乎还早，但是孩子们已经开始走了。没人想让父母认为自己得寸进尺。我扫视着一张张面孔。不知道过了多久，只知道等了好久，还是不见格雷塔的影子。她还没回来。我看到她的朋友，却怎么也找不见她。

我站在那儿，不知道该怎么办。书包的重量压在我的肩膀上，我能感觉到自己多么想赶快回家。我想数数托比给了我多少钱。我想把那个棕色纸袋里的东西都倒出来，一一摆在房间的地板上。我想睡觉。我现在需要的，只是格雷塔赶紧回来。

我问周围的人有没有看见她，可是没人看见。有一个女生说感觉她跟罗伯·乔丹一起走了，但是又不太确定。

我觉得格雷塔不会把我丢下的。这次不会。这次她要是没跟我一起回家，那她的麻烦就大了。

一大批学生往学校走去。本也在其中，他朝我喊："你没事吧？"

我点点头，向他摆摆手："没事。"

他也冲我挥了挥手，然后消失在树林里。

火堆周围只剩下几个学生在那儿坐着。烟熏得我眼睛难受，而且我又渴又饿。我回头往黑漆漆的树林里走了几步，不费吹灰之力就感觉自己变成了中世纪一个可怜的农家小女孩。她在树林里，绝望地想找到自己唯一的姐姐。

"格雷塔，"我朝黑黢黢的树枝下方轻声呼唤，"来吧，格雷塔，告诉我你在哪儿。"

我走下小山，远离了学校和篝火，一直走到小溪旁边。我不停地叫着格雷塔的名字。先是温柔地叫她，然后又提高了音量，同时仔细听着有没有回应，可我听见的只有头顶上方传来的声音。要么是枝头的一只猫头鹰，要么就是细小的枝丫断落下来。我沿着小溪往树林深处走，走的就是我每次一个人来时的路线。那天晚上，月亮只剩下了最细的月牙，可我并不害怕。我不停地对自己说，我一点儿也不害怕。

我想起了手电筒，于是一边把开关打开，一边继续大声叫格雷塔的名字。

"出来吧，别闹了。"

起初，我担心会发现她和某个男生在一起，在做我理应连想都不敢想的事。我心里想，要是那样，我们俩——甚至是我们三个人——该多尴尬呀，可是现在，我已经不在乎了。我的脚指头已经冻麻了，我得回家。

我继续沿着小溪往前走，因为我不知道还能做什么。我几乎就要回头了，可我不停地对自己说，"再走几步"，心里想着也许再走几步就能找到她。我一边走，一边用手电筒在地上来回扫视。我照到了闪闪发光的啤酒瓶，有一次还照到一串钥匙，于是便捡起来放进口袋。我不停地叫格雷塔的名字，一声比一声响亮。也许她走了，也许她已经彻底把我忘了。

就在这时，手电筒照到了一棵大树根部的什么东西。我看了看四周。是我的树。我那棵枫树。还有那堵古老的石墙。我在自己的老地方。某一瞬间，我感觉回到那里很是自在，可是这种感觉很快就消失了，因为在晚上，那里并没有什么特别之处，一点儿都不像中世纪，只有寒冷和黑暗。

我把手电筒的光投向地上那个反光点，朝它走过去，心里想着估计是一个碎了的啤酒瓶，可是等我走近了，却发现是一副眼镜上反射过来的光。那副眼镜戴在一张脸上，是格雷塔的脸，脸上还有泥。树林的地上，只能看见她的脸和脸上那副圆形的银框眼镜，乌黑发亮的头发被紧紧地拢在脑后。她闭着眼睛，那一刹那，我浑身都僵住了，因为我真的以为树叶底下只有她的头。

"格雷塔。"

我伸手去摸，立刻便摸到了她的身体，被埋在厚厚的一堆湿冷的树叶下面。仿佛泥土就是她的床，而她把树林里的大地围裹在身上，当作被子。她看上去很平静，仿佛她就属于那里。要不是我是她妹妹，要不是天太冷，或许我会以为她很清楚自己在做什么，然后把她丢在那里。我晃了晃她，她蜷成一团。

"格雷塔，快点儿，起来。"我把她扶坐起来，让她靠在我的胳膊上。我拍掉她胸前湿漉漉的树叶，想把她摇醒。

她呻吟一声，想重新躺下来，但是被我紧紧扶住。

我回头望了一眼，篝火连一点儿火星也看不见了，肯定是有人把它扑灭了。大家肯定都走了，只剩下我和格雷塔。

我把格雷塔脏兮兮的眼镜和手电筒都放进口袋，再一次试着把她叫醒。我摇晃她的肩膀，大声喊："格雷塔。米歇尔。艾尔布斯。醒醒。"

她的眼皮动了动，但是她使劲儿扭着肩膀，想把我的手甩掉。

大多数时候，我愿意付出一切代价，只要能让自己缩小一点儿，变得像格雷塔那样小巧玲珑，可是那天晚上，在那片几乎看不见月亮的夜空下，我很庆幸自己人高马大，也有力气。我把她拖到树干旁边，扶她靠在上面坐着。接着，我单肩背起书包，然后在她面前弯下腰，后背对着她的肚子，把她的胳膊搭在我的脖子上。

"一……二……三。"我一边数，一边向前俯身，摇摇晃晃地站起来。她的手指没有力气，就像喝醉了一样，于是我一直弓着身子，怕她摔下来。我的眼前浮现出小时候的一幅幅画面，跟现在恰好相反，是格雷塔在后院让我骑在她的背上玩。

我不知道到家以后该怎么办，我只知道得先把我们俩弄回去。

我把一粒口香糖嚼软了，然后塞进格雷塔的嘴巴，我知道这样很恶心，但是我只想出这个办法来掩盖她嘴里的酒气。我们出发了，我背着姐姐在前面跑，狼群在我们身后。仿佛我们俩是一个故事，一个真正的故事，不只是我编造出来的。

我一路走，累了就停下来把格雷塔放下，休息一会儿。我在树林里待了很久，直到不能再待了，才出来走到常青转盘，我知道从那儿可以从莫雷利斯家和克莱恩斯家中间抄近道到杨街，然后就可以拐到我家那条街上了。就在那里，在他们两家中间的那片杂草丛中，格雷塔对着我的后脖颈小声说："还记得看不见的美人鱼吗？"

她的声音很哑，听上去很疲惫，仿佛是另一个人在说话，而不是格雷塔。我当时正喘着粗气，于是便停下来休息。

我点点头。我记得。皇后区有这样一家热带鱼的展览馆，叫海王星的洞穴。那间屋子很大很大，光线昏暗，像仓库一样。里面的鱼缸堆了至少六层高，一直堆到屋顶，高高地耸在我和格雷塔的头顶上方，有黄刺尾鱼，有黑摩利鱼，有孔雀鱼，还有接吻鱼。

格雷塔会拉着我的手，我们俩会在过道中间跑来跑去。我们当时的那个故事是这样的：所有的鱼都被困住了，而我们俩是自由的，因为我们是别人看不见的美人鱼。我们会躲起来，哪怕根本没人在找我们。那个展览馆的老板是爷爷的一个朋友，所以虽然我们已经不住在皇后区附近，但是爸爸仍然担任他家的会计师。

"记得那个蓝色的地方吗？那间蓝色的小屋子。"格雷塔喃喃地说。

我点点头。那是他们照顾新孵出来的鱼宝宝的地方。

我的后背很痛，我真想把格雷塔放下来。她已经醒了。她可以站起来。我可以把她放在路边，然后再跟她聊别人看不见的美人鱼。可是我知道，如果我这么做，这个瞬间就结束了。她一看到我的脸，就会记起来要刻薄。她会想起自己是谁。

"怎么了？"我问。

"我不知道，只是有时候……有时我会想起那些东西，想起以前的样子。"

我几乎想对她说，可以回到从前的样子。如果她不再这么刻薄，我们可以回到从前。但我没有说出来。我不确定是不是真的这样。

于是，我只回答："也许咱们什么时候可以再去一趟。"

"嗯，我们可以再去，对吧？"此时此刻，就在我的肚子里，我能感觉到自己是多么想念她，想念那个真正的格雷塔，从前的那个格雷塔。

"格雷塔？"我感觉到她在点头，"内博维茨先生那天晚上想要干吗来着？"

我知道，向她提问是有风险的。她从我背上挣扎着下来，踉踉跄跄地站在街上，裹紧大衣，低头望着脚下。

"没什么，"她嘟囔着，"他什么也不想要。"

"他是不是，想……"我给了她一个眼神，暗示她刚才想暗示的意思。那个念头似乎让她一下子醒了，让她又变回了自己。

"哎呀，竹恩，别这么恶心。"她醉醺醺地用手背冲着我摆手。

"好吧，那……是什么啊？"

她把我上下打量了一番，接着，她皱着的眉头突然舒展开来，脸上挂起了谨慎的笑容。"机会，竹恩。大好的机会。"接着，她飞快地一转身，沿着街往家走。几秒钟后，她又停住了，转身面朝着我。她肯定是转身太急，因为她摇摇晃晃，最后抓着别人家的邮箱才直起身子。等她站稳了，便死死地盯着我。

"你知道我跟梅根说我舅舅死于艾滋病时，她说了什么吗？猜，你猜猜。"

"行了，格雷塔。咱们得走了。"

"不。这是最精彩的部分，竹恩。你会喜欢的。梅根特别认真地看着我说：'哇，那可以写成一篇绝佳的大学论文。有了这样的素材，你肯定稳操胜券。'"格雷塔哈哈大笑，笑得停不下来。她坐在路边，笑得浑身直颤，直到她咳了起来。

"行了。"我说。

"可是很好玩，不是吗？对不对？"

"嗯，真好玩，格雷塔。太好玩了。"我去握她的手，想把她拉起来，可是她一把将我挡开了。她止住了笑，表情突然严厉起来。

"你以为我不想继续去芬恩家，是因为我不在乎吗？你真的认为我从小就认识的这个人要死了，而我却不在乎吗？"

我还没来得及说话，她便猛地站起身。她轻蔑地冲我胡乱挥了挥胳膊，然后便跑开了。我凝视着她的背影，她身子前倾，好像随时要摔倒的样子，一路跌跌撞撞地往家跑。

夜晚的空气让格雷塔清醒了，因此她上楼时没有摔倒，她换了睡衣，然后就爬进了被窝。

我脱下带着烟味儿的衣服，然后下楼去跟爸妈报平安。

"你知道吗，竹恩，"妈妈说，"我想跟你说，看见你和格雷塔重新一起玩，我真是打心眼儿里高兴。"

此时此刻，似乎连点头也成了一种谎言。

23

托比给我的棕色纸袋里是这些东西——

四盘莫扎特《安魂曲》的磁带，还有一张字条。

我飞快地爬上床，把耳朵贴在墙上。我和格雷塔都躺在床上时，我们俩的头正好隔墙挨着。要是没有墙，我们俩就并排躺在一起了。我听了一分钟，想判断她睡着没有，我没听见动静，便拉开书包的拉链，把磁带倒在床上。我一眼就认出来了。

那是一个星期天，芬恩带我去了4街上那家淘儿唱片（Tower Records）的古典分店，这些磁带就是在那儿买的；芬恩买了四种不同版本的莫扎特《安魂曲》，这样我们就能分辨哪个版本最好。在芬恩告诉我之前，我甚至都不知道还有其他版本存在。

他说，就像百事可乐挑战赛一样，我们随机盲选一个版本来听。我有一种不好的预感，那就是所有的版本在我的耳朵里都是一样的，然后我就会在芬恩面前显得很笨，不过，后来发生的事并非如此。

"这些版本的差别很大，会大到让你吃惊。"他说。他微微笑了一下，我猜到他是看穿了我的心思。

我们打了一辆出租车回到芬恩的公寓，用那只俄罗斯茶壶泡了一壶茶，又端出来一大碗红壳开心果。然后他把茶几推到一边，这样我们就能平躺在他那块漂亮的土耳其地毯上了。然后我们就开始听。

其中有两个版本的差别之大简直让我气愤。居然整个结尾都不一样，后来芬恩告诉我说，这是因为莫扎特去世之前并没有把《安魂曲》写完，所以即使到了现在，人们依然会争论哪部分他没写，以及这些部分该如何处理。不过，我并不在乎这个。对我而言，这两版听起来压根儿就不对。就连另外两版也不如我们之前听的，就是我们一直听的那版，我也这么跟芬恩说了。

听我说完，他似乎有些悲伤。他拍拍我的肩膀，对我说他明白我的意思。通常而言，你听到的第一个版本会让你钟爱一生。

纸袋里的另一件东西是一张字条。上面是这样写的：

亲爱的竹恩：

如果你在读这封信，那就说明你来火车站见我了，我想谢谢你来。所以……谢谢！

我要承认，我偷偷看了一眼袋子里的东西，我看见了那些磁带，于是我就想，也许有很多你知道的关于芬恩的事，而我却不知道，同时也有很多我知道的事，而你却不知道。我们俩有很多很多的故事可以彼此分享。但是我接着又想，那恐怕是不可能的。

不过，如果你有兴趣，一切照旧。老地址，老电话。

跟芬恩的一样。我不怎么出门。我一般都在家。

带着爱意的我。

托比

读完，我便把托比给我的钱一股脑儿倒了出来。有各种面值的纸币——一块的、五块的、二十的，甚至还有五十的。总共是763美元，我这辈子都没见过这么多钱。捧着这样一笔巨款，我感觉自己就像一个小偷。感觉自己和小偷只有一步之遥，因为似乎托比才是那个真正的小偷。

我把这些东西都放在衣柜的最里面，和茶壶还有托比给我的第一张字条放在一起，然后就睡着了。被窝里暖烘烘的，一如既往地完美，而这一天是如此漫长。应该是我这辈子经历过的最长的一天了。我感觉自己有了证据，能够证明并非每天都一样长，也并非每一段时光都有同样的分量。能证明在世界的上方还有各种各样广阔无垠的其他世界，如果你希望它们存在的话。

24

"看看这个。"爸爸递给妈妈一页折起来的星期日《纽约邮报》。她正在厨房的台面上切蘑菇,准备做煎蛋卷。

"什么东西?"

"你看一眼就知道了。"

妈妈用毛巾擦擦手,靠在爸爸的肩膀上,他把报纸举着。她一边看,一边皱起了眉头,然后便转身走开了。

"不用了,谢谢。"她说。

"不过,这事儿值得想想。"爸爸说。

格雷塔还在睡觉,所以餐桌这儿只有我和爸爸两个人,在等着煎蛋卷。我们俩都喜欢蘑菇奶酪口味的。我用一个已经有划痕的旧韦尔奇果酱罐玻璃杯喝果汁,那个杯子上还残留着斑驳的印花,是摩登原始人弗雷德那身橘色的原始人服装。

"什么事?"我问。

"没什么,"妈妈说,"收起来吧。"

爸爸无助地看了我一眼，似乎在说，要是他能做决定，就可以给我看了。他坚持了一下。

"她已经十四岁了，丹妮。"

"我不管。"妈妈从他手里一把将报纸夺了过去，"没什么好商量的。"

我把最后一口果汁喝完。

"我已经不是小孩子了。"我声援爸爸。

妈妈叹了一口气，把手中的刀放下。她打量了我一番，又叹了一口气。"我知道，竹妮。我知道。"她瞥了一眼报纸，接着又看看我。"给。"她一边说，一边把报纸递到我手里。

我本以为会看到另一篇关于那幅画像的文章。没想到是一条大字标题，说有一个士兵明知自己有艾滋病，但还是跟一个男人和一个女人做了。现在他们三个都得了艾滋病，那个士兵很可能会因此而坐牢。

"有什么想法？"爸爸问。

"我不知道。"

"那个人——那个托比……会让你想起他来。"爸爸没有看我的眼睛。

"你觉得他应该坐牢吗？"我想起火车上的情形。我想着他是怎样从城里一路把那些磁带带给我的。我想着他看上去似乎没那么坏。

"对，他当然应该坐牢。他就是个杀人犯。"声音是从门厅传过来的。格雷塔站在那儿，倚在墙上。昨晚她有一场排练，现在眼睛周围全是灰不溜秋脏兮兮的妆，看着就像传说中的某种食尸鬼。她直直地盯着我。"不是吗？"

"我觉得不是吧。"

"你觉得？"

我不知道该说什么。从两天前那场派对到现在，格雷塔一句话也没跟我说过。此时此刻，她站在那儿，手里端着一杯咖啡，自以为很酷的样子。仅仅两个星期前，她才开始喝咖啡，可她那副架势好像已经喝了一辈子似的。

"为什么什么事儿最后都得让你们俩吵起来？"妈妈问。

格雷塔只是得意地一笑。

还是那个星期天，后来，我和格雷塔坐在餐桌旁写作业。那天下着雪，雪不大，妈妈给我们俩每人做了一杯热巧克力。她在厨房里晃悠，似乎在等待着什么。自从芬恩去世之后，她经常这样。有一次，她不知道我在看她，拿起电话的听筒放到耳边，就那样站在那儿，等着。她始终没有拨号。现在，她站在那儿，盯着吐司机。

"姑娘们。"过了一会儿，她说。我们抬起头。"这是给你们俩的。"她拿出两个小小的棕色信封，其中一个写着我的名字，另一个写着格雷塔。

"里面是什么？"格雷塔问。

"钥匙。"妈妈把两只信封分别放在我们俩手里，"你们随时可以去北街上的纽约银行看那幅画像。你们俩都可以去。"

我撕开信封，让钥匙滑出来，滑进我的掌心。

"保险箱的号码是2963。你们只需要告诉他们这个就行。他们会把它拿出来，放在一个私密的房间里，你们想待多久就能待多久。"

"说得好像我会去似的。"格雷塔说。

"没人说你必须得去，格雷塔，但是这是你们的画像，你和竹恩的，所以你们俩应该有权利随时能看到它。我就说这么多。"

我把钥匙丢回信封，心里想着要把它也放到衣橱的最里面，和托比的字条、茶壶还有那些《安魂曲》的磁带放在一起。我以为自己或许永远也不会去看那幅画像，不过也不确定。

格雷塔把杯子里最后一口热巧克力喝完，说了一声"随便"，拿起钥匙便径直走出厨房，连看都没看我一眼。

晚饭后，等大家都忘了那张报纸的事，我又把关于那个士兵的那一页抽了出来。我又读了一遍，我恨他。怎么会有人这么自私？我永远也不会跟这样的人一起坐火车。我永远也不会从他手里接过来一个甜甜圈。

我把那篇文章折好，塞进信封，写上托比的名字和芬恩的地址。我从客厅的书桌抽屉里找到一张邮票，用口水舔了一下，贴了上去。我看着它。我可以就这么寄出去，但是我没有。我在左上角写下了自己的名字和地址。我想让托比知道是我寄的。

过了几天，我收到了一封回信。我通常都是第一个到家去邮箱取信的，但是托比并不知道这一点，于是他颇费了一番工夫伪装那封信。他用了一只很大的棕色信封，正面还打印了年轻驯隼人联合会的回信地址，我忍不住笑了，不过只笑了一下，因为我几乎立刻就生气起来，因为这说明芬恩跟他说过关于驯隼的事儿。一开始，我差点儿以为是垃圾邮件，但我的名字和地址是手写上去的。里面是几张折起来的白纸，为了让信摸起来厚重一点儿，像真的一样，另外还有一张纸，上面有字。

亲爱的竹恩：

　　不是那样的，我向你保证。

　　希望这句话能够改变你的看法。

托比

25

修道院博物馆里有一座雕像，芬恩第一次带我去的时候就指给我看。那是圣母玛利亚的雕像，是用桦木做的，她的脸上毫无表情。她坐在那儿，脸上并没有表现出悲伤，但是也没笑。她很敦实，坐在她大腿上的看上去像是她的一个小玩偶。其实不是。那是耶稣小时候的样子，圣母玛利亚双手抱着他，那姿势就像你捧着一本书。关于这尊雕像，你会注意到的最主要的一点就是耶稣没有头。相反，从他脖子里支棱出来的是一根细细的木条。他捧着一本书，圣母玛利亚则凝望着你，仿佛她都没注意到自己孩子的头不见了。也可能她都知道，但是认为没人敢提出来这一点。还可能上面这两种猜测都不对。也许她脸上的那份坚定是源于她不知为何已经知晓了自己唯一的儿子将要面临的遭遇。

芬恩和我一同站着，估计是第97次看这尊雕像了，我们耳畔响着淅淅沥沥的雨声，雨滴亲吻着古老的石头庭院。

"我想画一幅肖像，"他说，"给你们俩画。你和格雷塔一起。"

"为什么？"

"不为什么。因为你们现在这个年纪画肖像正好，而且我很久没画了。"芬恩歪着头，眯起一只眼睛望着雕像。

"十三岁的年纪画肖像正好？"

"当然啦，"他一边说，一边扭头眯着眼睛看我，"从此以后，你就会在不经意间踏入余生。"

"那格雷塔呢？"

芬恩哈哈大笑。"嗯，我得在她彻底踏进去之前捉住她。"

其实我并不想出现在画像里。即使是芬恩画的，即使我知道他一定会画得很棒。不过，我还是点了点头。

"要画多长时间？"我问。

"哦，那可说不好。"他说。

"取决于什么？"

芬恩又望着圣母玛利亚的雕像。然后，他指着雕像问我："你觉得把它做出来，要花多长时间？"

我不知道。它雕刻得不算精美。线条也不多。它并不复杂，但是会让人产生一种感觉，让你想一直盯着圣母玛利亚的脸。这样的作品，有可能只需要一天，也可能要花上一年。

我耸耸肩膀。

"没错，"芬恩说，"在你开始动手之前，是没办法知道的。"

"嗯，对，不过我还没想好。"

"别犹豫了，鳄鱼。让我为你们画一幅吧。为你和格雷塔。"芬恩用悲伤的眼神看了我一眼，只要愿意，他随时都能切换成那种表情。而且他叫了我鳄鱼，我在心里偷偷笑了。"咱们去院子里坐坐，"他说，"我带了两罐冰茶，你可以一边喝一边想。"

芬恩那天似乎心情很好。让我想起刚刚完成一幅那种巨型拼图时的感觉，就是有上千片，每片看上去都几乎一模一样的那种。那天，他看上去就是那种开心。

"好吧，"我说，"等一下我过去找你。"

我在雕像前又待了一分钟，主要是在看那个没有头的耶稣，我好奇他的头会不会在什么人手里。我好奇耶稣和圣母玛利亚究竟想不想成为艺术品。我打赌他们不想。成为艺术品，或许就像生一场病。你会突然变成某种标本，被人们讨论、分析、推测。我不需要人们瞪着我，试图搞明白我在想什么。"看那个大块头的女孩子，扎辫子的那个。你看多明显呀，她肯定是爱上那个艺术家了。真悲哀。真可怜。"这些，我一点儿都不需要。

26

下一次再看见托比时，他在学校外面等我。他坐在车引擎盖上，还是我在葬礼那天看见他钻进去的那辆蓝色小车，我突然意识到以前经常看见那辆车停在芬恩家的楼下。我一直以为是芬恩的车，因为有时候他会下楼从后备厢里拿东西，比如画布之类的，有一次，他还拿了一件绿色的雨衣。

托比一看见我，便起身站在车子旁边，疯狂地挥舞他那两条长长的胳膊，好像他的船失事了似的。我感到后背一阵发麻，因为，虽然我知道这样是多么不正确，但是看见托比过来找我，我还是挺激动的。

那天阳光灿烂，空气清冷。下课铃刚刚响过，孩子们从一条路上鱼贯而出。有那么一瞬，我想到要不要从另一条路走，但是我知道，我得赶紧让托比不要再拼命招呼我。我甚至都不愿去想，万一格雷塔看见他在那儿朝我招手，好像我跟他是最好的朋友似的，会怎么样？我迅速低头看了一眼自己的打扮——芬恩送我的靴子（很好）、一条黑色的灯芯绒长裙（不咋样），还有一件栗子色的毛衣，妈妈说至少有三个我大（很好）。我又四下张望了一圈，然后便低着头一路小跑过去，竭力做出漫不经心的样子。

等我到了车子跟前，托比紧紧握住我的两只手，仿佛我们俩是失散多年的表兄妹。

"竹恩，太棒了。我没想到把你找出来可能还挺难。"他说，"来，上车。"

我在车旁站了几秒，上下打量着。我的脑袋在想，我不应该上车，这个人对我来说几乎完全就是个陌生人，可我心里想的是：万一里面有一支偶然掉落的铅笔，或者一盒不小心散落的好又多①甘草糖呢，或者有一缕脏兮兮的金发，或者芬恩常坐的位置留下了他的印迹呢？万一车里的空气中有一粒原子就是芬恩常常呼吸的呢？

我还在打量着那辆车，托比已经进去了。他伸手到副驾这边，从里面解锁，帮我开了门。我回头望了一眼。孩子们正从各个方向朝这边走，不过我看不出有谁会介意我在干吗。于是我把书包往车里一扔，爬了进去。

车里有香烟和莓果的气味。假冒的草莓味儿。因为我看见托比在嚼一团巨大的泡泡糖。他穿了一件过于紧身的粗花呢夹克，里面是一件绿色的T恤，上面到处都印着巨大的仙人掌图案。我能看出来这件T恤是芬恩做的，我一定是盯着它看了太久，因为托比把夹克裹紧了一点儿。

他狡黠地冲我一笑，点了点头。"我知道你不会打电话的。"

"呃……"

---

① 好时公司产品 Good and Plentys。

"不，没事，别担心。我理解。我对你来说不过是个陌生人。怪我。"

我冲托比微微眯起眼睛。"呃……我对你来说，不也只是个陌生人吗？所以，无所谓了。"

"你当然是。"说完，他盯着我看了几秒，似乎在思索着要不要再多说两句。接着他笑了笑，摆了摆手。"你说得对。就像你说的那样，'无所谓'。"

托比把手伸进夹克口袋，掏出一块厚厚的泡泡糖，递给我。

"谢谢。"我说。

他向窗外望去。

"我觉得这样不好。我到这儿来。"

我耸耸肩膀。"你是大人，你想去哪儿就可以去哪儿。"

说完我立刻就后悔了。这话真是小孩子气。我等着托比这样来笑话我，可是他笑了。接着，他扭头望着我。

"那你呢？"

"什么我呢？"

"嗯，你可以想去哪儿就去哪儿吗？"

我低头盯着书包。我的心狂跳起来。这件事整个已经远远超出了我日常生活的范围。此时此刻，我和芬恩的这个男朋友一同坐在芬恩的旧车里，而我家的所有人似乎都讨厌他。此时此刻，我做的是一件天大的错事。然而，当我抬起头来，跃入我眼中的是托比温柔的微笑，还有他棕色的眼睛，不知道为什么，那眼神仿佛在说，即使我回答"是"，也不会有问题。可是，那怎么可能呢？我向车里扫视了一圈，起初，我看不出一点儿芬恩的痕迹。我看看仪表板，看看方向盘，又看看脚下。接着，变速杆进入了我的视线，我在心里笑了。变速杆的顶端，用胶水粘着一只蓝色的小手，是蓝精灵的小手。我伸出一根手指放在上面。这是一个全新的关于芬恩的角落，我从来没看见过。我偷偷瞄了一眼托比，心想这一定只是个开始。一定还有上百件这样的小东西——说不定有上千件——而托比就是带我去见它们的领路人。于是，我微微点了一下头，幅度小得几乎都看不出来。

"我当然可以，"我说，"我为什么不能想去哪儿就去哪儿？"

托比的笑容立刻绽放开来。他用双手拍打着方向盘，仿佛这是他多年来听到的最好的好消息。而能够让别人开心，使我也开心起来。并没有多少人会因为我点了一下头而高兴得手舞足蹈。

隔着窗户，我看见戴安娜·博格正穿过停车场向我们这边走来，我跟她一起上数学课。于是我赶紧往底下一缩，躲在座位里。

"哎，"我说，"咱们能不能去个别的地方？"

"哦，对，当然。"托比把车发动了。他从路边开走时，轮胎发出刺耳的摩擦声，我把身子缩得更低了。他哈哈大笑。"哎哟。"

我们径直从镇子中间横穿过去。经过路德教会和7-11便利店，然后便到了扬斯顿路。托比拐弯上了塔科尼克公路，向南开去。

"所以……呃……我在想……咱们去游乐场怎么样？"

"游乐场？去那儿玩吗？"我问。

"嗯，不过不是去玩那些游乐设施。那儿还有别的东西。"

"比如说？"

"去了你就知道了。"

塔科尼克是一条很窄的高速公路，托比的车技也不怎么样。他一路开得飞快，而且离路边的护栏很近，以至于有时我不得不闭上眼睛。我紧紧抓住座椅。我没戴手表，身上也没有钱。只有一个书包，里面是我的几何课本，还有一份很短的《杀死一只知更鸟》读后感，我只得了B+。

我的头脑里开始冒出一连串想问托比的问题，可是当我望着他、准备向他提出来的时候，又忽然意识到那样会显得我多么愚蠢。我应该已经知道答案才对。如果我很重要，那么有人就应该已经把答案告诉我了。接着我又想起自己寄给托比的那篇文章，此时此刻，和他一起坐在这辆拥挤的小车里，我为自己居然做过那样的事而感到难堪。

"我要为那篇文章的事向你道歉，那样做很刻薄。"

托比修长的手指把方向盘握得更紧了些。"不是那样的，"他说，"我只是希望你知道。"

我想问他是什么样，究竟是什么样，可是我又觉得自己并不想听到答案。于是我换了个话题。

"这是芬恩的车吗？"

我以为这是个很简单的问题，但是托比并没有立刻回答。

"嗯，我想，的确是芬恩买的，"过了一会儿，他才说话，"不过大多数时候是我开。芬恩不会开车。你不知道吗？"

我努力不去理会那句"你不知道吗"，虽然它听起来像针一样尖利。

"所以，你们俩一起出去的时候，都是你开车？"我问。

托比点点头。"嗯。呃……好吧，严格地说，我并没有美国的驾照，但是我会开。这你不用担心。"

"我不是担心，我只是问问。"

我把手伸到大腿下面，抚摩着座椅。芬恩就曾经坐在这个位置。芬恩的手指或许就曾紧紧抓住我现在摸到的地方。我想打开座位前面的储物箱，看看里面是什么东西，可是好像又不该这么做，于是我便把窗玻璃摇了下来。阳光明媚得很，而我，此时正和托比一同行驶在高速路上，世界上没有人知道我在何处。我想摸摸窗外的风。

"你是英国人，对吧？"我问。

我看见托比回答了，但是因为风太大，我听不见，于是又把窗户摇上了。

"什么？"

"半个英国人。"

"另一半是？"

"我妈妈，她是西班牙人。"

"难怪。"我说。

"难怪什么？"

"你的眼睛颜色很深。"

"杂种狗的眼睛。"

"不是。"我说，我向窗外凝视了几秒，又加了一句，"我喜欢你的眼睛。"我并没有回头。

我不知道自己为什么会这么说。我从来不会说那样的话。我把毛衣一直扯到膝盖。我瞄了一眼托比，他正笑着，虽然我能看出他试图把笑容藏住。

我们开上了287号州道，这条路很宽，不像塔科尼克公路那么吓人。我不再紧紧抓着座椅边缘。托比一脚油门，猛地开上左侧的车道，超过一辆庞大的超市货车。

"嘿，我给你带了点儿东西来，看看后面。"

我转过身子。后座上有一个黑色的画夹。

"这个吗？"

"对。"他回头瞥了一眼。

"是什么?"

"你先看看。"

我缓慢地打开画夹,小心翼翼地翻开封面,让自己准备好迎接内页上的东西。我立刻看出来了,都是素描——芬恩画的素描。我朝托比看了一眼,他笑了,冲夹子点了点头。

"往下看。"他说。

第一页全是用铅笔画的一小幅一小幅的膝盖。膝盖上下只画了一点点腿,每一幅的角度都稍有差别。每一幅都只有寥寥数笔,但仍然比我能画出来的任何作品都要好。下面一页全是胳膊肘。有些是直的,有些是弯的。再下一页是嘴巴——我的嘴巴。我看了几秒钟,才认出来。我又翻回前面的膝盖和胳膊,第二次再看就很明显了,画的也是我。我和格雷塔。我加速往后翻。有格雷塔裙边的褶皱,有我头发里露出的细细一道耳朵,格雷塔的一只黑色的眼睛,还有上面弯弯的眉毛。全是我们俩。每张纸上都画着芬恩那幅画像里的某个小小的细节。我和格雷塔被拆解开来,塞进了画夹里。

我继续翻着。我看见有一幅画的是我和格雷塔两人胳膊之间的部分,我们俩中间那部分的形状颜色被加深了。负空间。芬恩是这么叫的。他总是试图让我理解负空间。我也的确理解了。我可以理解他说的话,但是负空间并不会自己来找我。得有人提醒我,我才会去找它。看见似乎存在实际又不存在的东西。在这幅素描里,芬恩给负空间涂上了颜色,我看出他涂出来的形状有点儿像狗头。或者,不对——当然了,是一只狼的头,仰面朝上,正张着大嘴嚎叫。不过并不明显。负空间跟星座有点儿像。这种东西得有人提醒你去注意。但是芬恩的技法非常高明。这都体现在格雷塔垂下的衣袖和我肩膀的角度里。如此完美。看着这个负空间，几乎让人感到痛苦，因为处理得太精妙了。完全就是芬恩的风格。我伸出手指，抚摩着粗糙的铅笔线条，希望自己能让芬恩明白，他所做的，我都看见了。我想告诉他，我知道他把那只无人知晓的动物放在了我和格雷塔中间。

我又去看托比。他朝录音机里塞了一盘约翰尼·卡什的磁带，正在唱《杰克逊》的两个声部。有那么一瞬，我想把那只狼指给他看，可是接着，我又把自己摁住了。芬恩说不定已经给他看过了。那只会成为另一条旧闻。

接下来的途中，我们俩没怎么说话。汽车迅速驶过白原市和哈里逊镇的出口，虽然我无数次路过那里，可是那天下午，它们却变得怪怪的，变得陌生起来。前一分钟还是稀松平常的上学日，我正准备坐上校车回家去，下一分钟，我已经跟一个穿粗花呢夹克、嚼着草莓味泡泡糖的男人一同来到了游乐场的停车场。

那儿只停了几辆车，我们在入口附近就找到一个车位。一路开过来，托比的夹克有些皱了，他用双手把衣服抚平。在空旷的地方看他，我感觉他和上次没什么变化，或许除了那双眼睛。或许他的眼睛看起来大了一点点。

幸好，托比买了我们两个人的门票，因为我身上一分钱也没有。售票亭旁边有一个很大、声音很吵的喷泉。托比望着它，然后走到我跟前，俯下身来。"我想带你去看的那个东西就在最里面。向我保证，你会喜欢，好吗？"

"这我可保证不了。"

他笑了。"还真是，答得好。"

我们沿着主路走，这条路叫尼克博克大道。我们经过了各种游乐设施，这些我和格雷塔之前都坐过。有大秋千，有那个摇摇晃晃的长龙过山车，有爬行者转车，还有蜘蛛攀爬架。格雷塔每次都喜欢玩那些最吓人、速度最快的项目。而我总是被她强行拉着，尽管我每次都恶心得想吐。

我们走啊走，虽然那天游乐场里几乎没人，但是整个场地里弥漫着爆米花和热糖的香味儿。好像有人就是为了香气在烤爆米花似的。这样人们就会知道他们在这儿应该玩得很开心。我们路过一排滚球机，还有射击场，那里有各种看上去让人毛骨悚然的乡巴佬模样的小人儿，会从枪管里跳出来。托比指指右边一条窄一点儿的小路。

"这边，"他说，"芬恩说你喜欢历史，喜欢过去什么的，所以……"

我又一次有了这种诡异的感觉，我意识到托比知道关于我的各种各样的事，而我对他却几乎一无所知。这样似乎不太公平。一点儿也不公平。每次想到这个，想到托比和芬恩在背后谈论我，我就感觉一肚子火直往上涌。

托比在一个亭子前站住了，亭子上方有一个招牌，上面写着"往昔掠影"。亭子前面的人行道上，一块块展板依次排开，上面是一张张棕褐色调的照片，里面的人穿着各种老式的服装。这些照片有些是全家人的合影，有些则只拍了小孩子，偶尔还会出现一张或男或女的单人照。有些人穿的是狂野西部的服装。有一个男人穿着内战时期的制服，手握来复枪，气势汹汹地坐着，大腿上还铺着一面联邦旗帜。有一个女人站在她女儿身后，两人都穿着紧身的维多利亚式长裙。有些照片真的可以以假乱真，因为你看不出当中有的人其实并非来自那个时代。其他的就很明显了。倒不是因为发型什么的，有时只是一丝狡黠的表情露了馅儿。

"看见了吗？你觉得怎么样？"托比听起来有些紧张，好像他突然意识到带我来这么个地方有点儿怪怪的。

我以前就见过这种拍照的地方，见过很多次，但是我家没人有兴趣亲自拍一张。

"我不上相。"我说。

"你当然上相，我看过那幅画像。"

"那不一样。"我说。的确如此。在画像里，有人可以选择让你成为什么模样，选择他们希望看到的你的样子。而相机所捕捉的则是摁下快门的那一瞬间，不管你当时是什么样。

"不会的。"说着，他走到展板的另一侧，于是我看不见他了。"如果你愿意，"他说，"我们可以一起拍。"

我摇摇头。不过接着我又思考了一下。相比我自己一个人坐在那儿，像个怪人一样，跟托比一起肯定要好些，不会那么令人难为情。我不知道现在几点，也不知道家里有没有人注意到我没回家，可我突然觉得自己很想拍一张。

"嗯，好吧。我觉得可以，如果你想拍的话。"

"你说什么？我没听清。"

"好吧，咱俩一起拍。"

托比的头从展板顶上冒了出来。

"太棒了。"他喜笑颜开。

一个估摸五十来岁的女人，涂着三种深浅不一的蓝色眼影，坐在亭子后面的一张凳子上。她正在读一本《人物》杂志，封面是保罗·霍根在《鳄鱼邓迪》里的一幅剧照。她听见托比叫她，便放下手中的杂志，将正在看的那一页折了一道。

"两张。"托比说。

"两张？"

"对，我们有两个人，想拍张照片。"托比跟她说话时，脸上仍然挂着刚才的笑容。那是小孩子的笑脸。我会这么形容。那个女人看看托比，又看看我。接着她又更加仔细地看了看托比，仿佛在打量他，想推测点儿什么来。过了几秒，她似乎有了判断。她拉开一个抽屉，拿出一张价目表。

"好吧，呃……我的建议是，你们先去看一眼我们的服装。可以随便试，然后告诉我你们想选哪一套，好吗？男士、女士的服装后面都有很多。"

我们俩都点点头。那个女人打开一道转门，那扇门通向亭子后面。

"你看出来了吗？"托比小声问我。

"看出来什么？"

"我觉得那个女人以为我们俩是一对。"

"真恶心。"我说。

我不知道我们俩挑衣服花了多久。我试了一条维多利亚式的长裙，还试了一条中世纪的。看着还不错，但是最后我选的是一条深红色和金色相间的伊丽莎白式长裙。这条是低胸的，但是鉴于我的胸部还没发育，所以倒不至于太尴尬。托比选的是一套革命战争时期的士兵制服。是蓝色的，我告诉他蓝色是美军的颜色，他说他无所谓。而且他还说照片是黑白的，所以也不会有人知道。他穿着那套制服，看上去还真像一个士兵，好像是一个见过各种可怕场面的人。他靠墙站着，肩上扛着那杆假冒的来复枪。

我们等那个女人把设备准备好。她支起一个三脚架，然后又仔细看了看我们。

"我觉得你们没懂。"她说。

"什么意思?"

"呃……你们得选定一个时期。你们不能把不同的时期混在一起,明白吗?"

"没关系。"托比说,他的声音平静而有力,"我们知道自己在做什么。"

"先生,您好像不太明白。"那个女人双手交叉抱在胸前,又说了一遍,"我们不允许这样做。你们不可以把不同时期的风格混在一起,这没什么好商量的。我刚才说过了,可选的男女服装多得是。"

我低头看看自己的脚。他们这儿有的伊丽莎白时期的鞋都太小了,所以我的脚后跟还露在外面。我感觉到托比的手落在了我的肩上,让我感到我们俩是站在一起的。我不确定自己想不想对他产生这种感觉,但是就在当时,面对着这位愚蠢的女士,我的确希望如此。

"对不起,"他说,"我的意思是,如果我们付钱来拍这张照片,那我们选什么服装有什么关系?"

"我不想跟你们说太多技术上的问题,但是,首先是背景布……"

"我们不在乎背景布不搭。你就选一个介于我们俩之间的吧,我们真的无所谓背景。"托比的声音已经不那么温和了。我看得出来,那个女人也不打算改变主意。

"先生,您看看我们前面摆出来的那些照片,好吗?您告诉我,有没有哪一张是混合不同的时代的,行吗?好了,我听出来您是外国人,我不知道你们那儿是怎么做事的……"

托比不知道该如何应答。三个人陷入了沉默。大家都等着有人让步。

"我换一套吧。"我的声音小得几乎听不见。

"亲爱的,你说什么?"那个女人问。

"我说,我换,我来换一套殖民地时期的。"

"不行,竹恩。这是为你拍的。咱们换个地方吧,肯定有地方能让我们随便选自己喜欢的。"

可是,没有别的地方的。我望着托比,突然惊恐地想到:会不会我再也遇不到愿意跟我一起做这件蠢事的人了?会不会永远也遇不到了?那然后呢?然后我会在哪里?

"不,"我说,"我想换。"我们对视了一秒,接着托比垂下了头。

"为什么总是要这样?"他说,"那我换吧。给我一分钟,我去换衣服。"

我点点头,托比不见了。那套伊丽莎白式的服装不适合他。太短,而且紧身裤把他的腿显得特别细。太细了。一开始我是这么感觉的,不过接下来我又看了一眼。我并没有见过很多男人穿紧身裤的样子,尤其是像托比这么瘦的男人。或许他们的腿就是这样的,或许那些故事都不是真的,或许他只是芬恩的一个普通朋友,没什么特别之处,只是普通的朋友,跟我一样。

那个女人为她的吹毛求疵道歉,然后又让我们尝试各种不同的姿势,她来抓拍。我不知道大多数照片最后会是什么模样。其中一张,托比用他瘦得皮包骨头的胳膊搂着我的肩膀,对着我的耳朵轻声说:"别害怕,竹恩。"有时,托比会用余光看我一眼,仿佛他早就认识我了,虽然这有点儿吓人,但是与此同时,我又很难不去喜欢那种感觉,这件事突然似乎变得特别好笑,我费了好大的劲儿才忍住没笑出声来。

"好了，收工。"那个女人说。

她告诉我们，她会用最快的速度把照片洗出来。

"搞了半天，我们现在还拿不到？"托比说。

"当然拿不到。还得处理呢。"

托比的表情好像一个小孩，刚刚得知不能穿着他的新鞋离开鞋店。

"好吧，不过我们要两张。"

那个女人在一块纸板上写着。"那没问题。顺便问一句，"她说，"你是哪里人？"

托比起初并没有回答。他扭头望着我。接着，他眯起眼睛，直直地迎着那个女人的目光。"异国他乡，"他用了一种神秘的口吻，"我们俩都是。我们来自很远很远的地方。"

回家的路上，我们同意互相给对方讲一个关于芬恩的故事。托比给我讲的是有一回，芬恩说服他开车去科德角的一处沙滩，芬恩和我妈妈小时候经常去那儿度假。托比真是不擅长讲故事。他啰里啰唆，磕磕巴巴，有时候回头补充各种信息，有时候又会停顿好久，回忆当时的准确情形。不过没关系，因为他讲的是关于芬恩的事，而且是我从来没听过的。故事本身没什么意思，但结尾是芬恩和托比都被冻坏了，因为芬恩说服托比在沙滩上露营过夜。到头来，我反倒因为听了这个故事而感到有些难过，因为这只会让我希望自己当时也和他们在一起。

开车回家的路上，大部分时间都被这个故事占用了，所以就来不及讲我的故事了，这让我很高兴。我不但收获了一个全新的关于芬恩的故事，而且自己还不需要透露一星半点儿。

我不知道几点了，不过我让托比在图书馆把我放了下来。我可以从那儿走回家。我们坐了几秒，没说话。车里没有钟，也没有手表，我心里想，也许我找到了我的泡泡[①]。一个蓝色的小泡泡，时间在这里凝滞，而芬恩或许就藏在储物箱里。仿佛一旦打开车门，一切就将破灭。

"要不要再来一块？"托比递过来一块他的草莓泡泡糖，我接了。

"应该已经很晚了，估计我要倒大霉了。"

"来。"托比摇下车窗玻璃，伸手从夹克口袋里摸出一枚硬币。他用食指和拇指捏住，然后飞快地塞进拳头，扔到停车场的另一边。"讨个吉利，"他说，"去看看是不是正面朝上。"

我不想告诉他不是这么玩的。幸运便士只能偶然发生。我把那个装着素描的画夹放进书包，然后打开车门。

"好吧，再见，还有，谢谢你——我觉得还挺好玩的。"

"过来看我，好吗？就在芬恩家。还有，如果你有任何需要。任何需要……"

"你上次就说过了。"

"因为我是认真的。真的。"

我关上车门，朝硬币跌落的地方走去。我知道这样并不会带来好运，但是心里仍然有那么点儿希望是正面朝上。我开始跑起来，不过，即使隔着几英尺[②]远，我已经能看见是反面朝上。但我还是弯腰把硬币捡了起来。然后，我回头冲托比笑笑，竖起了大拇指。他不需要知道。

---

① Bubble，一语双关，既可以表示气泡，也可以表示幸福。此处借指托比的蓝色小车。

② 1 英尺 = 0.3048 米。

27

我到家时，只有格雷塔在。纳税季正开始进入最忙的阶段。爸妈称呼这段时间叫"关键时刻"，这也就意味着大多数时候他们很难在晚上八点之前到家。格雷塔正躺在沙发上，看一集《名望》[①]的录像带。勒罗伊正双手抄在屁股口袋里站着，跟平时一样，在芭蕾舞老师面前自吹自擂。

派对已经过去快一个星期了，我们俩依然从未提起过那天在林子里发生的事。我仍在好奇格雷塔怎么会恰好找到我的据点，可是又没办法问她，否则就会暴露我在林子里做的所有事。有时，我们俩等校车或者吃晚饭的时候，我会观察她，想看看她还记不记得自己说过的话，可是没有任何迹象表明她还记得。那天晚上，她听见我进门的声音，冲我一笑。

"麻烦大了。"

---

① Fame，1982 年推出的美国电视剧。

"怎么了？"

"呵呵，你去哪儿了？"

"你干吗关心这个？"

跟托比出去，在没人知道的情况下离家跑了这么远，这样的行为产生了某种东西，让我感觉有了力量。我站在那里，居高临下地对着格雷塔，突然发现她是那么渺小，而且还有些悲伤。接着，她摁掉电视，坐直身子，于是她又成了平时那个掌控局势的人。

"所以呢？"

"我去图书馆了，行吗？跟毕恩丝去的。你觉得够有意思了吗？"

格雷塔的脸上堆起大大的笑容，她仍然盯着我，仿佛在等我明白什么。

"怎么啦？"我说。

"看来图书馆在举办雏妓装扮日。"

"你说什么呢？"

她重新打开电视，不再看我。接着她又说："妆化得不错。"我的心猛地一沉，拍照时化的厚厚的妆还在我脸上。当时，我们俩都不想化妆，可是游乐场的那个女人坚持要化。结束之后，托比立刻就把他脸上的擦掉了，但是我没擦，倒不是因为我喜欢这副模样，更多是因为跟自己平时不太一样的感觉还挺好。还有，好吧，也许的确更漂亮一点儿。

原来，那天晚上爸妈要跟一个客户一起吃饭，于是我从炖锅里盛了一碗鸡汤泡饭，在餐桌边坐下。很难不阔步走回客厅，把关于托比的事都告诉格雷塔；我知道那样会惊掉她的下巴。我很想让她知道，他多么想要见我。他是怎么来找我的。我想打开那个画夹，把里面的素描扔到格雷塔的脸上，对她说："你看看。看见了吗？

我知道各种各样你不知道的事。"可我当然不能这么做。

汤又烫又咸，我用最快的速度吃完了。然后，我直接上楼回了自己的房间，打开所有的蜡烛。我有这样一套六根忽闪忽闪的电蜡烛，是去年圣诞节后沃尔沃斯减价时买的。烛光的颜色太橘，但我也只能做到这个程度了。我的房间有两扇窗户，我在每个窗台上摆了一支蜡烛，余下的几支都放在书桌上。等我有了自己的房子，我要到处摆上真正的蜡烛。要把大大的烛台放在壁炉架上，还要在天花板上装上巨型蜡烛吊灯。哪怕我最后只能住一间狭小的公寓，我也要把它装饰成一个截然不同的时代。有人摁门铃时，等我打开门，他们会不敢相信自己的眼睛。

我跟芬恩说过一次。那天，我们在大都会博物馆看一场十六世纪土耳其的陶艺展。当时，我们站在这些描画得美轮美奂的蓝白色调的烛台面前，我跟他说起将来我的家会是什么样。芬恩扭头笑眯眯地看着我，他的蓝眼睛从来没有这么碧蓝，他说："你真是个浪漫派，竹恩。"

我当时站得离芬恩很近，就在他旁边，为了不错过一句他所知道的关于这些展品的信息。但听他说完，我立刻就走开了，我的脸红得厉害，几乎无法呼吸。我感觉身体里所有的血液都涌到了脸上，心脏周围的皮肤都完全透明了。

"我才不是。"我用最快的速度回答。我不敢回头看他，生怕他看出来我是多么难为情，生怕他解读出我曾经有过的每一个诡异的念头。

等我终于回头看他时，他正用一种奇怪的眼神看着我。只持续了一秒，他的脸上飞快地闪过一丝忧虑。接着他就笑了，似乎想掩盖刚才的念头。

"是浪漫派，你这个小藤壶，不是卿卿我我的那种浪漫。"他朝我倚过来，仿佛想用肩膀碰我一下，不过他又收回了身子。

"区别是什么？"我小心翼翼地问。

"浪漫派的意思是，你总是能看见美的东西、美好的东西。你不想看见事物真实消极的那一面。你相信最终一切都会好的。"

我舒了一口气。听起来还不错。我感觉脸上的血慢慢退了回去。

"哦，那你呢？"我壮着胆子问芬恩，"你也是浪漫派吗？"

芬恩想了一下。他眯起眼睛盯着我，仿佛想探知我的未来。给我的感觉是这样。然后他说："有时候吧。有时候是，有时候不是。"

我把装着素描的画夹拿出来，直接翻到狼的那一张。房间里光线昏暗，让那只狼显得更清晰了。也可能只是因为我之前看见过它，而且我的眼睛知道要去找负空间。我用手指抚摩着它的轮廓，时间一秒一秒地过去，我渐渐困了。

那天夜里，我把画夹埋在枕头下面睡着了，电蜡烛也没关，一闪一闪亮了一夜。我梦到了树林里的狼。我梦到它们从我和格雷塔中间爬了出来。我看见它们优雅地从画像里走了出来，踏入真实的世界。它们一只跟着一只，从画里摇身一变，变成了真正的狼，最后整个狼群都出来了。一群狼饥肠辘辘，奔跑在林子里结着冰碴儿的雪地上。我梦见自己也在那儿，梦见我能听懂它们在说什么。

"你来取她的心，"其中一只小声说，"我来取她的眼睛。"

在梦里，我连跑都没跑。我待在原处，一动不动，等着狼群把我撕成碎片。

28

《南太平洋》主要讲了两个故事。其中一个故事有着美满的结尾，另一个则不是。血腥玛丽所在的故事就是悲伤的那个。在这个故事中，血腥玛丽安排自己的女儿莉亚和盖博中尉见了面，后者是因为一项重大的秘密行动被派到南太平洋来的。莉亚年轻漂亮，两人坠入了爱河，但是盖博中尉不愿意娶她，因为她是波利尼西亚人，而他内心深处是有点儿种族歧视的。

在另一个主要故事里，来自阿卡色州、活泼得有些烦人的美国护士奈丽爱上了精明练达、年纪较长的法国种植园主埃米尔。埃米尔看着还不错，我每次看这部戏，都很难去想象他为什么会愿意跟奈丽结婚，然而，我猜导演想让你相信这就是爱情。原来，埃米尔杀过人，但奈丽似乎并不认为这有什么问题。她介意的是他跟一个波利尼西亚女人结过婚，前妻已经去世，给他留下了两个有一半波利尼西亚血统的孩子。跟盖博中尉一样，她也有点儿种族歧视。

对我来说，真正的问题是为什么盖博中尉和奈丽没有直接在一起。因为他们俩倒应该非常般配。我猜这部戏想要表达的是，你总会被和自己不一样的人吸引，然而，在我看来，现实生活并非如此。我认为现实生活中，你会想找一个和自己尽可能相像的人，一个能真正理解你的人。

格雷塔认为血腥玛丽是整部戏里唯一有见地的人。那片岛屿上发生的事，她一清二楚。

"但是她很刻薄。"我说。

那天早上，我们俩在等校车。天气很好，因为邮箱附近那一小块草皮上所有的春泥都干了。我不得不眯起眼睛，用手遮住刺眼的阳光，望着格雷塔。

"不，她不刻薄。"格雷塔说。

"有一点儿。好吧，反正她总是花言巧语的。"

"不是，没有。她只是很聪明。仅此而已。"

"随你怎么说。"我嘴上说着，心里却基本确定大多数人都认为血腥玛丽很刻薄。

"不管怎样，"格蕾塔说，"我不想讨论这个，我想听听你昨天去哪儿了。"

"我已经告诉你了。我跟毕恩丝去图书馆了，还是管好你自己吧。"

格雷塔笑了。"那好。我去问毕恩丝。"

我觉得她不会真的去问，但是又吃不准。

"你干吗在乎这个？"我说。我真的很想知道。我真的想弄明白为什么一个看上去非常讨厌我的人却要关心我放学之后去了哪儿。

格雷塔的笑容立刻消失了，接着她把脸别了过去。校车已经开到路口，我们俩都伸长脖子，望着黄色的车身摇摇晃晃地开上我们这条街。格雷塔回过头来，扬起下巴。

"我才不在乎。"她说。

那天，我把银行的钥匙放在了裙子前面的一个小口袋里。我想放学以后去看看那幅画像。我想知道，在芬恩去世之前，我被画成了什么样儿。还有，银行的保险库就像地窖，而地窖就像地牢，我想知道那种地方会是什么模样。

妈妈给我们钥匙的那天，还让我和格雷塔在一个表格上签了字，这样银行就能知道我们的签名是什么样。如果想进去，我们不但要出示钥匙，还要签一个东西，这样他们就知道真的是我们本人。我担心我的签名会不完全一样。我不确定什么时候才能每次都把名字签成一个样，不过暂时还没发生在我身上。到目前为止，我只签过三次名。一次是八年级时去费城做野外考察，签了一份行为准则。一次是五年级时，我和毕恩丝还有弗朗西丝·怀科斯基一起签了一份约定，发誓上高中之前绝对不交男朋友。（在我们三人当中，我是唯一遵守约定的。）然后就是这张银行的表格。我不知道我前两次的签名是什么样的，但是我知道，跟我给银行签的这份肯定一点儿也不像。

最后的结果是，其实我根本不用担心，因为管银行保险库的人是丹尼斯·齐默尔的爸爸，我上幼儿园的时候他就认识我了。

"小竹妮·艾尔布斯……"齐默尔先生笑吟吟的。他的脸有点儿像海龟，尤其是他的上嘴唇。我不清楚他叫我"小"是不是在笑话我，因为其实我比他还要高至少两英寸。齐默尔先生比大多数家长都要年长些，我觉得他很可能只是想开开玩笑，假装自己比较年轻。他帮我把住通向楼梯的门。

"谢谢。"我说。

我喜欢银行里空气的味道——就像干净的灰尘——我深深地吸了一口。齐默尔先生上前一步，领着我走下长长的楼梯。下到一半的时候，他突然站住了，回头对着我，脸上的表情很严肃。现在，他比刚才还要矮了，因为他站的位置比我低两级台阶。

"我在图书馆看见你和格雷塔了。"他说。

"嗯？"

"那张报纸——关于画像的那篇文章。"

"哦，那个啊。"

齐默尔先生的眉头皱了起来。

"你舅舅……他有艾滋病？"

我垂下眼睛，点了点头，没有看他。

"我……只是我……我才知道大学时的一个朋友也得了。"他的食指轻轻敲着楼梯的扶手。

"唉。"我说。我仍然没有直视他的眼睛。

"是不是很糟糕？是不是……"他的声音里有一种奇怪的绝望。

我不想站在纽约银行地下的楼梯上，跟丹尼斯·齐默尔的爸爸讨论艾滋病。我回答不了他的问题。

"挺糟糕的。"我说。可是，其实我并不知道。最后时刻在那里的人并不是我。被允许在那儿的那个人，不是我。

"对不起，"他说，"很抱歉让你烦恼了，我为你舅舅感到难过。那幅画很棒。"

到了楼梯底端，他指指过道前方，于是我看见了开放式地窖那扇厚厚的大门。不太像地牢。没有我所期待的那么神秘。要是非得说点儿什么，我觉得更像是詹姆斯·邦德电影里的画面。

"好了，到了。现在我需要你的钥匙。"

我把钥匙递给齐默尔先生，他从口袋里掏出他的那把，两把钥匙一起打开了一个又高又窄的保险箱的门。

"你妈妈运气很好，这么快就能租到这么大的箱子。"

我点点头。"是啊。运气很好。"我说。

"我把三号房间给你，怎么样？"

"好的。"我说。

齐默尔先生把灯打开。

"别着急，慢慢看。"说完他便把门带上了。

这间屋子看起来很是奢华，贴着半墙高的深红色壁纸，天花板上有优美的老式吊顶，仿佛银行想要让这些背井离乡的贵重物品在小小的新居里感到宾至如归。

我没有立刻把箱子打开，而是坐了至少一分钟。在这个小小的私密的地下空间里，感觉还挺好。我闭上眼睛，想象自己是一名囚犯，一名被国王关押起来的叛乱者。我好奇这间屋子会不会隔音。要是我在这里唱《安魂曲》，会有人听见吗？

等我把画像拿出来放在桌子上，第一个跃入眼帘的是那五颗黑色的纽扣。它们依然躺在那儿，仿佛有人丢掉的五颗甘草糖。

接着我便开始找那只狼。在真正的画像里找起来就没那么容易了。我不得不把画像支起来，走到这间小屋子的另一端去辨认，即便如此，我也不得不眯起眼睛。在真实的画像中，背景里有东西。有一扇窗户，还有飘动的窗帘。窗台上也有东西，我们俩身后的墙上还挂了几幅画。负空间完全被切割开了，几乎没法定格那只狼的位置。有一秒钟，我看见了它。我以为我看见了，可是接着，它又不见了。

我的脸基本没变，但我已经能看出画像里的自己比现在要年轻一点儿。我已经明白了，这幅画像终将成为一面会变戏法的镜子，能让我看见自己当年的模样。另一点让我感觉不同的是，现在，我想知道芬恩在我的脑袋里画了什么秘密。我真希望自己问过他。

我仔细看了看格雷塔。一开始，我以为她也和原来一样，然而并非如此。她的手背上有一个黑色的头骨轮廓。大约有一个瓶盖大小，肯定是用最细最细的那种笔画上去的，我在芬恩家见过，那种笔的笔杆下方只有一根刷毛。我无法将视线从那个头骨上移开，因为似乎不太可能是我之前没看见它，不太可能妈妈也没看见，可是，似乎也不太可能是有人后来加上去的。谁会这么做呢？

我低下头，凑到跟前，鼻子几乎都要碰到画布了。我以为只要看得足够仔细，就能看出玄机出在哪儿。这个小巧的头骨怎么会好端端地突然出现在我姐姐的左手背上呢？可是，我没看出来，什么也没看出来。

我把画像收了回去。等我把门打开，齐默尔先生正在外面等着。

"一切都好吗？"他问。

"我想知道，"我说，"我只是好奇，有没有其他人下来看过这个箱子。"

"哦，呃……其实我不能说。因为要保护客户的隐私，有这类规定。"他用手指弹着金属的保险箱，"不过，根据我的理解，目前只有你和你姐姐有钥匙。你妈妈是这么跟我们说的。她说她希望是这样。"

我也这么觉得。可如果是这样，那么格雷塔一定来过这儿。格雷塔一定在我之前来过，然后把那头骨画在了她的手上。

29

　　看来，万物真的开始复苏了。这天是星期六，格雷塔把车库里的一张日光浴躺椅拖到了后院。爸爸叫她不要拖，可她娇滴滴地噘起小嘴对爸爸说，她要在那儿读一本书，是家庭作业，于是爸爸就同意了。现在，她闭着眼睛躺在那儿，身上穿着肥大的长袖运动衫和短裤，《奥德赛》面朝下，放在她的胸脯上。

　　妈妈一早就去了大联盟超市买东西，回来时，手里拿了一堆邮件。

　　"有你的，竹妮。"

　　"我的？"

　　她举起一只棕色的大信封。"美利坚的年轻干酪师？"

　　托比。我就知道是他。我竭力让自己不要慌张。

　　"哦，对……我……是家政课的东西。"

　　"给。"她笑了，"你要是做的话，我要吃一块上好的熟卡芒贝尔奶酪。"

"好的……对。卡芒贝尔。"我把信封扔到桌子上，做出漫不经心的样子，但是一瞅准机会，我便拿上它飞快地跑回房间。

托比把我们俩在游乐场拍的那张老式照片寄来了。我忍不住笑了，因为这个秘密就这么神不知鬼不觉地从妈妈手里顺利通过。

照片是黑白的，若是相信神话传说，我会说托比看上去简直就像一个天使。他双手紧握背在身后，头向下歪，但眼神是朝上的，仿佛刚刚听见有人说了一句话，让他想起了什么。他在照片的左边，我则坐在正中央的一张椅子上。我没有笑，使得照片看起来更加真实，因为那时候拍照没人会笑。我的手放在膝盖上，眼睛直直地盯着镜头。我们俩都穿着这种鼓鼓囊囊的大皱领，于是两人的头都有点儿像被放在了大盘子上。照片效果还不错，但整体而言总让人感觉怪怪的。

我仔细研究了几分钟，发现了问题所在：这是一张照片，因此显然不应该出现在伊丽莎白时期，所以尽管我们俩穿上服装的样子还不错，但依然有点儿蠢，有点儿不对劲。如果我是跟芬恩去的，他肯定立刻就会想到我们应该选择照相机发明之后的年代。只需要一秒钟，他就能说服我装扮成安妮·奥克利①之类的人物。

我把照片翻过来，看见托比在背面贴了一张字条。"如果你想，可以把我剪掉！"只说了这么一句。我一开始没明白他的意思，后来才意识到他是说我可以把照片剪成两半。如果我想，可以把他那一半扔掉。

第二天是星期天，早上，我和爸妈坐在厨房，在看报纸上的笑

① Annie Oakley，1860—1926，美国女神枪手。

话版面。在格雷塔下楼之前，这都是一个稀松平常的早晨。她穿着睡衣穿过厨房，伸手拿咖啡壶。

"她来了。咱家这颗冉冉升起的新星。"爸爸说。

爸妈都坐在那儿，笑容洋溢地看着她，好像他们真的成了格雷塔的粉丝。

我望着他们俩，仿佛他们失去了理智。接着我又看看格雷塔，想找到一点儿蛛丝马迹。她的眼睛眯成了一条缝。

"什么事儿啊？"我问。

"看来格雷塔也还没把这个消息告诉你。"

我摇摇头。

"说吧，宝贝儿，"爸爸说，"告诉你妹妹。"

"没什么可说的，"格雷塔说，"我都不知道我想不想去。"

"你当然想。"妈妈说，"机不可失……"

"是的，妈妈。我们都知道。"

我扫视一圈。"什么事儿啊？有什么重要新闻？"

"昨晚我们接到了内博维茨先生的电话，还有……"

"还有，"妈妈接着说，"他有一个朋友参与了百老汇音乐剧《安妮》的制作，这个朋友问他能不能推荐一个学生作为Pepper①的暑期替班，然后呢，他说他唯一愿意考虑的人选就是你姐姐。你能相信吗？"

格雷塔咬着牙，左脚踏着厨房的地板。"妈，我很可能不打算去，行吗？也许明年吧。"

妈妈的笑容消失了，她的手突然叉到了腰上。"没有明年。

---

① 《安妮》中的角色。

你觉得他们会一直等到明年吗？即使他们愿意等——当然这不可能——那时候你的年纪也太大了。机会才不会等你。"

"也许我并不在乎。"她说。

妈妈瞪大了眼睛。"好吧，我在乎，我非常在乎。这是让人梦寐以求的机会，你要是让它溜走了，等你回首你的一生，等你到了我这个年纪，你会坐在厨房里想，自己当年真是个傻瓜。"她的脸开始红了，"你觉得还有第二次机会，是吗？好吧，我告诉你，没有。还没等你反应过来，机会已经一溜烟儿跑了……你都不知道是怎么回事呢，它们就已经变成了远处一个模糊的小黑点。然后呢？然后你应该怎么办？然后你就会给我打电话，说你应该听我话的。你应该在机会来的时候把它抓住。你……"

我们都站在那儿，惊呆了。

"妈，你哭了吗？"我问。

她摇摇头，但是谁都能看见她的眼里闪着泪光。

最后，格雷塔答应去演《安妮》。城里的人还得亲自过来看看格雷塔，才能把这事定下来，不过我们都知道她能拿下这个角色。她会登上舞台，扮演一个真正的孤儿。格雷塔同意了，然后妈妈又花了很长时间问她是不是真的愿意，又跟她说不用勉强，千万别勉强。

30

我们都在看《亲情纽带》[①]，连格雷塔也在。自从上次的《安妮》事件过后，她比之前更加闷闷不乐了。全家人在一起的感觉真好，而且似乎只有在《亲情纽带》和《考斯比秀》[②]播出的晚上才会这样。我基本上确定，格雷塔跟我们一起看纯粹是因为她觉得迈克尔·J.福克斯扮演的亚历克斯·基顿很帅。有一次我听见她在电话里这么说过。

"吃爆米花吗？"电视播完后，妈妈问。

"要。"我说。

"我也要。"

为了庆祝圣诞，爸爸买了台爆米花机，我们都特别喜欢。看着玉米粒嘭嘭爆开，越变越大，直到被挤进碗里，这个过程本身就很

---

① *Family Ties*，20 世纪 80 年代美国最热播的情景喜剧之一。
② *The Cosby Show*，又译为《考斯比一家》，美国 20 世纪 80 年代的一部以家庭为题材的电视情景喜剧。

有意思。

新闻开始了。在黄油融化散发出的热乎乎的香气里，新闻里在讲克劳斯·巴比在战争期间所犯下的罪行和伊朗军售案①的事。

"好了，咱们的《南太平洋》进展如何？"爸爸说。

格雷塔耸耸肩："还好吧，我觉得，无所谓。"

爸爸似乎想等格雷塔再说点儿什么，可她立刻拿起《收视指南》翻了起来。

妈妈进来了，手里捧着一只巨大的金属碗，里面的爆米花堆得老高。

"爆了两包。"她说，"而且我加了好多黄油，我都不想告诉你们有多少。"她笑着把碗放下。我们伸手抓了一大把。

本地新闻开始了，先是报道了芒特基斯科的一场火灾，有一栋公寓楼被烧毁了。接下来讲的是扬克斯的一位法官，他把整个法庭搬到了停车场，因为他要审判的那个男人有艾滋病。法官表示，他觉得相比跟那种病菌一同被关在小小的审判室里，"清新的空气和阳光"能让法庭的工作人员更安全些。记者在街上采访了一些人，问他们认为法官这么做是否符合情理。有一位女性说她拿不准，但她觉得还是小心为妙。接着又有一位被采访的男性说，疯了的不是法官，而是艾滋病毒。

随后，话题又转移到了关于艾滋病的更笼统的叙述。每次都一样，先是放一段录像，一群男同性恋者穿着难看的皮衣，在城里某个热得让人冒汗的夜总会里群魔乱舞。我甚至都不敢去想象芬恩像个衣冠不整的牛仔那样，彻夜跳舞狂欢。要是他们能播出几个男人

---

① Iran-Contra affair，亦被称作伊朗门事件。

坐在客厅里一边喝茶一边聊艺术，或者聊电影什么的，那该多好，哪怕只播一次也行啊。要是那样，也许人们就会说："哦，好吧，看着也没那么奇怪啊。"

我刚准备上楼回房间，播音员又播报了一条关于AZT的新闻，显然，AZT是一种能够帮助艾滋病患者延迟生命的药物。我重新坐了下来，等着他继续往下说，然而我刚一听见，就再也站不起来了。他说，FDA①刚刚批准了这种药物，不出六个月，这种药就可以上市了。

我们都没说话。刚才听到的这则新闻太不公平，让我们都沉默了。我的两只手握成了拳头，紧紧揪住沙发上的布套。芬恩正好错过了。要是他能再活几个月，就……

妈妈站起身，头也不回地走了出去，而我却呆坐在沙发上，一动也动不了。接着，又出来一位科技记者，详细介绍了AZT的药物原理，可我仿佛一个字也听不见。爸爸通常是家里比较安静的那一个，但是这一回，他对着屏幕喊了一声："够了！"然后便一跺脚走过去，"啪"的一声用手掌摁掉开关，也出去了。

---

① 美国食品药物管理局的缩写。

31

　　今天是三月十七日，距离芬恩去世已经过去了四十一天。地球科学课上，泽比亚克先生在讲黑洞。黑洞并不是地球科学领域的课题，但是泽比亚克先生的课就是这样。先是亚当·贝尔提了一个问题，关于他在他家后院里发现的一颗陨石，接着泽比亚克先生就说，他要"跑一下题，但是……"不用说，同学们全都立刻竖起了耳朵。要是老师们假装自己讲的所有东西都是"跑题"的，那么全校学生肯定都能考出全A来。要是我当了老师，我就会这么干，要是驯隼的事儿没成，我会严肃地考虑当老师。泽比亚克先生跑题时，你能看见他的眼睛里有一种光，仿佛他或许也一直梦想着成为宇航员，而不是在中学里当科学老师。他手舞足蹈，滔滔不绝地讲解重力和逃逸速度。

　　同学们轮流举手提问，都想让泽比亚克先生多讲一会儿，不想回归正题。我举手问他，黑洞会不会真的是去往其他时代的秘密通道。有一次，我读到过这样一种说法，说宇宙中可能有一些洞穴，就像时光机一样。泽比亚克先生说，他不这么认为。"艾尔布斯小姐，这个问题就把我们带到科幻小说的领域了。"说完，他便决定我们已经离题太远，该回到课本上了。全班同学一片哀叹。我还看见詹妮·哈尔彭不满地对我觑着眼睛。不过没关系，因为接下来的两天，我不需要见詹妮·哈尔彭，也不需要见其他任何人。因为明天是教师备课日，不用上学。

几天前，我给托比打了个电话，告诉他我要去看他。他似乎不敢相信我真的给他打了电话，而我心里想的是："老兄，别太激动。"因为对我来说，这纯粹就是我的一个任务。这个任务就是要把他那儿关于芬恩的一切都拿过来。

格雷塔要跟朱莉和梅根一起坐火车去白原市的Galleria购物中心。我跟妈妈说我可能会去图书馆，也可能不去，这样听起来似乎就不太像在撒谎。她问我会不会约毕恩丝，我说有可能，这就完全是在撒谎了，但是妈妈露出了笑容。这一切意味着我可以在城里待上一整天，而不用担心有人挂念我。

我上了格雷塔后面的那趟火车，往南行驶的一路上，我感觉所有人都能看出我不应该出现在这里。我穿了那双中世纪的皮靴，就在出发之前，我还溜进格雷塔的房间，偷偷喷了一点儿她的Jean Nate香水。藏在格雷塔的气息里，感觉就像乔装打扮了一番。我坐在进城的火车上，感觉自己完全变了一个人，这个人身上散发着柠檬和婴儿爽身粉的气味，她不是我。

托比让我从中央车站打车去公寓。我一路盯着窗外，因为下着雨，我最喜欢的就是城里的雨天，仿佛被冲刷一新，所有的街道都闪闪发亮，随处可见的灯光反射在黑色的摩天大楼上；又仿佛整个城市被浸到了糖浆里，就像一块巨大的太妃苹果糖。

托比说，我到的时候他会在外面等我，帮我付车钱。芬恩的公寓楼不是那种有人看门的，而是那种需要摁铃才能进去的。车子减速停下，我能看见托比就站在外门和另一扇通向楼里的门之间狭小的空当里。他走出来，笑了，我看见他穿了一件芬恩的开衫。这件衣服穿在芬恩身上松松垮垮的，但是托比穿着就有点儿短了，他正把它往下拽。在他身上感觉不对，真尴尬。我肯定皱眉头了，因为托比顶着雨跑过来为我开门时，第一句话就是："一切都好吗？"我说都好。我竭力克制自己不要去看芬恩那件柔软的棕色毛衣，可还是忍不住。托比看出来了，他似乎不知道该说什么。

"嗯，呃。"说着，他微微弓起背，低下头。他给司机付了车费，都没等他找零，就摆摆手让他走了。

"我来带路。"他说。他刚才用一本厚厚的曼哈顿电话号码簿抵着门，我们进去时，他又把电话簿捡了起来。他隔着我的肩膀，伸出长长的胳膊摁了电梯。电梯的门是明晃晃的不锈钢，我在镜像里看见托比在看我。

"谢谢，"他说，"你知道的，谢谢你来。"

"没什么。"我说，虽然我长这么大，瞒着全家一个人跑到城里来，的确是一件壮举。

芬恩楼里的电梯很慢很老，每次都感觉过了好久才到十二层。

"门开着呢。"我们走到门口时，托比说。我伸出一只手握着把手，然后又停住了，回头对着托比。

"里面有变化吗？"我并不想表现出害怕的样子，但我的声音里的确有一种恐惧。

托比没有回答，他只隔着我的头顶把门推开，于是芬恩的家呈现在我的面前。还跟以前一样。土耳其地毯。他那只古老的雕花木箱顶上站着的纸糊大象。他给我外祖父的手画的那组黑白素描，都是特别近距离的特写，因此看着就像是来自另一个星球的风景。左右两只手的画像被分别装在相框里，挂在那扇俯瞰83街的大窗户两侧。公寓唯一的变化是薰衣草和香橙的味道不见了。如今，这地方弥漫着的更多是难闻的烟味儿。

托比飞快地从沙发上抱起一堆书报和衣服，把它们堆在餐桌的一张椅子上。

"这样，这样好点儿，"他说，"进来坐吧。"他似乎有些紧张，满脸堆笑，关注着一些无关紧要的细枝末节，抚平一只皱了的坐垫，拉直墙上一幅卷曲的照片。我们一走进来，他就把芬恩的开衫脱了，里面穿的是一件破旧的国家历史博物馆的黑T恤，上面到处都是恐龙骨骼的图案，在暗黑的底色里闪闪发光。过了一会儿，他在我对面的沙发上坐下了。

"呃……你觉得那张照片怎么样？"

"很好。"

"太好了。"他似乎有些吃惊，"我觉得有点儿……我不知道，有点儿怪怪的。不过你能喜欢，我很高兴。"

"嗯……的确有点儿怪。"

"哦。"

"不过是往好的方面。像艺术品。"

托比的笑容刚才消失了，不过现在又重新洋溢在他的脸上。"对，像艺术品。"他望着我，那眼神仿佛认为我是他见过的最聪明的人。"就像我说的，如果你想，可以把我剪掉。咱们俩中间的距离很大。我不介意的。"

"没关系，"我说，"我不会做这种事的。"

"呃……那张照片是你的，所以要是你改变主意……"

"我真的不会的。"

然后我们便坐在那儿，不知道该跟对方说些什么。过了几分钟，托比站起身。

"喝茶吗？"

他在厨房时，我便有机会把公寓四下打量了一番，而不用担心有人盯着我。芬恩那张蓝色丝绒的椅子依然在那儿。坐垫部位已经很旧了，但是后背依然很亮，因为芬恩坐的时候总是身子前倾，冲着前面的画架。

角落里的一张桌子上有一盏台灯，那是芬恩自己做的，他把一只灯泡埋在装满绿色海玻璃的鱼缸中央，于是就成了台灯。那些小小的海玻璃很光滑，呈现出各种深浅不一的绿色，要是把灯打开，这个装置就像来自未来的东西。台灯旁边是芬恩在艺术学院上学时做的那套国际象棋。他说他一直保存着，是为了提醒自己永远不要变成一个自命不凡的傻瓜。棋盘上所有的方格都是黑色的，所以你很难看出来走的位置对不对。棋子就是这些极小的老鼠头骨，他在上面涂了清漆。每只棋子上都有一个小小的记号，告诉你它代表什么。象的顶上有一个小小的十字，马上面则是小小的马头。不过除此之外，它们都是一样的。一模一样，除非你凑近了，然后就会开始发现不一样的地方。比如其中一个可能会被削掉了一颗牙齿之类。我看不出这副棋有什么炫耀之处。有点儿恶心，但是我很喜欢。

托比端着茶出来时，我手里正拿着其中一颗头骨棋子。

"想不想下一盘？"他问。

我耸耸肩膀。"你想下就下吧。"我其实不太会下棋，但是我又不想对托比承认这一点。我把棋盘拿过来，放在我们俩中间的茶几上。

他用一只普普通通的白色茶壶沏了茶，倒的时候，壶嘴有些滴水，比那只俄罗斯茶壶差远了。我能感觉到我们俩都明白这一点，但是都没说什么。

"要糖吗？"托比举着一只勺子问我，另一只手拿着一袋还剩一半的糖包。芬恩以前经常把方糖放在一只小碟子里，配上形状像小动物爪子那样的细细的小镊子。托比肯定不知道这一点，因为他直接拿出了皱巴巴的糖包。

"两勺吧。"我说。

"好极了。我喜欢大胆吃糖的女人。"我把脸别过去，笑了，主要是因为他叫我"女人"。托比往我的茶杯里加了两勺，搅拌均匀，然后给他自己加了得有四勺。

他从口袋里掏出一盒香烟，抽出来一根。然后他看看我，仿佛不确定该做什么。

"你……"他把烟盒冲我歪过来，扬起眉毛。这是第一次有人主动要给我烟，我当时在心里想，托比知不知道我今年多大？

我从盒子里抽出一根，说了声"谢谢"，摆出很老练的姿态。就像格雷塔那样，什么都不表露出来。托比自己也抽了一根，然后用一支氖橘色的打火机把两根烟都点着。

"啊，这样才更像个文明人。"他一边说，一边深深地吸气，似乎突然放松了些。我稍微吸了一小口就咳起来，然后便把香烟放在烟灰缸里。我等着托比笑话我，可他并没有。

"你先还是我先？"他一边问，一边冲棋盘点点头。

"你先吧。我无所谓。"

托比把所有的棋子一一摆好，然后走了一步。

我一直看着他，然后在自己这边也走了几乎一模一样的一步。

"你的东西都在哪儿呢？"我一边扫视着公寓，一边问他。

他迟疑了一下，盘起两条笨拙的长腿。他盯着棋盘，然后走了一个兵。

"呃……"他说，"你知道，这里有些东西就是我的。"

我环顾四周。我只看得见芬恩的东西。这些东西一直就在这儿。我几乎没朝棋盘看，也走了一个兵。

"什么意思？"

托比没有看我的眼睛。他用一根手指摁住一个马，可是接着又收了回来，喝了一口茶。他深深地吸了一口烟，然后把香烟放在烟灰缸边上。他还是没有看我，我突然开始明白了他的意思。我又四下打量了一番，这一回，我看每一件东西的眼神都多了一分怀疑。

"呃……"他一边说，一边摁着马滑过半个棋盘。

"那……哪些东西是你的？"我冲着屋子摆摆手。

"竹恩，我已经在这儿住了将近九年了。很难说到底哪些是我的。"

九年。九年？九年前我才五岁。他肯定在撒谎。

"呃……我想知道。我想看看哪些是你的。"

托比望着我，仿佛他真的开始为我感到难过了。他扫视一圈，然后指向靠近门口的那个大大的木头架子。

"那个罐子，那些吉他拨片，比如说。它们就是我的。"

芬恩的吉他拨片。那些拨片——"吉他拨片"，芬恩教我这么称呼它们，要是我希望自己听上去知道自己在说什么的话。小时候，我经常玩那些拨片，一玩就是好几个小时。把它们倒在地毯上，就像五颜六色的糖果。花上好几个小时把它们分门别类，堆成几堆，或者摆成纵贯整个客厅的几排，就像在地上铺了路。我常常跟格雷塔比赛，看谁能从罐子里那些带着螺旋式大理石花纹的拨片里找出最漂亮的那一片。这些怎么可能不是芬恩的呢？

"你确定？"

"竹恩，芬恩不会弹吉他。这你是知道的，对吧？他对乐器一窍不通。"

我不知道。我当然不知道，因为我什么都不知道。

"嗯。我当然知道。你不用告诉我芬恩怎么样。他可是我舅舅。"

我拿起我的王，重重地摆在棋盘中央。托比让一个兵斜着滑过三格。

"我不是想……"

"行了，为什么芬恩从来没跟我提起过你？"我竭力压住声音里的怒火。

托比耸耸肩，他的目光垂了下去。

"我不知道。估计是因为我没什么值得说的吧。你看看我。我活得一团糟，我……"

"这不是理由。我也没什么值得说的，但是你知道我，不是吗？"

"竹恩，听着，我以前还嫉妒过你，你知道吗？"

这话真把我惹恼了，因为我不是爱嫉妒的人。一点儿也不。我干吗要嫉妒？我有什么好嫉妒的？我望着托比，他坐在沙发边缘，弓着背，盘着腿，试图让他长长的身子缩成一团。托比和他那愚蠢的口音。是英国口音，但又不是真正的英国口音。不是《看得见风景的房间》里的那种英语，也不是简·格雷女王的那种英语，而是某种总是拖泥带水的腔调，我完全不了解。我看着他坐在那儿，手里还有别的牌。只要他想，随时可以甩出一副又一副牌来，打我个措手不及。他和芬恩的故事，我从来没听过的。不像我。我的牌少得可怜，在我的头脑里洗来洗去，已经破旧不堪。我自己跟芬恩有关的故事都很枯燥乏味，都是些愚蠢的小事。

"我不嫉妒你。"我说。

"好吧。对不起。你当然不嫉妒。"托比伸出一只手指在沙发的扶手上划了一道，然后看着我，"可是我嫉妒。我嫉妒你。所有的那些星期天……"

我看得出来，他说这些只是想让我心里舒服一点儿。

"那你现在不嫉妒了？"

"不了，真的不嫉妒了。"

"因为芬恩死了？"

托比摆弄着衬衫的衣角。这是我注意到的另外一点。他始终坐立不安。芬恩——他原本可以选择任何他想要的人做男朋友，或者说所谓的"特殊朋友"——为什么偏偏选了托比？

"嗯，也许吧。"他说。他望着地板，然后又抬头看着我。

雨敲打在窗户上，我们俩静静地坐了许久，呷杯子里已经冷掉的茶。托比又点了一根烟。

我低头盯着棋盘，因为我不想让托比看见我的眼睛。然后我起身说，我得去一下卫生间。我沿着走廊过去，立刻发现芬恩卧室的门开着——那扇门以前都是关着的，是私密的地方。我每次来，都是关着的。我走到卫生间门口，把门关上了，但是并没有进去。相反，我蹑手蹑脚地掉头回来，重新站在芬恩的卧室门口。里面暗暗的，外面是阴天，光线隔着一道薄薄的白色窗帘照进来。我站在门口，呆呆地望了一会儿，然后我做了明知不该做的事。我走了进去。

角落里有一把大大的红色吉他。有两双拖鞋，还有一张椅子上
搭着两件浴袍。其中一件是芬恩的黄色浴袍，另一件是蓝色的。床
还没整理，我试着去猜芬恩会睡在哪一侧。接着我便意识到答案其
实很明显。一侧的床头柜上有两只空空的香烟盒、半瓶金酒，还有
一张约克薄荷馅饼的包装纸。另一个床头柜上则摆着一只老式的闹
钟和一个相框，相框里有三张照片。我走过去捧起相框，最上面的
一张是芬恩和托比的合影。是黑白的，像是在伦敦拍的，因为背景
里有一辆那种很大的黑色出租车。他们俩看上去都很年轻，开心得
很。托比比芬恩高，于是他歪着头，脸颊靠在芬恩的头顶。我伸出
拇指把托比的脸遮住，于是便只剩下了芬恩。只剩下芬恩，而我的
拇指就像是他的帽子。中间那张照片是我和格雷塔小时候的。我们
俩在芬恩的公寓里，各自在一个画架前面画画。第三张最老，是芬
恩和我妈妈，是度假时的快照。在某处的沙滩上。

我竖起耳朵，听了一下，确保托比没有过来找我，然后我便
爬到床上。我让身子滑进芬恩睡的那一侧，把被子拉上来，裹在身
上。这里就是芬恩和托比做爱的地方。这里也许就是犯罪现场。也
许就是在这里——托比把艾滋病传染给了芬恩的地方。我让双手滑过
床单，把脸紧紧地贴在芬恩的枕头上。私密，这就是私密的含义。

"轮到谁了？"我回到客厅，问托比。我竭力让自己的声音里
不带波澜。

"哎，竹恩，其实我并不会下棋。我应该告诉你的。"

我望着那些小小的老鼠头骨，它们分散在光滑的黑色棋盘上，
刚才，我们俩还煞有介事地把它们推来推去。

"我也不会。"

"好吧，那就没关系了。你想怎么走就怎么走吧。"

我不慌不忙打量着我的棋子。我把食指放在一只马上，慢慢推着它滑过棋盘，直接到了托比的王面前。

"没事，"他说，"你该怎么走就怎么走。"

托比从沙发上站起身，大步跨过房间。他背对着我，我用手指轻轻一弹，他的王就被撞倒了，从棋盘上滚了下去。接着，还没等他回头看我走的是什么，我又飞快地把那颗棋子捡起来，放回了原来的位置。

托比问我饿不饿，我还没来得及回答，他已经穿上外衣走到门口。他在芬恩的书桌前停下，拉开第三个抽屉，掏出来一沓钱，塞进了夹克的口袋里。

"啊，趁我还没忘。"他转身回头，跑过门厅去了卧室。回来时，他手里拿着一份小小的蓝色的礼物。

"给你的。"他说。我接过来翻到背面，"是芬恩给你的。是他的东西。他说过，如果你来公寓，就把这个给你。"

我看出来应该是一本书。用一种像丝绸一样的中式包装纸包着，纸上印满了蓝色的蝴蝶。要是把它捧在手里或是看得太久，我想我可能会在托比面前哭出来，我可不想那样。一点儿也不想。于是我只说了一句"谢谢"，接着便走过去把它塞进书包。然后我们便出了门。

外面风雨交加，我们一到街上，我就感觉被冻透了，牙齿疯狂地打战。托比撑着一把黑色的大伞，遮住我们俩的头顶，我们在哥伦布大道向南拐弯，然后走了好几个街区。过了一会儿，托比站住了，指着一家名叫"尊龙"的中餐厅。这种地方经常会挂着漆成红色的灯笼，还会摆上长长的鱼缸，鱼缸里铺着彩色的鹅卵石，石头上坐着几尊佛塔，狮子鱼就在佛塔上方游来游去。虽然我们只有两个人，但是托比点了三道菜，还点了春卷，还有馄饨汤，还有两碗鸭汁炒面。我们俩像两只饿狼，把所有的饭菜一扫而光，一句话也没说。

我们差不多快吃完了。我正往我那一小杯中国茶里加糖。

"嘿，"托比说，"送给你。"他从桌子下方变出来一只用金色的餐巾纸折成的蝴蝶。

我呆呆地盯着那只蝴蝶。

这是芬恩的戏法。托比居然在我眼前盗用芬恩的戏法。

"不用了，谢谢。"我一边说，一边把蝴蝶推回到桌子那边。

"你不喜欢蝴蝶？"他说。他把那只金色的蝴蝶捧在手心。他的眼神仿佛在看一只受伤的小鸟。

"跟蝴蝶没关系。"我说。

"那……是因为餐巾吗？我听说过，有那种极其罕见的害怕餐巾的例子。"

我翻了个白眼儿。"你是从哪儿学的？谁教你这样折蝴蝶的？"

我在等他说"芬恩"，然后我就会说"我猜到了"。

托比轻轻地把蝴蝶放下，放在他的茶杯旁边。

"只不过是从一本日式折纸的书里学的。小的时候，是我那些用来活动手指的项目当中的一个。玩牌啊、跳蚤马戏团啊、弹吉他啊，还有折纸。等到——如果你有机会了解我，我会再给你露一手。"

我的眼前立刻浮现出一个画面，是托比在教芬恩怎样用布来折蝴蝶。他的手正指导着芬恩的手。芬恩折错时，他们俩就哈哈大笑。我想象着他们俩在一起的样子，整个胸腔里满是汹涌的悲伤。

"哦，"我没有看托比的眼睛，"我猜，可能就不是我的菜吧。"

"有道理。"他说。他一把捡起那块餐巾，在空中啪地展开。我看着所有的结、所有的折痕都从那块金色的布上消失了，小小的蝴蝶不见了，托比手里只剩下一块普普通通的旧餐巾。

然而，我心头的悲伤却挥之不去。那悲伤不仅仅是因为托比和芬恩的世界里没有我，还因为有一些关于芬恩的事，其实根本就不是芬恩的。如今，我那段关于芬恩在餐厅里折蝴蝶的记忆完全就是错的。万一我所爱的关于芬恩的一切其实都来自托比呢？也许正因如此，我才感觉自己和托比仿佛早已相识多年。也许一直以来，芬恩身上一直有着托比的痕迹。

"对不起。所有的这一切，"过了一会儿，托比说，"我向你保证，如果你下次再来，不会这么糟糕的。最糟糕的已经过去了，不是吗？"

我不相信他的话。对我来说，最糟糕的永远也不会过去。可是，就像在火车站的时候那样，托比又向我保证他还有别的东西要给我。是芬恩想要给我的东西。

"我去接你，好吗？我去找你，你什么都不用做。"

我耸耸肩。"你想来就来好了。"

"我想。"

"好吧，随便，但是必须在一个星期四。我只有这一天可以。"

"那就星期四。"

"只有一个星期四，不是所有的星期四。"

托比笑笑，举起双手，仿佛要投降的样子。"好吧。一个星期四。咱们就从这儿开始。"

托比把伞撑开，我们站在尊龙餐厅外面，他招手帮我叫出租车。有一辆车停了过来，托比把手放在我的肩上，把我往回拉了一点儿，不让我被水花溅到。

"小心。"他说。

真好。这个小小的动作。但我不但没说"谢谢"，反而把他的手从肩膀上甩掉，回了一句："我知道该怎么等出租车。"

"我知道你知道。"他说。接着他便把脑袋凑过来，使我不得不看着他。"你知道如果你有任何需要……任何需要……"然后他帮我拉开车门，我便钻了进去。车准备开走时，托比敲我的窗户。我把车窗玻璃摇了下来。"任何需要，"他又说，"真的，我是认真的。"

接着，轮胎和被雨水浸泡的街道之间发出咝咝的摩擦声，出租车开走了，剩下托比站在那儿，话还没说完。反正也无所谓。我无法想象自己会需要托比为我做什么。我根本就没法想。

32

　　我十二岁半的时候，就在我得知芬恩生病之前，我在他的公寓里住过整整四天。是在国庆日的周末。当时，格雷塔去参加罗德岛上的夏令营了，爸妈已经跟英格拉姆夫妇和另外一对夫妇计划好了要去缅因州度一个小小的假期。他们试过帮我另找一个去处，可是都没人在，于是我便走了运——我只能去芬恩家了。

　　每天晚上，芬恩都会从厨房的书架上把《烹饪的乐趣》那本书拿下来。他会指着它说："好了，今晚咱们给鳄鱼喂点儿什么吃的呢？"他会用手指在书上敲两下，做出要找菜谱的样子。但我知道他的把戏。那本书已经被芬恩挖成了空心，变成了一个秘密的盒子，里面藏的都是全城最好吃的餐厅的菜单。每天晚上都是如此。我们会精挑细选，直到把最符合当时心境的那一家找出来。每天晚上都选一个不同国家的餐厅。在芬恩家的生活就是这样。倒不是芬恩不会做饭，他说他不想侵占别人的领地。"人们应该做自己最擅长的事，"他说，"我们只是在帮助他们，鳄鱼，对不对？"

七月四日那天，我问他我们能不能找个地方去看烟花。芬恩耸了耸肩。

"竹恩，我跟你说实话。我对烟花没什么兴趣。我看不出它有什么意义。"

"呃……今天是独立日呀。"

"从谁那儿独立呢，具体说说？"

"你知道的，英国人。"

"好吧，告诉我英国人犯了什么错？"

"我不知道。他们给我们征税啊什么的，对吧？他们把所有的茶叶都搬过来，然后强迫我们交各种各样的茶叶税。"

"交税又不是世界末日。"

"这你应该跟我爸妈说。"

我们俩都哈哈大笑。芬恩的头发长长了，被他拢到耳后，但是他每次一笑，就会有几绺散落下来。我想伸手帮他拢回去，但我知道那样会有点儿怪异。

"竹恩，我有很多英国朋友。"他顿了顿，"你知道，我最好的朋友当中就有一个是英国人。"他望着我，仿佛希望我能问两句关于这个英国朋友的事。我差点儿就要问了。这是我唯一能想到的可以发现托比的机会。整整八年里，这是唯一的一次。要是我问了，也许芬恩会一股脑儿全告诉我。可是，那天跟其余的每一天一样。我不愿去想芬恩还有其他最好的朋友。我想把他想象成和我一样。我们只有彼此。于是我没有问。我让那个机会溜走了。相反，我眨巴两下眼睛。

"英国人现在不坏了。他们现在很好，不会再伤害我们了。"

芬恩伸手在我背上拍了一下。"你说得对。去穿外套吧。我知

174 ·

道有一处屋顶，可以在那儿看烟花。"

那天晚上，芬恩拉着我的手，我们一起走在温暖惬意的城市里。我知道我的手心在出汗，但是芬恩什么也没说。要是我们想让对方看某个东西或者某个人，就会捏一下他的手。不会捏得很重，只需要让对方知道要去看。在我的记忆里，我们俩一直是这样的。通常是芬恩捏我的手，因为他总是率先有新的发现，然后我就得飞快地扫视四周，直到我看见他指的是什么。可是那天晚上，周围有好多好多疯狂的人，于是我们不停地同时捏对方的手，我们俩的手紧紧地握在一起，手心贴着手心。甚至有时候没什么可看的，我也会捏捏他，只因为我忍不住。我会看着芬恩抬头四处张望，最后终于放弃，一脸茫然地看着我。然后我就会哈哈大笑，他就会用肩膀撞我一下。我很喜欢那样。

我乘3：37的那趟火车回了家。车里弥漫着上班族的味道——香水味、汗臭味，还有报纸的油墨味——几乎挤满了人。我很幸运地在一节车厢的最后面找到两个空座。我知道自己不应该，但还是把书包放在另一个座位上，这样就不会有人坐过来了。

那份小礼物躺在我的膝盖上，用蓝色带蝴蝶花纹的纸包着。我没有立刻打开，因为打开一个已经死去的人送你的东西，让人有些害怕。如果这个人是你爱的人，这种害怕便会尤为强烈。打开活人送的礼物已经够吓人了。因为礼物总有送错的可能，压根儿就不是你喜欢的东西，然后你就会意识到他们其实一点儿也不了解你。我知道芬恩这个礼物不会是那样的。我害怕的是，我知道它一定会很完美——完全、彻底的完美。万一再也没人像他那样了解我呢？万一我的余生都只能收到普普通通的礼物呢——比如洗浴套装、巧克力，还有睡眠袜——万一我永远永远也找不到像芬恩这么了解我的人呢？

我闭上眼睛，用手指摩挲着丝滑的包装纸，然后小心翼翼地撕开胶带。这种包装纸很高档，很结实，所以不难把胶带干干净净地撕下来。我要把这张纸也放到衣柜的最里面，跟其他那些秘密而又珍贵的东西放在一起。

我让书滑到膝上。

中世纪的女人——岁月之书插图版

封面是紫褐色的，上面有一幅画，画里是中世纪的男男女女在摘苹果和梨。画面的正中央是一个女人，头顶稳稳地托着一篮苹果。她一只手按在肚子上，好像水果吃多了。

我把这本书摁在大腿上，不敢打开，因为芬恩是那种总会在书里写点儿什么的人，而我可不想让自己在火车上哭出来。于是我没有打开扉页，而是翻了中间的几页。

这本书很不错。一边是画，然后与之相对的那页上就是一张周历。七月的画里有几位女性雕塑家、一位女面包师，还有一对女性养蜂人。八月有一个卖韭菜的女人、三位女性泥瓦匠在修城墙，还有一位女外科医生在做剖宫产手术。在那幅画里，婴儿已经出来一半，看着就像一个茫然的八岁女孩，不像新生儿，使得整个画面令人不寒而栗。

我不停地往后翻，因为这本书很好看。我觉得它可能是我拥有过的最好看的一本书。接着，我翻到了九月十三到十八日的那一周，这下，我发现了新大陆。是芬恩的笔迹，细细的，像小蚂蚁的腿一样在页面上爬来爬去。我啪地用手捂上去，然后把书合上了。

走道对面的一个女人伸头看我。

"你没事吧？"

我点点头，她又回头继续读她的杂志。

我小心翼翼地重新把书打开。他的字写得一塌糊涂，歪歪扭扭，非常潦草。

> 我最亲爱的竹恩：
>
> 我得告诉你。
>
> 什么都不对。托比谁也没有。
>
> 鳄鱼，请相信我。他很好，很善良。
>
> 照顾他。为了我。
>
> 需要新的手了。这双已经不中用了！你能认得出来吗？
>
> 要是可以，我会为你去修道院博物馆闹鬼。
>
>
> 　　　　　　　　　无比爱你的，
> 　　　　　　　　　　芬恩

字迹的对页是一幅十五世纪法国油画的细节部分。这幅画叫《喂病人的护士》。那个男人躺在床上，整个身体都藏在一条海蓝色的毛毯下面，房间里到处都是病床。那个人看上去情况不太好——面色灰白，头上光秃秃的，没有头发，一只手放在胸口，仿佛想捕捉到自己心跳停止的那个瞬间——但是那位护士看上去状态更差。她正用勺子向他的嘴里喂着什么，她的脸上满是惊恐，面色甚至比这位病人还要灰暗。

　　我把书合上，扔进书包，然后把书包塞进前面座位的下方。接下来的路上，我始终盯着窗外。楼房，树木，小车，小车，面包车，围墙，空地，面包车。我努力地盯着，想找出一点儿规律来。我在想，要是我观察得足够仔细，或许就能把世界的这些碎片重新组合起来，拼成某个我能理解的东西。

33

我有时会玩这样一个游戏，假装自己被打晕了，穿越到了另一个时代，好像自己真的是一个行走在1987年的中世纪女孩。这个游戏在任何地方都可以玩。学校，商场。越现代化的地方，效果越好。通过这种方式，可以看到事物本来的样子。我上次玩这个游戏是在大联盟超市，当时是去帮妈妈买杂货。那是我进城去见托比之后的第一天，我绞尽脑汁想把芬恩写给我的那段话从脑海中抹去。

我刚从城里回到家，就把《岁月之书》塞到了衣柜的最里面，塞得很深很深。然后我便"砰"地关上柜门。我的计划是忽略它。如果我假装从来就没读过它，那么就没关系了。有谁会知道呢？

然而，这样做显然是没用的。一旦你知道了一件事，你就不可能变回不知道的状态，而那本书待在我的衣柜里，就好像一把火，好像某个我必须扑灭的东西。如果我那些关于芬恩的记忆刚刚没有被撕成碎片，也许还不至于这么严重。或者，如果他请求我照顾的是其他人，其他任何人，只要不是这个摧毁了一切的家伙，也行。

我的兜里揣着妈妈的购物清单，离开了学校。我在大联盟超市里盯着天花板发呆，心里在想扣板上的这些小灯多么像一大片星星，被像生面团一样擀开了。这些购物车，要是换上大一点儿的轮子，用来运木头该有多好。香蕉、苹果，还有猕猴桃，仿佛成了我从没有见过的东西。我举起一根香蕉放在面前，正凝视着滑溜溜的果皮喃喃地自言自语，这时，本·德拉亨特突然出现在我面前，他瞪着我，仿佛我是世界上最古怪的人。我的脸热辣辣的，我能猜到它一定红得像猴屁股一样。

"请问，你们地球人管香蕉叫什么？"他用史波克先生的腔调问道。

我的头脑里像机关枪扫射一般涌出无数个不同的解释来。我原本打算随便找一个说辞来搪塞他，可是接着，我又决定不这么做。我为什么要这么做？有更重要的事情等着我去操心。本自己愿意怎么想，就随他想去吧。

我转身直直地盯着他的眼睛说："我很古怪。"我能看出来他没想到我会这么回答，因为他的脸上涌起了大大的傻笑。"有时候，我会到处假装自己是一个中世纪的小孩，穿越到了现在，于是我周围的一切都会变得怪异，变得很不一样，变得滑稽可笑。行了吗？现在你知道我有多古怪了，随便你怎么嘲笑我，或者去告诉你所有的朋友。随你的便。没有任何问题。"

本呆呆地站在那儿，笑容僵在脸上。他缓慢地点头，仿佛想得出什么结论。

"我喜欢。"过了一会儿，他说。

他的回答让我措手不及，刚才一瞬间的勇气也消失了。我发觉自己的脸又红了，我试图躲避他的目光。

"哦，"我说，"你不应该这样。"

"啊，‘应该’——这两个字是我最不喜欢的。"本那副书呆子的模样还真让我自我感觉良好了一阵。我小心翼翼地想把那根香蕉放回原先的那一堆里，可是，不用说，在放的过程中，我又碰掉了两根。本弯腰帮我捡了起来。然后他说："我不会跟任何人讲的。我不是那样的人。"

"谢谢。"

"竹恩？"

"嗯？"

"你舅舅……我在图书馆看见那篇文章了。"本的眼神躲闪了一下，"他真的有艾滋病？"

我点点头。在学校里，曾经有一些人在看到那篇文章之后来问我。我猜，我家是第一批和这种整天出现在新闻里的大事扯上关系的人家。不管怎么说，是第一批对此有所了解的人，这一点似乎让人们心驰神往，津津乐道。他们问我的时候，语气里总会带着一丝敬畏，好像芬恩有艾滋病这件事某种程度上让我在他们心目中的形象也变得更酷了。我从来没有想过利用这一点。大家向我提起他时，都以为他们谈论的只是我的某个普通亲戚。对于大多数人来说，舅舅就是这么回事。他们不知道我对芬恩的感情。他们不知道听见他们谈起艾滋病，好像艾滋病就是整个故事最重要的部分——比芬恩是谁、我多么爱他还要重要，甚至比直到如今，他仍然在每天的每一分每一秒让我心碎还要重要——这使我恨不得放声尖叫。

"对不起。"本说。

没了。他没有再追问下去，对此，我非常感激。

第二天上学时，我穿了老一套的全部装备——Gunne Sax裙子，上衣是一件套头衫，腿上是一条厚厚的羊毛紧身裤，当然了，脚上还是那双靴子。我跟平时一样扎了辫子，不过那天我用从一本百科全书里剪下来的红丝带把辫子束到了脑后。我不在乎别人怎么说。我走到哪儿，芬恩的那段话就跟到哪儿，萦绕在我的脑海里，挥之不去，而这些衣服，这另一个我，则成了一种躲避的方式。

我今天的最后一节课是计算机实验，我重重地在一张转椅上坐下。我们班已经有同学被批准用Fortran语言写程序了，可我仍然停留在Basic阶段。一周接着一周，我都在试图设计出一个程序，能够在输入数字时计算百分比，可是不知道为什么，程序始终运行不起来。那天，我懒得去钻研百分比的程序，因为我满脑子想的都是"照顾他。为了我。"我敲下了三行从来不会出错的代码：

10 print "我该怎么办？"

20 goto 10

30 run

这句话一遍接着一遍在我的屏幕上滚动输出，我呆呆地望着，仿佛被催眠了一般。我等待着，期待着出于某种原因，电脑会比我聪明。期待着它不再被我强迫、愚蠢地让这句话倾泻在屏幕上，而是吐出一句答案来。可是，电脑当然不会这么做。它只是一遍又一遍地显示我这个愚蠢的问题，直到克劳瑟先生走过来叫我干点儿正事儿。

放学回家后，电话留言机上的红灯显示有两条信息。我把书包扔到桌子上，听着。先是妈妈的声音。

"好了，姑娘们，我就是打电话跟你们说一声，我们回家的路上会买比萨。估计八点左右到家。所以不用担心晚饭的事。先把作业写完，我们很快就到。爱你们。"

然后是格雷塔的声音。

"嗨，妈？好吧，不管是谁在听。我今晚要和梅根她们在食堂吃饭。行吗？排练至少要到九点……回见。"

那天晚上，爸妈带回来一张蘑菇比萨，还有一大份希腊沙拉，这些都是我平时爱吃的，但是我并没有埋头大快朵颐，而是对他们说，我感觉自己可能要生病了。他们俩轮流把手心贴在我的额头上试体温，然后便让我上楼睡觉去了。

接下来的一个小时，我慢慢地把《岁月之书》翻了三遍，搜寻有没有更多的留言，有没有一句话教我到底该怎么做，可是什么也没找到。

大约九点半的时候，我听见格雷塔进屋了。我把耳朵贴在墙上，听见她开始播放U2乐队的《新年》。我听见她在跟着唱，于是便把耳朵紧紧地贴在墙上。我喜欢听格雷塔唱歌，尤其是在她不知道我在听的时候。

我把《岁月之书》塞到枕头下面，拿起放学路上买的两罐Yoo-hoo。接着，我便敲了她的门。她没应声，不过我还是进去了。

格雷塔背对着我，因为她正在换睡衣，是法兰绒格子的。每年的圣诞节，外婆都会给我们俩寄来同样图案的法兰绒睡衣。

"什么事？"格雷塔说。

"我不知道，我就是想说说话。"

"你的日程里有这个时间？"

"算了。"

"别，"格雷塔说，"我故意逗你呢。把门关上。"

我关上门，把Yoo-hoo放在她的书桌上。

我把她椅子上的几件衣服移到床上，然后在椅子上坐下。

格雷塔把文胸脱掉，从袖子里掏了出来。等她穿戴整齐了，便转身对着我。她发现我也穿着跟她一样的睡衣，翻了个白眼儿。

我觉得格雷塔也许是我唯一能够透露那本书的人。透露芬恩叫我做的事。她在咬手指甲，我已经很多年没见她咬过指甲了，我坐在那儿，试图下定决心到底该不该信任她。

"据说明天那个编舞师会来，"她说，"那我们整个下午都得练舞。"她又转过身去，开始梳头。

"这是好还是不好？"

"无所谓。我已经根本不在乎了。"她看了我一眼，然后说，"你可以过来。如果你想，可以过来看。"

"我不知道。可能会有点儿怪。你不觉得吗？我突然出现在那儿。"跟平时和格雷塔说话一样，我们俩的对话变得微妙起来。

"不啊，不会的。你可以加入电脑分队，去负责灯光。你们在那上面想干吗就干吗。"

"格雷塔？"

"嗯？"

"你有没有遇到过一种情况，就是你不确定自己想不想做某件事，然后即使你确定想做，也不确定究竟该怎么做？"

格雷塔瞪着我，眯起眼睛，仿佛想探出我到底想说什么。接着，笑容慢慢地洋溢在她脸上。她走过来，挨着我坐下。

"我就知道。"她把床一拍，说，"有人了。又是神出鬼没，又是化妆的。哎呀，天哪，我就知道你偷偷交了个男朋友。你死定了。要是妈妈发现了……"

"我没有。我不是说这个……"

"竹恩，你听我说。除非你百分之百确定自己已经准备好了，否则绝对不要发生性行为。我是认真的。哈莉·韦斯特维尔特，凯莉的妹妹，你认识吗？她就是一失足成千古恨。"

"不是男女之间的事。真的……"我突然忍不住哈哈大笑起来，因为我在想象托比是我的秘密男友，那画面实在是傻得可笑。

"知道啦。别蒙我了，我早就知道了。你看你笑得花枝乱颤，我还看不出来？"

"不是，你闭嘴吧。才没什么秘密男友。再说了，谁会愿意跟我做呀？你想想。"

"有道理，可是肯定有人愿意。本，是本·德拉亨特吗？是本，对不对？他跟我说过他喜欢你的靴子。"

"哦，那他可以跟我的靴子做。"我们俩都哈哈大笑起来。

"太恶心了，竹恩。你真恶心。"

我们俩穿着同款睡衣，在格雷塔的房间里笑得直不起腰，那感觉真好。

我还在笑着，可是格雷塔止住了，她的表情突然严肃起来。

"竹恩，我不是跟你逗着玩的，好吗？反正别做蠢事。"

"好的。"

"真的，我是认真的。"

"好的。"

"还有，别见怪啊，但是如果你想，我可以帮你化妆。你的手有点儿笨。"

我又笑起来。

"好的。"我说。

"那你肯定会参加下周六的派对咯，对吧？"我完全不知道有派对的事，脸上一定写满了问号。

"还是在林子里，跟上次一样。所有的演员、技术人员，还有……本。"

"我不知道。"

"你当然知道。"她说。

那一刻的格雷塔又让我想起了她从前的样子。九岁的格雷塔搂着七岁的我，站在那里等校车。艾尔布斯家的姑娘们。人们会这么叫我们，好像我们都不需要用各自的名字区分开来，好像我们是一个坚不可摧的整体。

我很高兴自己没有提那本书的事。格雷塔希望我向她倾诉的是寻常的事。男朋友啊，性啊，还有小女生的迷恋啊。这些方面我们也许有共同语言。而我所拥有的，只是一个住在城里的奇怪的男人，偷偷去游乐场玩，还有逝者向我提出的请求。

34

　　排练室基本上是个比较吓人的地方。衣架上孤零零挂着的戏服。地下室潮乎乎的气味。已经开裂的旧沙发、旧椅子。光秃秃的电灯泡从有水渍的天花板上悬吊下来。从各个角度来看，都挺吓人的。不过，有演出的时候，下面一直有人到处瞎晃，打打闹闹，所以这里不但没有变得阴森可怕，反而有了一种非常热烈的气氛。

　　我来是因为，我想看格雷塔跳舞。我希望自己能告诉她，我看见她了。还有，我很高兴她邀请了我。我走下上台口狭窄的楼梯，来到排练室。我四处打量了一番，没看见格雷塔。但是我看到了本·德拉亨特的后背，他正伏在一张书桌前。他穿着一件长长的黑色丝绒斗篷，像是古装戏里某套服装的一部分，手里捏着骰子。他晃了两下，然后把骰子咔嗒咔嗒倒在桌上。

　　"三个生命值！"

　　另外两个管技术的男生坐在他对面，闷闷不乐的样子。我正想从他旁边走过去，不要被他发现，可他还是看见我了。

"嘿。"他说。

"嘿。"

"你想不想一起？"他指指桌上的一张网格形地图。我基本确定那跟龙与地下城有关。

"不了，我就是来找格雷塔的。你看见她了吗？"

本四处张望了一下。"没。"

我转身要走。

"嘿，等一下。"他又冲游戏点点头，"考虑一下吧。你选谁都行。外域的狼后或者……"

"不了，谢谢。我……"我听见楼梯上传来格雷塔的声音，"我得走了。"

我在楼梯上碰到了格雷塔。有三四个我不认识的女生跟在她后面。格雷塔将要参演《安妮》的消息已经传开了，虽然她还没有正式得到这个角色，但是大家似乎已经开始把她当作明星。吃午饭时，我在餐厅里看见她们班的一大群学生，有男生也有女生，都坐在她周围，伸着脑袋盯着她看。我不知道她喜不喜欢这种感觉。

我在楼梯上从她旁边经过，确保她看见我了。我想让她知道我来看她跳舞了。我们俩没跟对方打招呼，也没说话，但是我上楼、她下楼的时候，她看见我了，我们俩擦肩而过。然后我看见她朝本的方向瞥了一眼，脸上扬起一丝得意的微笑。

我站在礼堂后面看着。格雷塔上台比较晚，她在舞台上，一副漫不经心的样子，好像心不在焉，好像她竭力不想表现出自己的最佳状态。不过，也许只有我注意到了这一点，因为她依然优秀，藏不住的优秀。

35

"我不需要牛仔裤。我讨厌牛仔裤。"

"你当然需要，"妈妈说，"每个人都需要牛仔裤。"

那是梅西百货春季大促的周末。以前，我和妈妈还有格雷塔经常一块儿去。现在，格雷塔直接让妈妈把钱给她，她自己跟朋友去。而我压根儿就不想去，一点儿也不想。

妈妈站在我的衣柜前。她扯了扯胡乱挂着两条棕色灯芯绒半裙的衣架。

"你看看。"她伸手摸了摸那两条裙子，"看着就像你在泥里爬过似的。你都干什么了，把衣服穿成这样？"

我仍然穿着睡衣，蜷在被子下面，躲开从窗户照进来的刺眼的阳光。

"还好吧，"我说，"我觉得挺好的。"

妈妈开始往衣柜的深处翻，我想起来茶壶、磁带、字条，还有放在衣柜最里面的所有东西。我一下子慌了，连忙坐了起来。

"好吧。"我说。

"什么？"

"我去。"

我坐在一张长凳上，妈妈站在我前面，望着铁轨的方向。她的头发剪得很短，因为她二十三岁的时候头发就全白了，于是她总是染成深栗子棕色。除了头顶露出极细的一道白色，其余部分都是那种棕色。有时，我会想摸一摸妈妈头上的那个地方，真实的她竭力想要展现出来的那细细的一道。此时此刻，在三月清冷的阳光下，在火车站里，我感觉好像如果把手指伸过去，也许一切就能变回从前的样子，不会再有跟托比的秘密见面，不会再有鬼魂叫我照顾谁，叫我去做我根本无法想象该怎么做的事，也不会再有地下保险库里会发生变化的奇怪的画像，不会再有姐姐在深夜的树林里突然从你面前消失。我可以忘掉一切，变回从前那个和妈妈一起去梅西百货、幻想自己活在过去的平凡姑娘。

我站在那儿，向妈妈走近几步。

她冲我笑笑。我没戴手套，她用戴着手套的手把我的两只手夹在中间用力搓热。

"今天会跟以前一样的，竹妮。"她说。

那天早上等车的人不多。有几个家庭，有我们学校一群高年级的学生，还有一个穿西装的男人。我和妈妈面对面坐下了。她抹了口红，她几乎从来不抹的。妈妈连上班都不化妆。只有晚上出去或者进城的时候才化妆。她盯着我，好像在酝酿着什么。然后，她终于开口了。

"咱们去霍恩哈达特吃午饭，怎么样？"

我摇了摇头。

"竹恩。"她长叹了一口气。

"我只是不想去而已。"

"宝贝儿,我知道你不想去。我也知道你为什么不想。"她伸过来一只手,放在我的膝盖上。火车仿佛向我挤压过来,我知道自己无处可逃。妈妈把我引诱过来,是想谈谈怎样从芬恩去世的阴霾里恢复过来,我逃不掉的。

"你都知道为什么了,那为什么还想强迫我?"

"因为,停止痛苦的一个办法就是把回忆盖上。如果我们去霍恩哈达特吃饭,就好比在你和芬恩一起去的那些经历上盖了一条薄薄的毛毯。你每去一次,就会增加一层新的记忆,直到把你和芬恩去的经历裹得严严实实。明白吗?"

"下次吧。"

"还有修道院博物馆。修道院博物馆也是……"

她好像听不见我说话。修道院博物馆?跟妈妈一起去修道院博物馆,想想都觉得根本不对劲。那尊桦木做的、打量着我的圣母玛利亚,所有那些石头围成的狭窄的角落,仿佛存着一个世纪的秘密。哪怕全世界最厚、最密的毛毯,也遮不住那里的我和芬恩的鬼魂。

"我们能不能不说这个?"我说。

"竹恩,已经过了一个多月了。"

我向后倚在座位上。我闭上眼睛,两只胳膊交叉在胸口,让呼吸缓慢下来。等我重新睁开眼睛,便望着妈妈。

"给我讲一个你跟芬恩的故事吧。你们俩小时候的。讲一个故事,我就去霍恩哈达特。"

"哎,竹恩……"可我看得出来,她已经在回想儿时的事。我

能看出来她忍不住想跟我说一说。

最后，妈妈给我讲了她和芬恩小时候常去度假的科德角上的那片沙滩。我基本确定跟托比告诉我的是同一片沙滩。区别在于，妈妈是真的会讲故事。她告诉我说，外公外婆会睡懒觉，太阳一升起来，她和芬恩就会独自穿过街道，跑到沙滩上去。日出时，天空是粉红色的，好像绯红的脸颊。整个沙滩都是他们的。她说，就像来到了另一个时代。她说，他们会反过来看这个世界。假装沙子是云，大海是天。她告诉我，有一次芬恩发现了一只马蹄蟹，有西瓜那么大，然后他们俩就互相激将对方，看谁敢把它扔回水里。

"都是很久很久以前的事了，竹恩。就像电影里的画面一样。"

我看得出来，她又回到了从前。她和芬恩一起，就在那个有着粉红色天空的夏日。

"然后呢？"

妈妈笑了。"然后芬恩用脚把它踢翻了，让它仰面朝天，然后像搬一口大锅那样把它搬回海里去了。"

火车缓慢地驶过白原市和福德汉姆，途经哈莱姆那座没有窗户的学校[①]，还有125街上的车站，我从来没在那儿下过车。接着，火车悄声驶入黑洞洞如迷宫般的隧道，在曼哈顿的地下蜿蜒前行，抵达中央车站。

"芬恩为什么不画画了？"说话时，我没有看她。

在这些黑洞洞的隧道里，所有的窗户都变成了镜子，当我抬

① Harlem，哈莱姆区，也被译为哈林区。这所没有窗户的学校建于1965年，是一所中学，当时是为了吸引全市更多的孩子入学，从而改变学校里种族隔离的状况。然而，不但这座建筑的设计被认为非常糟糕，最终也没能吸引到白人子女入学，实际就读于此的大多是住在附近的非洲裔和波多黎各裔穷人家的孩子。

起头时，我看见妈妈的影子正凝视着我。她的表情已经变得严肃，灯光照在玻璃上，于是她的影子就像一幅画，只有明亮的嘴唇和眼睛，看不出任何皮肤的纹理。

"托比。"她说。

"托比。"

"我认为那个人应该为毁掉芬恩的人生负全部责任。"

"他不会那么坏吧？芬恩又不傻。他不会让谁强迫他不画画的。"

妈妈交叉胳膊抱在胸前。她一言不发，似乎坐了好久。

"他有过去，竹恩，你明白吗？这个托比，他可没那么清白。有一天，你会比现在理解得更透彻。爱情会战胜一切，对吧？家庭、艺术……凡是你能说出来的。芬恩爱上了托比，这就意味着对他来说，其余的一切都不再重要了。"

其余一切都不重要了。包括我。

"那……为什么我从来没听说过他？"

"因为我不想让你和格雷塔跟那个人有任何瓜葛。芬恩知道这是条件。如果他还想继续当外甥女们的舅舅，就不能让托比掺和进来。你不能随便跟一个被社会抛弃的人混在一起，然后还指望身边所有人都欣然接受。你不可能什么都得到。芬恩始终没明白这一点。"

我也不明白，为什么不能什么都得到呢？

"你强迫他选的？"我问。

她把脸别了过去。她不想回答。

"你……"我不敢相信她会做这样的事。一点儿都不符合我心目中妈妈的形象。这反倒让我为托比感到难过起来。

"行了，我不想再说这个了。"

"可是……"

"真的，竹恩，"她说，"我才是那个应该悲伤的人。他可是我弟弟。我们俩小时候，是我照顾他。你知道父亲在军队里工作是什么感觉吗？你知道吗？从一个基地搬到另一个基地。是我负责确保芬恩好好的。我得照顾他。竹恩，是我。我不允许你再继续这么消沉下去，过分了。这种自怨自艾的事儿，我才是那个应该痛苦得一塌糊涂的人，竹恩。是我失去了弟弟。"她把手按在眼睛上，"你以为我不知道你每天晚上在房间里听什么吗？你以为我不知道那是《安魂曲》吗？你觉得是谁把那首曲子推荐给芬恩的？不是只有他一个人懂得欣赏美好的东西。"

她调整了一下坐姿，冲过道那边挪了一点儿，于是她的脸也从窗户上消失了。我把脸贴在窗户上，让自己能看见外面。隧道的墙壁上有好多泥灰，简直像是动物的皮毛。我心里想，这些隧道才像是狼群会居住的地方。我觉得它们就像人类心脏里的血管。

最后，我们还是没去霍恩哈达特吃午饭。我们在梅西百货买了要买的东西，然后在火车站吃了一块比萨，就回家了。

回到家，我们发现格雷塔虽然把妈妈给她的75美元全都花光了，却只买回来一条Guess的牛仔裤，而且还不是打折款，她还从34街的一个小贩那儿买了差不多二十根那种黑色的橡胶手环。

妈妈的脸色很难看。

"不都是我自己的，"格雷塔说，"有一部分是给竹恩买的。"说着便从胳膊上抹下几根来，塞给我。

"是吗？"我说。

妈妈的视线在我和格雷塔中间来回移动。她缓缓地长叹了一口气。我很想说点儿妈妈爱听的，因为，也许那样，仅仅是也许，她就会变回从前的样子，从前的那个妈妈从来不会强迫别人在自己的男朋友和姐姐之间做出选择。

我还没完全想好，便欢快地脱口而出："明天的戏我去帮忙。"格雷塔和妈妈都扭头看我。格雷塔说，他们后台有些活儿，可以用一个人手。

"太好了，竹恩。"妈妈冲我点点头。我瞄了一眼格雷塔，看见她在笑着，是发自内心的微笑。

"然后一起去友善餐厅①吃饭好吗？"格雷塔轻快的语气在我听起来有点儿假，但是似乎让妈妈很满意。

"太好了，姑娘们。"妈妈望着我们俩，脸上露出了笑容。然后她单独盯着我说："这样就对了，竹妮。"

我点点头，或许我的视线在她身上停留了太久。或许我想再好好看看这个版本的妈妈。

"好了，现在你们俩都上楼去待一会儿，好吗？我要做晚饭了。"

我回到房间，把那几根带弹力的手环摘了下来。它们戴在格雷塔的胳膊上显得松松垮垮，到了我这儿就变得很紧，就像外公从骑乘割草机上摔下来那次戴的矫正腕带。我把它们一根根地从手腕上抹下来，放在书桌上，然后也放到了衣柜的最里面，跟茶壶放在一起。三年来，这是格雷塔第一次送东西给我，虽然我基本断定她只是为了让自己的麻烦小些，但我还是想把它们好好地保存起来。

---

① Friendly's，美国餐饮连锁店。

36

　　我从不违背诺言。我说话算话。我跟托比说了会再去看他，于是就去了。我不需要他过来接我。我决定星期一去，因为我星期一最后一节是体育课。虽然我从来没逃过课，甚至从来都没想过要逃课，但我还是直接去找了宾曼先生，我用手捂着肚子，跟他说起自己遇上了女孩子的小麻烦事儿。大家都会这么忽悠宾曼先生，还没等我把提前准备好的一长串说辞讲完，他已经把笔掏出来，画了一个通过。

　　我一边从体育馆出来，一边数着篮球落在光滑的地板上发出的撞击声，我深深地吸着带着汗味儿的空气，装作一脸严肃的样子。即使我走得再慢，我也有足够的时间赶上2：43那趟进城的火车。

　　"竹恩，太棒了。"我在楼下摁铃时，托比说，从他的声音判断，他是真的高兴。我没有乘电梯，而是决定走楼梯上去。在再一次看见芬恩的公寓之前，我想给自己一点儿时间准备一下。"托比谁也没有。托比谁也没有。"我不停地对自己这么说。

我刚一进去，就发现公寓开始有了变化。芬恩的痕迹不见了。茶几上堆着三四只脏兮兮的盘子。那个烟灰缸，其实是芬恩用柏油碎石（托比上次一边眨巴眼睛，一边笑着叫它tarmac①）浇筑成的一只碗，里面堆得满满的，大玻璃窗的窗帘也整个拉上了。

托比站在那儿，身上穿着一件皱巴巴的紫褐色灯芯绒夹克，里面还是那件有恐龙骨骼图案的T恤。他见我瞥了一眼窗户，便大步走过去把窗帘拉开。

"这样，"他说，"这样好点儿，对吧？坐吧。"

托比坐在蓝沙发上，我坐他对面那只棕色的沙发。他沏了一壶茶，我们每人拿了一根烟。这一次，我抽的时候一声也没咳。托比拿了一小瓶白兰地，往杯子里倒了一大口。他递给我，但是我摇了摇头。我竭力克制自己不要总是朝公寓里东张西望。我不想让托比觉得我在试图猜测哪些东西是谁的，可我还是忍不住。最近几天，我一直在暗下决心要面对这件事。我希望自己能够做到朝四周看时，即便有一半的东西都不是芬恩的，也能觉得无所谓。"托比谁也没有。"我又对自己说。

"这双靴子不错。"托比冲我的脚点点头。

"是芬恩买的。"我答得有点儿太快。接着我调整了一下坐姿，让裙子把脚遮住。

接下来的几秒钟，我们俩陷入了一阵尴尬的沉默，接着，不知怎么，托比突然开始模仿记者的腔调。他用一种怪异的口音，假装

---

① 柏油碎石，美式英语中称为 blacktop，英式英语中称为 tarmac。托比是英国人，故习惯用后一种说法。

握着话筒对着我。

"好了，艾尔布斯小姐，请告诉我，是什么让你对中世纪如此着迷？"

我交叉胳膊抱在胸前，瞥了他一眼。

"不是。真的，"他又用正常的声音说，"我想知道。"

这种问题会让我完全呆掉。我几乎想要假装没听见，可我知道，他会再问的。各种可能的答案在我的脑海里一闪而过：城堡、骑士、烛光下的黑夜、格里高利圣歌，还有一直拖到脚跟的长裙。必须用手抄、再由僧侣们用最鲜艳的色彩装饰的书籍。那些书是那么华丽，竟闪耀着光芒。

"可能……我不知道……可能只是因为那时候的人还不是什么都知道。那时候有些东西是人们从来没见过的。有些地方从来没人去过。你可以编一个故事，人们也不会怀疑。你可以相信龙和圣人的存在。你可以看着四周的花草树木，认为它们也许能救你的命。"

自始至终，我一直盯着脚下的地毯，因为我感觉自己说得驴唇不对马嘴，说不定托比正在笑我。可是当我抬头看他时，他并没有笑。他在点头。

"我喜欢那样。"他说。

"真的吗？"我认真地望着托比，想判断他是不是真这么认为，等我得出了肯定的结论，我又接着说，"呃……还可能因为，不完美好像也没关系。在那个时候，没有人是完美的。几乎人人都有缺陷，而且大多数人别无选择，只能一直那样。"

托比坐在那里点头。他的手放在膝盖上，我看见他的指头上长满了老茧。"不过，那时候同样也肮脏黑暗，而且还有老鼠和瘟疫……"

"我猜是吧。"我低头想了想，接着，我抬头看看托比，笑了，"这样的话，看来跟纽约也没什么区别。"

托比哈哈大笑。"有道理。"他又自顾自地点点头，若有所思的样子，"除了……呃……现在我们虽然没有瘟疫，但是有了艾滋。"

这是我第一次听托比说出这两个字——"艾滋"。他说话时，把目光投向了别处。

"这俩不是一回事。"

"呃……不完全一样，可是……"

"根本就不一样。得不得瘟疫，根本不是你能决定的。它不是谁的错。它就这么发生了，不怨任何人。"我还没来得及拦住自己，已经脱口而出。

托比开始拨弄夹克口袋边缘一处散落的线头。我想到要向他道歉，但是并没有付诸实践。

"竹恩，那时候没人对艾滋病有了解。你明白吗？我和芬恩刚认识的时候，连听都没听过这个病。"

"那为什么我们全家都认为是你传染给他的？他们为什么这么说？"

托比微微垂下头，闭上了眼睛。他深吸了一口气，然后才重新把眼睛睁开。"因为是我们决定跟他们这么讲的。"

"谁？"

"我和芬恩。主要是我。你妈妈是这么认为的，于是我们索性决定就让她这么认为吧。我跟芬恩说，我不介意。如果这样能让她感觉好些，那我们就应该让她相信事实真的如此。"

"可是……"

"算了，竹恩，已经不重要了。"

可是，这很重要。真相很重要。如果责任可能在他们两人中的任何一方身上，如果并不是谁的错，那么就不应该让托比来承担全部的罪责。

"芬恩为什么……"

"嘘，"托比说着，伸出两根干枯的指头，摁在我的嘴唇上。我的身子僵住了，他慢慢把手收了回去。

"可是……"

"我现在告诉你这些，是因为我需要你明白我是多么爱你的舅舅。这样，也许……也许如果你能明白这一点，你就……不会这么恨我。芬恩和你一样，他也想把真相说出来，他想让大家知道这不是任何人的错。是我劝他的。我爱他，竹恩。如果我来背负骂名可以让芬恩的日子好过一点儿，那么我就愿意这么做。现在就不要追究了，好吗？我们早已过了那个阶段。好吗？"

我什么也没说。

"可以吗？这也会是芬恩所希望的。真的。"

你怎么会知道芬恩希望什么？我心里想。可是，我耸耸肩，说："也许吧。"

"很好。"他移开了视线，朝窗外望去。

我坐在那儿，感觉自己快要哭了。我不知道为什么。并不是因为托比曾经非常高尚，非常善良。也不是因为这世上除了我，很可能不会再有人知道真相。亦不是因为我终于有了新闻可以告诉格雷塔，可到头来又不能跟任何人说。我坐在那儿，让一股无名的悲伤笼罩在我的肩上，等待它告诉我自己为何而来。接着，我便明白了。那悲伤爬过来，对着我的耳朵悄悄说：他比你更爱芬恩。

这是它告诉我的。我知道，这是真的。

我能感觉到自己的内心中央正形成一个又硬又冷的结。"我不是爱嫉妒的人。我不是爱嫉妒的人。我不是爱嫉妒的人。"我放慢呼吸,一遍又一遍地对自己说。我抬头望着托比。

"呃……芬恩有没有为你画过像?"

刚说出口,我就意识到自己问得多么无力,多么悲伤而又刻薄。但托比似乎根本没听出那份刻薄来。他竖起食指,叫我等一下。然后他从沙发上跳起来,在书桌的暗屉里翻了好一会儿,终于找到了一把钥匙。他举起钥匙,笑了。

"你还没去过地下室吧?"

托比说得没错。我没去过芬恩这栋公寓楼的地下室。不过妈妈去过。星期天,有时芬恩给我们画像的时候,她会帮他洗很多衣服。她从地下室回来时,会一边摇头一边说,下次再也不去了。"那个地下室简直就像恐怖电影里的场景。"有一次她说。

托比把钥匙塞进口袋。

"地下室怎么了?"我问。

"跟我来。"他挥着两只手招呼我,那模样就像是瘦长版的斯文加利[①]。

"我没想好,要是我不想去呢?"

"你会想去的。我打包票。有一间独立仓库,每套公寓都有,就像一个很大的用来放东西的笼子。跟我来吧。"

我的脑袋里浮现出这样一个画面,我被锁在一个笼子里,那笼

---

① Svengali,英国小说家乔治·杜·莫利耶的小说《爵士帽》中,通过催眠术控制女主人公的邪恶音乐家。

子就像一种可怕的地牢。我甚至都不了解托比，不算了解，而且他还亲口说过他曾经嫉妒过我，说不定他会把我锁在地下室里，谁也猜不到我去了哪儿。

托比的肩膀耷拉下来，他把头歪向一边，用我听过的最最可怜的声音说："求你了。"接着他又直起身子，"好了，真的，竹恩，你不会后悔的。"

我想了几秒钟，得出了这样一个结论，那就是真正心理变态的人不会提笼子的事儿。真正变态的人会跟我说，那儿养着一只小狗什么的，把我骗下去。

"好吧，"我说，"不过你在前面走，我要拿一下外套。"我想把外套带上，是因为我那支羽毛笔就在口袋里，要是真的迫不得已，我总归能用它扎向托比。

他举起双手表示投降。"没有问题。"

托比摁下写着B的按钮，我们便往楼下去了。在电梯的狭小空间里，我能闻到难闻的烟味，但是烟味底下又透着清新的肥皂味儿。

"你不会后悔的。"电梯咣当一声停下，门开了，托比又说了一遍。他走了出去，我跟在后面。我刚有机会四下打量一番，就明白了，妈妈说得没错。地下室的确像是恐怖电影里的场景。电梯前面的走道很窄，仅有的光亮来自天花板上悬吊下来的灯泡。整个地下室里有一种受热过度的尘土味儿。墙壁已经泛黄，墙皮都掉了。我们继续走着，我看见从主过道里伸出去一条条小小的死胡同，通向不同的房间。有些房间里放着脏兮兮的床垫，就像有人住似的。我回头看着电梯门"砰"的一声关上，电梯嘎吱作响，又摇摇晃晃地上去了。

望着面前托比的肩膀，我开始感觉，有他在，还挺开心的。倒不是说，如果地下室里真的有一个变态在等着我们，托比能帮上多大的忙，可是，知道有人会跟我一起死，总比我自己一个人死掉感觉好些。

我们经过洗衣室。一台烘干机正在翻转里面的衣服，但是没人。

"就在这边。"托比说。

我们拐了个弯，走进一间长长的屋子，屋子一侧是一排顶天立地用铁丝网围成的笼子。每个笼子大约有十英尺宽，挺深的，顶上都悬着一只光秃秃的灯泡。我跟在托比后面，一边往前走，一边偷偷瞄人们都在这些笼子里放了些啥。多数都是自行车、纸箱、椅子之类的东西，堆得老高。其中一间里有一只毛绒狐狸，我从旁边经过时，它就直直地瞪着我。还有一间里面放了差不多二十只不同的鸟笼。还有一间，里面堆了三大摞没拆封的坎贝西红柿汤罐头纸箱，一直堆到天花板。

托比在标着12H的笼子前面停下了。我站在他旁边，眯起眼睛。四面都挂着酒红色的丝绒布，像落地窗帘一样，所以看不见里面。托比从口袋里掏出钥匙。

"可能会有点儿……麻烦。"他一边把钥匙塞进锁眼，一边说。

"这都是什么呀？"我指着窗帘问。

"啊，好了。"托比把锁打开，从笼子的门上摘下来。他抬头看了一眼我手指的地方。"只是为了私密一点儿，"他说，"好了，现在，我需要你给我一分钟时间。"

他先进去了，我在外面等着。我听见笼子里有一根火柴被划着了，然后又闻出来火柴被吹灭了。我上前一步，离门口更近一点儿。又站了几秒，里面传来金属碰撞的声音，好像有一扇大门正在滑开，那声音回荡在地下室里，我有点儿紧张起来。接着"哗啦"

一声，然后又是"砰"的一声响。

我肯定稍稍呼了一口气，因为托比探出了脑袋。"是垃圾焚烧炉，不是别的。就在这栋楼的另一头。别怕。"

"我没怕。"其实我是怕的，但嘴上还是这么说。我走到笼子门口，拉开窗帘："我可以进去了吗？"

他伸手要来扶我，我没接，自己走了进去。

"哇！嚯！"

我没打算被惊艳到，可那是不可能的。里面跟我们刚才路过的那些笼子有天壤之别，一点儿都不像是一间储藏室，倒像是踏进了维多利亚时期的客厅。天花板上悬的不是光秃秃的灯泡，而是一盏小小的水晶吊灯。地上铺着一块东方风格蓝绿色调的地毯，有些旧了，地毯上有两把铺着软垫的旧椅子，还有一张绿色的绒面躺椅。屋子一侧有一个矮矮的深色木质书架，里面摆满了红色皮面的小书，书架顶上还立着一根粗粗的蜡烛，燃着矮矮的火苗。屋里还有两张狮爪脚的小边桌。其中一张上面有一只深蓝色的玻璃碗，里面装满了小块的巧克力，另一张边桌上是一套有钱人有时候会用的那种水晶酒具。每个瓶子里只剩下一两指高的酒，托比倒了一些在一只水晶玻璃杯里。

"坐吧。"托比笑着说。

我好奇这里是不是一直都是这样。我来芬恩家的那些时光，又是一个他压根儿就没跟我提起过的秘密。我突然有了这样一种期盼，希望这一切都是托比在芬恩去世之后建起来的。

"这是什么地方？"我问。

"是芬恩做的。他管这里叫作副楼。"

我不想让托比看见我脸上的表情，于是便走到书架前。我蹲下来，发现每一本红皮小书都是某个东西的野外指南。海洋生活，野花、树木、宝石……都特别美。我抽出来一本，是关于哺乳动物的，页面镶着金边，非常挺括，我在翻，但是并非真的在看。我捧着书，背对着托比，感觉到自己大拇指的指甲嵌进了皮质的书脊。我的指甲在书脊上划来划去，直到确定那个印子抹不掉了为止。

我听见托比站在那儿，我能感觉到他就在我身后。

"以前你来的时候，我就待在这儿，"他说，"当然了，不是每次，但是有时候，要是我从别的地方回来，不确定你走没走，就会到这儿来，所以他才建了这个地方。"

芬恩把他的秘密男友藏在地下室？要不是这里这么美，要不是显而易见一个人只会为自己真心爱着的人建造这样一个地方，也许我会为托比感到难过的。我想起自己在楼上公寓里的场景，那些记忆如今已和托比躲在这里的画面交织在一起。一直就在我的正下方。我想起来画像的时候，去完修道院博物馆之后的那些下午，还有整个国庆日的长周末。他不可能一直都待在这儿吧，可能吗？

接着我便意识到，这是我妈妈造成的。要不是因为她，根本就不会有什么地下副楼。而我当初则会一起认识芬恩和托比。那然后呢？我猜，我永远也不会跟芬恩这么亲近。我永远也不会认为自己可能是他心目中最重要的人。我永远也不会让他像那样闯进我的心里。我永远也不会变成此时此刻站在这儿的可怜的女孩，在心里盼着他是为我建造了这个秘密房间。

"总而言之，"托比说，"刚才的问题是，芬恩有没有为我画过像。我们是因为这个下来的，对吧？所以，往后面看，看看躺椅后面是什么东西。"

我没看托比，自己挤到后面去了。地上有一个木头托盘，上面盖着一块白布。我甚至都不用把那块布掀开，就知道底下是什么。是一大摞芬恩的油画。我站在那儿没动。

"去吧。"托比说。

我弯下腰，准备把布掀起来，可是我又下不去手。我无法再面对自己从没见过的芬恩生命中更多的侧面。

我摇摇头。"要么下次吧。"

托比点点头，仿佛懂我的心思。"好吧，"说着，他试探着把一只手放在我的肩上，"等你准备好了，随时可以。"

我们转身准备离开时，我注意到一个有着蓝色的丝绒幕布、像迷你舞台一样的东西。因为底下有腿，所以大约到我胸脯的高度，像个古董。

"那是什么？"

"哦，就是个旧的跳槽马戏团。工作有时候还是得干的。"

那天下午，我第一次笑了，因为这话听着像是人们平时对服务员或者垃圾工这类工作的评价。似乎不太适合跳蚤马戏团的表演者。

"是你的？"

"嗯，我以前经常在公园里摆摊。有时候也去集市。"

"跳蚤呢？"

托比笑了。"当然，跳蚤。我的小伙伴们。"

"所以……它们现在在哪儿呢？"

"谁？"

"跳蚤。"

托比的表情有些滑稽，仿佛试图搞清楚什么问题。

"你先坐下。"他说。

太棒了。这将是一台浑身冒着傻气的演出，我得全程忍住别笑出声来。我好奇托比下楼来是不是为了喂跳蚤。它们会不会有一个专门的跳蚤大小的笼子，还有某种极小的喝水用的碗。

"别因为我伤到哪只跳蚤。"我一边说，一边伸长脖子，想看看托比在忙活什么。

"你把我当什么了？"

这个问题问得好。我不知道应该把托比当成什么。我还是一点儿思路也没有。

他把整个平台转过来，对着我，就像一个缩小版的三环马戏团。上面有小小的梯子，还有一架用铁丝绕成的小小的自行车。有两个支架，中间绷着一根秋千绳，绳上挂着一架摇摇欲坠的迷你高空秋千。托比完全进入了演出状态，我忍不住笑了。秋千摇摆起来，自行车也沿着舞台边缘慢慢骑着。整个过程中，托比温柔地向跳蚤们发号施令，当它们执行了指令时，他就一遍又一遍地表扬它们，说它们表现得多么出色。"漂亮！"他说。"好！"过了一会儿，他告诉它们可以休息一下了，还让我给它们热烈鼓掌。

我拍了两下巴掌，接着便交叉胳膊抱在胸前。

"里面没有跳蚤吧，有吗？"

托比调皮地龇牙一笑。"没有，竹恩。没有跳蚤。这是一种魔术，全凭手法。"

"所以你就像那些戴金手套的人咯？"

我不确定自己是不是有意想对他这么冷嘲热讽，但是跟之前一样，托比似乎还是没有注意到我的腔调。或者，也许他注意到了，但是决定不去多想。

"没有，其实不是。"他说，"呃……或许耍点儿需要手指灵活的小把戏还行。我一不会写，二不会画，干不了什么有用的事。

而且，我就剩这双手了，真的。你看看我，别的还有什么？完全就是全世界最笨的笨蛋。"

"那……就像只拥有一种能力的超级英雄。"

"我可不敢这么说。好吧，不管怎样，那你呢？竹恩·艾尔布斯的那项超能力是什么？"

我把自己从头到脚梳理了一遍，感觉就像被迫读了一遍西尔斯百货商品目录中最无聊的那部分，就像在翻卫浴配件的那几页。头脑无趣，貌不惊人，跟性感更是沾不上边，手还笨。

"心，心特别硬。"我说，我不确定这个想法是从哪儿冒出来的，"我有全世界最硬的心。"

"噢，"托比伸出一根手指，在空中轻轻一敲，"这个能力很有用，你知道，很实用。问题是……"托比顿了顿，仿佛在非常认真地思考这个问题。

"问题是什么？"

"问题是，这颗心是石头做的，还是冰做的？它会裂开，还是会融化？"

托比不慌不忙，利索地把跳蚤马戏团的各个小小的零部件收起来。他也许会把公寓搞得乱七八糟，但他似乎格外小心地确保把跳蚤马戏团收得井井有条。我不禁感到好奇，我在楼上和芬恩在一起时，有多少次，他就在这里，对着这些看不见的跳蚤说话？我好奇那个跳蚤马戏团是不是芬恩买给他的？我好奇托比有没有恨过我，或者恨过我们全家。要是他真的恨过，我也不能怪他。他合上盖子，将一根生了锈的插销插进锁扣。

"你跟芬恩是怎么认识的？"我问。

托比皱了皱眉。他呷了一口威士忌，然后轻轻敲了敲水晶玻璃杯的边缘。"哦，没什么新奇的，就是在一堂艺术课上。"他起身走到书架旁边，背对着我。他伸手抚摸着那些红色野外指南的书脊。"芬恩说你们俩经常会去修道院博物馆。"

我看出来他想转移话题，我不想让他得逞。

"我以为你不是搞艺术的。"我说。

"对，我没什么艺术细胞。那只是一堂课而已。好了，跟我说说吧，修道院博物馆里都有什么？"

"你没去过吗？"

他摇摇头。

我飞快地把头扭向一边，因为我不想让他看见我笑了，我不想让他发现我有多么开心，因为芬恩把那个特别的地方留给了我。

"说吧，"托比说，"跟我讲讲，那儿是什么样的？我想知道。"

"真的？"

托比点点头，于是我开始在头脑里勾勒修道院博物馆的场景。

"呃……从外面看，没什么特别的。这是第一点。但是你一进去，就会感觉自己好像已经不在纽约了，甚至都不在美国。"

我告诉他，一踏进修道院博物馆的门，就仿佛从城市里跳了出来，进入了中世纪。我跟他说起通往主修道院的那些宽宽的弧形石头台阶，墙是用大块的石头堆砌而成的，就像城堡那样。托比盘腿坐在地毯上听着，我还跟他说起院子里那些种着草药的花园。里面种着疗肺草、泻根、聚合草、蓍草，等等。

我的眼前浮现出这样一幅画面，我和芬恩正一同在那里散步。他用手指搓着一片树叶，想把它的味道搓出来。他在向我解释签名学说，意思就是上帝在每一种药草上都做了记号，这样你就能看出来它们分别能治什么病，红色的能治血液病，黄色的治黄疸。还有一些药草我连名字都没记住，它们的根形状就像痔疮，或者肾脏，或者心脏。芬恩说这些虽然都是胡说八道，但是想法很好。想象着有人把它们的名字写给世界，多美好呀。我没跟托比说这些，没提我和芬恩在那儿的事。我只跟他讲拱顶上的那块石头多么坚固，弧度多么优雅，还有那些铺着鹅卵石的小径和细节刻画得无比精美的挂毯。我一个字也没提起芬恩，但是，当我低头看他时，我发现他的眼眶湿了。

"怎么了？"

他揉揉眼睛，使劲儿挤出一丝微笑。"我也不知道，"他一边说，一边微微笑了一下，"这一切吧，我猜。"

就在那时，我感觉自己的心一下子对托比柔软起来，因为我清楚地知道他想说什么。我明白，世界上几乎任何东西都能让他想起芬恩。火车、纽约城、花花草草、书、甜甜的黑白夹心软曲奇，或者中央公园里同时用口琴和小提琴演奏波尔卡舞曲的人。甚至连那些他从来没跟芬恩一起看过的东西，也会让他想起芬恩来，因为芬恩是让他想要与之分享的那个人。"快看那个。"他会想要这么说，因为他知道芬恩会有办法来发现它的美好，来让他感觉自己能发现它，就是全世界最有洞察力的人。

我挨着托比，也坐到地上，我们俩坐得很近，胳膊几乎都能碰到对方。我们都没有说话，仿佛在那儿坐了很久，直到最后托比打破了沉默。

"你知道，如果你有任何需要，都可以给我打电话，对吧？不管什么事。"

我点点头："你说过很多遍了。"

"但是我想让你知道，我是真心的。我不是跟你客套，随便在嘴上说说。你可以像给芬恩打电话那样打给我，随便聊聊天，干什么都行。"

我告诉他，我知道他是真心的，但是我能感觉到自己的语气在说，其实我永远也不会打电话给他。他不是芬恩。而且，即使他听起来好像是真心的，但是我的内心深处有一种感觉，感觉他就是客套，就是说说而已。

"恐怕我该走了。"我说。

托比提出要陪我走到中央车站。我们在地下室的当儿，已经变天了。我从学校出来的时候，天上只飘着几片云，但是等我们离开芬恩家的公寓楼，天色已经整个暗了下来。我们刚走了几个街区，黄豆大的雨点便倾泻而下。

"该死，"托比说，"没带伞。"

我们躲进一家小商店，心想或许可以等雨停了再走，然而当我们沿着货架转了三圈，柜台后面的那个人便出来问我们需不需要帮忙。托比对他说，我们只是想找点儿薄荷糖，于是那人不太高兴地把嘴抿成了一条线，指指收银台前面的糖果架。

我们冒着雨往下城走，嘴里都含着原本并没有打算买的辛辣的薄荷糖。当最辣的那一层味道开始渗透出来，我简直想把它吐掉，但是我没吐。我想，有时候试试自己也挺好的。看看能承受到什么程度。

托比让我给他讲一个关于我和芬恩的故事。我犹豫了几秒钟，心里盘算着该讲哪一个，最后跟他讲了有一次感恩节，其他人都在看橄榄球比赛，我和芬恩溜了，到树林里去了，一直走到迷了路。

"就我们俩，"我说，"因为我们俩讨厌橄榄球。"我告诉托比林子里的气味多么好闻，还有芬恩仅仅用几根树枝就生了一小堆篝火。然后我们就在火堆旁边坐着，蜷在一起，芬恩就给我讲莫扎特《安魂曲》里《痛苦之日》（*Lacrimosa*）这部分所有拉丁文的含义，我们用颤音把这部分唱了一遍又一遍，直到我完全铭记在心。我说，芬恩告诉我，他想永远待在那儿，永远也不回城里去，但他知道那不可能。然后，我们俩沿着来时的脚印回了家，发现其实我们根本就没有迷路。等我们回到家，妈妈给我们留了两块浇了奶油的南瓜派，我们就把派吃了，没告诉任何人刚才去了哪儿。

"噢。有意思，竹恩。"

"没错。"

托比开始跟我讲，有一次芬恩想乔装打扮一下，去看自己的一个作品展，听听周围人的评价。托比东拉西扯讲他的故事，而我的思绪已经飞到了九霄云外，直到有一块被雨水冲刷得锃亮的圆圆的井盖跃入了我的视线，我在人行道中央站住了。

托比还在往前走。

"嘿，"我冲他喊，"你知不知道那些纽扣是怎么回事？画像上那些黑色的纽扣？"

托比在我前面几步远的地方，不过他听见我的声音，停了下来。他没有立刻回头。有几秒钟，他只是那么站着。等他终于转身回来对着我，脸上便带了一副讨好的表情。他似乎很内疚，很窘，我看得出来，他很清楚我说的是什么。

他把我拉到一旁，于是我站在一栋建筑的小小的挡雨篷下面，而他则站在雨里。接着他就开始一遍又一遍地道歉，然后才告诉我到底是怎么回事。

"好吧。"他说，仿佛做了某个决定。他慢慢地长呼一口气。"这真的很难。"他踱到人行道对面，然后又转身走回来。

"你不是非得告诉我。"我口是心非。

他似乎想了一下，然后摇了摇头。他又走开几步，然后又走回来，接着才开口了。"好吧，呃……那幅画像画得不错，对吧？"

我点点头。

"可是芬恩不这么认为。'必须要完美，要更细致，需要更多的细节。'他一直这么说。他会让我把画拿给他看，拿到床边。他几乎看不见，几乎连头都抬不起来。如果你看见他当时的样子……他反反复复就在说这个，竹恩。你明白吗？于是我就答应他了。我说我会竭尽全力。我要让它完美。"托比耷拉着脑袋，"于是就那样了。现在你知道了吧？"

我回想着那些难看的纽扣，简直不敢相信托比会认为它们让那幅画变得更好了。他一定看见了我的表情，因为他立刻说："嗯，我知道。我彻底把它毁了。可是你不知道当时的情形。那天下午，只有我们两个人，然后……然后就只剩下我自己。"我望着他的脸，我能感觉到他似乎又回到了那一天。"屋子里静极了，一点儿声音也没有，我当时想，要是我能做点儿正确的事就好了。哪怕只做一点点……可是我连这一点点也做不到。连黑色的纽扣都画不好。"

我的心怦怦直跳，因为我忍不住在脑海里勾勒出那天下午公寓里的场景。芬恩突然不动了，说走就走了。托比绝望了，胡乱地摸索着。我咬住嘴唇，因为我能感觉到嘴角的抽搐，那意味着我要哭出来了，而我不想在托比面前哭。我的头发已经湿透了，雨水顺着头发流到我脸上，托比的黑眼睛凝视着我，等待着我的回应。我不能哭，不能，可是刹那间，我再也忍不住了，眼泪夺眶而出。

我准备走开，可是接着又转身回头。我决定不要再试图把眼泪忍回去了。我决定站在那里，站在麦迪逊大道的一块挡雨篷下面，让托比看见。让他明白，我也和他一样想念芬恩。而我一哭起来，就再也止不住了。所有那些曾经被挤压下去、在我的内心深处紧紧捏成硬球的点点滴滴，又一点儿一点儿地舒展开来。我站在麦迪逊大道上，在托比面前哭得肝肠寸断，我等着他逃走，或者把我推进一辆出租车，但他没有这么做。他走上前，用长长的胳膊搂住我，把头伏在我的肩膀上。我们俩站在那个挡雨篷下面，直到我发觉他也在哭。薄荷糖跟托比的牙齿碰撞的嘎嗒声，汽车刹车尖厉的摩擦声，还有雨水落在我们头顶那块油布上的滴答声，和我们俩低沉的呜咽声混杂在一起，形成了那天下午的一种旋律，使得整个城市一齐为我们的悲伤合唱。过了一会儿，几乎已经不觉得难过了，几乎成了另一种感觉，好像开始变成了解脱。

等我们俩收回身子，我无法去看托比的眼睛。

我听见他小声说："对不起。"我听见他说："我不是艺术家，竹恩。真的对不起……我为一切……感到抱歉，都是我的错。"

我耸了耸肩，动作小得几乎看不出来，然后我把薄荷糖吐在手心，丢到人行道上。

"太难吃了。"我说。

托比笑了。

"是啊。"他说。不过他并没有把他那块也吐出来。他仍然含在嘴里，它一定灼着他的舌头，直到彻底融化了为止。

37

还是那天。夜已经深了，大家早就睡着了，我坐在厨房的地板上，大腿上摊着《岁月之书》。我用手把电话的听筒包住，用很小的声音说："我打电话是想告诉你，我全是编的。"

"哦……好。你什么？"托比的声音迷迷糊糊的，好像刚刚被我从睡梦中吵醒。

"那个故事。我讲的那个关于芬恩的故事，不是真的。"

"哦，竹恩，是你呀。嗨! 几点了？"

"很晚了。对不起，把你吵醒了。"

"我没睡。就是喝了点儿白兰地，休息一下。"

我闭紧嘴巴笑了，不敢发出声音。我伸手去够洗碗机旁边的柜子。那个薄薄的柜子是爸妈用来放酒。我找来找去，终于找到了白兰地。我把它拿出来放在身边的地板上，用手指轻轻敲着瓶盖。

"不管怎么说，我还是欠你一个故事。"

"你确定你那个故事不是真的？拿我来说，你讲的每句话我都信了。"

我笑了，尽管我觉得托比可能是逗我的。"你就吹吧。"

"没有，真的。细节讲得非常好，我给你打最高分。"托比也压低了声音，尽管他那头只有他一个人。

我们俩都沉默了几秒，接着托比说："你知道，没关系的，竹恩。如果你不想跟我分享你们的故事，那就不用讲。"我听见他呷了一口白兰地。

我拧开手中的瓶盖，伸进去一根指头，蘸了一点儿，然后抹到舌头上。

"不，我想告诉你，下次吧。"

我几乎能听见托比在那头笑了。

"随时过来，任何时候都可以。你知道的，对吧？如果你有任何需要……"

我想，如果我即将沉入海底，那么芬恩会像一艘擦得锃亮、非常结实、永远随风前行的木船。而托比呢？托比更像是一艘大大的、随时可能会爆裂的黄色橡皮艇。但是尽管如此，或许他还是会去帮我的。我开始这么认为了。

我点点头，把瓶口送到嘴边。白兰地流进我的身体里，让我浑身都热了起来，有那么一瞬，我感觉五脏六腑仿佛都变成了滚烫的岩浆。

"我知道。"我小声说。

电话那头又是沉默。

"呃……那……晚安吧。"我说。

"祝你好梦，竹恩。"

我四仰八叉地躺在冰凉的油布地板上，把听筒放在胸口。厨房里唯一的声音是水池上方墙上高高挂着的那只黄色的钟，嘀嗒嘀嗒。就这样，过了至少一两分钟，然后，在静悄悄黑洞洞的厨房里，我听见了自己的名字。

"竹恩。"

我把听筒拿到耳边。

"嗯。"

"睡觉去吧。"

"好吧，"我小声说，"你也睡吧。"

然后我便挂了电话，只留下托比孤零零一个人待在芬恩的公寓里。

我不知道怎样替一个死去的人保守秘密。如果这个人依然在世，你可以拿一把剪刀，在你的衣服上剪开一个小口。不能是太破的衣服，必须是你一直穿、比较旧的衣服，剪了会让你倒大霉的那种。可以剪在任何地方。比如就在内衬的褶边，或者在腋窝那儿，可以尽量剪得很小很小，这也是一门学问，学会剪很小的小口。我和格雷塔小时候，就会用这种办法来信守诺言，那时候我们还不敢用血。

我站在那儿，从公告板上摘下一张迈阿密海滩的明信片，扔到台面上。我把图钉捏在手里，戳进食指，挤出来一滴血，血珠凝在指尖，就像一颗小小的宝石。我把芬恩的那段话又读了一遍，然后把指头用力摁在那段话中间。

芬恩说得对。我看得出来，托比谁也没有，但是没关系，都落定了。现在，他有我了。

38

三月离去时好似羔羊。跟谚语里说的一样。树上依然光秃秃的，但是除了这一点以及大型停车场角落里星星点点的残雪，冬天似乎已经结束了。

《南太平洋》的海报开始出现在镇子里的每一个角落。他们早早地把海报贴出来，这样，如果有足够多的场次售罄了，还能来得及再安排加演一两场。毕恩丝赢了设计海报的比赛。她把South的S和Pacific的P设计成了棕榈树的样子，整个海报的形状则像一座茅草屋。挺好看的，我心里想，下次见到她的时候，我一定要告诉她。

一切都开始有了春天的感觉，除了爸妈。他们正进入纳税季的憔悴阶段。妈妈头顶的那道花白变得越来越宽，连着好多天，我都没看见爸爸刮过胡子。我和格雷塔已经濒临炖肉中毒的境地，以前我们常说，到这个时候，你的血已经变成了肉汁。

我离开学校，径直向镇子中心的银行走去。

金箔——真正的金箔——是很贵的，不过有时金色的颜料可以达到以假乱真的效果，而且价格跟其他任何颜色都一样。我从凯马特超市买了一小瓶金色的颜料和一支细细的画笔。那两样东西一直被我放在书包侧边的口袋里，紧挨着银行保险箱的钥匙。

这一次，齐默尔先生一个字也没提艾滋病的事。他表现得很正常，直接领我去了地下室。

"我们还有差不多半个小时就要关门了，"他一边看着手表，一边说，"回头我先敲门，这样你还能来得及收拾东西，好吗？"

"谢谢，那太好了。"我说。

我把画平放在桌子上，伸出一根手指轻轻地触摸每一颗黑色的纽扣，一颗接着一颗。它们现在好像没那么难看了。如今我知道了它们的故事，于是几乎感觉它们还挺好看的，就像闪闪发光的黑珍珠。接着，我又用指尖去描摹格雷塔手上的那颗头骨。

我把画像竖起来，靠在墙上，冲它笑了。我接下来要做的事，芬恩会喜欢的——不，他会爱上的。我从书包里把颜料和画笔掏出来，放在桌上。瓶盖不太好拧，不过，几秒钟后，我搞定了。淡淡的油彩味在房间里弥漫开来，我使劲儿吸着，因为那种气味让我好想好想芬恩。随后，我把画笔伸进罐子里，蘸了点儿颜料，又在瓶口蹭了两下。我停住了，我的手悬在画布上方，突然不敢让刷毛落下去。然而，我了解芬恩。我和试图帮莫扎特把《安魂曲》写完的那些人并不一样。我知道芬恩会说什么。

于是我开始了，先是轻轻用画笔沿着画像里我自己的一绺头发抹了一道。接下来又在格雷塔的一绺头发上也抹了一道。我后退两步，像艺术家那样看了看。我歪着头，芬恩在估算比例的时候，我总看见他这样把头歪着。我不想画得太多。我知道，画起来很容易就会忘乎所以。我又蘸了点儿颜料，在那间小小的地下室里，我试着去想象芬恩的手正领着我的手，他柔软的手掌包着我的手背，却又几乎没有触碰到我。我想象着那样的画面，让画笔慢慢落在芬恩给我画的头发上，从我的头顶一直画到发梢。那是他的作品。要画出这个版本的我，芬恩得看得多仔细啊？他看见什么了？他能看出来我每次去见他都会涂上Bonne Bell泡泡糖味的唇彩吗？他画画时，有没有发现我在研究他光着的脚？他能读懂我的内心吗？我宁愿相信他读不懂。我宁愿相信自己足够巧妙地把那些心思都藏了起来。

我又给自己涂了几绺头发，然后给格雷塔也多涂了几绺。我又后退几步。我想追求的效果是修道院博物馆楼下其中一幅华丽手稿上天使的翅膀。有一点像那样，但又不完全一样，因为我们没有翅膀，只有无趣的直直的头发。但是也很亮。我希望那幅画也能闪着金光。我希望它大声唱出芬恩的故事，唱出我是多么爱他，就像托比画的纽扣那样，如果你知道那个故事的话。

我把颜料罐的瓶盖拧了回去，用一张活页纸把画笔裹起来，又塞回书包里。现在，我们都在那幅画像上了。我们三个人。格雷塔、托比，还有我。

还有狼。我把画像放回金属的保险箱时，又看见它了。它依然在那儿，躲在负空间的阴影里。

39

"你穿什么？"

我低头看看自己。

"褐色的裙子，灰色的毛衣。"

"不是，笨蛋。我是说去派对的时候，星期六。"

"不知道啊，怎么了？"

"本问我你去不去。"

我翻了个白眼儿。

我们正在车道尽头等校车，今天比平时还要晚。格雷塔似乎有点儿疲惫。她没化妆，头发也只是拧成一个乱糟糟的发髻。这周前两天放学回家的路上，她平时背的书包带子断了，于是她只好用起了多年前的这个旧史努比书包，小鸟伍德斯托克正在史努比头顶周围挥着翅膀准备降落。

"你干吗总想让我关注本·德拉亨特？我跟他几乎都不认识。"

她无可奈何地叹了口气。"你真是无可救药。"

"没有啊，真的。"

她撇了撇嘴，两手抄在屁股口袋里，瞪着我。"说不定我是在帮你。你有没有这么想过？"

"没。"

我看见格雷塔的脸上闪过一种神情。好像她想说点儿什么，却又说不出来。"随便吧，竹恩。你想怎样就怎样好了……"

"什么呀？"

"没什么。"

"总之，"我说，"也许你应该想想自己穿什么去参加派对。可能你自己现在也没那么光彩照人。"

格雷塔一个转身，手仍然抄着屁股口袋。刹那间，她的表情从正常变得杀气腾腾。

"我知道星期一的排练你没去。你这个大骗子，竹恩。你骗我和妈妈，你以为没人会发现你去哪儿了吗？你真的以为你能永远藏住你的大秘密吗？"她居然冲我喊了起来，就在大街上。就像炸弹爆炸了一样，我站在那儿，呆住了。接着，格雷塔飞快地把身子转过去，背对着我，走到枫树的另一边。她靠在树上，于是她的整个身子都离开了我的视线。我只看见树干边上露出来她的一只脚，在踢地上的泥土。我们又等了五分钟，校车才来。在那五分钟里，我就一直看着格雷塔那只玲珑的小脚不停地踢着地面，仿佛在向地下发送某种摩斯密码。

那天晚上爸妈赶上回家吃饭了。格雷塔之前提过她那天没有排练，于是他们决定全家一起吃一顿正儿八经的晚餐。我很高兴自己也在家里，没有安排去城里的计划。有时候，我甚至都不记得自己在纳税季里会有点儿想念爸妈。只有当他们终于回来了，我才记起他们在家的感觉有多么美好。要是我给自己准备晚饭，只会在碗里盛点儿炖肉，可要是妈妈做饭，她就会烤点儿大蒜面包，做上一盘沙拉，还会给每人的炖肉浇上一团酸奶油。这才像一顿真正的饭菜，而不仅仅是不得不用来填饱肚子的东西。

那天晚上，爸妈到家时，我和格雷塔正坐在餐桌两头写作业。格雷塔把她的生物和算术课本竖起来，在桌子中央筑成了一道墙，这样她就不用看我了。爸爸进门时，她便把书重新放平。

"猜猜我带什么回来了？"爸爸一边说，一边把一只卡尔多百货的袋子举过头顶。他满脸笑容。

"是什么？"我说。

"猜猜看。"

格雷塔看了一眼袋子。"平凡的追求①。"她说。

"哦，"他似乎有些失望，"呃……好吧。我想你猜对了。"

失望的表情在他脸上停留了几秒，但是刚一打开盒子，他整个人又激动起来。我估计我们可能是全国唯一没有"平凡的追求"的人家。爸爸总是不肯买最流行的东西。他总是说，聪明人会等一会儿，等到价格降下来再买。

"好了，谁想玩一把？"他一边说，一边把小蛋糕里的小块摇出来，倒在桌子上。

虽然这天并不是周末，但我们还是玩到很晚，四个人一起。妈妈做了爆米花，还做了甜甜的柠檬味速溶冰茶。

这么多年以来，这是爸妈第一个真正擅长的游戏，虽然格雷塔

---

① Trivial Pursuit，风靡欧美的一种桌游。

从头到尾都不肯看我一眼，但还是很有意思。

"成年后的牛仔骑手约尼尔·波恩纳是谁扮演的？"格雷塔大声念出这个问题，妈妈立刻有了答案。

"史蒂夫·麦昆。"她一秒钟也没犹豫。

我答对了几道科学题，例如"Fe代表哪种化学元素"，还有"北极光的科学名称叫什么"，但是大多数问题都很难。最有意思的实际上是关于喝酒的几道体育问题。格雷塔答对了"怎样把黑俄罗斯酒（Black Russian）变成黑色"，她不费吹灰之力就答对了。答案是添万利（Tia Maria）或者卡鲁哇（Kahlua）[①]，这两个格雷特都知道。

最后，爸爸用一道历史题赢了比赛。"1962年，英法两国达成的一项协议促成了什么东西的建造？"格雷塔问。

"呃……协和广场？"他说。

我们都叹了一口气，他坐在那儿，一脸的难以置信。

"我赢了？我赢了比赛？"

妈妈上楼睡觉去了，格雷塔也走开去给一个朋友打电话，但是我和爸爸继续坐在那儿，一边喝着冰茶，一边把盒子里的问题念给对方听，直到连眼睛都几乎睁不开了。每隔一会儿，就会冒出来一个诸如"prestidigitator（变戏法的魔术师）是什么"这样的问题，然后我就会想起托比。

"爸？"

"等一下，等我再拿一个。"

"不是。我真有问题想问你。"

---

① 两种都是咖啡酒。

他点点头。"好，说吧。"

"你认识芬恩舅舅的……特殊朋友吗？"那个愚蠢的称呼，我几乎说不出口，可我又不想露馅儿。

他回头朝门厅看了一眼。我猜他是想确认妈妈早就离开了客厅。接着，他又回过头来，对着我。

"我见过他两三次。他们刚搬来的时候，差不多八九年前吧，你想知道什么？"

"就是……妈妈……她好像很讨厌他，而且，我不知道，我没法想象芬恩会和那么坏的人在一起。"

他拾起那块塑料的小蛋糕，把它歪过来，里面那些小小的三角形便都掉在桌子上。接着他又一粒一粒地把它们放回去。他叹了一口气。

"好吧。我告诉你几件事，我相信你不会声张。我相信你尤其不会去说给妈妈听，好吗？"我点点头，于是他接着说，"我不希望你认为你妈妈……我想让你知道她都经历过什么。"

"好的。"

"在你眼里，芬恩和你妈妈都是成年人，他们俩似乎截然不同，几乎都不像是姐弟俩，对不对？你妈妈是会计，而芬恩在城里搞艺术，对吧？但是以前并不是这样的。他们俩从小，一直到十几岁的时候，每天都在一起。他们会搬家到一个新的驻军基地，然后就只有他们俩互相做伴。我不太懂艺术——好吧，我对艺术一窍不通——但是就拿画画来说，你妈妈是有天赋的。有时候她会说两句，说她和芬恩会一起跑到一个地方画呀画。她跟你说过这些吗？"

我摇摇头。"我从来不知道她会画画。"

"没错。"

我想起几年前芬恩送她的那个素描本，想起当时在那家餐厅里，她脸上的表情。

"你知道，她还保存着他们俩以前出去的时候经常带的那个金属调色盘。她说他们以前是有计划的。他们俩要搬到纽约，在那里当画家。他们说得好像真的一样。仿佛有一天真的会成为现实。你了解芬恩。他要是说什么，你忍不住就会相信他。她也忍不住相信他会想办法实现这个计划。然后有一天，他就这么走了。当然，他那时候还很年轻——才十七岁——可是给她的打击太大了。他留了一张字条，说他会回来的，说他想出办法之后会跟她在纽约会合，可这是不够的。她缓不过来。他周游世界，巴黎，伦敦，柏林。他给她寄他的展览的明信片，她说，还不如杳无音信。然后有一天，他回来了。他真的到了纽约。可是那时候，我和你妈妈已经结婚了。那时候我们已经有了你和格雷塔。她已经很多年没画过画了。我们一起进城去见芬恩。她兴奋得发疯。我说得可能不对，但是我感觉她可能在心底盼着终于能有机会做自己的艺术了，盼着也许我们会搬到城里去，然后她和芬恩一起工作。"

我不确定，但是我感觉爸爸脸上的表情似乎有那么一点儿受伤。他把小蛋糕里的小三角又倒在桌子上，没再放回去。

"那天在城里，我们跟芬恩在一家咖啡馆里见了面，但他不是一个人。托比跟他一起。丹妮一看见他们俩在一起，她进城时所有的兴奋就都消失得无影无踪。我当时还不理解，我觉得托比看着还行。有点儿古怪，但是人还挺好的。可是你妈妈对他立刻就很反感。后来她告诉我，芬恩给她写信说过托比的事。跟她说过他的过去。我不知道具体是怎么回事，但是显然他惹过挺大的麻烦。她总是想起来那些，说他多么不好，说他在利用芬恩。又过了几年，芬

恩病了……呃……托比就成了她心目中的罪魁祸首。是他让芬恩变
得懒惰，变得不再画画，变得远离家人，还有最重要的一点，是他
让芬恩染上了艾滋病。我觉得她幻想过假如没有托比，她和芬恩之
间也许就不会这样。丹妮总是说，芬恩值得拥有更好的。可事实
是，我不认为这跟托比以前做过什么有任何关系。即使他得过诺贝
尔和平奖，丹妮也会对他有意见。我觉得……"爸爸垂下眼睛，轻
轻地推那些小三角，"我觉得你妈妈对后来的情形感到难为情。觉
得自己居然当了个会计，还嫁了一个像我这样又老又无趣、只会加
减乘除的家伙，还住在死气沉沉的郊区。芬恩是纽约城里的艺术
家，有一位酷酷的英国男朋友，而她呢？会计，两个孩子的妈，在
郊区住着，身边坐着我——最最没意思的男人。"

这一回，我确定了，他听起来的确有些受伤。

"你有没有看过妈妈画的画？"

"只看过一次。你外婆给我看的。你妈妈不知道这件事。你外
婆说，她一直对此感到内疚，说丹妮从来没机会去做她自己想做的
事。要我说，她跟芬恩画得一样好。说不定，我不知道……说不定
她画得更好。"

我走到冰箱旁边，把牛奶罐拿出来。我给自己倒了一杯，给爸
爸也倒了一杯。

"我不觉得妈妈因为你而感到难为情。"

他笑了。"谢谢，竹妮。也许你说得对。"

我喝了一口杯子里的牛奶，爸爸也喝了一口他的，我们俩在夜
深人静的厨房里坐着，各自想着自己的心事。

"爸？"

"嗯？"

"既然这样，那芬恩怎么又成了我的教父？要是妈妈这么生他的气的话。"

"哦，她并不是生芬恩的气，从来没有人生芬恩的气，都是因为托比。你五岁之前一直都没有教父。这你知道吗？你妈妈心目中的人选一直都是芬恩。她一直是这么希望的。然后芬恩开始写信，说他在考虑搬到城里。他从来没提过托比会跟他一起来。他说他在考虑从英国回来，在市中心哪个地方找间公寓。她就是在那个时候问他的，他好像高兴坏了。我记得当时我们俩哈哈大笑，因为他说他要快马加鞭地赶过来，好像十万火急似的。"爸爸顿了顿，仿佛又记起了当时的情形。"我觉得可能你妈妈认为，让芬恩当你的教父是留住他的一个办法，让他有个牵挂。我觉得芬恩并不这么想。他好像觉得他和托比可以一起当你的教父。以这种方式安顿下来，让他们俩组建自己的家庭，虽然有些奇怪。或者，也可能都是我胡说八道吧，也许真的该睡觉了。"

他打了一个大大的哈欠，用手轻轻拍了拍嘴巴。接着，他把我们俩的杯子都从桌子上拿起来，放进水池里。他若有所思地望着我，过了一会儿，他说："这下，宇宙中所有的谜团都得到解决了吗？"

我笑了。"嗯，"我说，"或许解决了几个。"

40

第二天早上，我一个人坐在校车靠后的位置。我从英语笔记本里找到了一张空白页，这倒不难，因为我其实不怎么记英语笔记。如果你读了《人鼠之间》这本书，干吗还要费劲记下乔治和莱尼有着卓越的友情，或者莱尼的死无法避免？你直接就知道了。这些是忘不掉的。

我在页面的最上方写下了这样几行字：

照顾托比……

第1阶段：有机会多给他打电话，去看他。

第2阶段：策划一件了不起的大事（正在进行中）。

那天，我早早地离开了学校，我大胆地逃了木工课和自习课，这样就能赶上1∶43的那趟火车。我摁铃时，托比穿着睡衣过来开了门，还披了一件旧旧的蓝色毛绒浴袍，让我想起《芝麻街》里的饼干怪。他的眼睛好大好大，我以前从没觉得有这么大。

"对不起，屋里好冷，不过快进来吧，真好，见到你真好。"

我一点儿也不觉得冷，但我什么也没说。在我看来，值得道歉的是屋里实在太乱了。到处都是脏兮兮的盘子和酒杯，唱片和套子都分了家，散了一地，还有至少三个烟灰缸，里面堆满了茶包和烟头。其实我不太在乎这种事的，但是芬恩的公寓从来没有乱过，所以感觉几乎像是变成了另一个地方。

我端起两只盘子就朝厨房走。

"不不不，"托比说，"放那儿吧。"他把盘子从我手里抢过去，又放回到茶几上。

"我不介意的，我可以帮你做点儿事。"

"我知道，可是这是我造成的。"他顿住了，四下打量了一番。这时，他似乎明白了什么，他尴尬地望着我。

"你觉得不舒服，是吧？"他温柔地说，"看见屋里被搞成这样。"

我耸耸肩。

"你是对的。确实很不像话。"他难为情地咧嘴一笑，"要是芬恩看见了，他得杀了我。"

不，他不会的，我在心里想。

"那……一起吧，"托比说，"咱们打扫一下。"

接下来的一个小时，我把盘子和茶杯收到一起，还从各个角落里搜罗出十来只深红色的水晶玻璃杯。我把它们一趟一趟送进厨房，托比则站在水池旁边负责清洗。等到全部收拾干净了，我便盘腿坐在一大堆乱七八糟的唱片前，试着把封套和盒子配对。

"这个，芬恩会杀了你。"托比进来时，我说。他正用一块绿色的格子抹布擦手。

"我知道。"

他也在地板上坐下，开始跟我一起整理唱片。我偷偷地看他。起初，想到我所爱的芬恩的某些特点可能来自托比，总让我觉得不对，可是我现在开始感觉这样没准儿也有好处。反过来或许也行。如果我观察得足够仔细，也许就能在托比身上瞥见芬恩的影子。

托比把一沓唱片塞到一个架子上，然后低头看了我一眼。他咧嘴一笑，朝录音机里塞进去一盘磁带。他在芬恩那把蓝椅子上坐下，突然，整个屋子里响起了超级错综复杂的古典吉他音乐。我觉得应该是巴赫，而且很耳熟。我感觉自己听过这段旋律。我某次来的时候，芬恩可能恰好放过这盘磁带。

"这是什么？"我问。

"你喜欢吗？"托比扭头弯腰拿起来另一张唱片。

"嗯……"我在脑海里搜索着，想说点儿什么显得自己聪明一点儿——"挺复杂的。"

"那是好还是不好？"

"好，杂乱是不好的。复杂是好的，对吧？好了，不管怎么说，这到底是什么？"

"不过是我以前常做的事罢了。"

"你？"

他点点头。

"可是听着像有两三把吉他。"

"这就是精妙之处。所以才这么难。金手套，记得吗？"

我望着托比。他的身子好长，椅子几乎都不够坐。我认识他，却又一点儿也不了解他。我开始理解芬恩为什么会选他了。我能看出来托比其实还是有闪光点的。而我有什么呢？我又能有什么呢？我注定平庸，就像《莫扎特传》里的萨列里。萨列里知道自己永远也比不上莫扎特，除此之外，他还是个反面人物。最后所有的人都恨他。

我移开了视线。"记得，"我说，"金手套。"

我跟托比说我要去一下卫生间，实际上却溜进了卧室。我拉开了斗柜的几个抽屉，还在衣橱里翻来翻去。我把抽屉一个个拉开，搜寻着什么，然而究竟想找什么，我自己也不知道，也许是某个根本就不存在的东西，也许我期盼着找到某个小东西，能够证明我和芬恩在一起的那些时光不但对我很重要，在他的心目中也有着同样的意义。谁知，我从下面数第三个抽屉里拎起来一条平角短裤。我把它摊开来举在眼前，想搞清楚是谁的。

"你想要什么都可以拿走，你知道的。"

我一转身，发现托比正站在门口，肩膀倚着门框。我面朝他站着，那条蓝色的平角短裤摊在我手里，好像一张地图。"我可能不建议你把我的内裤作为首选，不过，你知道的，你随意。"

那一刻，空气里弥漫着意味深长的尴尬。我站在那里，脸一直红到耳朵根，感觉脑袋都快炸了。我把短裤揉成一团，搁在斗柜顶上。

"真对不起，我……"我能感觉到滚烫的泪水开始在眼眶里打转，我低头望着地板。

"嘿，"托比说，"别担心。"

他走进卧室，在芬恩睡的那一侧床边坐下。他拍拍自己身旁的空当，我没朝他看，缩头缩脑地走过去也坐下来。他用长长的胳膊搂住我的肩膀，我发现自己的头已经靠在他的胸脯上。在那间昏暗的屋子里，我们俩坐了很久，都没说话。我能看见芬恩床头柜上的照片。托比看上去很年轻，以他特有的古怪风格，甚至还挺好看的，黑色的眼睛，邋里邋遢的头发。我往他怀里蜷得更深了些，我感觉他的胳膊也搂得更紧了。那种感觉真好。托比很温暖，很善良，而且以一种奇怪的方式让我几乎感到似曾相识。还有他的悲伤，跟我一样。

"嘿，你知道，我在想，"托比说，"你知道我要死了，对吧？"

托比从来没说过那样的话，没说过这么沉重的话题，语气还这么肯定。我呆住了，仿佛我头脑里所有那些隐藏了无数个"也许"的小小的缝隙被浇进了冰冷坚硬的水泥。

"我想是吧。"

"你知道那意味着什么吗？"

"我想是的。"

"告诉我。"

"意味着你也不久于人世了。"

托比点点头。"对，这是一点，不过还有一点，你知道吗？那意味着不管我想做什么，都可以去做。我们可以做我们想做的任何事。"当时，我们俩以那种姿势坐在床上，有那么一瞬，我诡异地以为托比指的是做爱。我丢给他一个反感的眼神，他立刻收回身子，动作快得让我差点儿从床上摔下来。他坐在那里，胳膊抱在胸前，慌忙说："不不不，才不是那样。天哪，竹恩，你别想歪了。"

"呸，"我说，"别这么恶心。"

这是格雷塔的招数。让对方以为恶心的念头是他们自己想出来的，这样你就脱了干系。

托比的姿势松懈下来。"好吧，好吧。我是认真的，竹恩。"

我起身在房间里踱来踱去。我捡起来一块玻璃镇纸，让手指滑过光滑冰凉的表面。我思索着托比说的关于可以做任何事的话。这话似乎有点儿问题。

"呃……恕我直言，可是我又没要死。"

"是的。可是，你能得到的最坏的结果又是什么呢？拿我来说，我可能会被送进监狱或者驱逐出境，但是现在，这些已经不重要了。我自由了，你明白吗？"

"嗯，明白。"

"所以，告诉我，要是你可以做任何事，你会想做什么？什么都可以，竹恩。"

我当时什么也想不出来，而且我觉得托比没理解，因为即便我不太可能会去坐牢，但是回到家里依然会有其他各种各样的麻烦事儿等着我。

"呃……我不知道。这个提议挺好。我考虑考虑，行吗？"

"我不是想为难你。别着急，慢慢想。"

"托比？"

"嗯？"

"不久是多久？"

我一般不会问那种问题。通常而言，我并不想知道答案。格雷塔总是想知道一切，知道每一个小细节。可我明白，要是你知道得太多，可能一切就都毁了。但是现在不一样了。我要负责照顾托比。我得对事态有所了解。

托比耸耸肩。"医学上的事，我不太懂。"接着，他用一种怪怪的、漫不经心的口吻说，"过一天是一天，竹恩，过好每一天吧。"

托比欠身从他那一侧的床头柜上抽出来两根香烟。我笑了，因为我一直趁家里没人的时候躲在后院最远的角落里练习。我坐到床上，仰头吸了一大口。香烟的气息让我感觉暖暖的，很舒服，就像在整个身体内部盖上了一条毛毯。

"芬恩好像都不在意自己要死了。"我说。这是事实。一直到我最后一次见他，芬恩始终镇定自如。

"你不知道吗？这就是奥妙所在。如果你始终确保自己活成了理想中的样子，如果你总能确保自己只结交最好的人，那么即使明天就要离开这个世界，你也不会介意。"

"那没道理啊。要是有这么幸福，你会希望能继续活下去，不是吗？你会想要获得永生，这样就能永远幸福。"我伸手把烟灰弹进一个漂亮的陶盘里，托比用它来做烟灰缸。

"不，不。想一直活下去的是那些最不幸福的人，因为他们觉得自己还没有把想做的事都做完。他们觉得时间不够。他们觉得自己被亏待了。"

托比摊开双手，对着一扇窗户表演哑剧。"上蜡，刮蜡，"他一边说，一边用两只手轮流画出一道水平的弧线，"跟你聊这个，都把我变成宫城先生了。我感觉自己在演《空手道小子》。"

我笑得眼泪都要出来了，因为我想象不出托比居然看过那部电影。我依然觉得他的理论不太成立，可是有那么一瞬，我感觉自己几乎明白了。就那么一秒钟，我好像懂了，可是紧接着又理解不了了。

"你呢？"我说。

"我？"

我点点头。"我的意思是……你觉得自己被亏待了吗？"

托比深深地吸了一口烟，然后伸长胳膊撑在床上。

"我想，我属于很少的一小撮人，这些人并不期待翻开自己的人生篇章。如果说我的生命是一部电影，那么现在我应该已经从电影院出来了。"

"呃……我不会的，"我说，"我不会出去的。"

"那是因为你没看见上半场。"

"那你就告诉我，全都告诉我。"

托比皱了一下眉，伸手挠了挠头。

"下次吧，好吗？另找时间。你看，外面天气这么好，你总算有一次没把雨给带来。"他微微一笑，表示他是开玩笑的，"咱们出去走走。"

我立刻明白了，我永远也不可能知道托比真正的人生故事了，不会有下次了。我和托比之间的一切都只存在于此时此刻，都在这里，都和芬恩有关。没有其他的旧事，只有些许碎片，还有接下来几个月的时光。不过，要知道，这样倒也算得上完美。因为这样意味着一切都可以纠正过来，一切都可以是新的，都可以成为它应该成为的样子。

"你就穿这个出去？"我指指他身上那件蓝色的毛绒浴袍，问。

"除非你要我这样。"他用玩笑的口吻回答。我起身离开卧室，带上了房门，让他在里面换衣服。

每次我在城里，总会感觉谁都能一眼把我看穿，好像真正的城里人立刻就能看出我是从郊区来的。无论我穿什么，或者想表现得多么酷，我都觉得韦斯切斯特从头到脚写在我的身上。不过，要是跟芬恩在一起，我就不会有这种感觉。芬恩就像我成为真正的城里人的一张门票。他身上有一种光环，能够用真正的城市的光芒笼罩住我。我以为托比也会如此，然而不是。跟托比一起在城里走，我感觉我们俩都像是外地人。我感觉自己不但像是郊区来的，还仿佛来自一个非常遥远的地方。仿佛我并不属于这里，而且也不想属于这里。仿佛我并不在乎。在很多方面，这种感觉丝毫不亚于跟城里人打成一片。说不定还更好些。

那天下午阳光明媚，天碧蓝碧蓝的，很暖和，从我们旁边经过的所有人似乎也都心情不错。我们走到滨江公园，这座公园是长条形的，沿着哈德逊河一直延伸到158街。又能有个人聊聊天，感觉真好。一路上，我说了好多话。我跟托比讲了格雷塔的事，讲了《南太平洋》和《安妮》，讲了格雷塔很可能会成为百老汇的明星。

托比哈哈大笑。"百老汇？竹恩，芬恩一定很想看她在那儿表演。"

接着我又跟他说起那次派对之后，我是怎么发现她浑身盖着树叶的事。我告诉他我们俩以前是最好的朋友，可是现在不是了。我告诉他格雷塔是多么讨厌我。

"她并不是真的讨厌你。"托比说。但是我告诉他，她是。她是真的非常讨厌我。

"下周六还有一个派对，"我说，"她非要我去参加另一个派对，可我根本就不想去。"

"说不定你会玩得很开心。"

我看了他一眼，表示这种情况根本不可能发生。托比回给我一个同情的眼神。

"所以芬恩才画了那幅画像，你知道吗？"过了一会儿，他说，"他觉得如果他把你们俩像那样画到一起，那么你们就会永远彼此相连。我不知道他具体是怎么想的。总之他想做点儿什么，因为他和你妈妈之间最后成了那样。"

"这是什么意思？"

托比的眉头拧了起来，一开始，他并没有回答我。随后，他似乎做了一个决定。

"我不应该跟你讲这些的，不该由我来说。嗨，管他呢，现在还有什么关系？由于丹妮和他不再亲近，渐渐疏远了他，芬恩一直很难过。他们俩以前很亲的，都是因为他一直跑来跑去，才疏远了。很多年前，他们俩就是彼此的全部，是她确保不让父亲知道芬恩是同性恋者。芬恩其实并不在乎有谁知道，可她明白那将意味着什么。尤其是他们的父亲还是个古板的军人。她会安排芬恩跟自己的朋友假装约会。当然了，最后的结果是她们都爱上他了，所以其实也挺残忍的，真的。"

我的脸红了。

"他跟我说，他从来没打算离家这么久。你知道吧，芬恩是怎么走的。"我点点头，好像我早就知道似的，好像这并不是另一件没人想起来要告诉我的事。"他跟我说，他一直在给她写信。从他离家的第一天起，在离开小镇的巴士上他就开始写了。这么多年，他没收到过一丁点儿回音。一封回信也没有。你知道，我能理解。可是芬恩从来没想让自己的离开给她带来这么大的伤害。他并不觉得自己抛弃了谁。他一直以为自己过几个月就会回来。可是，当她不给他回信，而他又开始闯荡世界时……唉，那时候他才十七岁，你可以想象。"

我想象不了。我不想去想。

"他说，有一次他甚至给她寄过钱。让她去柏林跟他见面，也许那是她改变人生的机会。我不知道。但是她没去，于是就这样了。然后他终于回来了，可是已经完全不再像她记忆中的那个弟

弟，那个沙滩上的小男孩。再然后，他就生病了，丹妮彻底失去了
他。这些都不公平，所有这些。我为什么没能跟你和芬恩一同相
处，完全是因为丹妮想借此对芬恩说，他不能什么都得到。他也
得做出牺牲。他一直觉得他欠丹妮什么……我想，最后的代价就
是我吧。"

"可是这样太愚蠢了，这样解决不了任何问题。"

"当然解决不了。"

我想起妈妈讲给我的那个故事，关于芬恩帮她搬那只超大马蹄
蟹的故事。

"可是，如果他们这么爱对方，就不能好好谈谈吗？"

托比夸张地哈哈大笑。"人是会形成惯性的，跟特定的人相处
的方式。"他凝视着一个空荡荡的长椅。他的眼神仿佛在说，他能看
见所有曾经坐在那儿以及将来可能会坐在那儿的人，也可能他只是想
起了芬恩。"有时候很难，你知道吗？很难停下来。芬恩不希望你
和格雷塔也变成那样。于是他就把你们俩装到那幅画像里去了。"

两个穿网球裙的女人从我们身旁小跑过去，接着我们又路过
一个遛狗的男人，牵着两条流着口水的巴赛特猎犬。两条狗气喘吁
吁，舌头都快擦着地面了。

一幅画像哪能就让格雷塔不再瞧不上我了？接着我想到了一
点，说不定是芬恩把画像的照片寄到报社的。或许出于某种原因，
这些都是他所想到的一部分。用那样一种方式，把我们俩推到公众
面前。让我们俩一起站在镁光灯下，让每个人都看见。可是，那又
能改变什么呢？

托比在一个小狗冰沙（Slush Puppie）的摊位前停了一下，给
我买了一杯橙子味的，给他自己买了杯树莓味的。我们坐在士兵和

水手纪念碑前的台阶上，用粗粗的吸管响亮地吸着冰沙。

"对不起。"我说。

"为什么说对不起？"

"因为我，你之前不得不藏起来。"

他耸耸肩。"那不是你的错。"

我知道不是，可是不知道为什么，想到是我妈妈的错，似乎比我自己来承担还要让我难过。这个要求真是小孩子气——这么绝望，这么狭隘——我不想那样看待自己的妈妈。这使我为她感到难过。

"嘿，"我想让气氛轻松一点儿，便说，"是谁邀请玛蒂尔达跳华尔兹①的？"

"什么？"

"'平凡的追求'，这是一个问题，我在考你呢。"

"啊，别。考试可不是我的强项。让我想想……"他先是开始哼那首歌，然后又唱了起来。他唱得完全走调了，我哈哈大笑，便伸手捂住嘴巴。很难相信，能用吉他弹出如此美妙音乐的人，唱歌居然这么难听。"一个快乐的流浪汉，对吧？"

我还在笑，点点头说："那流浪汉究竟是什么呢？"

"我觉得应该像个游民，四处漂泊。"

有时候，就像当时那个瞬间，托比的口音会突然显得特别重。我喜欢那种时候。他说话的感觉跟我听过的其他任何人都不一样，他想说什么我都愿意听。

"那玛蒂尔达又是谁？"我问。

托比把杯子斜过来，把吸管戳在杯底的果泥里。"我想，玛蒂

---

① 源自澳大利亚民谣 *Waltzing Matilda*，歌名意为背着行囊流浪。

尔达就是那个让你感觉像家一样的姑娘吧。"

那天夜里，我把《岁月之书》拿出来，把那段话又读了一遍。有时，我读的时候会从字里行间感觉到芬恩在说他爱我。而有时我又只觉得他爱托比，觉得他在乎的只是要确保托比好好的。

我把被子裹得紧紧的，就像那幅画里的病人。就像那样，我心里想着，而就在这时，我的腹中燃起了一腔怒火，因为我想成为那个被照顾的人。我希望有人来照顾我，本来就应该这样的。我才是小孩，不是吗？托比是早已长大的成年人。当病人似乎比当护士要好。躺在那儿，有人帮你料理一切。谁不想那样啊？

可是接下来，我又有了更好的想法。病人永远是病人，但是护士只需要当一小会儿护士。这时，我才明白托比之前想说的话。托比肯定是要死的。没有时间了，但是与此同时，也没了束缚。要是我想为他做点儿什么，做一件大事，那我得抓紧了。

等大家都睡了，我下楼溜进厨房，给托比打了个电话。我们聊了一小会儿，然后我就问了那个我真正想要知道的问题。

"你的家乡叫什么名字？"我问他，"你是从英国什么地方来的？"

41

派对那天是星期六,我去排练现场待了一会儿,怕格雷塔找我。他们正在把整部戏从头到尾过一遍,内博维茨先生看上去很是恼火。他让孩子们把台词重复了一遍又一遍,直到他认为满意为止。

"你演的是一个护士,朱莉,"我听见他说,"你不能凶巴巴地站在那儿。大家加油,打起精神来。要是你们还没发现,那我现在告诉你们,今天,现场有城里来的重要人士。"他指指自己身旁坐着的两个人:一位年长一点儿的男士,打着阔领带,还有一位亮红色头发的女士,都坐在那儿看排练。我好奇他们会不会是《安妮》剧组的人,来看格雷塔的。内博维茨先生拍了两下巴掌,然后又让大家把整幕戏再走一遍。

我能看见第一排格雷塔的后脑勺。所有没上台的演员都坐在礼堂的红丝绒座椅上。内博维茨先生说过,每个人都有必要理解整部戏,而不仅仅是自己的部分,这就意味着要是没在台上演出,你就应该观看其他场景。我想了想要不要坐到格雷塔旁边。也许托比说得对，也许她并不讨厌我，也许根本就是另一回事。可是接着，想到可能会在第一排当众出丑，又让我改变了主意。于是我坐在后面，等她上台。

这一次，她的表现比我上次看见的差远了。上次她连戏服都没穿，但是给人的感觉就像真正的血腥玛丽。连我都发现自己忘了眼前其实是格雷塔。这次就不一样了，这一次，我能清清楚楚地看出台上是格雷塔。尤其是她唱《快乐对话》（*Happy Talk*）的时候。虽然所有的歌词都唱对了，但是我一个字也不信。等她唱完从舞台上下来，仿佛松了一口气。就在安东尼娅·西德尔扮演的奈莉最后一次演唱《告诉我》（*Dites Moi*）之前，我离开了座位。

我绕到楼下，去了排练室，结果那地方基本是空的。屋子里有一股不新鲜的三明治味儿，只有两个管服装的女生和一个画布景的男生在聊天。他们看见我，便停顿了一下，但是只过了几秒，就把身子转过去，换个角度继续聊了起来。我转身回头往楼上走，走到最上面一级台阶时，我背靠墙壁站在那儿，不知道接下来还能去哪儿。那一刻，我感到无比孤独。周围所有的人都是这部戏的一分子，而我却没有参与其中，并且无处可去，等着参加一个自己并不想要参加的派对。我唯一真正想做的，就是给托比打电话。我并没有什么要跟他说的，没什么新鲜事。可是好像也没关系，好像他是我在这个世界上认识的唯一可以把电话打过去、却又什么都不说的人。我把手伸进口袋，盼着能摸到几枚硬币、午饭找回来的零钱，可是什么也没有。于是我便做了次优选择。我去了树林里。

那天的风很大，有着潮乎乎的春日气息，我刚一出来，似乎所有伤心难过的事就都被吹到了九霄云外。我已经有一阵子没过来了，差点儿要忘了自己多么热爱这片树林。一开始，我只是漫无目的地闲逛，但是过了一会儿，我便努力打起精神。我想重新了解这片土地。我想确保自己对这里的一切了如指掌。我对派对的计划是密切关注格雷塔的一举一动，然后尽早开溜。

我沿着小河往前走，因为下过雨，雪也融化了，所以水流得很急。我没有一直走到枫树边上的老据点。还没到那儿，我便从河边拐弯，走到离学校不远的一块巨石旁。我试着假装自己来到了中世纪，可是不行，不像以前那么管用。每次快要进入状态时，我就会想起托比说的某句话，或者是"平凡的追求"里的某个问题，要么就是《南太平洋》里某一首歌的一句歌词，就好像我的大脑竟然变了，好像其中的某个部分——我最喜欢的那个部分——死掉了。

我拉开书包的拉链，抽出一根香烟。我把烟点燃，靠在巨石上坐着，直到最后一点儿火星熄灭。直到树枝之间的缝隙变得和树枝本身一样漆黑一片。我并不害怕。派对没什么大不了的。我在城里有一个秘密的朋友。我抽烟了，白兰地也尝过了。有人需要我照顾了。

托比把他家乡的名字告诉我之后，我便去了图书馆，在一本地图册里查了那个地方。我无法相信他居然那么幸运。他的家乡就在北约克郡沼泽的边上。《呼啸山庄》《简·爱》《秘密花园》里描述的地方。我无法想象为什么有人会离开那样的地方。芬恩说托比谁都没有，可他的意思肯定是说他在纽约谁都没有，因为似乎不太可能他在这个世界上真的只拥有我一个人。我决定跟他说，我想去英国。我会说是我自己想去，而我实际上想的是要带他回家。我看见卧室的那张照片里，他在伦敦是那么开心，那么自由自在。我不想把这件事搞砸，还有一些细节需要弄清楚，还得打几个电话，还得找到护照，还有很多事要做，但是，总算有一回，我要做得完美无缺。这就是我想为托比做的那件了不起的大事。

我使劲儿吸了一口烟，在逐渐昏暗的月色下，烟的顶部闪烁着明亮的橘色火光。我心里想，被人需要、心里有目标的感觉多么有力量啊。我能感到自己的骨头都变得坚硬起来，血液也变得浓稠，我感到前所未有的成熟和机敏。我无所不能。

过了一会儿，学生们开始从学校下山往这边来。我看着他们，就像一个个小小的火星，又像一只只萤火虫，蹦蹦跳跳地来到山下的林子里。他们有说有笑，接着又传来几声尖叫，原来是有几个孩子被树根绊倒了，他们的手电筒也滚落下来。一棵粗大的老树横卧在地上，后面有一个凹坑，我便踏进去，躲在里面望着。

我没看到格雷塔，但是看到了朱莉、梅根还有莱恩，他们几个勾肩搭背，一边跳着康康舞，一边蹦下山来。我看见本穿着那件斗篷，身后跟着一群低年级的管灯光的男生，也有我不认识的孩子。有人带了一把吉他，还有人把一台手提录音机挂在树枝上，里面传出最最难听的、刺耳的音乐。蒂芙尼正柔声柔气地唱《现在只剩我们了》（*I Think We're Alone Now*）。

那天的月亮特别大，林子里有一种我从没见过的光辉。人比上次多，整个场面更吵，玩得也更野。我继续观望着，可是一直没见格雷塔过来。我心想，可能是错过了，因为其余每个人我几乎都看见了，然而就在这时，她便跃入了我的视线。她一个人，小心翼翼、慢吞吞地向山下走来。她穿着那件黑色的长大衣，系着亮橘色的围巾，乌黑的头发披在肩上，一直垂到腰间，脸上没有一丝笑容。

她走到篝火前，从大衣的内袋里掏出一瓶酒。她把瓶口送到嘴边，竖起来半天都没放下，那一口喝了至少有半瓶。她没跟任何人说话，我想着要不要过去，可最终还是留在了原地。我目不转睛地盯着格雷塔，以至于本·德拉亨特用指关节在我头顶上敲了一下时，我猛地扭头大叫一声。

"哇哦。"他把手缩了回去。

"你吓我一跳。"

"我看出来了，"他指指篝火，笑着说，"当间谍会让小姑娘
变得一惊一乍。"

"我才没当间谍。我跟格雷塔说了我会来，只不过我想一个人
待着，仅此而已。"

"噢。"他说。

"真的。"

本有一种让人讨厌的行为方式，总是表现出比我年长很多的样
子。好像他是大人，而我是个小孩。

"嗨，我跟你说，"他说，"要是你告诉我狼在哪儿，我就不
出卖你。"

我别提有多后悔了，我干吗要跟本·德拉亨特说狼的事儿呢？

"你为什么想知道这个？"

他把手伸进口袋，掏出来一对怪怪的骰子。他把骰子抛到空
中，然后用一只手接住。

"试一把。《龙与地下城》里的。而且，要是我跟那些九年级
的小男生说这儿有狼，他们肯定吓得屁滚尿流。"

我别无选择。我需要一个人待着。我需要一直盯着格雷塔。于
是我告诉他，沿着小河走到那棵断开的大树那儿，然后继续往前，
翻过小山。"然后你就能听见了。"我说。

"酷。"他笑笑，拍拍我的肩膀，"还有，你知道，要是你改
变了主意……"他把其中一只怪怪的骰子递给我，"考虑一下。"

"好，"我说，"我一定会告诉你的。"

他在那里站了一下，笑嘻嘻地望着我，然后突然把脸凑过来，在我的唇上吻了一下。我什么都还没来得及说，他已经跑了。本一边跑，一边把斗篷抓在手里，用将军般威武的声调喊着其他男生，我从没想过他会有这样的气势。

我站在原地，在黑暗里红了脸。那个吻很可能并没有任何含义。从来没有人发自内心地吻我。不过，万一终于破例了呢？不会的。他很可能只是想吓唬吓唬我。我的意思是，要是有人长得像外域里的狼后，那一定是格雷塔。在那又大又圆的月亮下面，格雷塔就像万物的伤心王后。我试图重新找到她的时候，心里就是这么想的。我扫视着篝火周围的脸。扫了两圈，可是没看到格雷塔。

我把我能找到的每一个人都问遍了，问他们有没有看见格雷塔：没人看见。莱恩说，感觉她彻底喝醉了，但他说话时自己就倚在我的肩膀上，几乎站不住的样子。玛吉·艾伦说，她感觉好像看见她回头往学校走了，但是我也不能轻信，因为她压根儿就不确定那个人是不是格雷塔。尽管如此，我还是跑回了山上。我从学校后身走到排练室门口，我试着推门，但是门锁了。我隔着薄薄的窗户往里面看——没人。

我要是精明一点儿，就会立刻回家去。格雷塔不值得我这样到处找她。可是尽管如此，我还是无法让自己离开。我爬下山，走回树林，在篝火边上坐下，盼着她能出现。

篝火噼里啪啦地响着，孩子们的笑声、已经变得迟钝的说话声，还有手提录音机里传来的音乐声，一齐涌进我的脑袋里，混成模糊的一团。我用手捂住耳朵，所有的声音都消失了，只剩下音乐的重音鼓点，我几乎觉得好听起来。我几乎感觉自己虽然身在其中，却成了隐形人。

随后，我看见有几个孩子站了起来。接着又是几个。很快，大家已经又跑又叫，耳边还传来了警笛声。红蓝相间的警灯从学校的停车场里冲下山来，闯进这夜色里。我周围的孩子们都慌了。这一回失手了。篝火离学校太近，而且动静也太大了。

孩子们四散逃开。有的往林子深处跑，也有的绕过停车场，跑到了街上。有人在朝火上踢土，而我则疯狂地跑去找格雷塔。手提录音机被人丢在那儿，仿佛给整个画面配上了背景音乐。当时播的是*Blister in the Sun*——终于有一首好听的了——于是整个场景变成了一部星期六早晨的动画片，警察追进树丛，一边挥着手电筒，一边冲孩子们喊，让他们站住。

我用树干作掩护，等到安全了，再跑到下一棵树身后。我在树林里越跑越远，搜寻着我的姐姐。我甚至都不需要手电筒，因为月光是那么明亮。接着，我想都没想，便转身奔向上次找到格雷塔的地方。我向我的据点跑去。

她似乎在等我，好像希望我找到她。她居然知道这个准确的位置，知道我也知道这里，这不太可能是巧合。可是我想不通。跟上次一样，她又把自己埋在树叶里。这天夜里还算暖和，比上次暖和多了，她蜷在树叶下面，仿佛盖着一床湿乎乎的毛毯。月光把她的脸照得苍白，看上去仿佛和她身体的其他部位分开成了两半。

我迅速把树叶从她身上拨开。这次我决定了，她得自己走，甚至得跑起来。我拉她起来，使劲儿把她摇醒。她睁开眼睛，望着我。

"竹恩，"她轻声说，"是你。"

"起来，格雷塔，赶紧起来。"我站起来拉她的胳膊，直到她基本上站起身。

"不不不，听着，嘘，竹恩，我觉得我快死了。"她手里抓着一瓶杏味蒸馏酒。不久前，我见过那个瓶子，上面蒙了一层灰，被遗忘在爸妈酒柜的最里面。

"你不会死的，你只是喝醉了，快，起来。"

她哈哈大笑，又把眼睛闭上了。接着她的睫毛扑闪了一下，然后眼睛又睁开了。她举起一根手指，放到唇边。"我们俩是朋友吧？"

"如果你走起来就是，"我说，"如果你走起来，我们就是朋友。"

于是，格雷塔便走了起来。她把胳膊搭在我的肩膀上，挨着我，跟跟跄跄地穿过树林。河边的那段路不好走，我们走得很慢。我们不能上山回停车场，因为那儿有警察，于是只好从林子里穿过去，然后再抄近道，就像上次那样。格雷塔的身子挂在我的肩上，就像一个沉重的沙袋。

"加油。"我说，可她却停住了，不肯再往前走。

"还记得'美容院'吗？"

又来了，我心里想。我拖着格雷塔往家走，而她却絮絮叨叨地怀旧。一开始，我很生气。今晚发生的所有的事都让我感到气愤。然而接下来，格雷塔捧起我的一只手，伸出一根手指，抚过我的每一片指甲。

"记得那些天竺葵的花瓣吗？"她说。我心中的怒火渐渐消失了，因为我的确记得。

"美容院"是我们俩小时候经常玩的一个游戏，那时我们还是彼此最好的朋友。如果轮到格雷塔，我就得坐在草地上。接着她就会满院子找东西。她会采来天竺葵的花瓣、马利筋的绒毛，还有那些在草坪上疯长的小小的紫罗兰。她会叫我平躺成一个"大"字，然后她就开始工作了。她会把紫罗兰的花瓣贴在我的眼皮上，把马利筋的绒毛撒在我的头发里，再从鲜艳的红色天竺葵花瓣中找出大小正好吻合的那些，铺在我的每一片手指甲和脚指甲上。然后她会大声一喊："拍照！"再喊一声"咔嗒"，假装手里端着相机，要把这个瞬间永远地保存下来。

等她忙活完了，我会尽量用最慢的速度爬起来，免得让她的心血从我身上飘落而下。一般来说，我只能留住脚指甲和头发上的绒毛。不过这也够了。尤其是脚指甲，因为那些花瓣看上去真的就像涂了指甲油一样。

尴尬的是我印象中我们俩最后一次玩这个游戏，那时我十一岁，格雷塔十三岁。我们俩都知道，我们已经长大了，不适合玩这个游戏了——那时候格雷塔已经真的化起了妆——不过我们也知道自己喜欢这么玩，而且，如果只是你和你姐姐两个人，那么你们想做的事情再尴尬也没问题。

"躺下。"格雷塔说。

我一开始没反应过来，不过接着便懂了。格雷塔想在林子里玩"美容院"的游戏。我继续往前走，拽着她。

"不行。"我说。

"哎呀，竹妮，玩一下吧，就像我们以前那样。"

"就像我们以前那样？你说什么呢？你才是那个刻薄的人。是你毁了我们从前的样子。"

她什么也没说。她的胳膊从我的后背滑落下来。

"你有没有想过，我可能会有问题？"我说，"我可能会遇到……困难？"

格雷塔跌跌撞撞地走到我前面。她转过身来，哈哈大笑。"可怜的幸运老夫人。可怜的特别夫人遇上麻烦了。"她说，"可能我应该出去瞎混，让自己染上艾滋病。然后所有人都会过来讨好我……"

"闭嘴，格雷塔，你给我闭嘴。"

"要是那样，我对你来说是不是就够特别了，竹恩？就够惨了？"她瞟了我一眼，然后猛地冲到前面，仿佛她的身子不知道怎么回事一下子清醒了。

"等一下！"我喊了一声。可她没等。我不得不用最快的速度跑起来追她。朦胧的银白色月光照亮了整片树林。我一直在想格雷塔可能会迷路，但是她没有。她在河边恰好正确的位置拐了弯，然后抄到常青转盘，这时我才终于追上她。

接下来的路，我们俩都没说话，我们从别人家的后院抄近道，走在小镇的街道上。我盯着格雷塔的后背，望着她乱蓬蓬的头发，头发里还有星星点点的棕色碎叶和泥土。我姐姐这是怎么了？要是我一直没出现呢？她会在那些又冷又湿的树叶下面躲多久？她得躺多长时间，才会在孤独和恐惧中醒来，与狼群的嚎叫声为伴？

"格雷塔，你得告诉我是怎么回事。你现在真的吓到我了。我会告诉他们的。要是迫不得已，我会告诉爸妈的。"

她望着我，笑了。"你不会告诉他们的。你也参加了，不是吗？你还去了其他地方，对不对？要不要我告诉他们你偷偷到处跑？要不要我告诉他们你现在抽烟了？"

"老天，格雷塔。我说这个不是因为我小气。不管是什么事，我都会帮你的，真的。"

格雷塔在奥特和德隆齐斯两家之间的路缘石上坐下。我坐到她旁边。我们俩头顶的正上方有一盏路灯，于是我们仿佛坐在一个明亮的小圆圈里，与周围的一切隔绝开来。她满眼疲惫，醉醺醺地盯着我。

"你真的吓着了，竹恩，是真的吗？"

"是啊，当然是真的。"

格雷塔仿佛要哭了。"真好。"她说。接着她便给了我一个拥抱——一个真正的拥抱，很用力，抱得很紧。她身上有酒味，还有树林里地上的霉味儿，不过依然透着Jean Nate的婴儿甜香。然后她凑到我跟前，轻声说："我也是，竹妮，我也很怕。"

"怕什么？"

她用指背摩挲着我的脸颊，把嘴唇贴到我的耳朵上。"一切。"

42

　　第二天上午，我们都睡到很晚，一直睡到妈妈允许我们赖床的最晚时限，也就是十点半。那天下午我们要去英格拉姆家吃烧烤。他们每年都会为爸妈举办一次烧烤派对，就在纳税季快要结束的时候。他们说，是为了帮他们挺过最后的冲刺阶段。

　　我并不怎么介意去英格拉姆家，但是格雷塔想尽办法不去。好笑的是，最后她被迫去了，因为如果她不去，就是对麦奇的不礼貌，谁知等我们到了那儿，麦奇自己已经跟朋友出去了。我们还被告知，他不希望大家再叫他麦奇了，就叫麦克。于是，在英格拉姆家的后院里，我和宿醉未醒的格雷塔坐在他家那副已经生锈的秋千架上玩。格雷塔坐在其中一个秋千上，把靴子的脚尖踩进光秃秃的泥土。我则把另一个秋千荡得老高，使得架子的一条腿一次又一次地从土里出来，好像要带着我们俩一起飞走似的。

　　"你能不能别这样了？"格雷塔说。

　　"不能。"我回了一句，继续荡着。

她起身朝野餐桌的方向望了一眼，所有的大人都坐在那儿，手里端着啤酒或是红酒。爸爸把"平凡的追求"也带来了，虽然英格拉姆家两年前就已经有了一套，但他还是说服他们一起玩了起来。我听见妈妈在笑。我想捂住耳朵，因为我止不住地想起自己知道的关于她的事。表面看来如此坚强而又正常的一个人，内心深处怎么会如此绝望，如此悲伤，如此刻薄。这是最让我难以理解的。直到最近几年，我才把妈妈和芬恩当作姐弟俩来看待。我才真正相信他们俩对我而言的身份——妈妈和舅舅——并不代表他们的全部。或许他们俩也曾经像我和格雷塔这样，在后院烧烤时，百无聊赖地坐在秋千架上。他们一定也为对方保守过秘密，就像我们俩一样。

格雷塔抬起一只手，捂在嘴巴上，发出作呕的声音，叹了一口气，然后又坐回到秋千上。我正努力想着怎样才能把昨晚发生的事再搬出来，还不能让格雷塔立刻跟我翻脸。天很冷，于是我用胳膊勾着秋千的链条，把手抄在大衣口袋里。这么冷的天，真不该在室外吃烧烤，尽管大家都假装没那么冷。我的手指一直拨弄着左边口袋里的什么东西，我意识到是本给我的那个怪怪的骰子。我把手拿出来，等秋千荡到最高处，便跳下来扑在草地上。

"嘿，"我说，"看看这个。"我伸出手掌，递到格雷塔面前。这是我第一次在白天看那个骰子，我发现它还挺漂亮的，是半透明的蓝色，有十个面，就像两个五棱锥在底部被粘在一起，像一颗巨大的宝石，上面刻着数字。

她瞥了一眼。"嗯，我看见了，这是什么东西？"

"龙与地下城的骰子。本给我的。"

格雷塔立刻来了精神。"哎呀呀，"她说，"书呆子的爱情信物。"

我感觉自己的脸红了，不过，虽然假装自己和本之间有某种桃色新闻让我很是痛苦，但是我也看得出来，这是让格雷塔敞开心扉的好办法。我能看出她放下了戒备。我估摸着那个吻也能帮我一把。

"你昨晚看见他了吗？穿着那件斗篷？"

她摇摇头。"不过，显然你看见了。"她扬起眉毛，狡黠地一笑。

我点点头，这样一来，整个事件就会继续保持某种暧昧，让格雷塔继续浮想联翩。她把我上下打量了一番，然后丢给我一个眼神，仿佛在说，一切都逃不过她的眼睛。

"你知道，竹恩，我不过是在陪你玩而已，你不用再演戏了。"

"演什么戏？"

"关于本的戏。其实什么事都没有。"

好笑的是，这一回还真有点儿事。本的确吻了我。那个吻很笨拙，只是蜻蜓点水的一瞬，而且可能并不代表什么，但是确实吻了。

"你知道什么，格雷塔？你并不是什么都知道。你以为你什么都知道，但实际上还远着呢……"

"我知道，我昨晚看见本和蒂娜·亚伍德一起走了。"

我迅速把脸别了过去。她的话让我措手不及，心里竟疼了一下。"哦。"过了一会儿，我才应声。

我倒没一直坐在那儿对本·德拉亨特想入非非。我甚至都算不上有多喜欢他。他呆呆的，自我感觉良好，身上也没有任何芬恩或者托比的优点。但是即便如此，当格雷塔提起蒂娜·亚伍德，当我想起那个吻，当我想起事后自己红了脸，仿佛那个吻真意味着什么的时候，当我想起这一切，我便如鲠在喉。一切都没有改变。我又成了那个笨笨的丫头。我就是那个永远都不明白自己在别人眼里几斤几两的女孩。

格雷塔迎着我的目光，得意扬扬地笑着。她看出来自己戳痛了我。我能感觉得到。于是，尽管我知道这是自己最不该做的，尽管我知道格雷塔是全世界最糟糕的倾诉对象，我还是扭头盯着她那张宿醉未醒的脸说："本不算什么，格雷塔。我在城里有一个男朋友。他比我年纪大，甚至，比你年纪还要大。我一直往城里跑。我们抽烟，喝酒，想干什么就干什么。"我差点儿就要接着说下去。我差点儿就要提到关于英国的计划，可是我打住了。

"骗子。"她说。她的语气里满含着恶意，于是我知道，她可能信以为真了。

我耸耸肩。"信不信由你。"

"别担心，我会的。"

我用尽了最后一点儿力气才装出如此自信的样子，坐在秋千上，有几分钟我浑身发抖，回想着刚才的行为是多么愚蠢，想着这将可能导致的各种麻烦。不仅对我，还有托比。我起身要走，可是接着又想起了什么。

"不管怎么说，你是怎么知道树林里那个地方的？"

她笑了。"我看见过你，竹恩。山上有眼睛哦……"

"什么意思？"

那个瞬间，她看上去是那么充满力量，以至于我都开始担心她会说些什么。但是，我必须知道答案。

"说吧。"我说。

"我跟踪过你。刚开学的时候，有一天放学，我看见你往树林里走，于是就跟了过去。我在那儿待了一下午，看着你摆弄那些奇怪的东西，自言自语，穿着那条傻乎乎的旧裙子。还有你那双'特殊'的靴子。"

"你监视我？"

"很多次哦。"

我站在那儿，瞪着格雷塔。我本应感到难为情，然而当时的感觉却只有极度的愤怒。我一个字也没说，转身走了。我的身子仍在发抖，我握紧拳头想要止住。我使劲儿捏那颗蓝色的骰子，于是又想起了本。接着我便把骰子扔到英格拉姆家的草坪对面。再过几个月，它就会被他们家的锄草机切成碎片。很好。我走到野餐桌前，在大人们旁边坐下。我假装自己也想玩"平凡的追求"，一直玩到该回家为止。

43

之后的那个星期三是愚人节。里根总统在电视上第一次发表了关于艾滋病的长篇讲话。显然，他得知关于艾滋病的各种信息应该已经有一阵子了，但还是决定先沉默了一段时间。他说的是，每个人——尤其是青少年——应该停止发生性行为。他没有明确说出那几个字，但是主要想表达的观点就是这样的。在我看来，这个主意似乎也没那么糟糕。我的意思是，性为什么必须这么重要？人们为什么不能住在一起，共度余生，只因为喜欢彼此的陪伴？只因为他们喜欢对方胜过世界上的其他任何人？

如果你找到了这样一个人，那么就不必非得发生性行为。你可以只是拥抱他们，不是吗？你可以坐在他们身边，依偎在他们怀里，近得能听见他们肚子里消化的声音。你可以把耳朵贴在那个人的后背，听他体内的节奏，知道你们俩的身体都是完全相同的构造。你们可以做这些事。

有时，如果你跟另一个人站得足够近，你们俩甚至都分辨不出是谁的肚子在响。你们会看看对方，然后同时道歉说："是我。"然后哈哈大笑。要想让你的身体忘记该怎样分辨自己是饿还是不饿，要想让你搞不清肚子饿的是自己还是另一个人，要想做到这些，你并不需要性。

我刚满十三岁时，在芬恩的公寓里，这样的事就发生过一回。当时，我和芬恩正把身子探到他家的一扇大窗户外面，等着看到我妈妈回来。她那天去布鲁明戴尔百货商店了，要给她和爸爸工作上认识的一个人买结婚礼物，于是我们俩便期待着看她全副武装，裹着长长的羽绒服，拎着巨大的布鲁明戴尔百货购物袋从街道对面小跑过来。我们俩都喜欢这样。在别人不知情的时候，从高处观察他们。我们都明白，有时，当你那样看的时候，你会瞥见那个人真实的模样。因此虽然天气很冷，我们还是把身子探出窗外，几乎肩膀靠着肩膀，芬恩还会时不时地伸手搓搓我的后背，帮我暖和一下。他戴了一顶蓝色的羊毛帽子，几乎跟他眼睛的颜色一样，还把他那条红色的毛线围巾围在我的脖子上。

"嘿，鳄鱼。"他说。

"嗯？"

"你妈妈，她说她跟你聊过了。关于我，关于我的事。"

那天在芒特迪斯科餐厅的事已经过去了两个月，但是我一个字也没跟芬恩提过。我从来没有表现出自己知道什么事的样子。我做不到。我断定那样会把我们剩下来的所有时光全都毁掉。我把围巾摘下来，重新绕在脖子上。

"咱们能不能不说这个？"

我感觉到芬恩的手落在我的背上。他点点头。"只是，你知道，如果你想问我任何问题……"

"好的。"我迅速打断了他。我能感觉到他有很多话要说。如果我让他说下去，他会断断续续地说上一大串，把他生病的事全都告诉我，可是我不想听。我指指窗外。"那不是芭芭拉·沃尔特斯吗？"

芬恩把身子又往外面伸了一点儿，侧着脑袋。接着，他笑着用肩膀撞我。

"更像是多莉·帕顿的奶奶。"

我哈哈大笑。主要是因为我很高兴自己成功转移了话题。这时就发生了那件事——我们俩其中一个人的肚子很响地咕噜了一声，像吹泡泡一样。我满脸尴尬地望着芬恩，因为我断定是我。可是接着他说，他觉得肯定是他，因为他午饭只喝了一杯咖啡。我们俩争来争去，芬恩把我拉进了厨房，说没关系。

"鳄鱼，我的肚子就是你的肚子。"他说。他打开一个柜子，翻出来一盒谷物薄饼，然后又从冰箱里拿出一块很高级的奶酪，上面还盖着一层厚厚的紫红色的蜡，然后我们便靠着台面吃了起来，直到妈妈从楼下的大厅里摁了铃。

愚人节这天，我必须得小心，因为格雷塔经常会准备些恶作剧来等着我。倒不是一直如此。直到几年前，都是我和格雷塔一起捉弄爸妈。一般来说，都不是最高级的恶作剧——比如把盐放在装糖的罐子里，在手指上抹点儿番茄酱假装流血这类——但是，我们俩是一起的。接下来，从几年前开始就变成了格雷塔捉弄我。有时她会说有一件特别好的事要发生，例如，那天我们不用上学，可以去大冒险什么的，然后等我刚一激动起来，她就哈哈大笑，说"愚人节快乐"。有的时候则正好相反。她会假装发生了特别糟糕的事，比如我曾经养的那只仓鼠逃跑了——她会一直等到我哭起来，才告诉我仓鼠被她藏在一只鞋盒子里，放在她的床底下呢。

去年，她早上一起床就跑到我的房间来，一脸悲痛欲绝的表情，告诉我说，芬恩死了。她等着我彻底睡醒，一直等到这条新闻渗进我的骨髓。她似乎等待着我的反应，等我崩溃，或者扑进她的怀里求安慰。可是我呆住了。我一动不动地坐在床上。她在那儿又站了一会儿，然后终于放弃了。"愚人节快乐。"她说，听起来有些失望。

大多数时候，我都想不起来那天是愚人节，但是今年我想起来了，于是便等候格雷塔的突袭。

可她并没有准备什么恶作剧。早餐，一切正常。家里只有我们两个，因为爸妈早就上班去了。她俯身在台面上往吐司上抹葡萄酱，我就盯着她的后背。等她回头发现我在看她，便瞥了我一眼，仿佛在说："你想干吗？"然后便端起她的咖啡。我把视线移开，吃了一勺饼干脆。这些小圆片的口感原本应该像巧克力曲奇的，可是泡在牛奶里变得黏糊糊的，不过我不介意。

"你想不想吃这块？"格雷塔把她的第二块果酱吐司举起来，问我。

"好的。"

她把吐司扔到我碗旁边的桌子上，然后便起身准备上学。我把那片吐司仔仔细细地研究了一番，还闻了闻，心想这一定就是她今年的恶作剧了，肯定撒了白胡椒或者辣椒碎什么的。我感到一阵轻松，终于要解脱了。这么容易就发现了她的把戏。我把吐司送到嘴边，用舌头舔了一下表面，等着辛辣劲儿扩散开来。可是什么也没有。我咬了一大口，又等了一会儿，还是什么也没有。她没做手脚。

那天早上，我决定走路去学校，因为我不想让格雷塔在等校车的时候第二次得手。时间还早，而且那天阳光明媚，天很暖和，于是我便从树林里走了。

解冻后的树叶使整片树林里弥漫着糖浆般的香气，甜丝丝的。韦斯切斯特的春天非常短暂。通常一下子就从冬天进入了湿热的夏天，就像被摁下了开关一样。有可能四月还在下雪，但是五月一到立刻就热了起来。这时候，我在林子里的时光就结束了。当室外的气温达到90华氏度[①]，你就没办法假装自己在中世纪了。在我的心目中，中世纪始终都是秋天或者冬天。万物都是冷冰冰、潮乎乎的。得穿大衣，还有靴子。靴子是一直要穿的。

不过目前还好。那天早上，我不慌不忙地朝学校走。我知道此刻的树林只属于我一个人。我哼着《安魂曲》，假装自己是一个可怜的小女孩，因为乞讨，胸口被烙上了罪名。

到了学校，我打开存包柜时有意放慢了动作，心想也许恶作剧会发生在这里，可是什么也没有。一整天，我都在当心格雷塔，每次在走廊里拐弯的时候，在餐厅的队伍中，在厕所的隔间里。可是，还是什么也没有，什么迹象也没有。

1987年的愚人节就这么过去了，格雷塔一个恶作剧也没搞。等我回到家，邮箱里有一个小小的塞得鼓鼓的信封，收件人是我，寄件人是"无封套唱片保护联合会"。有那么一瞬，我还想着这也许是格雷塔的把戏，但是毫无疑问，是托比寄来的。他把他那盘吉他磁带寄过来了。里面夹着一张字条，上面写着"我会教你的"。

---

① 约 32 摄氏度。

晚饭时，我和格雷塔吃了妈妈给我们留好的牛肉炖菜，然后我看了电影《看得见风景的房间》，然后就上楼睡觉了。

那天夜里，我躺在床上，想知道格雷塔今年为什么不做恶作剧了。我心里想，或许现在还来得及，或许她会在午夜到来之前的几分钟搞点儿什么。可是十一点刚过，我朝她的门缝里偷看了一眼，发现她已经睡熟了，而我没有。我躺在床上，醒着，琢磨着这个问题。我越想，就越觉得也许格雷塔今年其实并没有收手。也许她明白，之前的那些愚人节，她已经把该做的都做了。这下什么都不用再做了。我为了找她的把戏，已经毁了自己的一天。而格雷塔需要做的，只是舒舒服服地坐着，看我的笑话。

或者，也许她只是不在乎了，也许我不值得她费那些工夫。带着这个悲伤的想法，我睡着了，早上醒来时，这个念头仍然留在我的脑海里，就像一个凉冰冰的黑洞，静静地躺在那里。

44

　　我喜欢clandestine①这个词，它有中世纪的味道。有时候，我觉得单词是有生命的。如果clandestine有生命，那么它应该是一个面色苍白的小女孩，头发的颜色就像落叶，身上的裙子和月光一样洁白。我和托比的关系就是这样，clandestine。

　　我又一次去见托比，也就是两天后的放学之后，我给他带了一盆日式盆景。其实那算不上真正的盆景，不过是我家后院那棵日本枫树上摘下来的一小截嫩枝，被我插在了泥土里。

　　"送给你，托比桑。"我一边说，一边鞠了一躬。我怕他会不记得那个笑话。我总能把笑话记在心里，但是有些人立刻就会忘掉，然后就显得我像个怪人一样，居然还记得芝麻大的小事。

　　"能够向老师学习，真是个有智慧的学生。"托比丝毫没有迟

---

① 意为秘密的。

疑，立刻也对我鞠了一躬。接着他便做了一个很傻的鹤踢①姿势，因为他又高又瘦，动作又笨拙，所以看上去不太像丹顶鹤，倒像是某种尚未被人发现的怪鸟。

我哈哈大笑，推了他一把，可他比看上去要强壮，身子纹丝不动。

我跟平时一样乘火车进了城，托比也跟平时一样沏了茶。他似乎在竭力保持公寓的整洁，不过还是有那么点儿乱。我什么也没说，因为我能看出他在努力。托比搬出来一盒奥利奥饼干，我拿了一块，掰开来用牙齿把白色的奶油啃了，然后把两片饼干浸到茶里。托比一口也没吃。

"我在想，"我说，"我在想你之前说的。关于我们可以做任何事的那番话。"

"嗯？"

"呃……我还在考虑，我还没完全想好。"

"吊我胃口，竹恩，你在吊我胃口。"托比睁大眼睛笑了，"我想说别着急，不过……"

"哈哈，"虽然我知道其实没什么好笑的，但我还是笑了一声，"还有……"

"还有什么？"

"呃……我在想，也许，如果你愿意的话，我们可以去看看那些画。地下室里的那些。"

"你确定？你觉得你准备好了？"

事实是，我都不知道我能不能准备好，不过我还是点了点头。

---

① 电影《空手道小子》里的 crane kick。

这一回，我毫不迟疑地在前面带路，一直走到笼子跟前。托比在开那把不太好开的挂锁时，我便在旁边等着，接着我便先踏了进去。

那个木头平台上堆着两摞画好的画布，估计一共有三四十幅吧。我回头望着托比。

"这些都是芬恩画的？"

他点点头。

"可是那篇文章，你看见《时报》里的那篇文章了吗？"

托比摇摇头。"我从来不买报纸。"

"有一篇文章，里面登了我和格雷塔的画像……"我有意顿住，等着他的反应，想看看他会不会坦白是自己寄去的。

"然后呢？"他说，一点儿也不像知道这事的样子。我试图捕捉他有没有隐藏什么，可他的表情只是有些困惑。

"呃……文章里说芬恩不再画画了，差不多十年前吧。"

托比摇摇头。"没有，没有。他只不过没有把作品展示出来而已。你能想象芬恩不搞点儿艺术吗？"

我又一次意识到自己真笨，仿佛我对芬恩的了解程度比托比差远了。

"不能，我觉得应该不会，"我说，"但是他为什么不把作品展示出来呢？"

"他说这个圈子让他感到厌烦了。所以他需要钱的时候会去卖掉一幅，但是仅此而已。'我不需要再证明什么了。'他是这么说的。"

我觉得很有道理，但我知道妈妈会觉得这种想法简直就是荒唐。她会认为芬恩让那么多的机会从自己眼前溜走，简直就是个傻瓜。

托比指指那些画。"如果你想，我可以离开这儿，让你一个人和这些画待一会儿。等你看完了，把门锁好，再上楼来。"他把钥匙递给我。

我什么也没说，托比便转身走了。我听见他在我身后关笼子的门。我想一个人看那些画。我不想害怕，可是妈妈说得没错，这地方的确像是恐怖电影里的场景。

"托比？"

"嗯？"

"你可以留下来……你知道，如果你想。"

他笑了，还没等我反应过来，他已经回到笼子里，四仰八叉地躺在躺椅上，从其中一个高档的水晶玻璃酒瓶里倒了一杯酒。

"我不会看你的，"他说，"假装我不在这儿。"

我盘腿在地板上坐下，一幅一幅地看那些画。就艺术品而言，大多数画都很小，估计跟微波炉的门差不多大。前面几幅画的都是抽象的东西，各种形状和色彩。我不想认为它们很无趣，可我的确这么认为。我知道，要是我更聪明一点儿，那些画很可能就会变成世界上最棒的画作，可我就是这样的一个人，我想说真话，而真话就是我觉得这些画挺无聊的。尽管如此，我还是耐着性子把每一幅都看了，防止托比在看我。我不想表现出不喜欢芬恩作品的样子。不过，我刚把那些抽象的画看完，这个问题就不存在了。在大约十幅抽象画之后，出现了一张白纸，上面有芬恩的笔迹。并不是他生病之后的那种草书，而是他以前那种清秀有力的字迹。"希望你在这里。"是这么写的。

在那之后，我便完全被吸引住了。

"希望你在这里"的那些画看上去就像大号的老式明信片，画的是美国各地的风土人情。每一张上面都画着精致的邮票、邮戳和风景，色彩斑斓得简直有些不真实。水更像是青绿色的，天空则碧蓝碧蓝的，蓝到几乎让人无法直视。有陶斯①，有费尔班克斯②，还有好莱坞。然而最诡异的是，那些画里，每一幅都有托比的某种身影。并不是真的把托比画进去，而是把他变形成了其他的某个东西。有一张画的是拉什莫尔山，托比的脸和那些总统的头像一起被刻在了山上。有一张画的是阿拉斯加，上面画着一只灰熊，但那是托比的脸。还有一张画的是大沼泽地，我费了好半天才找到他，因为芬恩把他画成了沼泽里一棵疙疙瘩瘩的老树。

我回头去看托比。他已经在躺椅上睡着了，胸口摊着一本贝壳类的野外指南。我拾起原先盖在画布上的那块白布，起身走过去帮他盖上，在他的下巴那里披好。我在那儿站了一小会儿，望着那块布随着他的呼吸慢慢地一起一伏。我笑了，因为这是我做的第一件或许能算得上是照顾他的事，感觉真好，仿佛自己终于步入了正轨。

过了片刻，我又回去继续看那些画。有些画简直荒谬，我忍不住笑出声来。我觉得自己最喜欢的是亚利桑那的那一张。托比被画成了一棵巨柱仙人掌，他身体的正中央还住着一只猫头鹰。我笑了起来，因为整个形象太……呃……太傻了。只能用这个词来形容。我肯定吵醒了托比，因为下一秒钟，他已经跪在我身后的地板上，隔着我的肩膀一边看，一边说："我没觉得有这么好笑。"说完，他自己也大笑起来。

"我真不敢相信我居然让你看这些，竹恩·艾尔布斯。"

"我也不敢相信。"我说。

这时，地下室里的某个地方传来"砰"的关门声，我们俩都一

---

① Taos，美国新墨西哥州城镇名。
② Fairbanks，美国阿拉斯加州城市名。

动不敢动。

"嘘。"托比说。

我听见有人在洗衣房里拿衣服。一台烘干机的门被打开，托比又说："嘘。"我便翻到下一幅画。托比的脸被画在一条经过艺术处理的因纽特三文鱼脑袋上，正向上游跳呢。画上写着"英属哥伦比亚"（British Columbia）几个字，而这条托比鱼正从Columbia字母C的空当里跳过去。我大笑一声，托比低头一看，也笑了起来。我们俩都使劲儿忍住不笑出声，可是根本就忍不住。反正我是没忍住。

"嘿，谁？"洗衣房那边传来一位老人的声音。

托比把我拉到他怀里，说了一遍又一遍"嘘"。他用胳膊搂着我，把他的大手捂在我的嘴巴上，想让我止住笑。我没想到他的胳膊力气这么大，比我想象的结实得多。我静静地待在那儿，心想：这就是芬恩的感觉。这就是被你爱的人拥抱的感觉。我又翻到下一幅画，期待着看到另一张明信片，可是没想到，下一幅是芬恩，是一幅自画像，正盯着我们。画里的芬恩没什么特别的。他戴着那顶蓝帽子，蓝眼睛似乎想说些什么，传递着无声的信息。外面的老人还在嚷嚷，托比的手仍然捂着我的嘴巴。我能感觉到他的手指贴着我的嘴唇，我们俩都不笑了。我们都盯着芬恩。"出来吧，真见鬼。"地下室里潮乎乎的，托比的手指就像柔软的嘴唇，仿佛在吻我。而芬恩的眼睛似乎在说："我爱你，竹恩。"我想都没想，便张开嘴巴，我感觉到自己在吻托比的手指。我闭上眼睛，轻柔地吻着，幻想着一切，却似乎又什么也没想，我感到托比的胳膊搂得越来越紧，我的发丝里感觉到了他的呼吸。接着，我感觉自己被吻了一下。很轻很轻，吻在我的颈后。

接下来的几天，我一有机会就进城去看托比。有时候一放学就乘火车过去。还有的时候，我会提前离开学校。我会逃掉体育课或者家政课，胆子大的时候连西班牙语课也敢逃。

我觉得对托比来说，纽约就是最完美的居住地，因为这里也许是唯一有永远也尝不完的新餐馆的地方。跟芬恩在一起时，你们会去一些地方，霍恩哈达特餐厅，修道院博物馆。这些地方我们反复去了好多次，感觉就像回家一样亲切。而托比则无拘无束，了无牵挂，也许除了对芬恩。这是我开始明白的。没了芬恩，托比就像一只断了线的风筝。

有一天下午，托比试着教我怎样在跳蚤马戏团里表演骑自行车。我试了十五分钟，想要呈现出一只跳蚤在骑自行车的模样，然后我就知道托比有多优秀了。有时，即使在很近的地方看，我都觉得好像真的有什么东西在骑那辆车。甚至哪怕站在托比旁边，我也会有那种感觉。我的手就特别不听使唤，简直像是黏稠的陶土做的。而且我知道，我的表情会泄露一切。谁都能看出来我有一只手在舞台底下动。

但是托比不愿放弃，他让我试了一遍又一遍，一直到我必须回家了，我才终于让那辆自行车沿着舞台边缘一点儿一点儿骑了起来。我知道那模样很痛苦，骑得又慢又难看，但是托比很有耐心，而且他似乎并不介意。他从来不对我撒谎，这一点让我开始喜欢他。他从来不会谎称我是某个正在萌芽的跳蚤马戏团天才，用这种话来讨好我。他从来没有发表过"很好"或者"真棒"这类站不住脚且毫无意义的评价。他一点儿都不像是在跟一个孩子说话。他说什么，我就愿意相信什么。

那天结束的时候，他说："继续努力。我向你保证，你会进步的。"他只说了这些，但是让我很开心，因为我知道，他的确是这么认为的。

还有一次，我们步行穿过中央公园，然后经过市中心一路走到了中国城。托比聊起弹吉他的事，一边说，一边还用他那长得不能再长的手指在半空中比画拨弦的动作。我跟他讲了树林，还有狼群，还有倒着跳绳的事，他一点儿也没有笑话我。最后，我们走到一家叫"程胖子幸运餐厅"的地方，点了菜，还额外加了份饼。托比点了"火山碗"，结果发现是一大份可以称之为疯狂的饮料，上面还燃着火。

"火山碗"的碗是一只巨大的陶碗，外面画着棕榈树和跳草裙舞的小人儿，里面点缀着小块的菠萝和蜜饯樱桃，还插着纸伞和又长又粗的吸管。很甜，像椰汁和夏威夷潘趣酒混合的味道，一点儿也不像酒。我们一边喝，一边聊，一边吃，不过我注意到主要是我在吃。托比只是把盘子里的食物来回拨弄两下。那天是我第一次喝醉酒；我很开心是火山碗把我喝醉的。我突然明白了，醉酒恰恰是离开此时此地的另一种方式。我们跟跟跄跄地走出程胖子幸运餐厅，我的脑袋晕乎乎的，好奇格雷塔现在会在哪儿。她会不会在林子深处，用树叶把自己埋起来，说不定还喝醉了呢——她走了多远呢？

在餐厅外面的人行道上，托比用胳膊搂着我，帮我站稳。我用迷离的眼神望着他。

"现在只剩下我们俩了，不是吗？"我说。虽然嘴上这么说，但我心里知道并非如此。芬恩一直都在，芬恩永远都在。

接着我又冒出了一个特别可怕的想法。我想，要是芬恩还活着，托比和我根本就不可能成为朋友。要是芬恩没染上艾滋病，我甚至压根儿就不会认识托比。这个奇怪而又让人难过的念头在我晕乎乎的脑袋里盘旋。接着我又想到了一点，万一促使芬恩安顿下来的就是艾滋病呢？万一在他都不知道自己患病的时候，病毒已经让他慢了下来，让他回归家庭，让他决定做我的教父呢？如果没有艾滋病，我可能永远也没有机会认识芬恩或是托比。我和他们一起度过的所有时光会成为一个巨大的洞，里面空空如也。如果我能够让时光倒流，我会不会无私到不让芬恩染上艾滋病？即使那意味着我将永远不会和他成为朋友？我不知道。我不知道自己的心究竟有多贪婪。

我站在那儿，凝视着坚尼街①上方的天空，看着它从橘色渐渐变成了灰粉色。一位老妇人拉着购物车嗒嗒嗒地从人行道上经过，车里装满了大包小包。夕阳仍在西斜，我心里想，在这个世界上，有多少美好的小事其实建立在非常可怕的基础之上。

我向托比望去。他闭着眼睛，脸上带着笑容，仿佛记起了他生命中最美好的时刻，我一下子明白了，这样的日子并不会长久。不会的。不仅是因为我知道要不了多久，我逃课的事就会被发现。甚至都不是因为纳税季即将结束，我的一切行踪都将逃不过爸妈的眼睛。也不是因为我知道托比将会死去。我不知道该怎么表述，只能说这一切都很脆弱，仿佛是棉花糖做的。

但我不愿意这么想。我交到了一个朋友，我开始相信托比想见我，就是因为我。不只是因为我所知道的关于芬恩的事。我知道自己以前犯过那样的错误，搞不清自己在别人心目中的位置，比如毕恩丝，比如芬恩。也许，甚至还包括格雷塔。但是托比谁也没有。怎么看，我也不可能再掉进同一个陷阱里了。

---

① Canal Street，纽约唐人街的主要商圈。

45

妈妈在她的皮包里翻着。现在是星期四早晨，上学之前。外面灰蒙蒙的，枫树顶端的枝丫在风中摇曳。爸爸已经先去办公室了，但是妈妈的第一个会议过一会儿才开始，于是她决定直接去开会的地方跟爸爸会合。她已经换上了上班穿的衣服——是她那几身藏蓝色西服套装中的一套，垫肩特别大。她穿工作服的时候，在厨房里总是特别小心，仿佛来到了一个陌生的星球，总是站在离台面远远的地方，生怕蹭上油污或是水渍。

"你今天要买午饭，对吧，竹恩？"

我一般都会买午饭吃。比萨，炸土豆球，苏打水。这些都比潮乎乎的棕色纸袋里装着的潮乎乎的博洛尼亚红肠三明治要好得多。我刚想说"是"，可接着又改变了主意。

"我也不知道。我在想，或许我今天可以带饭，花生果酱三明治之类的？"

我这么问，是因为我想看着妈妈修剪得干干净净的手指托着面包，平整地抹上一层薄薄的花生酱，再舀上不多不少正正好好的一勺果酱。是因为我想看着她沿对角线把我的三明治切成两半，然后用蜡纸整整齐齐地包好。是因为我想看着她为我做这些，像这样照顾我。

妈妈"咔嗒"一声合上皮包，抬眼望着我。

"你确定？"

我使劲儿点头。"确定。"

她把皮包放在台面上，开始卷起外套的袖子。她伸手从柜子里把花生酱和果酱的罐子拿下来。接着她又停下了手中的动作，转身对着我。

"竹妮，你知道，你已经十四岁了。我觉得你完全可以自己准备三明治了，给。"她把花生酱的罐子从台面那头推过来，又把袖子重新放下。虽然她身上连一粒面包屑都没沾上，但她还是用两只手使劲儿掸了掸上衣的前襟。我盯着罐子发了会儿呆。

其实，要是妈妈知道我的书包里有什么东西，她一定会给我做那个三明治。要是她知道我在家里翻箱倒柜，终于在她放内衣的抽屉底部找到了那把防火箱的小钥匙，要是她知道我把箱子打开，拿出了我的护照，此时此刻护照就在我书包底部的拉链袋里，要是她知道我为什么会把护照放在那儿，要是她对所有这一切哪怕只知道一点点，也许就会帮我做那个花生果酱三明治。她不会说"你已经十四岁了"，好像认为我已经是某种应该负起责任的成年人了。不会的。要是她知道了我的计划，她会说："你才十四岁。"她会对我说，才十四岁就想去英国，简直是疯了。哪怕只是想想，也够疯狂的。而且，这还是在她知道我是要跟托比一起去之前。

可她对此一无所知。而她当时不想让工作服沾上黏糊糊的葡萄果酱。于是她就没给我做三明治，而是力图证明在我成为成熟女性的伟大历程中，十四岁是某个重要的转折点。

"不用了，"过了几秒钟，我说，"没事，我还是带钱去买饭吧。"

妈妈失望地看了我一眼。我也看了她一眼。我的眼神里含着千言万语，不只是那个三明治。

46

"托比？"

"竹恩？"

"嗯，呃……我只是在想，你会不会愿意跟我一起去看《玫瑰之名》。找个时间，随便什么时候。你知道，如果你愿意的话。"

这是我第一次主动邀请托比。在那之前，一直都是他邀请我。我一到家，就把书包扔在厨房的地上，给他打了个电话。一般来说，至少有一个小时是我一个人在家，于是我拉着电话线，一直走到厨房边上那个薄薄的食品储藏室里，那儿有个板凳，我可以坐下来。

我选择《玫瑰之名》，是因为这部电影讲的是中世纪时期意大利一个偏远的修道院里僧侣们的故事。是一部悬疑片，应该很好看，于是我以为托比肯定立刻就会答应，可是他没有。他好长时间都没说话，我还以为出什么事了。

"托比？"

"你知道，我不是芬恩。"

这回轮到我不作声了。过了一会儿，我说："嗯，所以呢？"我的语气有点儿像是在说"废话"，因为我没明白他的意思。

"呃……我不知道，我可能不会喜欢这部电影。"

我想了一下。"嗯，"我耐心地说，"我也不是芬恩。"

"只是，你知道，我去不会增加什么价值，就会像跟任何一个老笨蛋去看电影一样。"

"这一点我已经知道了。"我说。

他哈哈大笑，不过只笑了一声。

"所以，行了，答应吧。"

他又笑了，不过这次笑得更开心了些，也更真实。

"好吧，好吧，我答应你。我犯傻了。"

我对他说，我会确保自己在看电影的过程中不冒出任何特别聪明的想法，然后他又开了几句关于犯傻的玩笑，还没等我反应过来，我们俩都在电话里大笑起来。

我说，等我弄清楚哪家电影院在播，会尽快给他打电话。说到这儿我们就挂了。我捧着电话从储藏室里出来，回到厨房，脸都笑热了，心里美滋滋的，觉得自己把托比照顾得真好。

我几乎记得当时的慢镜头。我伸长胳膊挂了电话。身后传来有人清嗓子的声音，我连忙回头。我可以逐帧回忆当时的画面。我一看见她，看见当时的整个场景，我脸上的笑容就消失了。是格雷塔。她穿着丝滑的维多利亚的秘密睡衣，在餐桌旁坐着。她的面前是我藏在衣柜深处的所有东西。那张蝴蝶图案的蓝色包装纸，装《安魂曲》磁带的纸袋。磁带都被倒了出来，散在桌子上。我和托比那张伊丽莎白风格的合影，两人系着又大又傻的领结，呆呆地盯着前方。还有那只茶壶，外面还挂着茶包的线。最糟糕的是，还有托比给我的那些字条，都摊开在桌子上，格雷塔明显已经看过了。

格雷塔坐在那儿，脸上没有任何表情。

"你在家啊。"出于某种疯狂的原因，我竭力装出天真随意的样子。我意识到她一定是在等我，直到听见我进门。她一定躲在某个地方，等着我进门的那一刻。

"病了，"她说，"肠胃流感。"她晃着脑袋，把每一个字都拖得老长。

"你知不知道，你惹了多大的麻烦？"

我站着没动。

"你知不知道，要是爸妈发现托比一直在引诱你去见他，他会惹上多大的麻烦？"

"这是我的事，格雷塔。"我说，不过她还是接着说："没人会关心他是同性恋。他是成年人，就这么简单。他是成年人，你是小孩，任何人都只会这么看。他会被当作性变态抓起来，然后他们就会发现他把艾滋病传染给了芬恩，他就会去坐牢。他——把——艾——滋——病——传——给——了——芬——恩——舅——舅。你连这个都不在乎吗？你是怎么回事？"

我是怎么回事？我是怎么回事？

"他没引诱我……"

"那……看来都是你的主意喽？这就是你那个男朋友？"格雷塔哈哈大笑。

"不是。我不是这个意思，我的意思是……"

"我就知道你在撒谎，我早就知道。"格雷塔笑着说，"好像你真有男友似的。我当时在想什么来着？竹恩，你是最最失败的人。"她的声音刺耳得很，让人毛骨悚然。

"我……他……"

"他什么？他是你新一任最好的朋友？我听见你打电话了，笑得腰都直不起来。拼命讨好他。好像……竹恩……好像他想跟你在电话里浪费时间似的。"

"你根本就不了解情况。你真笨，你真是个大笨蛋。"我真想把自己知道的事一股脑儿全说出来。我想跟她说芬恩的字条，告诉她当时他们俩都对艾滋病一无所知。我想告诉她不是托比的错。可我知道托比不会愿意我这么做。还有，或许我也害怕格雷塔会告诉我一些我不想听到的事。也许我害怕她会让故事反转过来，把我绕晕，让我再也搞不清真相到底是什么。

有那么几秒，格雷塔什么也没说。她狠狠地瞪着我，笑容凝固在嘴唇上。"太明显了，竹恩。"

我没来得及拦住自己，立刻便跳进了她的陷阱。"什么明显？什么？"

"你只是他用来减轻内疚感的一种方式。他跟你说他不知道，对不对？他是这么说的吧？可他知道自己把艾滋病传给了芬恩，现在又想从内疚感中逃离出来。要不然，他干吗要把他在地球上最后的时光浪费在你身上？"

有时候，格雷塔的话太犀利了，就像一把尖刀，我都能感觉自己的五脏六腑被劈成了两半。我知道她会盯着我，观察我的表情，于是我用最快的速度绷紧了脸。可是尽管如此，她已经看见了我的反应。

"你知道这是事实。"她说。

"你对我们俩的事一无所知。"我说，然而我的声音在发抖，我心里没底。

她昂起头，望着我。"看来，现在是'我们俩'咯，嗯？"

我知道，一旦格雷塔端起这副架势，不论我说什么，她都能立刻让我的话变味儿，就好像她是一位雕塑大师，而我的话不过是一团陶土，被她握在温热的掌心里，有无数种形象等着被塑造出来。不管我说什么，格雷塔都能使它变得又愚蠢又天真。然而，也许她是对的。也许并非是她能篡改我的话；也许是她能够把谎言一层层拨开，只留下最后的真相。丑陋、毫无遮掩，却真实。

我的肩膀耷拉下来，我想，这么多年过去，我终于要第一次在格雷塔面前哭出来了。我所有的秘密都在这里，散在桌子上，仿佛有人把我的身体剖开，一勺一勺地铲出来给大家看：看哪，这是她愚蠢的愿望！看哪，这是她又笨又软的心！

可是接下来，我看着格雷塔端起茶壶，把茶倒进她的马克杯。水流光滑平稳，一滴也没有洒出来。她把茶壶放回到桌子上，伸出一根手指在壶盖边缘抹了一下，然后端起杯子。

她的手刚才摸了我的茶壶，芬恩送给我的茶壶，那一刹那，其余的一切都消失了。我盯着她放在壶嘴上的手指，胸中的怒火直往上涌，我真感觉自己会立刻杀了她。她朝茶杯表面吹了两下，然后很淑女地抿了一小口，我以为自己会给她一拳，然后再来一拳。我向她走过去，在厨房中间站住了。然后我便扯开嗓子尖叫起来。格雷塔做过的每一件刻薄的事，都被裹藏在那一声尖叫里。每一句傲慢的话，每一声冷笑，每一次威胁，都使我的声音越来越大，直到我看出她终于被我吓着了。

"把你的手拿开！别碰我的东西！"我冲她喊，我自己也不知道那声音从何而来。格雷塔缓慢地把杯子放回桌子上，呆呆地盯着我，不过只有短短的一瞬。她伸手拢了拢头发，然后又够到脑后紧了紧马尾辫。

"麻烦了，麻烦大了。"她一边说，一边摇头。

"我恨你！"我大喊。接着我便向她猛扑过去。我已经什么都不在乎了。我抓住她的头发，她则使劲儿踢我的膝盖。我向后跳了一步，一只手仍然握成了拳头，紧紧攥着她的头发。她尖叫起来，也去抓自己的头发，想挣脱我。

"行了，"格雷塔举起一只手，"嘘，妈妈回来了。"我们俩都呆住了。

我听见车门"砰"的一声关上，意识到格雷塔又赢了。等妈妈进来看见这一切，她会开心死的。她会得意扬扬地望着我语无伦次试图解释的样子。我慌了。我一回头，以为格雷塔肯定会端出她在妈妈面前那副天真无邪的表情，可是没想到，她跟我一样慌张。

"快！"她说。

她跑过去，从水池下面的柜子里拿出来一只黑色的垃圾袋。她把垃圾袋抖开，用胳膊一扫，桌上的大部分东西就都被扫了进去。我抓起茶壶，一边走，一边把里面的茶水往外倒，然后躲进楼下的卫生间，把门关上。我拉下马桶的坐垫，坐了上去，弓着身子把茶壶抱在怀里。

我能听见妈妈和格雷塔在厨房里说话，但听不太清。我把耳朵贴在门上，于是就听得很清楚了。这就是用来偷听的卫生间，我终于当了一次间谍。

"……真的好多了……在给我的房间大扫除呢。"我听见格雷塔的声音。我脑补着她拎着垃圾袋的画面。

"哇，"妈妈说，"太好了，我得瞧瞧去。"

"等清理完。"格雷塔一秒钟也没有迟疑。

接着我便听见开门关门的声音。

我把茶水倒进水池，在狭小的卫生间里四处搜寻，想找个地方把茶壶藏起来。可是找不到。我把门开了一条缝，偷偷往外看，没人。

我把茶壶夹在胳膊下面，飞快地冲上楼梯，回到卧室，然后小心翼翼地关上房门，尽量不发出声音，接着便把茶壶塞到了床下。我深深地吸了好几口气，让自己平静下来。

至少《岁月之书》还在我的书包里，不过我刚一想起这个，便意识到书包刚好被我落在了厨房中间的地上。我三步并作两步跑下楼梯。

妈妈已经把她的公文箱和大衣堆在桌子上，此刻正瞪着从厨房一直流到门厅的茶水印。我的书包还躺在原地，我迅速把它拎了起来。

"哦，竹妮，我不知道你已经回来了。我今天提早走的，想看看格雷塔。她今天早上病得厉害。你知不知道……"她指指地上的茶水印。

"哦，对，"我说，"是我弄的。"我从纸巾筒上扯下来几张便开始擦，沿着水印一直擦到卫生间。

走到卫生间门口，我回头看了一眼。妈妈正望着我。她摇摇头，回厨房去了。

格雷塔让我把她的房间整个打扫了一遍，以免她撒谎被发现。她整理书桌上的各种纸，我则整理她堆在地上和挂在椅子上的所有衣服。我很想问问她为什么要救我，为什么费了半天劲儿想要向我表明她知道了什么，最后却又帮我虎口脱险。但我又懒得问。我知道她一个字也不会告诉我的。而且她还戴着随身听的耳机。我能听见邦·乔维（Bon Jovi）扯着嗓子在喊《活在祈祷中》（*Living on a Prayer*）。

后来，爸妈看新闻的时候，格雷塔敲了我的门，我还没应声，她已经把门推开了。她悄悄溜了进来，背靠门站着。她瞪着我，然后向我的房间里扫视了一圈。

"干吗？"我说。

"我只是想让你知道，你在跟一个犯人瞎混。"

我当时正躺在床上，于是便伸手从枕头后面把我那只很旧的毛绒海豹拿了过来。它叫西莉亚，是我唯一还留在床上的毛绒玩具。我用手指抚着它的脖子，那里面塞的毛绒已经变得很薄，使它的头歪向一边。

"你说什么呢？"

我捕捉到了格雷塔微微上扬的嘴角。她赌了一把，赢了。她不慌不忙地在我的房间里东看看西瞧瞧，有意让视线在我的衣柜门上停留了片刻。

"托比，你的特殊朋友，他坐过牢，他是有前科的人。"她的表情几乎就是芬恩画像里的样子。因为道出了一个秘密，一脸的得意。

"我……"我的脸发烫。我用拇指在海豹毛茸茸的身子上摸来摸去。爸爸说托比曾经有过麻烦，但我没想到是这种麻烦。

"竹恩，这没什么可说的。这是事实。他跟芬恩是在监狱里认识的。"

"芬恩又没坐过牢。不可能……"

"芬恩当然没坐过牢。他是在那儿举办艺术工作坊的活动，托比参加了。于是他们就认识了。"格雷塔从我的书架上拿了一本书翻了起来，仿佛打算在那儿站上一整夜，仿佛她突然出现在我的房间里，只是想找点儿轻松的书来读。

"你是怎么知道的？"

她没回答。她把书放在我的书桌上，扬起眉毛。她站在那里，一边摇头，一边对我啧啧两下。"我知道知己难寻，竹恩，可是坐过牢、身上还带着艾滋病毒的人，已经堕落得很深了。尤其是这个人还害死了你的亲舅舅。"

"你这个骗子。"我嘴上这么说，可是心里知道她并没有撒谎。格雷塔身材娇小，可她拥有信息的时候便显得无比高大。当时就是这样，至少比真人高了一半。甚至连她站的姿势——身子挺得笔直，背靠在门上，胳膊交叉抱在胸前——都有一副真相的架势。

"信不信由你。"她说。

我以为她准备走了，可是她没有。她低头盯着我房间的地毯，好像思索着什么。接着，她用一种不那么确定的语气说："你知道……你知道，竹恩，你为什么不发个誓，就说保证再也不跟他见面，那样我就不会再来烦你了。"

我把西莉亚放进被窝。我听见楼下的电视机关了，接着传来爸妈说话的声音，还有水池里餐盘碰撞的声音。

格雷塔站在那儿，有那么一瞬，我以为她要哭了。她的眼睛有点儿鼓，但她并没有躲避我的目光。她仍然盯着我，仿佛想让我看见她的泪水即将夺眶而出，仿佛她在等待我的回答。我什么也没说。我没有向她做出任何关于不跟托比见面的承诺，因为我知道自己无法信守那样的诺言。过了一会儿，格雷塔的整个身子似乎缩小了一圈，仿佛这一切——整个这刻薄的计划——不知怎么，适得其反了。仿佛她手中的牌已经出完。接着她又克制住了。她昂起头，瞪着我。

"你知道吗……我以为芬恩一走……我以为你和我……"

"你以为什么？以为你可以二十四小时折磨我了？"

"不是，我……"这下，她真的哭了，她带着哭腔，用颤抖的声音说，"拘禁，竹恩。监狱。"她的声音里满是失望，说完，她便向门口走去。

"我不在乎。"格雷塔轻轻出去了，我对着她的背影说。

那天夜里很晚的时候，我溜出去跑到垃圾桶旁边。我还盼着格雷塔会把我那袋东西放在最上面，可是她没有。她把袋子打开了，把所有的东西都倒了出来。从垃圾桶里的情形来看，她一定够到了最底下，把它们全塞到攒了一星期的剩饭下面。她肯定把身上都弄脏了。她干得很漂亮。我唯一能拯救回来的就是在游乐场拍的那张照片，但连它也被毁了。托比的那半边沾满了意大利面酱。我一本正经地穿着老式的服装，坐在一摊可怕的红色污渍旁边。尽管我说过自己永远也不会这么做，可是到头来，我还是不得不把托比剪掉了。

我上楼回到房间，检查衣柜里的情况。什么都没了，一件也没剩下。我把一些东西移开，想看看她会不会不小心落下了什么。可是没有，什么也没落下。

除了那些黑色的手环。那个星期天，她从城里买回来的那些。她当时说是给我买的。她把它们整整齐齐地挂在衣柜后壁的一个金属钩上。

唯一剩下的就是我书包里那本《岁月之书》，还有那只茶壶。还有托比给我的钱，在我的内衣抽屉里，塞在一件从来没穿过的小女孩风格的白背心里面。我从床下把茶壶拿出来，捧在手心。至少我还有它。我仍然有全世界最好的茶壶。我用手指抚摩着那些跳舞的小熊。每一只都摇摇晃晃地用两条腿站着，两只前掌胡乱地挥来挥去，仿佛想抓住空气。我凝视着它们，突然发现它们其实根本没在跳舞，只是在踉踉跄跄地走路而已，就像笨拙的庞然大物，即将失去平衡。

47

"我今天去不了了。"

"为什么？"

"要写日记。英语课要交一个半学期以来的日记。"

"你们把日记交上去，给老师看？"

"嗯，我还一篇都没写呢。"

"简直荒唐，日记这东西完全是……"

"嗯，我知道。不过就是这么要求的，反正也不会有人把心底的秘密写下来，就好比我也不会把你写进去。"

我坐在食品储藏室的地上，倚着墙但是侧着身子，这样只要有人进厨房，我立刻就能看见。

"那就之后再写。"托比说。我感觉他的声音比平时更沙哑了，听起来很疲惫的样子。

"我欠了四个月的。也就是，差不多……我不知道，得有50篇吧。说不定还不止。我猜我要下星期左右再去看你了。"

其余的话我不想说，我没办法把自己和格雷塔之间发生的事都告诉他。而且，我说的是事实。我的确得写日记。日记占英语成绩的25%，要是搞砸了，我可要吃不了兜着走。

托比那头很安静。过了一会儿，他说："我可以帮你，如果你觉得可行的话。我陪着你。"

"我不知道。"

"哎呀，好啦。我向你打包票，肯定比你一个人坐在家里要强。"

我没想到托比会主动提出来帮我。

"你不必这样的。没关系的。"

他叹了一口气："我希望你能来。"

我顿了顿。我为什么要学格雷塔的样子？我能听出来自己跟托比说话的方式，而我原本不想那样的。感觉好像我在试探他，试探让他放弃有多么容易。

"呃……你说的帮我，是端茶倒水，放些好听的磁带，还是把我骗出去喝火山碗？"

"当然是前一种了，竹恩。你把我当什么了？"

我顿了顿。我在想要不要告诉他，我已经知道他坐过牢，可是我说不出口。

"好吧，但是你必须百分之百保证不能分散我的注意力，行吗？"

"行行，没问题。"他怪模怪样地学着美国腔。

等我到了公寓，托比正放着柔和的爵士乐，坐在一张椅子上假装看书。一个人要是假装看书，是很容易被识破的。因为他们的视线移动太快。上上下下，满页面地跑。不知道为什么，他假装看书似乎不是个好的迹象。我很高兴自己在火车上已经想好了开场白，准备先发制人。

"我给你带了点儿东西。"我说。

"真的吗?"

我递给他一个小盒子,用粉色的"新生宝宝"包装纸笨拙地包着,我在家里只找到这种纸。他把书放下,接过盒子,我看见他读的是一本破破烂烂的《坎特伯雷故事集》。

"很傻的。"我说。

"没关系,我喜欢傻傻的东西。"托比把盒子放在耳边轻轻地摇。

"晚点儿再打开,行吗?"

他点点头,把盒子放在壁炉架上。

我把茶几推到一边,把日记本往地下一扔,张牙舞爪地趴在地毯上。

"那……开始吧。"托比说。

"什么?"

"读来听听。听听看你已经写了什么。"

"不行。我才不读呢。"

"我以为你愿意让我帮你呢。要是我都不知道你写到哪儿了,也没法帮啊。"

我想起托比写给我的那些字条。写作似乎不是他的强项。

"我不需要你帮那种忙。只不过是……我也不知道,可能给我准备点儿零食之类的吧。"

"哎呀,读吧。"

"不行,这是隐私。"

他看了我一眼,仿佛在说"骗谁呢"。

过了一会儿，我实在忍受不了托比一而再、再而三的请求，只好投降。我给他读了一篇，他批评说太无聊了，简直让人听不下去，然后他便提出一些无厘头的思路，认为我应该改一下。我们俩就那样争论来争论去，最后终于达成了一个双方都能满意的节奏，那就是两个人轮流出主意。我编了几篇，有关于肚皮舞的，有关于选择我自己的隼的，还有一篇写的是我被评选为年度青年拨弦键琴演奏家。托比的创意则阴暗些。比如暂时失明，还有关于洗衣机闹鬼的故事，但是只在"内衣洗涤"模式下才会发生。我们总是确保将那些疯狂的故事隐藏在看似稀松平常的文字里。我们坐在那儿抽烟，说笑，把白兰地兑在茶里喝。我很高兴自己决定来了。我稍稍有点儿担心，要是林克夫人真的读了那些日记会有什么反应，不过其实我也不在乎。托比给你的感觉就是这样。我决定，格雷塔说的话，我一个字也不要当真。

接着我们就写到了二月五日——芬恩去世的那一天。

一开始，我们俩都没说话。接着，托比把本子朝我这边推过来。笔记本躺在地毯上，横在我们俩中间。到目前为止，我们始终设法避免在日记里写到芬恩，不完全是有意为之，更像是我们都知道不应该提起他来。但是现在，不想他是不可能了。苍白的页面上一个字也没有，仿佛在请求我们写点儿什么。

其实我可以把二月五日这一天跳过去。我可以把那一页空着，或者写点儿无聊的东西。可是这样做感觉不对。或许这么想很傻，但是我会感觉这样做是对芬恩的不尊重。

我把本子推给托比。

"你先来。"我说。

"竹恩，你看，我写不了。我真的，真的写不了。你当时不在。你不知道……"

这是他第一次说这样的话，那几个字在我的耳边萦绕，挥之不去。

你当时不在。

你不知道。

一开始我什么也没说。我任由这两句话在我的脑袋里蠕来蠕去。我任由它们一直往下爬进我的心窝。我缓慢地点点头，然后伸出一根手指，啪地把本子合上了。我站起身，假装看表。

"哎，竹恩，别走呀。我……你不知道当时的情况。你不……"

"老天，"我喊了起来，"你闭嘴吧，闭嘴，别说了。"我感觉满腔怒火，自己都不知道这股怒火是哪儿来的，好像我想朝托比冲过去，不停地让拳头落在他骨瘦如柴的胳膊上。我并不是一个暴力的人。我不觉得自己是一个暴力的人，但是当时似乎有某个危险的东西正被唤醒。仿佛我内心深处有一个坚硬、黑暗、始终沉睡着的东西睁开了一只眼睛。

接着它又不见了，就这么走了，仿佛有一只气球，在我的胸腔里爆开，让所有的愤怒都消散了。我站在那儿，感到筋疲力尽。我看了看被我紧紧抓在手里的笔记本，我的指甲都抠进了天蓝色的硬皮封面。

托比张着嘴巴，似乎想说些什么。

"对不起。"我说。

"没事，怪我。"他在沙发上挪了一下，于是我坐到他旁边。我把头靠在那条骨瘦如柴的胳膊上，仅仅一分钟前，我还想把拳头砸上去。托比将他长长的手指伸进我的头发。我感觉到他把我的一条辫子拆了，然后又重新编起来。他就这样拆了编，编了又拆，嘴里一直在说："没事，怪我。"直到最后，感觉他已经不是在对我说。

那天夜里，我睡得断断续续。我梦到《岁月之书》里那些纸折的狼自己展开了。我看见它们把身上的褶皱抖平，直到变得鲜活起来，肌肉也结实了。它们披上毛皮，奔跑着，一下子跳下我的书桌，跳到半空中，悬在我的床上方，露出稀疏的牙齿，流着口水。我梦到自己一遍又一遍地试图把它们重新折回去，可是怎么也折不起来。它们知道我住在哪儿。

"不过需要手巧一点儿罢了。"一只绿眼睛的狼说。

"不过是有人可以爱上的那种事。"另一只回答，等我醒来，感觉就像彻夜未眠。

48

　　我给托比的盒子里有两样东西。一件是芬恩那只俄罗斯茶壶的盖子。我觉得这样就像人们有时候会戴的那种心碎项链。格雷塔十二岁的时候，她和凯蒂·塔克有过一对这样的项链，上面写着"最好的朋友"。她们俩每人戴着半边破碎的心，穿在一条假金链子上面，直到那次凯蒂因为一场过夜派对的事骗了格雷塔，她们就不再是最好的朋友了。然后格雷塔就戴上了另一半，上面一行写着ST，下面一行是ENDS，就像Saint Ends的缩写。

　　我不知道托比会不会也这么理解。我希望他能明白，我把他看作最好的人之一。我希望他能明白我是这么想的，不管芬恩还在不在。

　　另一样东西是我的护照，还有一张很小的字条，上面写着"我们可以去英国"，用胶带贴在我那张呆头呆脑的照片上。

　　我试图想出一个办法能不被抓到，永远不要被任何人发现，可我意识到那是不可能的。于是我的计划就是退而求其次——我会留一张字条，到那儿之后再打个电话。大家就会知道我没事，我会回来的。当然，等这一切都结束了，我会倒大霉的，但是对那些我已经不在乎了。

我们很可能只会去几天，但是在我心里，那就像《看得见风景的房间》和《简夫人》一样。我会照顾托比，会很浪漫，不是那种卿卿我我的浪漫，是另一种。那将是我有可能做到的最好的事。我的英文成绩普普通通，数学也一般般，但是在照顾托比这件事上，我不想再当中不溜。这一回，我要做到圆满。

49

我正在客厅的地板上玩拼图，这套拼图有750片，图案是沙特尔主教座堂那些花窗玻璃当中的一扇，是芬恩有一次从法国回来带给我的。当时才五点钟，而且是工作日，距离有人回家还早得很，但是爸爸却走了进来，他的表情仿佛难受得要死。

"胃疼。"他一边说，一边瘫在沙发上。他闭上眼睛，一只手捂着肚子。他吸了几口气，似乎脸都绿了。"咳，那该死的炖锅。"

"我可以给你倒点儿姜味汽水，还有……我不知道……灌个热水瓶什么的。如果你需要的话。"

他的眼睛仍然闭着，但是脸上浮起了一丝微笑。

"怎么了？"我说。

"哦，没什么。"

"什么呀？"我说，"快说吧。"

"没什么，就是感觉挺好的。你主动照顾生病的老爸。"

我走进厨房，炖锅上的计时器响了。我打开盖子搅了两下。我给我们俩每人倒了一杯姜味汽水，端回客厅。等我回到那儿，爸爸正侧身躺在地板上，细细筛选着拼图的碎片。

"我可以帮你一起吗？"他说。

"当然可以。"

这个拼图很难。颜色几乎都是很深的原色，比如浓烈的红色和蓝色，即使已经把它们分成了两堆，仍然要花很长时间。我负责红色的那堆，开始试着拼一部分，爸爸则负责蓝色的那堆。

"这一切很快就会结束的，嗯，竹妮？"

"什么会结束？"我把右上角的一片抛向空中。

"纳税季。又一年结束了，感谢上帝。"

"没那么难熬吧？"

爸爸给了我一个眼神，仿佛在说"你开玩笑吧"。

"呃……那你为什么还做这个呢？"

我是认真的。我是真的好奇，为什么人们总是在做自己不喜欢的事，仿佛生命是一种逐渐变窄的隧道。你刚出生的时候，它宽得很。你有无限种可能。紧接着，就在你生下来的那一瞬，隧道已经缩小到原先一半的宽度。如果你是男孩，那么就已经可以确定，你不会成为一个母亲，而且很可能也不会当美甲师或者幼儿园老师。然后你开始长大，你所做的一切都让这条隧道变得越来越窄。你爬树的时候摔断了胳膊，就不可能再成为棒球投手。你每次数学考试都不及格，就没希望成为科学家。诸如此类。一年一年过去，直到你被卡在里面。你会成为面包师，或者图书管理员，或者是酒吧招待，或者会计师。你的人生从此定格。等到你死去的那一天，我估计这条隧道会非常非常窄，因为你把自己和这么多的选择都挤在里面，把自己都挤扁了。

"我为什么做这个？"爸爸说，"这还用问？为了你们。为了你和格雷塔，还有你们的妈妈。"

"哦。"我说。我突然感到无比悲伤，因为居然会有人为了保证其他人的幸福，抛弃自己的整个人生。"啊，谢谢。"

爸爸发自内心地笑了，我都能看见他门牙之间小小的缝隙。"随时愿意效劳。"接着，他突然用手捂住嘴巴。"哦，不……"他一边说，一边猛地往前一倾，向卫生间奔去。

我坐在那里，望着眼前的碎片，看着各种深深浅浅的红色。我想起了芬恩，我想到他是如何追随内心。就像妈妈说的那样，他从来没有让自己被隧道挤扁。可是，尽管如此，结局还是一样。最后，他还是被自己的选择推向了死亡。也许托比说得对，也许只有将死之时，你才能有机会做自己想做的事。

我又摆弄了一会儿拼图，但是运气不佳，似乎不花上半天工夫，就别想拼出点儿名堂来。

接着我又冒出了这样一个念头：万一，如果能意识到自己总有一天会死，意识到这一切都不会永远存在，万一这样就够了呢？这样就够了吗？

接着我又想到一点，是爸爸刚才说的，"这一切很快就会结束的。"我走到厨房的日历前。这份日历是爸妈找人做的，用来送给他们所有的客户。上面写着"艾尔布斯和艾尔布斯会计师"，里面只有一张图片，很俗气的画面，一汪碧蓝的湖水，后面是白雪皑皑的山峰。四月十三日。再过两天，纳税季就结束了。要是把爸妈申请延期和用来恢复常态的时间也加进去，我还有十天左右的孤儿生涯。这是我第一次盼望纳税季永远持续下去。这是我第一次需要成为孤儿。

50

自从那天格雷塔洗劫了我的衣柜，我就没见她朝我看过一眼。我要是在厨房，她就干脆不喝咖啡，直接出门等校车。我要是在餐桌写作业，她就上楼回自己的房间。在学校里，要是她在走廊里看见我走过来，就干脆掉头，好像她希望我不存在一样。

而我也已经不在乎了，我是这么对自己说的。我不在乎她的眼睛总是布满疲惫的红血丝，我不在乎我再也没看见她跟朋友在一起，不在乎她甚至都不再跟她那群粉丝坐在一起吃午饭，不在乎她似乎总是独来独往，我不在乎等到这一学年结束，格雷塔可能就会搬出去。《安妮》剧组有一套给未成年人的宿舍，有专人看管，她要是拿到那个角色，就要去那儿住了。然后她就该去达特茅斯了。然后，就没有然后了。我就没有姐姐了。有时候，这些听起来就像美梦成真。我是这么对自己说的。

然而，尽管如此，我还是会不时地出现在排练现场。我心想，要是格雷塔看见我在那儿，也许就会以为我已经不再跟托比见面了。这么做其实并不能证明什么，而且我也不觉得她会在乎，可我还是会去。

我会站在靠近礼堂前面的地方，倚在墙上，紧挨着门口，这样，要是排练太乏味了，我随时都可以离开。有一天下午，我站在那儿，百无聊赖地看内博维茨先生指导合唱队和龙套演员，这时，我注意到本·德拉亨特正趴在楼座的栏杆上冲我挥手。他挥个不停，直到我反应过来他是想让我上楼去灯控室。我仰起头，四下望了一圈。他点点头，又冲我招手示意。我不想上去。看见本，我就会想起来自己是个笨蛋。

"来啊，艾尔布斯。"他冲楼下喊。这下，我不上去也不行了。

我穿过楼座走过去，本笑吟吟地帮我把着那间小屋子的门。皮特·洛林和约翰·温特梅尔也在里面，于是我便坐在他们三人后面的一张折叠椅上。

"不能走吗，嗯？"本说。

"差不多吧。"

"不是，我是认真的，你看起来根本不感兴趣，那你干吗还总是来看排练？"

有那么一瞬，我想告诉他。在那诡异的一秒钟里，在那间黑漆漆的灯控室，我想把自己所有的秘密一股脑儿倒给本·德拉亨特。这样他就会知道我到底是什么样的人。这样他就会知道蒂娜·亚伍德根本就比不上我。可是，我当然没跟他讲。

"我跟格雷塔说了我会过来帮忙。"相反，我这么回答。

"她干吗要在乎你来不来帮忙？再说了，你好像也没帮什么忙。"

我交叉胳膊抱在胸前。"你看，是你让我上来的。我又没来烦你。我可以走。"

"别啊，对不起，我不说了。"

另外两个男生一句话也没说。他俩全神贯注地在操控调光台上的各种开关和旋钮。约翰·温特梅尔回头看了我一眼，但是皮特始终低着头，仿佛有女生到灯控室来让他觉得不好意思，哪怕是我这样的女生。安东尼娅上台了，开始唱Dites-Moi的重复部分。

"嘿，你选法语课了吧？"我对本说。

"嗯。"

"那Dites-Moi到底是什么意思？"

本想了一下。他用食指在空中敲了几下，仿佛他自己也在回忆这首歌的歌词。

"告诉我为什么，是这个意思，告诉我为什么。然后就是类似生命如此美好这些。告诉我为什么生命如此美好。告诉我为什么生命如此……gay①。"他好像有点儿窘，紧接着又加了一句，"你知道，就是表示快乐的那个快乐。"

"嗯，我知道是那个快乐。"

演到盖博中尉说他不能娶血腥玛丽的女儿，因为她不是白人时，格雷塔出现了。在那个场景里，血腥玛丽应该大发雷霆，而格蕾塔演得简直就像神经病发作。她一次又一次地用手杆扮演盖博中尉的克莱格·霍维尔的胸脯。她杆得很用力，让人感觉她的动作已经超出了角色本身的要求。克莱格好像被吓着了，有一两次，我看见他在向台下的内博维茨先生使眼色，好像希望他来救他。我从没见过格雷塔这么气愤，跺着脚在台上走来走去，好像要跟谁算账似的。好像克莱格·霍维尔毁了她的一生，她要让他付出代价。可是

---

① gay，既可以表示快乐，也可以表示同性恋。

我看得越久，就越觉得她的表现不像是愤怒，而更像是悲伤、绝望。她在那儿上蹿下跳，仿佛迫切地希望某个人能注意到她已经发了疯。可是似乎没人注意。只有我，我坐在二楼，看着自己的姐姐自我毁灭。

等她从台上下来，本扭头对我说："她演得真好，你知道的。"

我点点头。"我当然知道。"

我们静静地坐了一会儿。

"你知道，那天晚上，在林子里，我……"

"没关系，我什么都不记得了。"

"呃……我吻你了，记得吗？"

我忍不住大笑起来。大多数人会顺着不记得往下说，可是本没有。

"别担心。"我说，"我不会告诉蒂娜的。"说完我就起身出去了。

排练结束后，我在学校外面等格雷塔。我不知道自己想跟她说什么，可是看见她在舞台上那么瘦小、那么崩溃的样子，我想做点儿什么。也许我会对她说，虽然她把我所有最心爱的东西都扔到了垃圾里面，但我还是原谅她了（尽管我其实没原谅她）。也有可能，我会请她教我化妆，这样她就会告诉我她到底是怎么了。告诉我所有那些似醉非醉的真相。夕阳已经把天空染成了漂亮的橘粉色，就像贝壳里面的颜色。我望着学校的跑道发呆，有几个男生正在跑圈。我看着他们跑了三圈，格雷塔还是没有出现，于是我便转身走了。我懒得从林子里走。我走上人行道，直接穿城而过，因为这样路程会长一点儿。有时候，绕远路回家的感觉挺好。

51

　　我站在芬恩家的厨房里，倚着台面。满屋子都是煳味儿，因为托比在烤吐司，虽然他就站在吐司机旁边，可还是每次都烤焦。这是日记事件过后快一个星期的时候。他给我打电话，说上次弄得不愉快，让他很难过。他说他想补偿一下。我一放学就上了火车，然后又乘地铁来了公寓。一个人乘地铁对我来说已经不是问题了，而且比打车要便宜得多。

　　"呃……你觉得怎么样？"我以为去英国的计划一定会让托比欢呼雀跃。他会爱死这个计划的，因为简直就是完美。

　　"我觉得什么怎么样？"

　　"你知道的——护照。旅行？"

　　于是，我在那儿神采飞扬，开心得像个笨蛋，然后立刻就看出来托比其实一点儿也不高兴。

　　"啊。那个啊。"

　　"你说我们可以做任何事，于是我就想到英国了。你可以带我去看那里的一切。城堡啊，还有……我不知道——看各种东西。你的家乡——我查过了。你可以带我去看荒原。你知道吧，'呼啸山庄'那里？我们可以夏天去。细节我还在研究，不过也许我可以让妈妈送我去宿营，然后……"

吐司机里的吐司跳上来了。托比把吐司拿出来，检查了一番，然后就开始擦煳掉的部分，他擦了半天，都快把面包擦烂了。接着他便扔进一个盘子里。

"竹恩，对不起，真的对不起，但那是不可能的。"他拉开厨房的一个抽屉，把我的护照拿出来，递给我。我接过来，我们便走到客厅。托比从屁股口袋里掏出一包烟，抽出来一根，甚至都没问我要不要。

我把护照扔在我们俩中间的茶几上。我开始觉得有点儿恶心了，因为我花了好长时间琢磨这个计划。我把整个家都翻遍了，才找到放护照的地方，然后又费了好半天才找到钥匙。

"没有什么是不可能的。你说过……"

"城堡，竹恩，'呼啸山庄'？老天，我家在利兹郊区。"

"哦，好吧，我不知道，无所谓。你想带我看什么都行。去看看你们英国。"

"那会很搞笑的。"

"我不在乎啊。"

"竹恩，我不能随随便便就把你带出国去。芬恩永远也不会……你才多大？十四？十五？"托比以为我能有十五岁。我几乎要笑起来，可是又忍住了。"而且……"

"而且什么？"

"而且我要是走了，他们不会再让我回来的。我不能走。"他垂下眼睛，仿佛对自己很失望，接着他又说，"对不起，竹恩。我知道我向你保证过任何事都可以，可是……"

"所以呢？留在那儿有那么糟糕吗？"

托比缓慢地摇摇头，思索着。"对我来说？是的，有那么糟糕，会非常糟糕。而且夏天……呃……夏天还很久远。"

四月已经过半。再有两个月就要到夏天了，我差点儿就要跟托比争论起来，可是接着，我看了看他。他的黑眼圈很重。他吸烟的时候，脸颊都凹下去了。我突然明白了他的意思。

"可是芬恩想要……"

"你不知道芬恩想要什么。"他说。有那么一瞬，仿佛格雷塔就在那儿，化身成了托比在跟我说话。我背起书包就往外走，接着我又掉头回来。

"我知道，我知道。他想要我好好照顾你。"

托比把烟掐了，那天，他第一次露出了笑容。开始他笑得很浅，接着笑容便荡漾开来，直到最后他哈哈大笑。笑我，他在笑我。然后他便倒在芬恩的蓝椅子上，仿佛因为有什么事情太好笑，他都站不起来了。我脸红了，转身就走。我还没走到门口，又拉开书包的拉链，把《岁月之书》拿了出来。我把书打开，翻到那一页。

"你想笑就笑好了，可他的确是这么写的。就在这儿，白纸黑字。他说'照顾好托比'。这个证据够了吗？"

"竹恩，我不是笑你。"

突然，我的心里涌上来一股子刻薄，接着便脱口而出："他说你谁也没有，一个人也没有。"

托比并没有回避我的目光。他不再哈哈大笑，而是心照不宣，温柔地笑着。

"没错。"他说。接着他便起身走到窗台旁。他把手伸进一只很大的铁青色花瓶，从里面掏出来一张叠好的纸片。他把纸片慢慢展开，递给我。

那张纸皱巴巴的，很薄，仿佛已经被读了一百遍。

我最亲爱的爱人：

我想说的已经都说了，除了这个。最后一件事。请帮我照顾好竹恩。请答应我，把我唯一的小姑娘照顾得好好的。

我太爱你们了，我的心要碎了……

芬恩

我读了两遍，一个字一个字地看过去，我想象着芬恩的手颤抖着写下每一个潦草的字。我环顾四周。那两幅画还挂在那儿，我以前一直以为是我外公的手，后来才知道是托比的外公。还有芬恩用来放毛毯的那只古老的雕花木箱。通向卧室的房门重新关上了。那是私密的空间。我把字条又读了一遍，觉得摸不着头脑。

"过来。"托比说。

我使劲儿摇头。原来如此。我一直在托比身上寻找芬恩的影子，而他其实一直都在。托比为我做的每一件小事都来自芬恩。我感到一股暖流涌遍全身，从脚尖一直暖到头皮。我回想起葬礼那天，我第一次看见他的场景。当时，托比努力想要引起我的注意，他在用他笨拙的方式好好对待芬恩，就像我一直努力想做的一样。

"没事，一切都会好的。"

我知道不会好了，这是显而易见的。可是托比张开双臂，我直接走了进去。走进他的怀里，仿佛他是一个巨大的衣帽间，可以把我带到想去的任何地方。

"嘘，"他说，"嘘，没事。"然后我们俩便轻轻摇晃起来。我伏在托比的胸前哭了。正对着托比的心脏。"嘘。"他说了一遍又一遍，直到最后，感觉我们俩已经融为一体。

"看见了吗？"他说，"看见他有多爱你了吗？"

我依偎着托比，他的肋骨硌着我，好像通向远方的火车轨道。我依偎着他，仿佛我有能力把他留下。我抱着他，用我心目中芬恩可能会抱他的那种姿势。用尽一切，用我全部的爱。

接着我的哭声变成了笑声，我抽回身子，望着托比。

"怎么了？"他问。

"看看咱俩。咱俩肯定是全世界最不会照顾人的人了。"

托比也笑了。"我不知道，"他说，"我还以为我干得不错呢。"

我扬起眉毛。"上周咱们喝火山碗，都喝醉了。我可不确定那是芬恩想要的照顾。"

托比腼腆地笑了。接着他摆出一副严肃的样子，清了清嗓子。"竹恩，在你步入成年的过程中，可能会偶尔遇到一些超大号的、有异域风情但是实质上属于酒精的饮料。我觉得我有义务让你了解这些可能会导致灾难性后果的东西。"

我哈哈大笑，朝他胳膊上推了一把。

他严肃的表情不见了。"而且，"他说，"也挺好玩的，不是吗？"

我点点头。

我想，也许托比已经明白了。也许这就是芬恩对我们的希望，让彼此笑。也许芬恩只是想让他最爱的两个人在城里又唱又笑，跟跟跄跄地到处走，仿佛那是他们最快乐的时光。

回家的火车上，开头的大部分时间，我心里依然存着那种温暖的感觉，可是等车开到了霍索恩，有另一种东西开始悄悄爬进我的脑袋。那张字条有两个含义。第一个含义是好的，就是芬恩在乎。他足够爱我，以至于要确保托比会照顾我。但是另一方面，它也意味着托比花这么多时间跟我在一起，只是因为芬恩。因为芬恩请求他这么做，跟我本身并没有关系。格雷塔说得对。跟平时一样，她全都明白。

52

"全美通缉。"

封面上是这么写的。文字用了粗黑体，占了整个页面的宽度。下面就是我和格蕾塔。那幅画像。我们俩就在《新闻周刊》杂志封面的正中央。

这篇文章写的是那些丢失或者由私人收藏、无人知晓的艺术品，被藏起来的东西。显然，我们只排到第六位。意义更加重大的是安迪·沃霍尔的一幅画、十八世纪一幅关于独立战争期间一场重要战役的绘画作品、两件雕像，还有一面只有十二颗星的美国国旗，被认为比贝琪·罗斯①缝制的那一面还要早。然后就是我们。

我觉得文章里用的很可能就是之前《时报》上的那张照片，因

---

① Betsy Ross，美国裁缝师，也是美国独立战争期间的爱国志士。她设计并缝制了第一面美国国旗。

为画里没有纽扣。我的T恤是纯黑色的。

前十名下落不明的作品每一件都配了一张图片，下面又列举了另外五十件。惠特尼博物馆①的一个人说他正在筹备一个叫作"失而复得"的展览，要是他能设法搞到清单里足够多的作品，就可以推进了。

文章中，他说："我们知道这些作品，只是因为有人写过它们，或者它们曾经在某些时间点出现在照片或是影片里。我们将它们称为鬼魂作品，因为我们只有一张图片，却没有实际的作品本身。"

关于我们俩那幅画像的介绍部分跟《时报》上说的差不多。唯一的区别是他们采访了以前经常展出芬恩作品的画廊老板。他说芬恩·韦斯停止进行艺术创作，在他看来真是莫大的悲剧。我觉得这个说法夸张了点儿，不过能有人这样评价芬恩，我还是挺骄傲的。

是毕恩丝把那本杂志带到学校给我看的。一开始，我还想把它藏起来或者扔掉，可那毕竟是《新闻周刊》。全国有无数份。图书馆的公告栏里很可能已经贴上了。很可能已经有人给惠特尼的那个人打电话，告诉他们我们在这儿。

在文章的末尾，惠特尼的那个人说他觉得自己就像一名侦探。总是在寻找失踪的艺术。我翻回到封面，盯着画里的我和格雷塔。我想到那个正在找我们的人。他正在搜寻我们的踪迹。我意识到我们并不难找，不知道为什么，这让我害怕起来。想到他敲响我们家的门，我不禁打了个寒战。

妈妈从班上带回了那份《新闻周刊》。有两个人分别给她拿了

---

① 全称为惠特尼美国艺术博物馆，位于纽约曼哈顿，以美国现代艺术的收藏闻名。

一本。我们全家围坐在餐桌旁。爸爸、妈妈、格雷塔，还有我。那本杂志就放在桌子中央。那天晚上，我们没吃炖菜。相反，妈妈煮了两盒卡夫通心粉加奶酪。亮橘色的通心粉盛在我们的盘子里，没有人动。

"我决定给他打电话了。"妈妈说。

叉子从我手中滑落。有那么一瞬，画像仿佛就在我的眼前。涂成金色的头发。还有那个小小的黑色头骨。

我开始表示反对，但是格雷塔使劲儿在桌子底下踢我。她正好踢到了我的踝骨，我好不容易才克制住没有回敬她一拳。我瞥了她一眼，虽然她依然没有正眼看我，但我能看出来她已经有了主意。

"我们等得越久，"她说，"我们把它藏得越久，它就会越值钱。对不对？想想。即使他查到了那幅画在我们手里，我们也没必要主动去拿给他。对不对？"

爸妈相互对视了一下。我看出他们俩在琢磨对方的心思，想找出正确的方案。

"嗯，"爸爸说，"你说得确实有道理，但是拿出去或许也很好。说不定这就是芬恩所希望的。"

"不会的。"我说。格雷塔又踢了我一下，不过这次我没理她。"他不会希望那样的。他是为我们俩画的。"

"宝贝儿，艺术家的作品属于每一个人。从某种意义上而言。"

"可那是我的脸，我和格雷塔的。我们俩并不属于每一个人。芬恩是为我们俩画的，我拒绝把它拿出去。"

"先别激动，竹妮。"爸爸总是这样，从来不真正表态，总想当和事佬。

我瞄了一眼格雷塔，她往后靠在椅背上，胳膊抱在胸前。

"说不定他只是想看一眼，然后我们还可以拿回来。"妈妈说，"没人说要把它卖掉，或者哪怕是展出。咱们一步一步来。"

我又看了一眼格雷塔，直接盯着她的眼睛。我们俩都知道自己对画像做了什么。我无法想象妈妈会如何反应。也有可能，我能想象得出来。或许问题就出在这儿。桌子对面，爸妈也互相望着对方。妈妈扭头把手朝我们伸了过来。

"好了，你们俩，都……安静一点儿。事实是，我已经给他打过电话了。我今天下午跟他通电话的。"

"什么意思？"我说。

"他下周会过来看一眼。"

"可那是我们俩的。我们不想……"我望着格雷塔。

她微微一笑。一点儿一点儿，慢慢扬起了嘴角。有几秒钟，她就那么坐着，一句话也不说。接着她漫不经心地把头一甩，看着桌子对面。

"随便，"她说，"也许这样也好。就像你们说的。咱们先看看下一步会怎么样。"

我无话可说。我当时很可能张着嘴巴。

第二天一放学，我就去了银行。自从那天格雷塔洗劫了我衣柜里的东西，我就一直确保把我自己的那半边伊丽莎白时期的照片和《岁月之书》放在书包里。我去看画像时，那两样东西就在我的书包里。天气已经暖和起来，我把毛衣系在腰上，慢吞吞地在镇上走着。路上，我在贝内德蒂熟食店停了一下，买了一听Yoo-hoo和一包玉米片。

齐默尔先生那天没上班，于是我只好给柜台后面那个女人签了我的名字。我尽了最大的努力，我能看出来已经写得有进步了，可是那个年轻漂亮、打扮得一丝不苟的女人——我知道自己永远也不可能变成那样——还是盯着之前的表格和今天的签名来回比对了好几遍。接着，她把我打量了一番，又问了我的地址和电话，这才相信我真的是竹恩·艾尔布斯本人，让我下楼去了保险库。

这一回，把画像从保险箱里拿出来几乎成了一件痛苦的事。我期盼着我们俩头发上的金色和格雷塔手上的头骨能与画像融为一体。毕竟，托比画的纽扣似乎从来也没被人发现过。我心里虽然是这么希望的，但我知道事实并不会这样。你不可能在一幅画上涂上亮闪闪的金色，还指望没人注意到。我闭着眼睛，缓慢地取出画像。等我终于睁开眼睛时，才发现实际情况比我想象的还要糟糕。那团金色把屋子里所有的光线都吸引过来，一齐射回我的眼睛里。

此外，画里还多了点儿别的东西。格雷塔的嘴唇原先是自然的颜色，现在被涂成了鲜艳的红色。那种红就像小时候妈妈经常做给我们当午餐吃的坎贝西红柿汤的颜色。画里的格雷塔原先是一脸的扬扬得意，可是现在却仿佛皱着眉头，甚至都不只是皱眉头。她头发上的金色和红红的嘴唇加在一起，我得说，看着挺吓人的。

我凑近了，想看看格雷塔的笔触。我想仔细看看。我知道她肯定看见我在我们俩的头发上做的手脚了。这是当时最让我震惊的。在现实生活里，格雷塔极尽可能地躲着我。自从那天她把我的东西翻出来到现在，她几乎没再跟我说过话。可是在这里，我们俩简直像在对话一样。好像一种秘密语言。我们俩的这幅画像承载了彼此再没说出口的所有心思。

我把游乐场的半张照片拿出来，竖在画像旁边。我望着画像里的女孩，那个女孩仍然拥有芬恩，那个笨笨的女孩一直以为自己是唯一拥有他的人，而我已经几乎认不出她来了。我无法想象她会照顾任何人。接着，我又看了看那个全身伊丽莎白式装扮的女孩，同样是这个感觉。我觉得她们俩看上去都笨笨的，都是那种对任何人来说都毫无用处的姑娘。我很高兴自己当时没带镜子，因为我知道，要是带了，我会在镜子里看见同样的面孔。托比当然不会愿意跟我一起去英国。他干吗要跟我一起去？

我背靠着墙，滑下来坐到地上。

托比为什么要假装喜欢我？为什么有人要这么做？

内疚，这就是为什么。

不。他们刚得艾滋病的时候，根本没人知道这种病。这是事实。那托比为什么要感到内疚呢？

还有，他为什么从来没提过监狱的事？

我不知道。我不知道。我不知道。

他当然不会跟你一起去英国。你从来就没明白过，不是吗？你从来就不明白自己在别人心目中的位置。本，毕恩丝，芬恩，格雷塔。托比干吗要跟你费那么多工夫？还有那只愚蠢的茶壶盖……

我闭上眼睛，轻轻哼起了《安魂曲》中的《震怒之日》（*Dirs Irae*）。我把那句拉丁文歌词唱了一遍又一遍——Dies irae, dies illa, solvet saeclum in favilla[1]——直到过了一会儿，那种恐惧感消退了些。

我站在那间屋子里，又看了看画像，看了看我和格雷塔。我把手伸到书包的最底下，摸到了那罐金色的颜料。我想象着格雷塔也在这里，她正给画中的自己涂口红，而且知道我会看见，我突然

---

① 大意：那是天主的震怒之日，在这一日，尘寰将在烈火中融化。

希望她能听见我的声音。我需要她知道我在回应她的呼唤。因此，我不再试图掩盖什么，而是拿出那一小罐金色的颜料，把画笔蘸进去，然后非常小心地把格雷塔的每一片小小的指甲都涂成了金色。

53

站台上，我和托比并肩站着，在等单轨列车。我们正在布朗克斯动物园的"野性亚洲"展区，准备登上"孟加拉快线"——就在修道院博物馆旁边——这是不出纽约还能逃离纽约的最好办法了。

布朗克斯动物园还挺欢乐的。很大，到处都是树木和开阔的草坪，让你感觉一点儿也不像在城市里。他们是按照大洲划分的——非洲、亚洲、北美洲——每个展区都让人感觉身临其境。非洲展区到处尘土飞扬，几乎连一棵树也没有，卖冰淇淋的小棚子看着就像小小的草屋。亚洲则更郁郁葱葱，有竹子，有印度女神的雕像，还有中国风格的拱门。

我叫托比上午十点到我家来接我。那天是应该上学的，但我的计划是早点儿起床，然后跟妈妈说感觉自己患了跟爸爸和格雷塔一样的胃病。妈妈把绵软的手掌贴在我的额头上，只用了一秒钟，就认同我摸上去的确汗涔涔的。然后我便重新爬上床，一直等到其他人都走了，再穿好衣服坐在客厅的窗户旁边，望着。

跟平常一样，我让托比在工作日的上午十点来接我，他居然都没想到这有点儿不正常。他站在后门外面，穿着一件臃肿的灰色羊毛大衣，他看见我，似乎打心眼儿里高兴。

"都春天了。"我打量着他身上的大衣，说。

见我提起大衣，托比似乎有些尴尬，他朝院子里望了一眼。

"你知道，我来过这儿。"他说。

"真的吗？"

"那次送茶壶，那个邮递员是我，特别快递。"

我回想起那天的场景，仿佛已经是很久以前的事了，简直不敢相信才过去两个月而已。

"哦，对，"我说，"我知道是你。"

托比好像失了神，不过这时他又回过神来。他笑了。"我也觉得你知道。"

我对他说，轮到我带他去一个地方了。我开始想的是修道院博物馆，可我还没准备好把那里拱手奉献出来。于是我就选了动物园。托比说，要是我愿意，可以由我来开车。他把钥匙递了过来。

"我都不知道车怎么开。我没有驾照。"

"我会教你的。"托比点了一支烟，可是刚吸了一口就开始咳嗽。钥匙从他手里掉到地上，我捡了起来。我还没把钥匙递回去，托比已经溜进了副驾的座位。这完全出乎我的意料，但我又不想表现出害怕的样子，于是便拉开驾驶员侧的车门，坐了进去。接着我便看见了那只蓝精灵的手，芬恩粘在变速杆上的那只蓝精灵的小手，于是我想到了脱身之计。

"这是手动挡啊。我开不了……"我把钥匙放在仪表板上。

托比仍在咳嗽，不过他点了点头。他拿起钥匙，绕着车走到驾驶座这边。

　　我们把车停在布朗克斯河停车场，这就意味着我们是从北美展区进入的。北美展区最为贴近现实。大树、草坪，还有鹿、野牛和狼，感觉真好，就像某个超级浓缩版的全美野生动物集中地，仿佛所有被我们杀光了的动物又被领了回来。

　　"好了，"我说，"就跟那天在游乐场一样。我要带你看一个东西。不只是动物。来吧。"我回头看他。托比看上去好老，比我上次见他的时候更老了些，而且我看出他竭力让自己不要走得太慢。"快呀。"我假装没注意到，又说了一遍。

　　接着，托比突然铆足了劲儿，张开双臂，大笑着朝我冲过来。他穿着那件肥肥的灰大衣，看着就像某种疯狂的动物。我也哈哈大笑，跑到前面。我们一路赛跑穿过北美展区，穿过有鹿和狼的草地，穿过"飞鸟世界"和"黑暗世界"，直到过了一会儿，树林和阜地不见了，呈现在我们眼前的是灌木丛生、更有异域风情的亚洲展区。

　　"这边。"我一边说，一边指指一串台阶，那里插着一排颜色鲜艳的印度国旗。

　　托比靠在台阶的栏杆上。他好像咳得停不下来。他的背都弯了，像老头子一样。我心里突然涌起一阵小小的恐慌，因为我不知道该怎么办。我不知道应该怎样帮助有可能病得很重的人。我只是战战兢兢地拍了一下他的背。自始至终，托比在咳嗽的间歇还努力冲我笑笑，假装自己没事。等他终于喘过气来，我问他要不要喝点儿东西。

　　"不用，咱们走吧，"他说，"我没事。"

我们走下台阶。下去之后,我们经过一个围栏,那里面可以骑骆驼。那些骆驼的鞍下都披着华丽的毛毯,颜色就像肉桂、红辣椒和芥末。有两只骆驼正驮着小孩子走来走去,但是其余几只都无精打采地站着。

我指指小路远处的一个亭子。"这边,"我说,"向我保证,你会喜欢。"

他没有立刻回答,我还在等他像我那天在游乐场那样,说他保证不了。但他没有这么说。

"我向你保证,"他说,"即使我讨厌它,我也保证喜欢。"

我付了单轨列车的票钱,然后我们就站在站台的茅草屋顶下面等着。站台的另一端,有一群学校组织过来的小孩子,把身子挂在矮矮的木头栏杆上。等车停下了,我们等他们先挤上去,然后才选了列车另一端一节安静点儿的车厢。

单轨列车里的座位设置简直就像一座小型剧场:阶梯式的两排座位,不是对着车的前后方,而是都面向车厢一侧,并且是完全开放式的。一趟下来不过二十分钟左右,但是内通系统里的声音会让你感觉自己正在亚洲环游,而且,如果你不把目光投得太远,如果你只是盯着列车下方的树木和河水,你会相信自己真的到了亚洲。你可以认为那些黑色的麋真的是在中国南方的小山上,而那些大象也的确是在印度平原上漫步。

车开出去了。我们便立刻开始穿越浑浊的布朗克斯河,扬声器里传来一个女人的声音,说我们已经到了印度,正在渡过恒河。我看了一眼托比,发现他正笑着,我冲他点点头。

"别看太远的地方,"我说,"那样感觉就被破坏了。"格雷塔总是看得太远。每次都是她,指出一些地方,让你能从树的间隙里看见真实的布朗克斯。

返程跨越布朗克斯河的途中，扬声器里的女人说这是长江，说我们到了中国。现在，她正跟我们介绍羚羊、老虎，还有三种鹿。

"嘿。"托比说。

"嗯？"

"过来。"托比拍拍长椅上他旁边的空当，我立刻挪了过去。他用胳膊搂着我的肩膀，把我拉进怀里，于是我的脸便贴在他的大衣上。

"吸气。"

一开始，我不知道托比想干什么，不过我还是对着他的大衣缓缓地长吸了一口气，于是，奇迹般地，我闻到了芬恩的气息，完完全全就是芬恩身上的味道。不只是薰衣草和甜橙的香气，还有别的。须后水淡淡的柑橘味儿，还有咖啡豆和颜料的味道，还有那些我说不出名字的东西，但它们都是芬恩的一部分。我一动也不想动。我蜷在托比怀里，把头紧紧地埋进他的大衣。托比搂着我，把我搂得越来越紧，我感觉到他的肩膀在微微颤抖，是他在哭。我闭上眼睛，仿佛我正依偎在芬恩的怀里飞越长江。这位芬恩的胳膊紧紧地搂着我，比芬恩以前搂得还要紧。我想到了世界上所有的各种各样的爱。我都不用费什么力气，就能想出来十种。父母对孩子的爱、你对小狗的爱，或者是对巧克力冰淇淋的爱、对家的爱，或者对你最喜欢的书、对你的妹妹，或者是对你的舅舅。有这些种类的爱，也有另一种。那种迷恋的爱。夫妻之间、男女朋友之间，还有你对自己喜欢的电影演员。

可是，万一你最后选错种类了呢？万一你不小心迷恋上了某个不该迷恋的人，因此永远也不能告诉世界上的任何人呢？万一你

必须把那种爱踩在心底，以至于几乎把心都变成黑洞了呢？万一你拼命把它向下挤压，可是不论你压得多深，不论你多么盼望它会窒息而死，可它始终没死呢？相反，随着时间的推移，它似乎膨胀开来，长成了一个庞然大物，把你身体里的每一寸空隙都填满，直到占据你的全部。直到它就是你，你就是它。直到你不论看到什么、想到什么，都会想起那个人。那个你不应该以那种方式爱的人。万一那个人是你的舅舅，而你每天都把那个恶心的东西带在身上，想着至少没人知道，想着只要没人知道，一切就都还好呢？

单轨列车平稳地驶过一条弧线，驶出印度，来到了尼泊尔，我又对着大衣深深地吸了一口。我幻想着这一切都是真的；幻想着我正紧紧依偎在芬恩怀里；幻想着那种疼痛从我的身体里被拿了出来，变成了某种真实的东西；幻想着如果我睁开眼睛，芬恩就会出现在我面前，对我笑着。

托比的脸颊靠在我的头顶，他的一串眼泪从我的额头上流下来，流到我的脸上，流过我的眼睛，所以看上去肯定像是我在哭。他的泪水流过我的脸颊，流到我的嘴唇上。我不知道眼泪会不会传染艾滋病，不过我不在乎。那些事，我已经不在乎了。

接下来的行程，我们俩一直保持着这个姿势，我好奇托比的梦幻会不会也跟我的一样。我好奇他是不是也把我想象成了真正的爱人。

单轨列车驶回车站，我们俩都没动。我扭头朝车下望了一眼，顺便把脸在托比那件大衣粗糙的羊毛上蹭了两下。有一家四口的妈妈正瞪着我。我直直地迎着她的目光，我知道我们俩——我和托比——在旁人眼里是什么样。我知道我们俩看上去是多么不应该，但是我不在乎。我扯扯托比的袖子，我们俩都站起身，胳膊仍然紧紧地挽在一起。我心里想，没有人知道我们的故事，没有人知道我们的故事是多么悲伤。

我们走出亚洲展区，途经北美展区返回，我们又路过狼的区域。在那里，你永远也见不到一只狼。它们会躲起来，估计是想假装自己不在笼子里吧。它们很可能知道自己被关在围栏后面的时候，看上去跟普普通通的老狗没什么区别。我们靠在围栏上，站了一会儿，凝望着那一片缩小版的大平原。狼区的对面是一个仿造的图腾柱，大约只有一个人高。老鹰、熊还有狼脑袋上红蓝相间的涂料已经脱落。我停住了。

"怎么了？"托比问。

"把大衣给我。"

"不行，干吗？"

"请你给我，好不好？"

托比皱起了眉头。他的脸上露出恳求的表情，可我就这么站着，两手抄在屁股口袋里，过了片刻，他慢慢解开了大衣的纽扣。等到全部解开了，他便垂着头。我把大衣从他的肩膀上扯下来，搭在胳膊上。然后我走到图腾柱旁边，把大衣裹了上去，系上扣子，于是老鹰的脑袋正好露在上面。我退后两步，歪着头，眯起眼睛。

"完美。"我灿烂地笑了，可是当我扭头去看托比时，发现他仍然站在原地。我看见他身上什么也没有。他穿的是我们第一次在公寓见面时那件画着恐龙骨骼的T恤，胳膊上全是乌青的瘀痕。在四月温暖的阳光下，他站在那儿，看上去就像一只骨瘦如柴的动物。他低着头站在那儿，一句话也不说。

"它们会帮我们照看它的，对不对？"我指指狼的区域。

托比的两只大手在胳膊上来回搓着，仿佛怕自己散架似的。

"我只是觉得，也许我们应该尝试着——你知道——往前走了。"我说。

托比抬起眼睛。我之前看他的时候感觉他显得老了，可是现在脱了大衣，他似乎又年轻了些，缩得都没人形了。他竖起脑袋，一脸茫然地望着我。

"可是，咱们又能走到哪儿去呢？"

我不知道，在那一瞬，我感觉自己真是太蠢了，居然说出那样的话。我感觉自己仿佛背叛了芬恩。托比是忠贞的那个，他永远也不会离开芬恩的灵魂哪怕半步。而我呢，我的爱真俗套。往前走。简直老掉牙，真是太尴尬了。我感觉自己的脸红了。我盯着那件大衣。一分钟前，我还以为自己干得漂亮极了，可现在呢，似乎小孩子才会这么做。一个愚蠢的小屁孩，根本不知道真正的爱为何物。

我低下头，默不作声地把大衣纽扣解开，扔到胳膊上，又还给了托比，但是我没朝他看。

他重新把大衣套上，突然，我又感受到了真相。格雷塔当然是对的。根本就不存在"我们"。托比只是在做芬恩让他做的事。不多，也不少。

回到车里，托比把手伸到我这边，拉开储物箱。他把我的护照拿出来，放在仪表板上。

"别忘了把这个带走。"他说话时，把脸别了过去。

深蓝色的护照映在挡风玻璃上，看上去好像变成了两本，就像两个小小的提醒，让我想起自己那个愚蠢的计划。我把护照拿起来翻了翻。我看见托比把那张字条从我的照片上撕下来了，十一岁的我，脸上带着些许笑意，正眯着眼睛抬头望着我。真笨，真笨，真笨。我把护照扔到书包旁边的地上。然后又用脚尖把它踢到一边。

我扭头望着托比。"我知道你和芬恩是在监狱里认识的。"

有那么一瞬，他似乎有些不解，好像他没听清我的话。而事实是，监狱的事，我一点儿也不在乎。格雷塔以为这是她的撒手锏，而我的感觉就像《南太平洋》里的奈莉。奈莉不在乎埃米尔杀过人。这件事她立刻就可以原谅，仿佛它一点儿也不重要。让她无法释怀的是另一件事，是他压根儿就不知道自己曾经犯下的罪行。

托比的两只手握在一起，轻轻敲着方向盘。"你知道了，是吧？"

我点点头。

"你还留在这儿？"

我又点点头。

"你想知道我做了什么，对吧？"

我耸耸肩。

"没什么可害怕的。"

"好像我怕你似的。"我说。

托比看了我一眼。接着他便凝视着那排停着的车。等他再次回头望着我，脸上的表情变得很严肃。"如果我不告诉你，你就会胡思乱想，我可不想那样。"他似乎忧心忡忡。也可能是被逼无奈。他用手抱着脑袋。"唉，真是太蠢了。都是上辈子的事了。"

我没吭声。

"好，那就告诉你吧。我是皇家学院的学生，皇家音乐学院。当然，是靠奖学金上学的。我父母可是一分钱也没有，他们基本上假装没有我这个儿子。所以我有时候会在地铁站里卖艺，然后……然后有一天晚上……"他缓慢地吐了一口气，"下面是我想要告诉你的。这天晚上，是一个星期六，我在地铁站下面，很晚了。有一群喝醉酒的家伙，我没地方去，正在那儿弹吉他。我甚至都记得当时弹的是什么，因为是巴赫的一首赋格，你知道吗？"我点点头，尽管我觉得自己一首赋格都不知道。我沉浸在里面。有时候就是那样的。有的时候，我可以忘记自己身在何处，沉浸在演奏中，还会增加一些东西，玩音乐，这样就不会觉得冷了。可是就在这时，我的肋骨上突然挨了一脚。踢得很重。我往后一仰，手里还紧紧地抱着吉他，因为那把吉他是我外公的，就是我妈的爸爸，他是西班牙人，那把吉他就是我的全部家当。我知道我的身体可以愈合，但是那把吉他，没有任何东西能够替代。他们有四个人，都人高马大，喝得醉醺醺的，其中一个正在脱外套，另一个对着我的脑袋就是一拳，我能听见火车开过来了。我身上又重重地挨了一下，然后在拳打脚踢当中，我听见火车刺耳的刹车声。我印象中是这样的，就好像那辆火车在呼唤我。他们当中有一个人想把吉他从我手里夺走，这时我又听见火车的声音，于是就在那一瞬间，我使出浑身的力气，推了他，竹恩。我把那个人推下了铁轨。我甚至都不知道自己脚踝断了——我一点儿也没感觉到。我只是冲到站台边上，一边推一边大喊，然后他就掉下去了，正好摔到铁轨上，就在列车进站前的几秒钟。

"他有没有……"

托比摇摇头。"两条腿都断了。"他垂下目光，避开我的视线，"就这样。所以我才进了监狱。你可以自己决定还要不要再来看我。"

"可是这不怪你啊，"我说，"是他们先挑起来的。"

他耸耸肩。"后果很严重。"

"可是……可是他们偷走了你的青春年华。他们……"

他顿了很久。接着，他说："但是他们给了我芬恩。"

他说，或许这样也划得来，就好像要是再给他一次机会，他仍然会这么做；好像他宁愿付出一个人的双腿和自己多年的自由，假如这是唯一的途径。我心里想，这种想法是多么不对，多么可怕，然而与此同时，又是多么美好。

我以为故事到这里就结束了，然而托比又说了起来。我甚至感觉他已经不是在对着我讲，更像是他只想把自己和芬恩的故事说给这个世界听。他告诉我，他遇见芬恩的时候是二十三岁。芬恩当时三十岁，在伦敦攻读艺术学的硕士学位，课程的一部分是社区工作。芬恩选了这个叫"监狱里的艺术"的项目，也就是为囚犯开展艺术课程。

"就这样，这是他第一天来，我们在一间教室里。有我，还有一屋子真正的罪犯。芬恩站在前面。我能看出他在竭力保持镇定。他扫视了一圈，我无法将视线从他身上移开，我一直看着他的脸，看他紧张地咬着嘴角，还有他那完美而又瘦削的肩膀。我当时在想：'看我啊。我是这里唯一重要的人。'教室里乱起来了。有一个精瘦的伦敦东区小痞子——哦，对不起，竹恩。这家伙冲着芬恩喊'艺术是给同性恋的'，教室里一下子就安静了。每个人都等着看这位美术老师怎么收场。我看见芬恩的脸上扬起了一丝微笑——你知道他的笑容——他垂下眼睛，试图隐瞒，可是接着他又决定不这么做。他决定冒一次险。他直接盯着那个人的眼睛，说：'好，那你来对地方了。'整个屋子立刻就沸腾了——哦，整个屋子，除了那个人。大家都哈哈大笑，捶桌子，各种反应都有。当然，除了我。我静静地坐在那儿，这时，他便注意到了我。我望着他，试图用我的眼神向这个人、向这个陌生人诉说一切。他微微昂起头，动作小得几乎看不出来，我仍然盯着他。有几秒钟，世界仿佛都凝固了，仿佛屋子里只剩下我们两个人，于是我就抓住了机会。我必须得抓住机会。我用口型对他说'帮帮我'，我知道他很可能会尴尬地把头扭过去。但他没有，他一直在看我。就是这样开始的。我们给对方写信，他的课我一堂不落。他会和我擦肩而过，漫不经心地用手轻抚我的后背。或者，他会把一支铅笔掉到地上，然后飞快地过去捡起来，同时用手指碰一下我的脚踝。"托比闭上眼睛笑了，他仿佛回到了从前。"有一种被电击中的感觉，很危险。那些小小的触碰意味着一切，成了我人生的希望所在。依靠那一点点小小的触碰，你就可以建起整个世界。你知道吗？你能想象吗？"

托比的眼睛湿润了。我想说，我当然知道。关于小小的东西，我全都知道。比例问题。有的爱太大，无法盛在小小的木桶里。会以最让人尴尬的方式撒得满地都是。这些我都知道。我不想再听下去，可我又忍不住要听。那种痛苦几乎让人感觉很舒服。

"他救了我，你知道吗？他在英国待了很久，远远超出了签证允许的期限。他在等我。他已经很有名了。他卖一幅作品就能赚一大笔钱。他可以去任何地方，但是他一直在等。等我，我出狱的那一天……"

"我不想听这个。"

托比似乎有些尴尬，他举起双手抱歉地说："我懂。"

"你懂什么？"

"你对芬恩的感觉。对不起。没有什么敏感内容。我真是个浑蛋……"

"什么感觉？"

"竹恩……"

"不，告诉我你是怎么想的。因为我不愿意听你被关进牢里之后爱上了我舅舅，所以你就觉得我有感觉？"

"竹恩，没关系的。我们知道你的感受。"他关切地看着我，微微歪着脑袋，确保我明白他的意思。

突然，我的脑袋仿佛被砖头砸中了，我真的明白了。芬恩知道，托比也知道。他们俩都知道。芬恩当然会知道。我的心思，他都知道。

我什么都听不见了。我的脑袋里嗡嗡直响，仿佛地球上所有会叫的活物都钻了进去。我想变成蜡像，就地融化。我想擦掉身上每一个错误的细胞。在那一瞬，活着的感觉真是太糟糕了，我宁愿付出一切代价让生命终结。要不是我们在布朗克斯，我会直接跳下车，一路跑回家。

然而，我不得不坐在那儿，在托比旁边坐上整整四十五分钟。在这四十五分钟里，我始终盯着窗外，尽量把身子别过去，离他远远的。那四十五分钟漫长得好像千万年。四十五分钟的沉默，除了开到扬克斯北边时，托比伸出一只手，放在我的背上，说："你觉得我不知道错误的爱吗，竹恩？你觉得我不理解尴尬的爱吗？"

托比在我家隔壁的一个街区停了车。他把"要是你有任何需要……"的老一套又说了一遍。我用最快的速度下了车，等我回头再朝车里看时，发现我的护照还躺在地垫上，被我的靴子踩满了泥。我望着它，这个小本本里装着我所有的愚蠢，我真希望它能永远消失。

托比也下了车，走到我这边来。我强迫自己装作若无其事的样子，好像不是什么大事似的。我强迫自己堆上假笑望着他。我们计划下星期二再见。他说，他觉得自己那时候应该还能开车。我叫他把车停在大联盟超市的停车场，在超市后面，是个大斜坡，那里长满了树，旁边是亲善箱。这些话呆呆地从我的嘴巴里冒出来，没有任何意义。我说我三点半会到。托比点点头。我们是这么安排的。那天就这么结束了。

54

空气里飘着法式肉桂吐司的香味，妈妈在哼《迷人的夜晚》[①]，阳光透过窗户洒进房间，格雷塔音响的鼓点隔着我脑袋后面的那堵墙传进我的耳朵里。爸爸正在楼梯底下的衣帽间里噔噔噔地走来走去，窗外的树枝上还站着两只小山雀。星期六就这么开始了，我躺在睡了很多年的床上，躺在温暖的被窝里，笑着，因为我没有了托比，没有了秘密，只有温暖的家，只有平淡的生活，而这些让我感觉今天也许会是非常美好的一天。

那天晚上是《南太平洋》的第一场演出。首演。我们都有票，格雷塔已经提前告诉我们应该把她的花送到学校。她还说，通常学生之间会互赠一支康乃馨，父母们则会送玫瑰，有的甚至会送来一整束花。妈妈点点头，叫她不用操心。

"向我保证你会记得的，好吗？"格雷塔说。

---

① 《南太平洋》中的唱段 *Some Enchanted Evening*。

"宝贝儿，你会收到花的。你要平静下来，不要过于担心，否则等到演出开始的时候，你就会像崩溃了一样。"妈妈把一只手放在格雷塔的肩膀上，轻轻揉了揉。

我虽然没说出来，但事实是，她看上去已经像是崩溃了。她的皮肤干燥起皮，原本光滑柔亮的头发也变得粗糙起来。她甚至连指甲都懒得修剪。她的指甲参差不齐，像被她咬过一样。

妈妈伸手抚平格雷塔的头发。

"你会演得很棒的。我知道你肯定会的，坐下来，吃点儿早饭吧。竹妮，你也是。"

她把餐盘端了过来，浇了枫树糖浆的法式吐司堆得老高。妈妈擦完台面，洗了几个盘子，便动身进城去了，家里便只剩下我和格雷塔，自从她那天洗劫了我的衣柜到现在，这是我们俩第一次单独待在一起。格雷塔把她盘子里的大部分法式吐司都推到一边，然后把剩下的那一片切成小块。我们俩谁也没跟对方说话。我本可以坐在那里把早饭吃完，不说一句话，可是我看着格雷塔把吐司切成小得不能再小的小块，看着自己瘦小憔悴的姐姐，我想到今天对她是多么重要。

"那……你……紧张吗？"我说。

一开始，我以为她不会理我，可是接着，她的眉头皱了起来，又耸了耸肩膀。"我根本就不想演，"她说话时并没有看我，"我真希望我从来就没参加过试镜。我希望自己是群众演员，或者什么也不是。我希望我什么也不是。"

厨房的窗户开着，我能听见隔壁的肯尼·高达诺正在他家的车道上练习运球，传来"砰砰"的回音。

"你会演得很出色的。"

她将叉子的背面使劲儿压在一片吐司上。"也许我并不想出色，也许我想当个普通人，各方面都普普通通。也许我想像你一样。"

"相信我，你不会想要这样的。"

"不，竹恩，你相信我。你知道出色意味着什么吗？意味着你有一年的人生会被偷走。你会失去整整一年的人生。你知道，我想把我的那一年要回来。我想上二年级。我才十六岁。可是现在……现在我就要永远离开家了吗？这看着公平吗？你知道，我以前很喜欢《南太平洋》。它就像我生命里一个小小的角落，在那里，我可以游荡，可以歌唱，而不会有压力。可是接下来，你就发现它变成了这个千载难逢的机会。为什么对我来说，所有的事都是这样的？我的整个人生都在听妈妈的话。机会，可能。我也不想忘恩负义。我不想错过，可是有时候，我躺在床上，看看四周，我不敢相信自己已经不能再继续做小孩子了。那这个机会呢？有第二次吗？"她的声音已经变得颤抖，仿佛要哭起来。她把手伸进牛仔裤的口袋，掏出来一瓶那种特别小的伏特加。她甚至都没想在我面前遮掩，直接拧开瓶盖，朝她的橙汁里倒了半瓶。她把加了伏特加的橙汁喝掉半杯，然后凑到我跟前说："我不会去演《安妮》的，竹恩。我不在乎我得付出什么代价。我不会去的。"

"我帮你。咱们一起想办法。跟妈妈说你改变主意了之类的。"

格雷塔把果汁喝完，哈哈大笑。"嗯。对，随便吧。那……你来吗？"她问，"今晚？"

"我当然来啊。我有票。"

"不是演出，是演出之后，剧组的派对。"她刚才的一番话，伏特加，还有她现在煞有介事地邀请我参加剧组派对的样子，这一切混杂在一起，让我愣住了。我坐在那儿，呆呆地望着她。

"你开玩笑吧？"

"没，没啊，我没开玩笑，我问你呢。"

"你在林子里偷窥我，你偷袭我的衣柜，把我所有的秘密全毁了——都是无法替代的东西。然后你又坐在这儿，好像我真的会考虑要不要再跟你去参加派对似的。我想说的是，关于你天赋过人这件事，我为你感到难过，但是……"

"但是本……你知道，也许……"

"本跟蒂娜·亚伍德走了。你自己说的，记得吗？"

"哦，"她似乎突然悲伤起来，"对。"

"我又不是剧组成员，也不是技术人员，而且……"我停住了。我有必要解释吗？

有几秒钟，格雷塔一句话也没说。她轻轻地把叉子放在盘子边上。"你还在跟他见面吗？"她问。

"谁？"

"你知道我说的是谁。"

"我干吗什么都得告诉你？你坐在那儿……你坐在那儿，好像我们是最好的朋友似的，又是请我去参加派对，又是管我的闲事。行了，我已经受够了，结束了。"我把椅子掉了个方向，不再面对着格雷塔。楼上，爸爸正洪亮地唱着《年少胜春日》①。

"四个字，竹恩。莱恩·怀特。行吗？"

"行，随便，格雷塔。"

"你想想。"

我又回头对着格雷塔。"莱恩·怀特怎么了？"

---

① 《南太平洋》中的唱段 *Younger Than Springtime*。

我只知道莱恩·怀特是中西部某个地方的一个小孩，因为输血染上了艾滋病。

"有人对着他家的房子开了一枪。人们把订的报纸都取消了，因为不愿意让他送到家里来。报纸啊，竹恩。他们认为通过报纸都能染上艾滋病。"

"那又怎么样？我不怕。托比谁也没有，行吗？而且对我来说——不像对某些人——这一点其实很重要。所以你就别管我了。要是你这么讨厌我，要是你这么讨厌托比，你上次可以让我们倒霉的时候，为什么没抓住机会？"我几乎对格雷塔嚷嚷起来，可是与此同时，我又为她感到难过。这个人再也不是大姐姐了。吃早饭的时候喝伏特加？

格雷塔什么也没说。她把最后一口橙汁喝光，然后把杯子放在盘子上，准备起身。她像那样站了几秒，然后把盘子放回到桌子上，又坐了下来。她的眼圈红了。她的手伸了过来，握住我的手。她用食指把我的每一颗指甲都揉了一遍，然后敲敲她自己的指甲，笑了。"我喜欢那个金色。"她小声说。

一开始，我没听懂，可是接着我便明白了，在餐桌旁边听她提起我们俩对画像做的手脚，感觉怪怪的，就像爆炸新闻。我冲她微微一笑算作回应，过了一会儿，我小声说："我很开心。"就在那时，就在那个瞬间，我感到秘密世界和真实世界之间的围墙开始倒塌。我感觉画像里的女孩儿变成了我们，我们变成了她们，感到泪水涌了上来。我使劲儿点头。"我真的非常非常高兴。"

我们俩静静地坐在那儿。肯尼的篮球声继续传来，我真想过去把球从他手里抢走，然后一把从高达诺家的雪松树篱上方扔过去。

"我不应该偷袭你的衣柜。"

"你干吗非得把所有东西都倒出来？你可以就……"

"我知道。"

我看了一眼格雷塔的盘子，所有的法式吐司依然在里面。"你得吃点儿东西。"

她耸耸肩。"那……你会来吗？今晚？剧组的派对？咱们俩聊聊，好吗？你是唯一……"

我们望着对方。好像我刚才说的话，她一个字也没听见。

"你现在为什么不能跟我聊？"

她摇摇头。

"老地方。"她说。她望着我，良久都没有移开视线，确保我明白她说的是树林里。"答应我，竹恩。"

"不行。"

"答应我。"她又说了一遍，这一回，她使劲儿捏了捏我的手，都把我捏疼了。她握得很紧，仿佛那是唯一能够避免她摔倒的救命稻草。"答应了？"

一直到我微微点了点头，她才罢休。"好吧，我答应你。"我轻声说。

格雷塔起身走了。她一直走到门厅，然后又转过身来。她并没有看我。

"托比，他谁也没有，对吧？对吗，竹恩？那……你觉得我有谁？"

接着，我还没来得及说话，她已经走了。

爸爸进厨房时，一侧的肩膀上搭着高尔夫球包。当时大约是十点半，早餐过后一个小时。我在洗盘子，因为我跟妈妈说了我会洗。爸爸冲我咧嘴一笑，把球包靠在冰箱上。"我搞定了，竹恩宝宝。今年我终于搞定了。"

"什么？"我问。

"还有两个星期就到母亲节了。咱们一起去Gasho吃香槟早午餐。已经订好了。"

"干得漂亮，老爸。"我说。我都把母亲节给忘了。平时我很擅长这种事的。以前，我和格雷塔经常会去后院采来鲜花，还会试着做炒鸡蛋。

"她今年过得不容易。咱们给她好好庆祝一下，好吗？"

"好，好主意。"或许这的确是个好主意。或许，要是我努力用从前看待妈妈的眼光去看她——勤奋，聪明，善良——我就可以忘记自己知道的事。

"格雷塔，"他喊，"咱们走吧。"内博维茨先生要求所有的剧组成员和技术人员中午就到学校，爸爸说他去打高尔夫的路上可以顺便送她。两分钟后，她拎了一大包演出要用的东西下楼来了。

"回见。"他们出门时，她对我说。

他们走后，家里只剩下我一个人，虽然母亲节还有两个星期，但我还是上楼回房间开始给妈妈做贺卡，就像我以前一样，用卡纸、记号笔、彩色铅笔，还有小小的亮片。就在那时，几乎无法相信还有另外一个我，她喝火山碗，抽烟，还照顾曾经是陌生人的人。

大约半个小时后，妈妈来敲我的房门。

"宝贝儿？"

"嗯？"

"出来一下。"

我把做卡片用的东西藏到几本书下面，然后把头探出门外。

"怎么啦？"

"你可以跟我一起去镇子上。"

"为什么？"

"我们得去趟银行。把你的保险箱钥匙带上。"

我当时一定是满脸惊慌，因为妈妈笑了，她说："别担心，我们不是要把它卖掉什么的。惠特尼的那个人星期四晚上要过来看。我中途没时间去银行拿。"

"我现在有点儿忙。"

"竹恩。"

"我现在有事，在做一个项目。"

"把钥匙拿上，换衣服，行吗？"

我刚要关门，又把头伸了出去。"我可以帮你去拿。星期一。"我对着她的背影喊。我不知道我星期一会怎么办，但是至少能争取一点儿时间。

"竹恩，别这样，没什么可担心的。十五分钟后我在楼下等你，就这么定了。"

我磨磨蹭蹭地穿好衣服，试图想一个办法出来。我想，要是格雷塔在，她肯定知道该怎么办，不过或许她也不知道，或许这回连她也救不了我们了。

厨房里，妈妈正在翻她包里的文件。

"车门开着呢。你带钥匙了吧？老实说，要是你有意把钥匙留在家里，我也不会觉得奇怪。"

我点点头。

"那……拿给我看。"

"妈……"

"对不起，竹恩，可是你今天上午的表现让我很难对你产生信任。"

"呃……说不定我也觉得很难信任你。"我说。

"竹恩，我不知道你到底在想什么，但是我要看见那把钥匙。"

我把手伸进口袋，把钥匙掏了出来。我的确想过把钥匙留在房间里，可是这种做法也太低级了。我把钥匙举起来，妈妈看着我把它放回口袋。

"好，"她说，"走吧，出门。"

"我估计银行星期六根本就不开门吧，开吗？"

"当然开门。星期六开到一点，至少已经有一年了。行了，上车吧。我们已经晚了。"

妈妈一边单手把车从车道倒出来，一边将另一只手搭在眼睛上方遮住太阳。那天挺暖和的，有可能是今年以来最热的一天，车里闷得很。我的视线始终停留在面包车仪表盘正中央的电子钟上——12：17。

这是我乘车到镇子上速度最快的一次。每个灯都是绿的，而且路上几乎没什么车。

"竹恩，给，帮我把这些寄了。"妈妈把车开到邮局前面的一个停车点，递给我一沓信封。"邮票已经都贴好了，除了这个重的。"她递给我一美元，叫我先去找工作人员称一下，然后再一起投进邮筒。

我瞄了一眼时钟——12：29。

"动作快点儿。"

"哦，好的。"说完，我便跳下车。我假装用最快的速度冲进邮局，但是我刚一进去，立刻便放慢了脚步。我溜到门后，站在那里等了一下，然后又重新溜出门，去了隔壁的药店。

如果你戴着手表，时间就像一个游泳池，有明确的边界。要是没戴手表，时间就像汪洋大海，浩瀚无边。我没戴手表。于是我不得不估算自己已经在摆放减充血药的货架旁边站了多久。等我感觉过了差不多十分钟，便溜回邮局，排到队伍的最后面。这样对待妈妈，让她在外面等着，越等越气，这种感觉并不太好，可我认为这是唯一的机会。要是我能拖延到一点钟之后……

等我终于出来了，妈妈却不在车里。车门没锁，于是我便钻进去等着。时钟显示是12：42。没有我希望的那么晚，于是我便琢磨着要不要重新下车。可是这时，妈妈大步向我走了过来。面包车停的方位正好让太阳直射在挡风玻璃上，我不得不眯起眼睛才看见她。她从街的斜对面往这边走，胳膊抱在胸前，整个身子都很僵硬。她上了车，一个字也没跟我说。

我们把车停在银行后面。时钟显示是12：49。

我以前经常会想，要是我能有一次穿越时空的机会，那我会回到中世纪。后来我又觉得自己会穿越到芬恩遇见托比的那一天，这样我就可以救下芬恩的生命。现在，我觉得我会回到1987年4月25日星期六的12：49。我会回到我和妈妈站在银行停车场里的那个瞬间。然后我就会跑掉，或者晕倒，或者从口袋里抓起钥匙就扔进茂密的杂草丛里。我会想尽一切办法阻止我们走进银行。然而，时光无法倒流，所以我不知道接下来会发生什么，我没有逃跑，而是默不作声地走到银行门口，走了进去。

齐默尔先生在，他直接带我们去了楼下。

"丹尼斯怎么样？"妈妈问。

"还好，"他说，"最近痴迷音乐。"

"竹恩，你可以找时间邀请丹尼斯到我们家来玩，好吗？"

"好吧。"我这么回答，只是因为他爸爸就站在我面前。

齐默尔先生打开二号房间，把保险箱拿下来放在地上。

"好嘞，"说完，他看了一眼手表，"我们……呃……我们马上就要关门了，所以……"

"看来我们只能下周再来了。"我说，我的声音很可能有些得意过头。

妈妈严厉地扫了我一眼。

"反正我们要把它带走，戴维。所以我估计我们就不在这儿看了。"

妈妈抱起箱子就往外走。

"恐怕我们不能让你连箱子一起拿走，你只能拿那幅画。"

"哦。"妈妈说，接着，我看见她望了齐默尔先生一眼，那眼神和芬恩一模一样。他一开始试图让我同意他画像的时候，就是那副悲伤的表情。她微微笑了一下，我看出齐默尔先生改了主意，就在我们面前。

"嗨，搞什么呢，"他说，"咱们都认识这么多年了。"

"谢谢，戴维。只是，"她压低了声音，"呃……这幅画挺值钱的。"

"当然，"他说，"等你用完了就拿回来。"

于是我们把画像放在后座，开车回了家，那一整天，我始终期盼着会有奇迹发生。我幻想着不知怎么回事，那幅画像突然把我们后来加上去的东西全都吞没了。我盯着刺眼的阳光，在心里拜访了芬恩的幽灵，直到眼前的黑点久久不愿消失，我心里想，要是真的有一个幽灵芬恩，他会像一缕空气那样溜进那个箱子，把我们所做的一切擦得一干二净。我隔着树与树之间的空隙，望着门前院子外面的路人。我朝汽车底下看看，又抬头看看明亮的蓝天，仿佛那里会有所有问题的答案，可是那里什么也没有，只有阴影和光亮。阴影和光亮，始终如此。

我们一到家，我就直接回了房间。我关上房门，把《安魂曲》的音量开得很大，等待着接下来将要发生的事。自从那天在火车上，妈妈告诉我是她把《安魂曲》介绍给芬恩之后，再放这首曲子就会感觉怪怪的，仿佛它是芬恩和妈妈之间的某种对话，仿佛芬恩想要表达自己仍然记得他们俩之间曾经有过的一切。从那之后，我就很讨厌放这首曲子。我不喜欢像那样被利用。但是我忍不住。我渴望着再听上一遍，于是那天下午，我认输了。我拿出给妈妈做的卡片。我已经画好了蝴蝶的轮廓，给每一只都涂上了颜色，还仔仔细细地在它们翅膀上正确的位置撒上了小亮片。我打开彩色铅笔的盒子，拿出来三种深浅不一的蓝色。接着我便开始疯狂地给天空涂色。我涂得很用力，我以为可能会把卡纸都涂出洞来。有那么一瞬，我相信，即使时光不能倒流，做些小孩子的玩意儿或许也能让时间过得慢一点儿。让它暂时停住，让一切安好。

55

打雷了。雷声从远远的某个地方传来。我睡着了，等我醒来时，耳边便传来了雷声。除此之外，家里一片寂静。我的闹钟显示是四点半。我向窗外看了一眼，发现天色已经暗了，两辆车都停在车道上。我得核实一下，因为白天睡觉就是这样，醒来的时候会感觉不知道自己身在何处。

我在屋子里蹑手蹑脚，接着便出了房门，走到楼梯顶端。我在那儿站了一会儿，盼着自己能听出来爸妈是不是已经看见那幅画像了。要是他们看见了，是不是应该已经把我叫起来了？一把将我从被窝里拖出来？

我踮着脚尖走下楼梯，仔细听着，电视没开，收音机也没响，也没有割草机或是料理机的声音，连翻书的声音也没有。当我踏上楼梯底层的地板时，又停了一下，连气也不敢出，想判断出爸妈在哪儿，想要瞄一眼保险箱，可我什么也没看见。

我把头伸进厨房，里面空无一人，接着我又来到客厅。

在这儿呢，那幅画像，已经从盒子里拿出来了，立在壁炉架上。还是不见爸妈的人影，这就有些奇怪了。屋子里空荡荡的，只有我和画像。奇迹没有发生，我和格雷塔添上去的东西还在。我们俩的头发闪着金光，好像童话故事里的女孩，洞悉一切的女孩。格雷塔的嘴唇更红了，比我印象中的还要翘。她手上的头骨更明显了，而她的指甲就像某种神话故事里猫咪的爪子。连那些之前几乎看不出来的纽扣，现在也变得醒目了。在芬恩原作的映衬下，显得又黑又亮。所有我们这些笨拙的笔触几乎把芬恩都掩盖了。

接着，楼梯上传来了脚步声。很轻，穿着拖鞋。是妈妈。我坐在沙发上，面朝着画像，等待着。我听见她走进厨房，打开冰箱。我听见一个柜子被打开，一只玻璃杯被拿出来放在台面上。她倒了一杯饮料。我又听见了雷声，仍旧低沉，似乎离我们很遥远。接着是轻轻的脚步声，是妈妈朝客厅走过来，直到我看见她在门厅里的影子。她穿着睡袍，它是雪白的毛巾布做的。

"我知道。"她还没说话，我先开口了。

她走到餐具柜旁边，把手里的杯子放下了。她连杯垫都没用。"竹恩，我不确定你是不是真的知道。我甚至已经不确定你是不是真的懂得最基本的大是大非。"她紧了紧睡袍的腰带，慢慢地走到画像跟前。她的视线掠过我们俩闪闪发光的发丝，然后在格雷塔的脸上停留了片刻。"你这种孩子气的行为会导致这幅画的价值至少损失五十万，是五十万，但是比这更严重的、让我和你爸爸感到最难过的，是你好像故意使坏，在你姐姐身上乱画了一通。"

"你怎么知道都是我干的？为什么总是怪我一个人？"

妈妈愤怒地呼出一口气，摇摇头。"格雷塔为了这部戏忙成那样，你真的觉得我会相信她有时间并且愿意花她的时间去银行，糟蹋一件贵重的艺术品吗？这就是你和格雷塔的区别。她有更好的事做。她参加俱乐部，参加各种活动。她有朋友，而你呢？整天待在房间里，萎靡不振……"

"我以为芬恩也许会喜欢。"

这时，妈妈脸上的愤怒消失了。她的眉头拧了起来，她似乎很害怕，好像要哭出来似的。"竹妮，你这是怎么了？嗯？"

"没怎么。"我说。

"这是你舅舅给你和你姐姐画的。这是他的最后一幅画。你读没读过那些文章？《时报》，还有《新闻周刊》里的？你明白芬恩是谁吗？你一个十四岁的小姑娘，就这么跑过来，以为自己能给他的作品锦上添花？"

厨房的门开了，然后又被"砰"地关上。爸爸进了客厅，穿着破了的运动裤，头上戴着园丁帽，两只手上都是泥，和身体保持着距离。他看看妈妈，又看看我，然后举起双手。"我去洗一下，马上就下来。"

"你看见了吗？看看你爸爸。他又要加班，又要打高尔夫，周末还能有时间料理花花草草。再看看格雷塔，还有我。我们都有办法不让自己闲着。从现在开始，你的时间都会被提前安排好。我要给你报一个课外班，工作日每天都要去，我会检查你去没去的。我们之前让你参与得不够。你一个人闲着的时间太多了，太多的时间被用在毫无意义的事情上。我现在看出来了。"

关于不让自己闲着，关于用那些愚蠢的俱乐部、体育活动，以及那些会突然莫名其妙唱起来的音乐剧把生命填满，我可以说很多。可是我没有，我当然一句话也没说。

妈妈接着说："还有一点，你被禁足了。除了有人监管的活动，其他任何活动一律禁止，直到我们能看见你有所进步为止。"

这一条可能造成的影响迅速在我的脑海里闪过。我第一个想到的就是托比。然后，过了几秒钟，又想到了格雷塔。

"我跟格雷塔说了我会去参加剧组的派对。"

"你今晚什么派对也别想参加，明白了吗？"妈妈举起双手，"你好像真的不明白自己闯了多大的祸。"

"可是我答应她了……"

爸爸进来了。他已经换上了干净的衣服。"你不去，她也不会有事的。"他说。

"你没有意识到的是，你伤害最深的人是你自己。那个人，惠特尼博物馆的那个人，他说要是这幅画检查没问题，他愿意给我们一万美元，把它加到一个展览里。你知道我们打算用这笔钱做什么吗？你知道吗？"

我摇摇头。

"我们原本想的是可以出去玩一趟，全家一起，去欧洲，英国，可能还有爱尔兰。我们知道这一年你过得不容易，我们心想，'你知道的，竹恩会很开心的。竹恩一定很想看看城堡，还有所有那种类型的地方。'好了，这下你明白了吧。你坐在那儿好好想想。"

我无法再面对爸爸或者妈妈。我凝视着浅蓝色的地毯，注意到平整松软的纱线组成的花纹。

"现在这只会成为一个笑柄。那人肯定会觉得我们家人都是神经病。"

爸爸把手放在我的肩上。"竹恩，你看，如果这是你的一种呼救，那我们听到了，好吗？我们清清楚楚地听到了。"

我坐在那里，听着一长串对我的数落。我听见五十万这个数字被重复了几遍，而作为一件并非最重要的事，这样的待遇似乎表明它基本上等于最重要了。

过了一会儿，爸爸抬起手，说："好了，行了，上楼去准备一下吧。"

他们决定我仍然应该去看演出。他们说，如果不能全家人一起到场为格雷塔加油，是对她的不公平。

我关上房门，坐在乱糟糟的床边，竖起耳朵听楼下爸妈的争吵。可我还是没听清楚他们说的是什么。不过，我依然能听见轰隆隆的雷声，在那个昏暗的星期六下午，从天边某个遥远的地方传来。

56

　　跟往年一样，演出的票全部售罄。今年，内博维茨先生特意告诉剧组成员，说他邀请了几个城里的演员朋友过来看。他不肯说具体都是什么人，但是说他们有可能会被认出来，还说要是真的有人在镇上或者演出现场把他们认出来了，那么请尤其注意不要去骚扰人家。这些人有可能就是来看格雷塔的。这些人将决定她是否足够优秀，能进入百老汇。

　　去学校的路上，我坐在车的后排，我们谁都没说话。到了之后，我看见草坪的灯上都被蒙了彩色的玻璃纸，把草都照成了红色、橙色、黄色。我们进去时，妈妈向我投来一个警告的眼神，然后我便看见她切换回了正常状态，跟其他的妈妈聊天，说她多么为格雷塔感到骄傲。

　　我试图溜走，因为我心里想，要是能找到格雷塔，至少我可以把画像的事告诉她，让她知道我去不了派对了，也许这样她就不会再次上演把自己埋起来的戏码。她就会知道她得自己照顾自己，因为没人会去林子里找她。

爸爸和我靠墙站着，不远处，家长教师联合会的人在卖杯装的鲜红色的潘趣酒，还有自家烤的布朗尼和纸杯蛋糕。我转身想往大厅里面走，但是爸爸摁住了我的肩膀。

"恐怕不行，你妈妈下了死命令，你得待在我旁边。"

"我在这儿还能做什么错事？"

"我不知道，但是今晚是格雷塔的大日子，我们不会冒任何风险的。"他说。接着，他非常失望地看了我一眼，我感觉他看我的眼神从来没这么失望过，他说："竹恩，你伤害了我们的信任。"

"我知道。"我对他说。

我在大厅里来回扫视，希望能找到谁帮我捎个口信，可是那里只有家长和小孩子，根本帮不上忙。这时，头顶的灯忽明忽暗地闪了几下，我们便一齐涌进礼堂里。她一个人不会有事的。或许这话是对的。她必须得好好的。

乐池里有专业的乐团现场伴奏，灯光暗去，他们便开始演奏序曲。序曲是整场演出最无聊的部分，是所有演出最无聊的部分。我甚至觉得没人知道它为什么会有存在的必要。我被爸妈夹在中间，环顾四周，想看看是不是真的来了什么知名演员。我注意到有一个人看着有点儿像丹尼·德维托，可是接着我又意识到他只不过是凯丽·汉拉汉的爸爸。

演出对我来说已经没什么新鲜感了，因为我已经看过很多遍。对我来说，主要的乐趣在于试着寻找错误的地方。我唯一的发现是加里·贾斯珀，就是扮演卢瑟·比利斯的那个学生，在一句台词的中途有一点点笑场。不过这也不是什么惊人的大事，因为加里·贾斯珀不但是他们班的小丑，还是全校闻名的小丑，也正因如此，才让他演这个角色。

格雷塔上台来了，爸爸把手伸过来，在我的手上捏了两下，好像要不是他提醒我，我都注意不到似的。她看上去特别棒，从头到脚都装扮上了，完全进入了角色。爸妈都面带微笑，他们看上去是那么骄傲，我自己都想不起来上一次他们因为我做的某件事而流露出那种表情是什么时候了。在加里·贾斯珀带领的一群邋里邋遢的水手演唱那段《血腥玛丽》时，格雷塔得在舞台上大摇大摆地走来走去，他们会对她说她皮肤的颜色就像棒球手套，还说她不用牙膏，但她是他们心爱的姑娘。这首歌本来就不算特别好听，而且学校还要求内博维茨先生把合唱歌词里的那个"该死"（damn）删掉，于是他们现在唱的是ain't that too darn bad，听起来效果可差了不止一星半点儿。

直到格雷塔演唱《巴厘岛》（*Bali Ha'i*）时，我才开始感觉有点儿不对劲。那首歌有一种如梦如幻的感觉。血腥玛丽在试图引导盖博中尉幻想这座沁人心脾的岛屿，所以一开始我以为格雷塔晃来晃去是因为人戏。可是接下来，我望着她，听她唱那段关于一个你永远都不会感到孤独的地方。开头说的是一个地方，可是最后你会逐渐意识到血腥玛丽说的是她自己。她就是那座岛屿。她就是那个漂在遥远的海上，等待着被发现的人。

她似乎在思索着自己口中唱出来的歌词。她放慢了速度，于是乐团跟她有点儿不同步了。乐手们试图跟上她，而我感觉——我不知道自己的感觉是否正确——但是我感觉她似乎在观众席里找我。有那么两秒钟，她唱的时候，我感觉她就是在唱给我听。

还有，我能看出来她喝醉了。就在台上，在所有人面前。

我瞟了一眼爸妈，但他们似乎什么也没注意到。没有人注意到。血腥玛丽是个不同寻常的角色，所以我猜测人们都以为那只是格雷塔扮演她的方式，就像一位喝醉酒的老太太。

中场休息过后，我看着格雷塔一边唱《快乐对话》（*Happy Talk*），一边把手指打得嘎嘎响，就好像她的手在闲聊，可爱极了。我感觉到自己生气了，感觉浑身都绷紧了。我低下头，发现自己的手握成了拳头。格雷塔以为她可以想怎么样就怎么样，随随便便就喝醉酒，而我却要把她背回家去。她毁了我所有和芬恩有关的东西，让我一次又一次地出丑，她做了这么多事，居然还以为自己可以依赖我。好吧，她不可以。这一回她该明白了。我不会去救她的，就这么定了。

临走时，我在前厅看见了本，他穿着一身黑的后台工作服，正在家长教师联合会的小吃摊前买一杯夏威夷潘趣酒。

"嘿。"从他旁边经过时，我说。

"噢，嘿，竹恩。"他笑了，"你去丽兹家吗？"

"丽兹家？"

"你知道吧，剧组派对，你会去吧？"

爸妈在我身后，正在跟法莱夫妇聊天，但是爸爸肯定已经准备走了，因为他拍拍我的肩膀，冲门口点了一下头，我也点点头。接着，我回头小声对本说："派对不是在林子里吗？"

"每次剧组派对都在丽兹家。你见过他们家的房子吗？"

我摇摇头。

"是那座很酷的现代建筑，窗户特别大。你知道吧，就是伍德罗恩法院路北边的其中一座。"他指指窗户，连学校里结实的窗玻璃都被风吹得摇摇晃晃，"再说了，你看看这天气，谁愿意去林子里呀？"

"嗯。对。我……"

"那你去吗？"

我摇摇头。"我去不了。"我翻了个白眼儿，朝爸妈瞄了一下。

"啊，原来如此。"他笑得更灿烂了，"那我可以借你的靴子咯，对吧？"

我刚想跟他说没门儿，可是接着我才反应过来他是开玩笑的。"哈哈。"我也笑了。

我被爸妈一左一右夹在中间从学校出来，满脑子都想着格雷塔。她真的会一个人去林子里吗？去等我？或者，也可能根本就不是这样。也可能又是一场恶作剧罢了。或许她只是想把我一个人打发到林子里，玩一场愚蠢的夜间追捕游戏。可是，不对。我不觉得她会这么做。有了今天早上的对话，我觉得她不会这样。我看看学校，又看看爸妈，接着转身就跑。

"我马上就回来。"我扭头冲他们喊。

我跌跌撞撞地跑上台阶，穿过一道道门，一直冲到本跟前，在他背上拍了一下。他手里鲜红的潘趣酒从纸杯边缘洒了一点儿出来，滴在地板上。

"嘿。"他说。

"对不起，对不起。是这样的——我需要你去帮我告诉格雷塔，我今晚参加不了派对了，行吗？拜托。这很重要。"

"嘿，别急。"他一边说，一边伸手按在我的肩膀上，"我要是能帮肯定会帮你，但是大幕一关格雷塔就走了。她连戏服都没换。她直接就从排练室的门出去，抄小路往林子里走了。"

我浑身都瘫了下来。"哦。"我说。

"要是我看见她……"本开始说。

　　我转身离开时，发现爸妈正站在学校外面的石头台阶底下仰着脸看我。两人都把胳膊紧紧地抱在胸前。然而，我满脑子都是格雷塔。我不应该担心的，这不是我的问题，可是尽管如此，那个画面依然在我的脑海里挥之不去。格雷塔美丽的脸庞躺在地上，迎着皎洁的月光等待着，等着她的妹妹来找到她。

57

　　夜渐渐深了，我睡不着，坐在房间里听着低沉的雷声，不停地为格雷塔担心。万一她已经在树叶下面晕过去了呢？万一她喝得太多，醒不过来了呢？我在新闻里看到过那类报道。万一她还吃了别的东西呢？比如毒品之类我连想都不敢想的东西？还有，万一有闪电呢？万一闪电过来，击中了林子里那棵高高的枫树呢？万一闪电正好打到地上，打到格雷塔的脑袋上呢？左一个右一个的念头冒出来。她说过她会想个办法不去演《安妮》。她是什么意思？万一她试图对自己做些什么呢？我不想在乎这些，可是不知道为什么，跟平时一样，我还是在乎。她和我的心被连到一起去了，又是拧，又是扭，又是缝的。

　　天边真的划过了第一道闪电，这让我恐慌起来。我想到即将来临的雨，倾盆大雨，把她浑身浇得湿透。格雷塔身旁的土地也许都会变成烂泥。要是雨下得够大、够猛，河水可能会涨上来，漫出河床。我想象着格雷塔被雨水冲走。还有那群狼，万一狼来了呢？

万一真的有狼呢？万一它们很饿呢？我想起那天我们俩提起看不见的美人鱼时，她脸上的表情就像小孩子一样。虽然那些狼不过是郊狼，但它们也能把格雷塔叼走，撕成碎片。

电视里在播十一点的新闻，后面是"星期六夜间直播"，爸妈在看，因为他们觉得这个节目仍然很有意思。每隔几分钟，爸爸会朝楼上喊两声，等我回应。我知道爸妈以为我可能会溜出去。要不是我这么胆小，说不定真会溜走。

相反，我来到走廊上，经过格雷塔房间关着的房门，经过卫生间，来到爸妈的卧室。他们的床总是铺得很平整，于是我偷偷坐在爸爸那一侧床头柜旁边毛茸茸的米色地毯上。我从听筒架上摘下听筒，慢慢地拨了芬恩公寓的电话，每一个数字都拨得很慢很慢。电话铃响了两声，三声，有那么一瞬，我以为托比可能不在家，或者是不想接。我把听筒对着耳朵，决定等它响到六声，然后再挂。他在第五声时接了。

"托比？"我说。

"竹恩？很晚了。你没事吧。"

一开始，我什么也没说。经过上次的事，跟他说话感觉有些尴尬。对他来说，一切都没有改变，可是对我来说一切都变了。我已经成了一个透明人，就像没穿衣服一样。那姑娘的心都被看透了。全世界最笨的姑娘。我的身体里涌起一股怒火。

"你知道我们应该怎样对待彼此吗，如果我们有任何需要的话？"

"当然，我当然知道。怎么了？竹恩，你没事吧？"

"我没事。不是我的事，是格雷塔。"

"格雷塔？她怎么了？"

"我很害怕。我不知道。我被禁足了。我没法去把她找回来。

我……"我脱口而出，越说声音越大。

"竹恩？"爸爸在客厅叫我。

"没事，"我冲着楼下喊，努力装作平静开心的样子，"我自己唱歌呢，没事。"

"嘘，慢慢讲。"托比说。

"好。"我长舒了一口气，"好的。"

我又跟他说了派对的事，还有前两次我是怎么找到格雷塔的。

"当时她在那儿等我。今晚她还会去那儿。我知道她会的。她说了她想跟我聊聊，但是她不知道我被禁足了。现在外面电闪雷鸣。她演出的时候已经喝醉了，她彻底醉了，我能看出来。还有别的事，但是现在没时间说。"

"你为什么被禁足？不是因为我吧？"

"不是，不是。回头再说，行吗？目前就是这个。"

"好的，好的。"

"那她在哪儿？具体方位。"

"记得你上次从学校接我的时候停车的地方吗？我们去游乐场那天，记得围在学校后面的那个停车场吗？"

他记得，于是我便描述了从那儿应该怎样插到林子里，怎样沿着小河找到格雷塔所在的那棵枫树。我跟他说了一遍，然后他让我从头到尾重复了一遍，然后又重复了一遍。

"你要带上手电筒，知道吗？"

有几秒钟，托比没说话。"竹恩？"

"嗯？"

"呃……我有点儿担心。我很可能——我肯定会吓着格雷塔的，是不是？她不认识我。你们家人……呃……他们讨厌我。你知道的。我不知道……"

"哦，如果你不想去……我是说，你说过任何事都可以，然后你先是说我们不能去英国，现在又……"我很难过自己像这样利用他的内疚感。我真希望自己没有这么做，可我还是做了，这是事实。我让他跟我感到同样内疚。

"好吧。那……好吧。"

"要是她醒了，你就跟她说，是我让你来的。你跟她这么说，就像这样，她就会相信你了：告诉她爸妈看见画像了，好吗？告诉她我因为画像的事被禁足了，所以打电话让你去找她。也可能她根本就不会醒。要是那样的话，就把她送到我家门口。停在路上稍微远一点儿的地方。我会一直留意后门的。我会把她带进来，不会有事的。"

"对不起，竹恩，我不了解情况。"

"别担心，托比，别怕。"

他什么也没说。接着，他叹了一口气。"好吧，好吧。我去，为了你。"

"你会去吗？"我意识到自己很惊讶。或许我一直在试探他，或许我希望他没有经受住这个试探。

"为了你。别担心。我不想让你担心。我很快就到。"

我挂了电话，立刻感觉浑身一个激灵。我应该直接告诉爸妈的。我应该直接让格雷塔倒霉。我坐在爸妈卧室的地上，回味着自己刚才的行为。接着我又摘下听筒，又拨了刚才的号码。我的手指不听使唤了，等我终于把号码拨对了，已经没用了。电话铃响了又响。托比已经走了。即使他还在，我想说的话也说不出口。我会请求他不要去吗？我不知道。我对自己的心没那么了解。我只知道托比答应我了，这感觉真好。我一打电话，他就这么放下一切来了。

楼下，爸妈被"星期六夜间直播"逗得哈哈大笑，我轻手轻脚地走进客厅。妈妈正舒舒服服地穿着粉色的运动裤，还有一件宽松的套头衫。他们俩坐在沙发上，她的头倚着爸爸的肩膀，我盘腿坐到躺椅上。

丹尼斯·米勒正在屏幕上表演他的喜剧新闻。爸妈都在笑关于加里·哈特的某个搞怪的笑话。这时插播了一条广告，我便望着他们。

"我很抱歉。"我说。

妈妈看了爸爸一眼。接着，她凝视了我很长时间，嘴唇抿得紧紧的。她的表情很严肃。终于，她似乎放松了些，非常轻微地点了点头。"竹恩，你能这么说，很好。"

"我是认真的，真的，我很抱歉。"

妈妈拍拍沙发上她旁边的位置，我便从塑料躺椅上滑下来，蜷到她身边，我已经很多年没有这样了。感觉真好，暖暖的。

广告结束了，"星期六夜间直播"继续进行，有一段是乔恩·洛维茨在打趣一个名叫"爱因斯坦速递"的包裹速递服务，在这里，由于爱因斯坦的时空连续体理论，包裹事实上还没发出就已经可以送达了。这主意倒是不错，但是跟这台节目中的大部分内容一样，这种讽刺其实没那么好笑。

不过我并不在乎。今天很快就会结束，而且妈妈的肩膀软软的，沙发软软的，苏珊·薇格出来了，在唱《卢卡》，就是这个住在二楼的悲伤男孩，这首歌也是软绵绵的，非常抚慰。

那天晚上，时间似乎过得特别慢。妈妈笑的时候身子也会跟着发抖，跟芬恩一样，爸爸已经轻轻地打着鼾。等"星期六夜间直播"结束，爸妈便上楼睡觉去了，我来到厨房，在后门留意着托比的动静。一切都会顺利的，当然会的。我这么对自己说。我会感谢托比帮我做这件事，一切都会恢复正常。雨打在厨房的窗户上，我盯着黑漆漆的后院，盯着秋千座椅投在地上的细细的影子，盯着被暴风雨推来搡去的杜鹃花丛。我盯着窗外，在那里站了很久，等着托比的影子出现。

接着，门铃响了。

58

门口站着两个警察，其中一个我认识，是盖尔斯基警官。从我上幼儿园时开始，他每年都会到我们学校来一次，跟我们讲如何防范陌生人的危险性以及供电轨和自行车的安全问题。他比我爸妈年纪大。另外一位警察则比较年轻。

格雷塔就夹在他们俩中间，显得瘦瘦小小的。她僵硬地站着，垂眼盯着地面。她身上仍然穿着血腥玛丽的草裙戏服，浑身都湿透了。她的头发上沾着污泥和树叶，脸上的妆糊得脏兮兮的。在他们三人的身后，大雨倾泻如注，可是爸爸只是站在那儿，一只手搭在门框上，瞪大了眼睛。

"格雷塔……这是怎么了？"他轻声说，"她还好吗？"

"我们可以进去吗？"盖尔斯基警官问。

"哦，可以，当然可以，请进。"爸爸把门开大了一点儿，他们三人走进门厅。那位年轻的警官低头看了看自己沾满淤泥的鞋子，然后又望着妈妈。

"别管那个。"她一边说,一边摇头,"到厨房来吧,这儿。"

两位警察走在前面。格雷塔拖拖拉拉地跟在后面。爸爸伸出胳膊搂着她,把她领进厨房。他帮格雷塔抽出一把椅子,让她坐下。警察一来,厨房立刻显得小得可怜。他们身上藏蓝色的制服还有笨重的手枪让我们家的一切都显得不堪一击。

"坐下说吧。"妈妈对他们说。

"没关系,我们站着就行。"盖尔斯基警官一边说,一边挤出一丝微笑。那位年轻警察递过来一个塑料袋。

"您女儿的大衣,"他说,"已经湿透了。"

妈妈从他手里把袋子接过来拎着,跟自己的身体保持着距离。

"竹恩,请你扔到浴缸里去。"说话时,她都没看我一眼。

我一直站在厨房门口,这时便走到妈妈跟前接过袋子。我尽可能地走到格雷塔跟前,从她身旁经过时还蹭了一下她的胳膊,想让她注意到我。可她不肯看我一眼,连一秒钟都不肯。

"竹恩,把它拿走,"妈妈说,"地板上被滴得到处都是。"

我从厨房出来时,听见爸妈正疯了似的向两位警察询问格雷塔的情况。而我满脑子想的都是托比。托比怎么样了?这是不是说明他没找到格雷塔?他在林子里迷路了吗?还是他到晚了?他会不会一晚上都在那儿找她,想要信守对我的诺言?我三步并作两步跑上楼梯,然后"啪"地把灯打开,把袋子里的大衣倒进浴缸。

一开始,我几乎都没朝它看,只想着赶紧回楼下去,可是当我伸手去摸灯的开关时,回头看了一眼,大衣不是黑色的。格雷塔的大衣是黑色的。我盯着浴缸里那团湿乎乎的东西看了几秒,有点儿认不出来。这不是格雷塔的大衣,而是一件很大的灰大衣,堆在浴缸底部，就像某种死去的动物。是芬恩的大衣，是托比的，是他穿去动物园的那件。

我又三步并作两步飞奔下楼。

"跟我们说说，是怎么回事。"妈妈正说着。

我站在门口望着，希望能和格雷塔的目光相遇。

"呃……首先，我们觉得格雷塔没事。"盖尔斯基警官说。

"你们是在哪儿找到她的？"妈妈一边说，一边搓着手。

"在学校后面，艾尔布斯夫人，在树林里。孩子们有时候会在那儿搞派对。我们一般会留意着。"他把胳膊撑在厨房的台面上，"她好像喝得有点儿多，玩得有点儿疯，那样，不过我们现在不太担心这个。"

看我，格雷塔。看我。我期盼着格雷塔能感受到我的呼唤，可她依然毫无反应。

"不担心这个？"爸爸问。

年轻的警察不停地把身体的重心在两只脚之间来回切换。他好像不大自在，好像自从把大衣递过来之后就没什么事儿了。

"对，我们现在担心的不是这个。"盖尔斯基警官说。

"哦，那是什么？"

"当时还有一个男人，艾尔布斯先生。"

我的心都石化了。我心里一沉，冰凉冰凉的，感觉身体已经无法承受它的分量。看我，格雷塔。请你看我。

爸爸提高了嗓门，音调也变高了，似乎警觉起来。"一个男人？什么样的男人？"

盖尔斯基警官描述了他们看到的情形。他说，当时，他和那位年轻警察正在学校的停车场，坐在巡逻车里。那条街上有住户报警，抱怨噪声太大，他说这样的事在星期六晚上并不少见。不过，跟平时不太一样的是这位邻居反映说听到了尖叫声，不只是正常派对的吵吵闹闹，还听到了一个女孩的尖叫。于是他们俩便坐在巡逻车里，关掉车灯观察，留意着林子内外的动静，留意有没有派对的迹象。

"我们从车里出来，准备分头往林子里走，这时候开始下雨了，下得很大。我们俩相互对视了一下，觉得不值得为这点儿事把自己搞得浑身湿透，反正雨肯定会把里面的人都轰出来。"

我的思绪已经飞到了林子里，头脑里乱成一团。

"我们刚准备走，我刚转动钥匙点火，刚把车灯打开。"盖尔斯基警官模仿发动汽车的动作，"我们当时正往外倒车。车头冲着树林，所以车灯正好照进树丛里，把那一片整个都照亮了，就在这时候，他出来了。"

"我没听明白。"爸爸说。

那位年轻警察上前一步。"咱们提到的这个男人正好从树林里出来，还抱着您的女儿，艾尔布斯先生。"他把胳膊伸到前面，做出抱着柴火的样子，示意给我们看。

"跟您说实话，一开始我们还以为他抱的是条狗什么的，一条死狗。"盖尔斯基警官举起一只手，"无意冒犯。"

"是那件大衣。"年轻的警察说。

盖尔斯基警官描述着当时的场景，整个画面便在我的脑海里浮现出来。托比就像那位又高又瘦的伊卡博德·克雷恩[1]，小跑着穿过树林，身上又湿又冷，但是把格雷塔裹得严严实实，抱在怀里。他的脚步越来越快，他那颗善良的心怦怦跳着。我能如此清晰地看

---

① 华盛顿·欧文小说《断头谷传奇》中的主人翁。

见他，他想为我、为芬恩做点儿什么，他跟跟跄跄地从林子里出来时，眯起眼睛，惊讶地看到车灯正好照在他的脸上。他把格雷塔抱得更紧了，他们俩都湿透了。

"我们把他们带到车上，让他们坐在后面，把那人铐上了。我们一个字也没问出来，他们俩都不肯说。"

"那个人，"妈妈看看警察，又看看格雷塔，"格雷塔，这人是谁？他们在说什么呢？剧组派对不是在丽兹家吗？我不……"

爸爸抽出一把椅子，妈妈坐了下来，一脸的挫败。我小心翼翼地挪进厨房，从橱柜里拿出一个杯子，倒了满满一杯水。

格雷塔没吭声，妈妈又把视线重新投向两位警察。

我走到格雷塔跟前，跪在地上把杯子递给她。我从底下偷偷抬头看她的脸。大人说话的时候，我直直地盯着她的眼睛，直到她不得不看了我一眼。在那几秒钟里，我们俩的目光相遇了，仿佛屋子里只剩下我们两个人。我伸出一只手碰了碰她的胳膊，竭力想让她明白都是我干的，跟托比一点儿关系也没有。我的眼神在请求她救救他。为此，就为了这个，我愿意原谅她对我做过的所有不好的事。我一直盯着她，等着她给我某种信号。可我什么也没看出来。能够解读别人的人是格雷塔，不是我。过了几秒，她慢慢地喝了一口水，把脸别了过去。

"那个男人叫托比亚斯·奥尔德肖。你们听过这个名字吗？"

爸妈对视了一下，那表情就好像刚刚得知火星人降落在了我们家的后院。

"托比？"妈妈说。

"看来这个人你们认识？"盖尔斯基警官说。

"呃……"

"还有一件事。"盖尔斯基又说。

还有一件事?托比也喝醉了吗?我叫他开车出去的时候,他是不是在喝酒?

盖尔斯基把手伸进衬衫胸前的口袋。

"我们在他裤子后面的口袋里发现了这个。"他把一个深蓝色的小本本扔在桌子上,所有人都瞪大了眼睛。我倒吸一口凉气,伸手捂住嘴巴。是我的护照。爸妈的脸上写满了问号,那一刻,我感觉他们的表情仿佛被定格了。妈妈拿起护照,翻到照片页。她呆呆地看了一眼,然后又看看我。我站在那里,躲开了她的视线。

"竹恩,这是竹恩的护照。这事儿现在真有点儿让我害怕了。"妈妈说着,扭头看着爸爸,"我不明白……"

这时,我什么都明白了。我明白托比惹上了多么大的麻烦。要是没人说句话,要是他给人的感觉是自己跑来的,像疯子一样,还带着我的护照,还跟格雷塔在一起,那他会被抓起来的,而且可能还不只这些。他会去坐牢吗?被送回英国?可是,如果我把一切都告诉他们——如果他们知道了他一直在跟我见面,在城里单独跟一个十四岁的女孩见面——我不知道接下来会发生什么,不论是对他还是我自己。

"格雷塔。"大人们在说话,我悄悄叫她。

她慢慢扭头望着我。她看上去不止十六岁,因为她憔悴得很,疲惫不堪,我都无法想象她怎么还能坐得笔直。

"求你了。"我用口型对她说。

屋子里不时传来"绑架""艾滋病""非法移民"这样的字眼,而我只是望着格雷塔。她又慢慢把头转了回去,有那么几秒钟,她坐在那里,一句话也没说。她不打算帮我。她要让我一个人溺死在这片狼藉里。她要让我眼睁睁地看着托比得到在她眼里他应得的报应。

"妈。"我说。她没听见，于是我提高音量，又叫了一声："妈。"

"竹恩，不会有事的，宝贝儿，别担心。"

我摇摇头。"不，不，只是……"

这时，格雷塔站了起来。她伸了伸胳膊，然后把手伸到草裙里面，从裤子前面的口袋里掏出一个头花。她把头发拧成一个整齐的发髻，把头花绑上去固定好。接着，她深吸了一口气，然后又非常缓慢地把气吐了出来。她扫视一圈，直直地盯着每个人的眼睛，然后用《南太平洋》中那种响亮而又清晰的嗓音说："是我的错。"

屋里一下子鸦雀无声。

黄色的钟嘀嗒嘀嗒。

我的手抖得厉害，于是我不得不把它们塞进口袋。

格雷塔打开了话匣，而我只能站在一旁惊叹地向我的姐姐行注目礼。她居然能当场编出来一个完整的故事。她对他们说，她认识托比，说她有一次跟朋友一起进城的时候见过他。当时她们去了芬恩家那一带，正好路过芬恩家那栋楼，而托比正好从大门里出来。她说他认出她来了，因为他看过那幅画像，还有芬恩公寓里的其他照片，于是他就喊她过去。她说，他解释了自己的身份，然后她便想起来在葬礼上见过他。"就是你指给我看的那个男人，记得吗，爸爸？"她把整个过程描述得无比细致。她和朋友们如何如何都在格雷木瓜①买了饮料。她自己买了无酒精的椰林飘香②——她一

---

① Gray's Papaya，位于曼哈顿第八大道上的一家有名的热狗餐厅。
② Pina Colada，一款鸡尾酒的名字，国内酒吧多称为"椰林飘香"。

边说，一边朝爸妈看了一眼——不过另外两个朋友买的是苹果味儿的，她刚准备过去把空杯子扔掉，就看见他了。她说她一开始没打算过去跟他说话，可是接着她又觉得还是应该去一下，就去一下。然后他们就聊了起来。

"很愚蠢，我知道。"她说，"但是他看上去好伤心，然后他就开始不停地说自己多么想念芬恩，说他多么孤独。这事儿实在是太怪异了，我不知道该跟他说什么，于是最后就邀请他来参加派对了。我说出来走走可能会让他感觉好些，然后就到了今天的派对。"她皱着眉头，一脸的无助，"我……我不知道该跟他说什么。"

没有人吭声，于是她接着说。

"我没以为他会来。我的意思是，我不过是说说而已，并不是真的想邀请他，你会觉得他有更好的事情可做……"

"你会这么想吗？会吗？"妈妈撇着嘴。

"丹妮，让她说完。"爸爸说。

"但是到头来，这还成了好事，不是吗？我喝醉了，醉得厉害。要不是托比，说不定我现在还在树林里呢，在大雨里昏过去了。"

"可是派对不是在丽兹家吗？"

"正式的派对是在丽兹家，但是……"

说话的过程中，她始终没有看我。她就像在演戏一样，就像一位完美的演员，在需要强调的地方给出恰到好处的停顿。她脸上的表情也切换得恰到好处。她提到每一个难点时，还会有选择地注视着某一个人。

"格雷塔，这些解释都不成立。"妈妈说，"一个有艾滋病的成年男人，跑到树林里去参加高中生的派对？不对。无论如何也不应该。不论发生了什么事，他都不应该抱着我的女儿穿过一片停车场。还有竹恩的护照，还有这一点。竹恩的护照究竟为什么会在他的口袋里？"

"那些护照都锁在我们房间的一个箱子里。"爸爸对盖尔斯基警官说，"没道理啊。"

我真希望自己也有格雷塔那样的头脑。只要能让我走上前去，巧妙地解释出这个叫托比亚斯·奥尔德肖的男人屁股口袋里为什么会有我的护照，我愿意付出一切代价。然而，我所有的思绪似乎都模糊成一片，混成一团。要想从我嘴里道出一个合情合理的解释，可能性为零。

"不，这简直不可思议。不管怎么说，"妈妈说，"那个人的口袋里究竟为什么会有竹恩的护照？"她又重复了一遍。

我望着格雷塔。我以为护照的问题让她慌了神，因为她一句话也没说。我始终注视着她，直到我注意到有什么东西变了。我真的捕捉到了那个瞬间，就在那一刹那，她切换成了一脸内疚的表情。她垂头盯着地板，然后又隔着刘海抬眼偷偷望着大家，竭力表现得像个小女孩的样子。接着，她又极其冷静地对着一屋子的人讲了关于做假身份证买酒的事。

"前阵子，我给自己做了一个假证件。我知道这样做不应该，可是竹恩也想要一个。我以为她会来参加派对。我说过我会帮她想办法的，然后……"

两个警察站在那里，一边听一边点头。

"这种事我们见过，艾尔布斯夫人。"年轻的警察说，"我知道当它发生在自己的孩子身上时，确实很难相信。"

"格雷塔，你是说，托比在帮你做假证件？"

"不是，不是。"格雷塔使劲儿摇头，"护照肯定是从我的口袋里掉出去了。他肯定是帮我捡起来的。"

爸妈看上去目瞪口呆，很难判断他们是否决定相信格雷塔的话。可是，接着我又想，除了这个，他们又能相信什么呢？他们会相信这个快要死掉的人想绑架我和格雷塔吗？他们会愿意相信这个吗？他们真的认为芬恩会跟这么疯狂的人在一起吗？

"呃……那他现在在哪儿呢？"爸爸问，"我觉得我们得跟他说两句。"

盖尔斯基警官没有立刻回答，他似乎思索着什么。

"他在我们的巡逻车里。"所有人的目光都投向了客厅的窗户，从那扇窗户可以看到车道。托比就在那里，就在我家外面。

爸爸刚迈出一步，盖尔斯基警官伸手拦住了他。

"我觉得现在还不是时候，艾尔布斯先生。我们要把他送到警局。我们先跟他谈，然后，可能再过一两天……"

"我得去趟洗手间。"我说。

"去吧，快点儿。"妈妈说，"这事你也逃不了，竹恩。"

出了厨房，我想做的是立刻跑出家门，跑到托比跟前。我想一遍又一遍地向他道歉。向他说对不起，一直说到我能确定他相信我为止，一直说到我能确定他明白我是发自内心地感到抱歉为止。可我没法这么做。我不得不抬着头。

我轻手轻脚地溜进地下室。我找到一只白色的硬纸箱，用一支粗粗的黑色记号笔在纸箱的侧面写上："什么都别告诉他们！"

从客厅可以看见车道，从我的房间也可以。我踮着脚尖跑上楼梯，把窗台上那些假蜡烛移开。然后，我把窗户开得大大的。

警车就停在下面，托比坐在后排。他光着胳膊，头发依然湿漉漉的，我甚至从房间里都能看出他在发抖。我只想走到走廊那头，拿一件爸爸的大衣把托比裹起来。我想把我床上所有的毛毯都抱过去，跑到车里，帮他严严实实地盖上，让他立刻就不再发抖。可是我没法做到。都怪我，他就在那里，而我却无法照顾他。我把灯开开关关了好几次，吸引他的注意，接着便把纸箱贴在窗户上。我抱着纸箱，保持了几秒，把脸藏在那几个字后面。然后，我又把纸箱放了下来。

托比微微歪了歪头，他瘦削的下巴映在警车的窗户上。接着，他把脸别了过去，也许是窘迫，也许是愤怒，因为我给他惹了这么大的麻烦。

他们没有任何理由指控托比。在格雷塔说完这些之后，盖尔斯基警官是这么说的。他还告诉我们托比的名字会被报送给移民局。他说，托比的签证似乎早就过期了。

爸妈向两位警察道谢，感谢他们把格雷塔安全送回家，然后又一同把他们送到门口。他们目送警察走下台阶，回到车里。

"我简直替那个人难过了。"爸爸凝视着警车，说。

"我知道，但是不可以。"妈妈说，"他就是那种注定麻烦缠身的人。看看他对芬恩做了什么……"她哽咽了。

"不会有事的。"爸爸伸出胳膊搂着妈妈的后背，他们俩上楼去了，仿佛刚刚经历了一场艰苦卓绝的战役。

格雷塔已经上去了，楼下只剩我一个人。我从一个房间走到另一个房间，把灯都关掉。

走到客厅时，我停下来，凝视着那幅画像。我们俩就在那里。

还是那两个姑娘，满头金光。我感觉也没那么难看，我们加上去的东西，也有美的地方，至少有那么一点点美的地方。

我摁下开关，灯灭了，我们也不见了。

59

　　我上楼刷完牙，便坐在浴缸边上，看着那件大衣发呆。它像一只死狼一样躺在那里，芬恩身上所有美好的气息都被雨水冲得一干二净。我伸开手掌，轻轻碰了它一下，来回摩挲着。

　　"对不起。"我小声说。我用了点儿力，一遍又一遍地抚摩着那件大衣。

　　虽然外面漆黑一片，早就过了十二点，可是那个星期六不愿就此离开。它赖在那儿，让我辗转难眠，带着一肚子的心事熬到了星期天。我躺在床上，头脑里如同过电影般一遍又一遍地回放着格雷塔为我做的事，为我和托比做的事。随后我又一遍又一遍地想起托比，恨自己给他惹了这么大的麻烦。我好奇他们会不会让他又冷又湿地坐在镇上警察局里那间小小的囚室里。四年级的时候，有一次我们班去那儿参观，他们让我们全班的同学都挤了进去。"孩子们，你们以后可不想被关到这儿来，对不对？"警察说。除了埃文·哈迪，其他人都点头了。埃文站在那儿，两只手抄在他的小屁股上，说："想，想，我想。"我记得我当时替他感到害怕。我记得我当时在想，要是他一直这么说话，说不定他们会直接把他扣在那里。而现在，让我担忧的那个人又成了托比，我只想跑过镇上的大街小巷，一直跑到那间囚室。我想给他送去干衣服，还想告诉他我是多么内疚。

我试图把这些念头从脑袋里赶走。我从1000往前倒着数数。我听着爸爸打呼噜的节奏，试着让自己的呼吸跟他保持同步。我拉开窗帘，仰面躺着。暴风雨已经渐渐平息，我望着雨后的云层飞快地移动，把月亮遮住，然后又飞快地移开。接着，在万籁俱寂之中，我听见了哭声。

我把耳朵贴在床旁边的墙上，哭声仍在继续，停了一小会儿，然后又哭了起来。格雷塔也没睡着。

她房间里的灯没开，只有书桌下方那盏心形的蓝色小夜灯亮着。我轻轻推开她的房门，她立刻缩进被子里，把脸别过去，冲着房间里面的方向。

"我能进来吗？"

格雷塔耸耸肩，我轻手轻脚地爬进她的被窝，后背跟她贴着。我们俩躺在那儿，一句话也没说，两人的身体都很紧张，很僵硬。

"谢谢你说了那些。"我说。

我感觉到她在用毛毯擦眼泪。

"我不应该给他打电话的……我知道你讨厌他……"我听见自己哽咽了。

格雷塔笑了起来，并不是开心的笑，笑声里更多是悲伤和沮丧。

"你就是不明白，是不是？"我感觉到她在摇头，便转过身去。她正坐起来把手伸到床垫下面。她掏出来一瓶不知道是什么酒。"去冰箱里拿点儿苏打水来，行吗？"

"要哪种？"

"随便，但是别出声。"

我轻手轻脚地溜出去，拿了半瓶奶油苏打水回来，还拿了一只玻璃杯。格雷塔往杯子里倒了点儿酒，然后又加了一点儿苏打。

"给。"她一边说，一边把杯子递给我。我喝了一口，甜得腻人，接着我便感到身体热了起来。我把杯子递回去，格雷塔把剩下的一口干了。然后，我们俩又都缩回被子里。

"我不明白什么？"我垂下眼睛，心里盼望着如果我不直接看她，或许她会回答我的问题。

"你是多么幸运。"她小声说，然后把脸别了过去。

"哦，对，好吧。"

"你知道盼着某个人死掉是什么感觉吗？"

"我……"

"你有没有好奇过，我为什么会比你早很长时间就知道芬恩生病的事？虽然他是你的教父？"

我想了一下。"不是……我的意思是，你什么事都比我先知道啊，向来如此。"

格雷塔凑到我跟前，她小小的身子靠在我庞大的身躯上。

"你记不记得那天芬恩带我们去奇缘餐厅①吃那种冰冻热巧克力？你记得那个地方吗？"

---

① Serendipity，曼哈顿一家著名餐厅。

我点点头。奇缘就是那家老牌的高档冰淇淋店，在上东区。里面黑乎乎的，有很多木头，我还记得那些超大号的冰冻热巧克力，上面浇了厚厚的搅打奶油。我和格雷塔用两支吸管分吃了一杯。

"那时候他还没开始画那幅画像。我跟你现在差不多大，可能还要再小一点儿。有可能才十三岁，我不记得了。从奇缘回来之后，你、我还有妈妈都在芬恩的公寓里。我在洗手间，我当时把门留了一条缝，妈妈直接走了进来，刚好看见我在用芬恩的润唇膏。我到现在都记得当时妈妈脸上的表情。我记得我就像在看一幅画一样。她好像吓坏了。我站在那儿，整个人呆住了，润唇膏还拿在手里，又丢脸又内疚，然后她就一把从我手里拿走了，特别用力，都把我碰疼了。她把我推到那间狭小的洗手间里，关上门，我们俩一起在里面。我不知道是怎么回事。我知道我不应该用芬恩的东西，可是他嘴唇上总会涂那个东西，闻起来就像椰子和菠萝的香味儿。你知道吗？总是那么好闻。"

我知道。她所描述的味道，我一清二楚。

格雷塔一边说，一边蜷缩起来，直到蜷成一团，脊椎骨都弯成了弧线，硬邦邦地硌着我的后背。

"我不知道是怎么回事。一点儿也不知道。妈妈开始冲我喊起来，但是与此同时她又努力压低音量。然后她突然哭了，然后又抱抱我。她问我是不是第一次用芬恩的润唇膏。我说是，她好像松了一口气，然后又抱抱我。她就是这时候告诉我的。关于芬恩生病的事，关于艾滋病的事。她告诉我之后，又让我保证再也不会用他的东西。她说我不用担心，因为只用了一次。她说了很多遍不会有事。她一直在说不会有事，一边说，一边又不停地用纸巾使劲儿擦我的嘴唇。我向她保证再也不会这样了。竹恩，你记得芬恩的嘴唇吗？你记不记得他的嘴唇总是干到开裂？每年冬天都会流血？"

我点点头。我不知道该说什么。

"可是你知道吗？"

格雷塔翻了个身，于是正好看着我，我们俩的脸几乎都要碰到一起了。我摇摇头。

"我甚至都没觉得害怕。妈妈把门关上回到客厅之后，我就坐在卫生间的地上，只觉得特别开心。"

"你说什么呢？"

"我在想，如果芬恩……如果他要死了，那么也许我们就能回到从前。是不是很坏？我这样是不是坏透了？"格雷塔用被子把头蒙住。

"可是你讨厌我啊。"

格雷塔生气了。"你是这么、这么幸运，竹恩。你为什么这么幸运？你看看我。"她从被子里露出眼睛，一边说，一边流着泪，"这么多年，我一直眼巴巴地望着你和芬恩。然后是你和托比。你怎么能这样？你怎么能宁愿选择托比，都不选我？"

"可是芬恩每次都问你想不想一起来。你知道他问的。你每次都表现得不屑一顾的样子。"

"芬恩每次都会问——他当然会问。可是我知道你希望我拒绝。你别想撒谎。我知道你是这么想的。这就是个困局。我要是去了，你会讨厌我。而我要是不去，唉，那我就永远也别想参与进来了。"

没错。她当然能看出来这一点。

我想去握住格雷塔的手，可是没摸到。于是我轻轻碰了碰她的肩膀。"当时我不知道。"

"你还记不记得我们以前的样子？我一直在想，你会在树林里找到我，然后有可能……有可能你会担心。我哪能跟芬恩竞争？我又哪里能比得上托比？竹恩，我要走了。再过两个月，我就离开家了，然后……我不知道。万一我们俩最后也像妈妈和芬恩那样呢？万一我一走，我们俩也就到此结束了呢？那种感觉就像……就像我被拉进了茫茫大海。你明白我的意思吗？那些天，我跟着你去了林子里，你在那儿玩得就像一个小孩。你知道，像一个真正的小孩，就像我们以前玩的那样。我多么想喊出来：'嘿，竹恩，我在这儿，这里，让我也一起玩吧。'"

她翻了个身，仰面躺着，我也翻过来，我们俩一起盯着天花板，躺在格雷塔的白色床罩下面。这个床罩，她从十岁就开始用了，上面有彩虹和云彩的图案。房间里静悄悄的，只听见爸爸如雷的鼾声。一道月光从她房间的窗帘缝里透进来，照在她书桌上一个布满灰尘的地球仪上。

我们俩在黑暗里聊了好几个小时。我把那天发生的事全都告诉了她——关于画像的事。爸妈如何认为都是我的错，我又是如何让他们继续这么认为，因为我应该这么做。这么做很高尚。格雷塔告诉我说，她一直想把画像毁掉，可是似乎从来也没成功。那个头骨，还有她的嘴唇。它们好像让画像变得更漂亮了，她说。她说她有时候会去银行的保险库，坐在那里，盼着我会走进来。盼着我会碰上她，就像血腥玛丽一样。她一直想演砸，可是不知道怎么回事，她越使劲儿捣乱，大家越觉得她演得好。

"我看出来了，"我说，"我看见你在台上的样子，我知道你不想好好演，好像只有我一个人看出来了。"

"我知道只有你一个人能看出来，这就是关键。我们俩是一起当孤儿的。我知道你会看出来的。我一直叫你去看排练，心里想着……

我不知道。"她哽咽了，"我不想让我们俩再这么刻薄下去。"

"我从来就不想这样。"我说。我这才明白，是我们俩，从头到尾都是我们俩，从来都不是格雷塔一个人。她说的都是事实。当了这么多年最好的朋友，我却抛弃了她。我怎么会连这都看不出来呢？我怎么会这么自私呢？

格雷塔爬下床，打开收音机，把音量调得很低。她在天线上绑了一个衣架，所以能收到长岛的WLIR电台。WLIR是一个很酷的广播频道，因为他们播的大多都是英国的东西。当时播的是回音与兔人乐队①演唱的《迷人的月亮》（*The Killing Moon*），我们便躺在那儿听。

"跟我说说林子里发生的事吧。"过了一会儿，我说。

"睡吧。"

"要是托比吓着你了，我很抱歉，"我小声说，"我不知道还有什么办法。"

格雷塔把身子挪开了一点儿，于是我们不再碰到彼此。她好像一个字也不打算说，可是接着，等了很久，她终于清了清嗓子。

"我觉得应该是我吓着他了，而不是他吓着我。"她说。

"你当时是一个人在那儿吗？"我小心翼翼地问。我知道，格雷塔随时有可能会翻脸变回原来的样子。

"一开始我以为是你。然后听见一个男人的声音，非常沙哑。他在叫我的名字，叫我不要害怕。他说的不是afraid，而是frightened。我就是这时候尖叫的。我想叫的时候就可以叫出来。我叫得很大声。他站起来，好像在考虑要不要跑走，但是接着他又开

---

① Echo & the Bunnymen，1978 年在利物浦成立的英国摇滚乐队。

始嘟囔什么爸妈知道画像的事。他说是你叫他去的。他说他是芬恩的朋友，然后一切就都对上了。我吃力地想要爬起来。我把树叶从身上抹掉，可是浑身都是泥。雨下得很大，我滑倒了。我不想要他帮我，可是我没有办法。我几乎连眼睛都睁不开。然后他就把大衣脱下来了——我记得那个画面。他把大衣脱下来，铺在地上，把我抱上去。然后他就叫我继续睡。他说不会有事的。"

"他不像你想的那样，格雷塔。"

然后我就把我知道的关于妈妈的事全都告诉了她。所有的嫉妒，还有悲伤，所有那些出于太爱一个人而导致的刻薄。

她笑了一下，只是从鼻子里喷出一点儿悲伤的气息。

我闭上眼睛，让流行尖端[1]、雅族合唱团[2]和治疗乐队[3]把一切都擦得一干二净。此时此刻，我不想去想太多，因为每当我的眼前浮现出托比映在警车窗户上那张不幸的脸，我便无法去面对。暂时还不行。

我们静静地躺了很久，不过我能感觉到我们俩都睡不着。过了一会儿，格雷塔推了推我的后背。

"怎么了？"

"你有没有听说WPLJ[4]因为艾滋病禁播了乔治·迈克尔[5]那首愚蠢的歌，《我想和你做爱》（*I Want Your Sex*）？"

我摇摇头。"好像听首歌就会让人动那个心思似的。"

---

① Depeche Mode，1980 年成立于英国的电子乐队。
② Yazoo，在北美被称为 Yaz，是来自英国的流行二人演唱组。
③ The Cure，1976 年成立于英国的摇滚乐队。
④ 纽约一家广播电台。
⑤ George Michael，英国希腊裔歌手。

我们俩都哈哈大笑起来。我们笑个不停，直到格雷塔都从床上滚了下去。然后她又躺在地上继续笑。我都想不起来上一次我们俩一起笑成那样是什么时候，我知道，这意味着我的姐姐开始回来了。我知道，不知怎的，托比去林子里帮我把格雷塔带回来了。他帮我把姐姐带回来了。

我们又听了一会儿音乐，又喝了点儿白兰地加奶油苏打，我们不停地聊，那个星期六始终没有结束。对我们俩来说是这样。我们俩一直没睡，直到天边泛出了鱼肚白，直到我们看见粉红色的朝阳出现在高达诺家刚刚修剪过的雪松篱笆上方。

60

星期天早上五点半，我给托比打了电话。当时只有我和格雷塔起来了。电话铃响了好久，我以为他可能是睡着了，便一直等着。等铃声响了23下，我才终于挂了。我倒没太担心，因为我琢磨着他应该还在警察局。想象着那样的画面，感觉并不好，但我并不担心。他只是还没到家而已。

聊了那么长时间，又喝了白兰地和奶油苏打，我和格雷塔终于没力气了。我们回到各自的床上，一直睡到午饭时分才被妈妈叫了起来。

她敲了敲我的门，然后把头探进来。我从来没见她用那样的眼神看过我，仿佛在看另一个人，一个陌生人。

"竹恩。"她说。她用一种公事公办的口吻叫了我的名字。很平静，目的也很明确。"我和你爸爸希望咱们能往前走。"

我的耳边响起托比的声音——"可是，咱们又能走到哪儿去呢？"我的脸上一定闪过了一丝微笑，我不确定自己藏住了没有。

"竹恩，你在听我说话吗？"

"听着呢，我当然在听。"

"纳税季结束了，这周过后，《南太平洋》也演完了，我们俩觉得可以开始多安排些家庭活动。咱们全家一起努力，直到你们姐妹俩恢复常态为止。我们没能陪伴你们。我们知道。"

我想说，如果她当初没有强迫芬恩把托比藏起来，这一切都不会发生，可我说不出口，这是我的错。我没道理把妈妈也拉进来。而且，无论如何，我完全能够理解她的感受。我知道失去希望可以变得多么危险，可以把一个人变成他们从来都没想过自己会成为的样子。

一整天，我都等着格雷塔不理我，或者说些傲慢或是刻薄的话。我等着她做点儿什么，来证明她昨晚的话都不是真心的，可她没有。她在厨房看见我的时候，笑了。那是发自内心的、真真切切的、丝毫也不傲慢的笑。

后来，那天下午，我们俩坐在沙发上，看着画像发呆。

"别告诉妈妈，不过我还挺喜欢的。"格雷塔小声说。

我点点头，说："我也是。"

那一瞬，我们俩头发上的金色看上去是那么完美，我知道我们俩都看出来了。我们都看得出来，它使我们看上去就像最亲密的姐妹，情投意合。

61

那天晚上，我又给托比打电话，没有人接。星期一一早，还是没人接。我心里想，也许他决定恨我了，因为我让他做的事，我不希望是那样，可是我又觉得有这个可能。

生活恢复了从前的模样，很久没有这么平平淡淡了。我不再偷偷往城里跑，不再喝火山碗，也不再去地下室里的秘密房间，甚至都不再去银行的地下保险库。或许，这种平淡本身就是最糟糕的。我失去了托比。他消失了，而我是唯一在找他的人。他消失了，而且是因为我的错。

星期一放学后，我去了图书馆。本也在那儿，他在为一篇关于广岛的报告查阅书籍。他只穿了牛仔裤和一件普通的黑色T恤，没穿斗篷。我朝公用电话走的时候，被他看见了。

"嘿，"他叫我，"狼姑娘。"

我把手抄在屁股口袋里，扭头看着他，问："怎么了？"

"你看见了吗？"

"什么？看见什么了？"

"在今天的《公报》^①里。"

"没。"我小心翼翼地回答。难道托比在树林里的事被大肆报道了？

"你的那些狼，它们已经不存在了。"他说。

"什么意思？"

"野狗，有一大群，挺吓人的。你知道那条土路吗？莱斯利路？那儿有一个老头死了，差不多一年前吧，然后他所有的狗——有七八条——就都成了野狗。"

我相当肯定自己知道他说的那座房子。要是开车的话，得先沿着兰帕塔克路往北，那是一条土路，然后才能开到莱斯利路上，也是一条土路，不过更窄一点儿。要是走路的话，只需要从学校后面树林里的那座小桥过河就行。

"怎么回事？"

"有人抱怨那些狗会跑到他们的垃圾桶里，等到动物巡逻队的人去了，他们看了现场的情况，就开枪把它们打死了，全都打死了。你真幸运，在那儿从来没被袭击过。"

"可是为什么要把它们打死？"

"因为他们是野狗啊。嘿！你没听见我说话吗？很危险的，又脏，又有病，又野……你说他们应该怎么办？难道把它们当成温柔的家养宠物，重新寻找新的主人吗？"

"要是就不管它们呢？"

"你就想想自己有多幸运吧。我只能这么说。"

---

① *New York Gazette*，《纽约公报》。

　　"我不觉得啊，我一点儿也不觉得幸运，因为首先压根儿就没什么可怕的。"

　　本笑了，我仿佛看见了他小时候的模样。"我还能叫你狼姑娘吗？"

　　"不行。"我摆出最严肃的样子看了他一眼。接着，我没忍住，又补充了一句："你为什么不叫蒂娜·亚伍德狼姑娘？我敢肯定她愿意让你这么叫。"

　　真棒。这下好了，我彻底成了一个醋意大发的笨蛋。在本·德拉亨特面前，在所有人面前。我对本·德拉亨特其实都算不上喜欢。他还行吧，有优点，不过也就这么回事。

　　他一脸茫然。"我为什么要给蒂娜起外号？"

　　我的两只脚尴尬地动来动去，只想拔腿就走。"呃……你在跟她约会，不是吗？"

　　"哎，你不知道她是我表妹吗？我知道你喜欢中世纪的事儿，可是……"

　　"哦……不，我不知道。老天，那也太恶心了。真恶心……对不起，我……"

　　"没事，没事。你又不知道。没关系，你不用来一通自我批判。"

　　"嗯，好吧。不过，我是真心的。我真的不知道。我对那种事可没兴趣，行吗？"

　　本伸出双手，摁在我的肩膀上，望着我的脸。"竹恩，你觉得我会相信你喜欢跟亲戚约会吗？真的吗？你真应该想办法放松一下。对了，下周末，等到演出全部结束，你可以到我家来，咱们可以掷骰子，给你选个角色。不设条件。咱们就掷骰子试试看，看看会发生什么。你觉得怎么样？我现在感觉你可能是当刺客的料。"

他后退一步，歪着头，眯起眼睛看着我。有那么一瞬，他的模样让我想起了芬恩观察作品时的样子，我笑了，这个笑可能给本传达了错误的信息，因为他也冲我一笑。"精灵刺客……有魔法的。希望能碰到一个魅力值高一点儿的，然后我可以多给你点儿生命值，让你赢的机会大一点儿。你觉得怎么样？"

我意识到自己正在用手指头卷辫子玩，于是便把手放下了。我垂下眼睛，没有看他，嘴里咕哝着说："好的。"

"真的吗？"

"嗯，真的，我去。"

答应别人的感觉真好。答应一件这么稀松平常的事。答应跟一个相信我不可能想跟亲戚约会的男生一起待一会儿。有那么几分钟，我和本站在那儿，所有的不愉快都被我抛到了脑后。然后他跟我告别，转身走了，于是，所有的思绪又一齐涌了回来。

我出来走到大厅的公用电话旁边，给托比打了过去。还是没人接。我又试了一次，更加小心翼翼地拨了号码，心里想着可能是刚才拨错了。然而，电话铃一声又一声地响，直到我挂断，还是没人接。

我从图书馆跑回家，直接跑到信箱跟前。我愿意放弃一切，只要能发现一封托比从某个疯狂的地址寄来的信。比如火山碗饮者联盟、宫城先生欣赏协会、金手套联合会，等等。随便从哪儿都可以。可是信箱里只有两份账单，还有一份大联盟超市的宣传单。

我进去之后，又过了几分钟，妈妈打电话回来，她是从班上打的，想确认我在不在家。

格雷塔要在学校待到很晚，因为那一周的星期一、三、五晚上都有《南太平洋》的演出。于是，我一个人在餐桌旁坐下，把今天的作业拿了出来，是几何证明题。我在纸上画了一条线，把页面分成两栏。

我看着题目发呆。假设，公理，全等，这些字眼躺在纸上，毫无意义，死气沉沉。我用铅笔敲着作业纸。接下来，我没有用两种不同的方法证明毕达哥拉斯定理，而是写下了这样一行字：证明我不可能永远见不到托比。我看了几秒钟，我希望这道题很容易证明，就像直线总是180度角一样。然而并非如此。我只能想出相反的论据。

例如，万一警察把托比直接从我们家带到了机场，把他推上飞机送回英国去了呢？或者，万一他收拾好行李，去了某个我永远也不会知道的地方呢？或者，万一警察把他打了一顿，然后关在一个又深又黑的地牢里，永远也没人能找到呢？再或者，万一比这些还要糟糕呢？万一发生了我连想都不敢想的事呢？

"不！"我大喊一声，把手里的纸搓成了一团。接着，我又拨了他的电话，铃声不停地响。

62

　　至于星期六晚上我为什么会给托比打那一通电话，我能想出一长串理由来。很有说服力的理由，很容易让人信服的理由，因为我担心格雷塔。这似乎是最佳选项。我当时慌了，还不只这些。我一秒钟就能想出好多。可是隐藏在所有这些理由背后的，是让我害怕的那一个。夜里，它依然会萦绕在我心头。它依然披着狼的外衣，在我面前晃来晃去，张着血盆大口，尖利的牙齿闪着寒光。

　　这个理由是我自己不愿意相信的：我是故意的。我给他打电话，是因为所有那些我盼着电话铃响起的星期天。所有那些我想象着芬恩可能会跟托比一同度过的星期天。我打电话是因为我老是这么围着芬恩转，一定让他很尴尬。我打电话是因为，有时候我会想象自己能听见他们在哈哈大笑。笑我，笑我做过的每一件蠢事。真是可笑，我居然对他们俩一无所知。我居然会对自己的舅舅有"感觉"，真是太好笑了。夜里，我躺在床上，耳边会传来芬恩的笑声。"呵—呵—呵"，他的笑声是这样的，很好听，就像他把太阳吞进了肚子里。我打电话，是因为我能清清楚楚地听见他的笑声。我想再听几遍，而与此同时，我又一遍都不想听。我不是一个爱嫉妒的人。我以前一直这么说，我以前也是这么认为的。

可是，或许我的确会嫉妒别人，或许我的确就是那样的人，或许我是希望托比能听见住在我心中那片黑暗森林里的狼群的声音，或许这就是那一通电话的含义。告诉那群狼，我回家了。或许芬恩也都明白，他一向是明白的。或许你还可以告诉它们你住在哪儿，因为它们总会找到你，一向如此。

我开始想，或许我和妈妈并没有什么两样，至少内心如此，或许托比才是那个最不幸的人。我虽然说了"或许"，但我真真切切地知道，这是事实。我知道只要我打电话，他肯定会去的。我知道去了会有危险，我也知道他为了信守对芬恩的承诺，愿意付出一切。

至于我为什么会在那个讨厌的风雨交加的星期六夜晚打那个电话，曾经的我会相信那些好听的理由，然而，随着日子一天天过去，随着托比始终杳无音讯，我不再相信了。我开始明白了真相。

那天夜里，我没睡。我每个小时都偷偷跑到楼下，试着给托比打电话。每一次，电话铃都响啊响，就是没有人接。在漆黑一片的厨房里，我能想象出这样的画面：芬恩的公寓里乱成一团。刺耳的铃声回荡在那些脏盘子上方、书的周围，萦绕在那块土耳其地毯上。搜寻着的那双耳朵，想让它听见。

63

"有消息吗?"在学校的餐厅里,格雷塔走过来坐到我旁边,这是她第一次主动跟我一起吃饭,感觉真好。

我摇摇头。

"他会出现的。"她说,"给。"她把她的三明治递给我一半。

"不用了,谢谢。"

"哎呀,你得吃点儿东西。"

我摇摇头。"我吃不下。"

格雷塔点点头。"竹恩,这不是你的错,好吗?他是成年人。"

"他是病人。"我刚想说自己应该照顾他,可是接着又意识到这件事应该只有我一个人知道。

"会好的。"她说。她把胳膊伸过来,搂着我的肩膀,女生有时候会那样。其他女生,真正的女生。

星期三。距离我上次见到托比已经过去四天了。我恨自己。

我在电话号码簿里找到了警察局的号码。我说我找盖尔斯基警官，他们帮我接通了。

我跟他说我就是好奇，想问问他能不能告诉我星期六晚上他从我家离开之后，托比亚斯·奥尔德肖怎么样了。

"你是奥尔德肖先生的朋友吗？"他问。

我不知道该怎么回答。我不想做出任何可能导致托比的境遇更加糟糕的事，然而就在我的内心深处，有一个声音很想发出呐喊，说他是我的朋友。我想告诉那位警察，其实他是我最好的朋友。在这个世界上，我没有比托比亚斯·奥尔德肖更好的朋友了。可是我当时没说。我没有这么说。

"我是格雷塔·艾尔布斯的妹妹。奥尔德肖先生是我们舅舅的一个好朋友。我跟他还算认识。"

一开始，他没说话。"好的，那好。呃……我们原本是打算把他扣留到第二天早上的，可是……"他顿了顿，我能感觉到他是在考虑要不要接着往下说，"呃……你妈妈，她跟我们说了那个艾滋病的事，所以，跟你说实话，大家都想让他早点儿出去。"

"所以你们就让他走了？"

"那人烧得厉害。高烧。就像我之前说的，要不是因为他有那个艾滋病，我们应该会关他一阵子。"

他反复提到"那个艾滋病"，好像那是某种动物或者家用电器似的。

"您是说，你们把他放了？"

"我们叫了救护车。急诊医生把他带走了。"

"您知道他们把他带到哪儿去了吗？"

"不确定。考虑到那个艾滋病什么的，他们有可能直接把他送到市里去了。"

"能有办法知道是哪家医院吗？"

"有，稍等。"他的嗓门儿很大，我能听见他朝屋子里喊了一句，然后有人叽里咕噜地回答。

"对，在表维医院①，在市里。就像我刚才说的，因为那个艾滋病，他们很可能直接把他送到那儿去了。"

"是艾滋病。"我说。

"嗯。我说的就是这个。"

"是艾滋病。不是那个艾滋病。"

"好吧，孩子。随你怎么说吧。"

我把电话打到医院。我报上了托比的真名，自从星期六我第一次听见这个名字开始，它就一直在我的脑海里绕来绕去。托比亚斯·奥尔德肖，听起来很像某个知名人物的名字，而不是一个在这个世界上除了我谁也没有的隐形人。

医院的人跟我说他现在接不了电话。他们告诉我他的房间号是2763，说我得过一会儿再打。

"'接不了'是什么意思？"我问。

"不知道。就是我把电话转过去的时候没人接。"护士说，"可能是去做检查了，也可能是在睡觉。你过一会儿再试试。"

"但是他没事吧？对吧？他还住在医院里。"

我听见护士翻了几张纸。

"他的名字还在登记簿上。你回头再试试吧。"

---

① Bellevue Hospital，位于纽约曼哈顿，是美国最古老的公立医院之一。

《南太平洋》的每一场演出，妈妈都有票。我和爸爸只去看了一场，但是她想尽可能多看几场。九点半左右，妈妈和格雷塔回来了，格雷塔洗了个澡，换了衣服。爸妈看完十点的新闻就上楼睡觉去了。我一晚上都待在卧室，等到耳边传来爸爸的鼾声，我便悄悄溜下楼。

我把电话线拉到后门口，于是正好蹲在格雷塔卧室的窗户下面，我直接打到了托比的病房。我以为电话会一直响，因为这么多天过去，似乎很难相信托比会真的接电话。可他真的接了。

起初，我几乎听不见他的声音。他几乎说不出话。他清了清嗓子，然后又试了一遍。"喂？"

"托比？"

"竹恩？"

"啊，托比，我真……真开心……"

"竹恩，我全搞砸了，是不是？真对不起。"

"你说对不起？是我把你拖过去的，现在……你还好吗？你肯定很恨我。"

"竹恩，当然不会。"

"我之前不知道你在哪儿。我不知道你后来怎么样了。"

"我没法给你家打电话。后来……"

"我当时真不应该这么做。真是最差的办法。真对不起，你还好吗？你病了吗？警察对你做了什么？"

"我很好。"他说，可是他的声音表明事实并非如此。我听见他呼哧呼哧的，好像在强忍着不要咳出来。"你呢？你和格雷塔怎么样？"

"我们也很好，不用担心我们。"我把一圈一圈的电话线绕在手指上，然后又解下来。

"很好，那就好。"

然后我们俩就都不说话了，我感到很难开口，以前从来没有过这样。

"你什么时候能回家？"我问。

他咳了起来，那声音可怕极了。感觉有好多痰，而且堵在很深的地方。他挣扎着让呼吸恢复正常，我一直听着。

"竹恩，你听好，我有可能回不去了……"

"你当然会回去的。"我虽然这么说，却感到害怕起来，"我现在处境特别困难，但是我会想办法的。我一有机会就过去看你，好吗？"

"竹恩，我是认真的，我有可能回不去了……"

"你为什么回不去？你的吉他在那儿，你的跳蚤也在那儿，你的那些小伙伴，还有……"

"竹恩……"

"托比，不行，不行。我还得带你去修道院博物馆呢，还有等你感觉好点儿了，你还可以正式跟格雷塔见个面。你必须得好起来。你没有别的选择。"

"竹恩……"

托比的声音越来越弱，他又开始咳嗽了。他不停地干咳，声音特别刺耳，我听见背景里有护士跟他说话。

我想把过去这几天发生的事全都告诉他。我想找到更多的办法来表达我的歉意。我想让我们俩都相信他会回家。可是我坐在那儿，一句话也没说。细细的月牙挂在天上，一点儿风也没有。我凝视着窗外，看着一群灰蛾绕着院子里的那盏灯扑棱来扑棱去，纷纷扬扬宛如面粉一般。

我感觉泪水涌了上来。"托比？"

可他不停地咳嗽，我再也听不下去了。

"托比，这样吧，我马上就到。我用最快的速度，好吗？坚持一下。请你等着我。"

"不用，竹恩。我不会有事的。是我犯傻了，你可别再给自己惹麻烦了。"

"你就在那儿等着我，行吗？求求你？"

我向楼上看去，格雷塔的窗户开着，她正低头望着我。我们俩对视了几秒，我猜不出她在想什么。

"你跟我一起去吗？"我仰着脸，小声问她。

她关上窗户，对着玻璃哈了一口气。她用手指在雾气上写了一个字——"去"。她连想都没想，就在玻璃上倒着写了出来，写成镜像，所以我看得一清二楚。

那天夜里，格雷塔开车。我们一直等到十二点过后，等爸妈睡熟。我不担心会惹上什么麻烦，已经没有比这更大的麻烦了。而且托比谁也没有，他的世界只有我一个人，竹恩·艾尔布斯，我要搞定一切。我要把自己给他造成的问题全部解决。

那是一个明朗的夜晚，很暖和。格雷塔把爸爸的车从车道上倒了出来，虽然她才刚刚拿到驾照，但她仍然开得像驾龄很长的老司机一样，她做什么都是这么优秀，向来如此。我们沿着空荡荡的锯木厂河大路行驶，格雷塔把爸妈那盘西蒙和加芬克尔的磁带塞进录音机。我从书包里掏出两根烟，摁下车里的点烟器，然后便等着。

"你到了那儿，准备怎么办？"格雷塔问。

"不知道。"

"不会有事的。"

我试着去相信她的话。我试着去相信自己有能力让这个故事以我想要的方式结束。我把每根香烟的烟头依次对准点烟器，然后又分别吸着。

"给。"我一边说，一边递了一根给格雷塔。

"你知道吗？抽烟这事儿，我可真没想到。"

"随便抽抽。"我咧嘴一笑，意识到自己身上已经有了托比的印记，那印记是如此强烈，以至于有那么一瞬，我感觉自己几乎也成了隐形人。

64

在此之前，我每次在城里度过的夜晚都是和芬恩一起的。有一次，他带我去无线电城音乐厅看了一场《风云人物》[1]的特别演出。还有一次，我们去林肯中心看了《波西米亚人》。还有一次，就在不久前，我们全家跟他在城里会合，一起吃了顿意大利大餐，给妈妈庆祝生日。夜晚的纽约城是应该有芬恩在的。因此，不知道为什么，我以为他今天也会在。不是说他真的在，而是因为他给夜晚的纽约留下了无比深刻的印记，因而会让我感受到他的存在。然而，真实的感觉并不是那样。只有我和格雷塔两个人，站在公寓楼前面的人行道上，我正把手伸进口袋里掏那把系着红丝带的钥匙。

我们决定先去芬恩的公寓。我想给托比带点儿换洗的衣服，而且我们意识到自己压根儿就不知道表维医院在哪儿。

---

① 电影 *It's a Wonderful Life*。

　　我想象着公寓里应该是一片狼藉。比上次还要乱。我已经在准备给托比找点儿理由，帮他向格雷塔解释两句，可是当我推开门时，发现里面是前所未有的整洁，所有的东西都在正确的位置。椅子上没有搭着衣服，也没有堆着茶包和烟头的茶碟，连那股难闻的烟味也没有了。几扇大窗户都留了几厘米的缝隙，肯定是吹进来的小风让空气变得新鲜的。我竭力表现得不过于惊讶。

　　"感觉怪怪的，"格雷塔说，"像这样到这儿来。"

　　"是啊。"我一边说，一边在心里想，她根本就不知道有多怪，因为她没见过仅仅几个星期以前，这地方乱成了什么样。

　　我从厨房拿了一只塑料袋，穿过走廊来到卧室，想拿几件衣服。门关着，跟以前一样，我轻轻地拉开门，走到斗柜跟前，格雷塔跟在我身后。

　　"看来，这里就是私人领地。"她说。

　　床很整洁，托比那一侧床头柜上的香烟盒也不见了。格雷塔刚想打开衣柜，我就把她的手摁住了。

　　"咱们别这样，"我说，"好吗？"

　　格雷塔在电话号码簿里查找表维医院。原来那儿离市中心还挺远的，在东区靠近河边的地方。

　　"咱们该走了。"我说。我站在靠近门口的地方望向客厅，不禁打了个激灵，因为夜已经很深，我也累了，但是还有一个原因，那就是我突然感觉到这可能会是我最后一次见到这个地方。然而，我不能让自己沉浸在这个念头里。格雷塔正走来走去，研究每一件小东西，就像寻找线索的侦探一样。"快走吧。"我说。

我们沿着西区大道一路往南，后来它变成了11大道①，我们又接着一路开到23街。夜里这个点，西区很安静。几乎静得让人毛骨悚然。爸爸的小轿车平稳地行驶，我们俩坐在里面，感觉自己仿佛悬浮在城市上空。

等我们到了表维医院，已经快凌晨两点了。格雷塔在一条小路上停了车。

"你直接回家吧。"我说。

"不能就留下你一个人。"

"你刚演完一场，肯定累坏了。再说，你还得告诉爸妈我在哪儿。要是明早他们发现咱俩都不见了，非得疯了不可。"

她似乎思索了几秒钟。

"我想先确认你上去了，然后我就走，行吗？"

我点点头。

我刚要跨过那扇巨大的自动滑门，就被格雷塔拉住了。"是这样的，医院可不是随时让人进去探视的，"她说，"先等一下。"

格雷塔把我从门边拉开，拉到一旁。她的两只手分别放在我的肩膀上，望着我。感觉真好。在那个糟糕的夜晚，格雷塔的手按在我的肩膀上，教我应该怎样用正确的方式行动，没有什么比这个感觉更好了。我感到泪水涌了上来。我感到两腿发软，没了力气。格雷塔轻轻捏了捏我的肩膀。

"忍住。"她说。

我点点头，用袖子擦脸。

---

① 西区大道 West End Avenue 和 11 大道是曼哈顿西侧的同一条道路，其中位于 59 街至 108 街中间的部分被称为西区大道。

"不会有事的，他们会问你是谁，是不是他的亲戚。"格雷塔始终凝视着我。接着她帮我理了理头发，又凝视了一会儿。"好了。你要这样，你跟他们说，你是他妹妹，是从英国来的。他给你打了电话，说他感觉自己情况很不好。你是他唯一的亲人，而且你不确定他还剩下多长时间。明白吗？说话带点儿口音。别学错了。尽量模仿托比那种感觉。"

我回味着托比说话时的样子，并不是标准的英国腔，但他所有u的音发得都像book里的oo。

"那你呢？"

"我会看着你，确定他们让你上去了，然后我就开车回家。"

"爸妈会杀了你的，你准备跟他们怎么说？"

"我会偷偷溜进去，如果等到他们起床的时候你还没回来，我再想办法。我来搞定这个。你去你的，行吗？"

我点点头。"好的。"

"好了，记好了，关键是你进去的时候要端出一副认为自己肯定会被放进去的架势，好像你就应该进去似的，明白吗？"

我又点点头，等着那两扇巨大的白色滑门为我打开。

表维医院给人的感觉是，但凡你有任何其他选择，都不会到这儿来。大厅的一部分正在施工，有的区域用绳子拦了起来，上面写着"请原谅我们的出现"……但是并没有写施工的原因。大多数椅子的座位部分，橘色的塑料都开裂了。有一个角落里还放了一只水桶，在它上方的天花板上有一摊棕色的水渍。人们倒在椅子上睡觉。有一位母亲抱着一个用毛毯紧紧裹着的小毛孩儿，那毛毯似乎曾经是粉色的。有一个男人好像是胳膊上中了枪，龇牙咧嘴地坐在那儿，用一条颜色鲜艳的浴巾压着大臂。靠近天花板的一个架子上吊着一台电视机，正在播一集《神探可伦坡》，但是没有声音。

表维医院让人感觉好像根本不会介意有谁几点要去哪儿探视，不像有些地方，一举一动都逃不过工作人员的眼睛。不过，表维看着也很大，大到让我感觉单凭自己一个人的力量都找不到托比。于是我便穿过大厅，来到咨询台。

跟格雷塔说的一模一样，接待员想把我打发走，但我接着便严格按照格雷塔说的做了，还真成功了。我沿着走廊来到电梯旁边，回头朝大厅看了一眼。格雷塔正盘腿坐着，她旁边是一位女士，肚子大得好像怀着十三个月的身孕。格雷塔把一本杂志高高地举过头顶，我眯起眼睛，发现就是有我们俩的那期《新闻周刊》。我笑出了声，赶紧伸手捂住嘴巴。格雷塔把杂志放下，仰头看了我一眼，也笑了。电梯门开始关了，她站起身，举起一只手，向我告别。那个画面始终定格在我的脑海里，因为格雷塔那庄重的一挥手让我明白，这不仅仅是简单的告别。随着电梯门遮住我们的视线，我们其实在向曾经的自己告别，告别那两个会扮演看不见的美人鱼，在黑暗的走道里跑来跑去，假装要拯救世界的小姑娘。

托比住在大楼一翼的八层。好像他们把所有的艾滋病患者都安排在这儿。我知道这么做不礼貌，但我从每间病房旁边经过时，还是忍不住往里面看。几乎每张床上都躺着一个男人。大多数都是孤身一人，也有一两个有人坐在里面陪护。其中一间病房亮着灯，里面还传来甜美的小提琴乐声，等我看过去，发现有一个男人正好也盯着我。他看见我了，便试图把头扭过去，然后他又放弃了，于是只闭上了眼睛。

我偷偷朝托比的病房里张望，他正躺着。里面光线昏暗，唯一的光亮来自水池上方一盏小小的荧光灯。他的面色发灰，我从来没见过他的头发毛糙成这样。他还戴着氧气面罩，这是我没想到的。

他睁着眼睛，一看见我便摘下面罩，由衷地笑了。那笑容和那天下午他第一次在火车站见到我时的笑容一模一样，仿佛他不敢相信自己居然这么幸运。但是不同的是，这一次，他笑得很吃力。这一次，他的笑容只维持了一两秒钟，转瞬便消失了。我往病房里走了几步，视线始终没有从托比身上移开，我感觉自己的心都碎了。我的泪水开始往上涌，我伸手捂住了嘴巴。

"出去，再试一次。"托比的声音从来没有这么嘶哑，他冲门口转了转眼睛，向我示意。

我点点头，冲出房间。我在走廊里靠墙站着，弯下腰，感觉胃里堵得慌。我放慢呼吸。"没事，没事，没事。"我对自己说。我长长地呼出一口气，竭力不去想这些都是我的错。我必须停止这种想法，否则我将永远也无法重新踏进那间病房。我又缓慢地做了几次深呼吸，然后转身走了进去。

托比已经把身子侧了过去，背对着门。或许他想让我进来的时候有机会缓和一下情绪。或者，也可能他只是无法再看我一眼。

我站在那里，望着他身上的毛毯随着呼哧呼哧的喘息声上下起伏。我缓缓地走到床边，俯身把耳朵贴在他的背上。

"你来了。"他打破了沉默。

"我给你拿了几件衣服。"我一边说，一边举起袋子，尽管他的脸冲着另一边，"等到回家的时候穿。"

托比扭过头来，笑了，可是他似乎笑得非常痛苦，因为他的嘴唇干得不行。他咳了起来，我给他倒了一杯水。

"嘘，没事。"我说。

"来，帮我一下，好吗？"

一开始，我尴尬地站着，不知道该怎么帮。接着，我把胳膊伸到他的身子下面，迅速扶他坐了起来。我以为会费点儿力气，没想到托比已经一点儿重量也没有了。他的身子轻飘飘的，简直让我震惊，我不得不强忍着才没有大声惊呼。我感觉自己可以轻而易举地把他抬起来，抱下床。

我拍拍他的枕头，然后塞在他的背后，让他倚靠在上面坐好。

"这样好点儿吗？"我问。

"好极了。"他说。

我把椅子拉到离床最近的地方，然后拿了一条多余的毯子裹在身上。"公寓里打扫得真干净。"

"竹恩，怎么了，你好像很惊讶的样子。"他想装作家庭妇女受到冒犯的腔调，但是他的声音又轻又哑，因而听上去就好像这位受到冒犯的家庭妇女每天要抽上五包烟。我哈哈大笑。

"看上去真好，就和以前芬恩在的时候一样。"

托比笑了。接着他的笑容便暗淡下去。他又喝了一口水，可是就连这个动作都让他咳了起来。过了一会儿，咳嗽变成了一种虚弱的喘息。他捂住身子侧边，痛苦地眯起眼睛，望着我，他的黑眼睛凹陷了下去，显得好大好大。他的脸如今已经只剩下眼睛，凝视了我好久好久，仿佛对他来说，时间已经慢了下来。过了一会儿，他的手伸过来，握住了我的手，粗糙的拇指轻轻地摩挲我的掌心。

"你知道，这不是你的错。这你知道，对吧？无论怎样，这都是会发生的。有可能是一个月，也可能是两个月。"

我垂下眼睛。我凝视着手心里托比修长的手指，还有地上已经打着卷儿的方形油毡。

"你怎么能说这不是我的错？"我小声说，"你怎么能一直对我这么好，而我……我根本就不是好人。你看不出来吗？"

"哎，竹恩。"

"我一直在想办法补偿你……"

"嘘。"托比一边说，一边伸手来摸索我的另一只手，"嘘。"他又开始喘了，我坐在那里，感到无能为力。他指指屋子那头的一个架子。我看过去，上面有一条救命恩人牌的奶油硬糖，还剩一半。我用指甲抠出来一颗，塞进他的嘴里。我的手指触到了他的嘴唇，他的嘴唇粗糙极了，特别干，差点儿让我把手缩回来。过了一会儿，他不咳了，他望着我，轻轻笑了一声。我在他床边坐下。

"你知不知道我一直等待着能有办法为你做点儿惊天动地的大事？可是一直也没等到。然后等你终于向我提出了一件事，却又是我做不到的。我做梦都没想到你会叫我带你去英国。"

"不，是我带你去。我想带你去。"

"这是一回事，不是吗？"

"不是。完全不是一回事。"

"但是我知道，我没法把你带回来。即使咱们有办法把其他所有不能去的理由都想出来了，我也知道自己不能回去。我的签证已经过期好多年了，而且还有犯罪记录。入境检查的人对这种事可不太友好。我没法这么做，你明白吗？我不能让你一个人回来。芬恩可不会愿意那样。我也不会。要不是因为这个……"

"你为什么不直接告诉我？"

"告诉你什么？说，'我非常抱歉要让你失望了，但是我曾经导致一个男人终身残疾，而且我还是非法移民，所以此时此刻对我来说，离开这个国家不是太好的主意。'你觉得听起来会怎么样？

你可能掉头就走了。"

我想了想他的话。"所以，这一切就是这么回事吗？为了信守你对芬恩的承诺？我们一起度过的所有时光？"

他极其缓慢地摇了摇头，几乎都看不出来。"你真这么认为？"

我把脸别了过去。"有时候是的。"

"你没看出来吗？我们俩好像早就认识了，甚至都不用见面，就好像我们俩之间有这么一种……一种像幽灵一样的联系。你把我的吉他拨片摆在地上，每次知道你要来，我都会买黑白曲奇。你不知道那人是我，可是的确就是。"

的确。每次去芬恩家，都会有76街上一家糕饼店的黑白曲奇等着我们，又软又甜，是放在一个白色盒子里的，外面系着红白相间的棉线。

"你知不知道有时候，芬恩是怎么给你修东西的？有一次是那个需要上发条的钟，还有那个音乐盒。那个像纸杯蛋糕一样的小音乐盒，一打开盖子就会放《生日快乐歌》。有几颗齿掉了，其中几颗那种极小的金属齿。"

"是你修的？"

托比点点头，举起手来。"心灵手巧。"他说。

"你为什么现在告诉我这些？你为什么一直等到现在才让我知道？"

他躲开了我的视线。"因为，也许我不想悄无声息地离开这个世界。也许我需要至少能有一个人记得我的一些事。还有……"

"还有什么？"

托比闭上眼睛，深吸了一口气。我以为他可能是要睡着了，可是接着他又把手伸过来，握住我的手，直直地盯着我的眼睛。"竹恩，对我们俩来说，他都是初恋。"

他的话久久地回荡在空气里，我感觉自己的脸开始发烫。我把头扭向一边，不想让托比看见。

"我们俩是注定要在一起的，你明白吗？"他顿住了，等着我的反应。

我无法直视他的眼睛。"我该走了……"

"别走，竹恩。没事的。"

这时，我扭头望着他。"芬恩是我舅舅。"

"我知道。"他一边说，一边凝视着我，他的眼神仿佛发自内心地为我感到难过。

"舅舅是不能作为初恋的。"

托比闭着眼睛，缓慢地点点头。"竹恩，当感情来临的时候，没人能够克制。"

"我……"

"他这么美，这么有耐心，这么聪明，这么有才华。对你来说，他或许是两个人。你明白吗？我们俩都对这个美好的人一见钟情，有谁能拦得住呢，对不对？"他笑了。他的声音越来越哑，但他还是接着说："你知道，我跟他说过。我跟他说过他会让你爱上他的，他不相信。他从来不明白自己有那样的魔力。我跟你一样，总是在怀疑自己，总是在好奇他为什么会跟我在一起。竹恩，我觉得要是你能说出来，大胆地说出来，可能就自由了。竹恩，他也是我的初恋。"

我想对他说，这不是真的。芬恩只是我的舅舅。舅舅是不能成为初恋的。可是突然，这一切变得无比沉重。突然，我无法理解自己为什么把这个包袱背了这么久，这么久。

"好的。"我匆忙说,"好的,我爱上芬恩了。说完了。好了。行了吗?"我不敢去看托比的眼睛,但是我感觉到他在拉我。他的手搂着我的胳膊。

"感觉好多了,是不是?"

我点点头。不知道为什么,还真是。

我们就这么待了一会儿。我坐在托比的床边,慢慢摩挲着他骨瘦如柴的胳膊,而他则轻轻地握着我的手,就像最老的老伴儿,就是那种感觉,仿佛我们俩已经相识了一辈子,可以对彼此毫无保留,也可以坐在那儿,一句话也不说。

"走吧。"我说。

"什么?"

"咱们走吧。我带你回家。去我家。你不能待在这儿。"直到我说出来,我都不知道这会是我的计划,可是我一说出来,便知道这个决定是正确的。我知道这是完美的选择。我扯下自己身上的毛毯,走过去把门关上。我把袋子里的衣服倒在椅子上。

"竹恩,我不能去。你爸妈……你妈妈。"

"嘘,我们想做什么就可以做什么。这是你说的,对不对?"我给了托比一个灿烂的笑容。接着我便把胳膊伸过去。他把腿垂到床边,疼得直皱眉头。

"我开始感到自己当初不应该说那句话了。我开始感觉这个口子开得有点儿太大了。"

我哈哈大笑。"给。"我递给他一件橘黑格子的开襟衬衫,这件衣服我从来没见他穿过。我给别人挑衣服的时候,会愿意选一些自己从没见过的东西,好像这样就可以有机会瞥见一个人埋藏在斗柜深处的一个截然不同的版本。托比把这件衬衫从身上拿开,望着我。

"这是什么？"他说。

"我从来没见你穿过。"

托比给了我一个眼神，仿佛在说"所以呀"，不过他还是把衬衫往头上一套，连纽扣都没解开。我给他带了一条普通的牛仔裤，他看到之后似乎松了一口气。他把医院的病号服从身上脱下来时，我便把头扭向一边。等我回过头来，他依然坐在床边，牛仔裤已经换上了，但是他弓着身子，好像换衣服的动作已经用尽了他全身的力气。我挨着他在床上坐下，俯身把脑袋凑过去，正好让耳朵贴着他的胸腔。他喘得厉害，呼吸声非常刺耳，很难判断他到底有没有吸进去氧气。这时我想起了氧气瓶，便伸手从床的另一侧把面罩抓过来，递给托比。

他点点头，用面罩摁住口鼻。他的表情似乎舒服了些。

我顺着面罩的皮条管寻去，盼望着它会通向某个小小的氧气瓶，能让我拿起来带走。可是与皮条相连的是墙上的一截管道，似乎是跟楼体本身连在一起的。

"这个我们没法带走，"我说，"也许这是个馊主意。"

托比摘下面罩，摇了摇头。"没事，没关系的。我们可以呼吸新鲜空气。"

"你确定吗？"

他点点头，但是我心里知道，他是在做出选择。我知道这意味着什么。

"托比？"

"嗯。"

"你……你不是说芬恩是你这辈子的初恋吧？你说的不是真正的第一个，对吧？"我觉得自己问得很尴尬，便把脸别了过去，可我又需要知道答案。

很久，他都没说话。我坐在那儿听他呼哧呼哧的喘息声，心想可能不该问这样的问题。也许，有时候，隐私就应该留给自己。我刚想让他别往心里去，可是接着他便拉起我的手，用非常微弱的声音说："芬恩从来都不知道。这件事现在只有你和我知道，行吗？没关系的，不是谁的错。"

我感觉到他的指尖轻轻捏了捏我的手掌，仿佛在把这个秘密按压在我的手心里。突然，病房里所有的气味——用来擦拭的酒精、松木香的消毒剂，还有覆盆子味的果冻——都变得更加浓烈，仿佛它们想抹去由此而来的改变。这个秘密被吐露出来，使一切都变了，然而与此同时，似乎又什么都没有改变。托比已经闭上眼睛，但我的眼睛瞪得大大的，始终凝视着他。"这就是爱的样子吧。"我在心里想。接着，我也捏了捏他的手。

"放心吧，我不会说的，"我说，"我向你保证。"

他仍然闭着眼睛，笑了："我知道。"

我对表维医院的判断没错。这种地方你直接就能走出去，根本不会有人注意。我从托比的床上拿了一条毯子，又从护士站旁边推来一把轮椅，把托比推进了电梯。有几个护士看了我们一眼，但她们似乎都忙得很，顾不上我们。我把他留在大厅，然后出去叫出租车。很快就来了一辆。我让司机等着，然后又跑回去推托比。

等我们出来了，出租车司机瞪着我们，我能看出他在猜测我们俩是什么关系。我想起来那天在游乐场，那个女人以为我们是一对古怪的男女朋友。我知道现在不可能再有人得出那样的结论了，根本不可能，或许是因为托比顽皮地摸了摸我的手，或许只是因为我想试试看自己能不能说出那个词——我想看看自己的嘴唇能否承受得了这两个千斤重的字眼——于是便直直地看着那位司机的眼睛，俯身对他说："不好意思，您可以帮我爱人上车吗？"一晚上到现在，托比第一次哈哈大笑。他把头扭过去，努力配合我演戏。司机的嘴巴张得老大，好像动画片里的笨蛋一样，但我仍然看着他，假装不明白有什么问题。我让他慢慢回味"爱人"这个词，直到他最后微微抬起手来，仿佛在说"随便吧"，或者"也就是在纽约"，或者"各有所爱"，就是人们遇到自己永远也无法理解的事情时，会说的那种话。随后他便伸手托住托比的胳膊，帮他挪进出租车的后座。

"去哪儿？"司机问。

我把地址报给他。不是芬恩的公寓，而是我自己家的地址。

"可是……"托比开口了。

"没事的。"

"一直开到韦斯切斯特，你的钱够吗？"司机说，"你得先给我付点儿定金。"

我把手伸进口袋，掏出很久以前托比给我的一沓钞票。"给。"我递给他两张五十美元。

"好的，好的。没问题了。"他一边说，一边把车开走。他回头望着我们："你们俩介意我放点儿音乐吗？"

托比笑了。"音乐，好的，来点儿音乐。"他喃喃地说。司机捣鼓了一会儿广播旋钮，过了几秒钟便收到了纽约大学广播台，有人在说："……现在请欣赏弗兰奇·扬科维克的《嘀嗒波尔卡》。"车厢里立刻响起了弗兰奇的歌声和手风琴的旋律，冒着傻气的波尔卡舞曲在空气中回荡，我看看托比，他也看看我，我们俩哈哈大笑，肚子都疼了。

这时，我才终于给托比讲了一个我自己和芬恩的故事。只是一个很小的故事，我的故事都是这些小事。我跟他讲的是格雷塔把槲寄生带到芬恩公寓那天的事。我对着他的耳朵，轻轻地讲给他听。我跟他说了那天的天气。我们一路开过去的时候下的雨夹雪，芬恩当时的模样，他身上穿的衣服，我甚至都不确定托比能不能听见我说话，但我还是跟他讲了立体声音响里传出的《安魂曲》。那时候画像已经快画完了。我当时是多么害怕，多么愚蠢。还有，到头来，其实这一切都无关紧要，因为芬恩都看出来了。我跟托比讲了芬恩在我头顶如蝴蝶飞落一般温柔的吻，讲他清清楚楚地看出了我的感受，并且帮我巧妙地搞定。他一向如此。

托比倚在我的肩上，我感觉他在微微点头。他不怎么咳了，但是呼吸变得沉重，喉咙里汩汩地响，好像他吸进去的是水，而不是空气。

我真想让车就那么开下去，再开上几个小时。也许再开上几个星期，甚至是几个月。也许一直开到我度完余生。出租车载着我们出了城，沿着第一大道一路向北，穿过威利斯大道桥，经过洋基球场，然后便驶离了灯火通明的街道，驶上了黑乎乎的高速公路。车窗开着。凉凉的夜风吹在我们身上，广播里接连播出了各种波尔卡，关于钟表的，关于啤酒的，关于黄玫瑰的，还有关于哭泣的蓝眼睛的。托比的头疲倦地枕在我的肩膀上，我用另一只手抚在他的头上，我们俩一齐盖着那条粗糙的毛毯，我感觉自己好像笑了又笑，哭了又哭，直到笑完了，也哭完了，只剩下宁静。最美妙的那种宁静。这就是我记忆中那天夜里的情形。这就是我希望自己永远记住的模样。

65

　　托比说得没错，芬恩的确是我的初恋。然而托比，他是我的第二个恋人。这件事所带来的悲伤仿佛一条冰冷的小河，流经我的整个人生。我的签名很可能会固定下来，纳税季来了又去，去了又来。最终，我会把那双中世纪的皮靴塞到衣柜的最里面，开始跟其他人一样穿上运动鞋、牛仔裤。也许我会长得更高，也许就不长了。有可能我会成为外域空间里的狼后，也可能我依然是竹恩·艾尔布斯——嫉妒心的王后。有可能我会一个人生活，等待着遇见一个只有托比或者芬恩一半好，甚至只有四分之一好的人，也可能不会。也许我已经知道那样的等待并无意义，也许我注定要爱上自己得不到的人，也许还有一大群各种各样不可能的人等着我去发现，等着我一次又一次地感受到同样的不可能。

　　可是接着，我猜这就是我应得的了。不对。这还算客气了。我应该受到更多的惩罚。

托比躺在我家客厅的沙发上，画像里的我和格雷塔，还有真正的我和格雷塔一起照看了他一整夜。他睡在那里，我们俩床上所有的被子都盖在他身上，这些被子上印着彩虹，印着气球，还印着头戴大草帽的霍利·霍比，她的草帽上还系着丝带。他睡在那里，我和格雷塔凝视着他。

格雷塔一直没睡，在等我。当她看见我带着托比回来时，一句话也没说；她优雅地冲我点点头，于是我明白了，她懂我。大部分时间，我们俩静静地坐着，但是每隔一会儿，格雷塔就会唱上一段，想起来什么就唱什么，她每次一唱起来，我们便看见托比的嘴角扬起一丝微笑。于是她就不停地唱，从《南太平洋》里的曲子唱到詹姆斯·泰勒，唱到西蒙和加芬克尔。我们小心翼翼地压着嗓门，除了格雷塔温柔甜美的歌声，我们几乎没怎么说话。我坐在沙发旁边的一张椅子上，把手放在托比滚烫的头上。当时，他很可能也是这么陪着芬恩。

接着，世界开始苏醒了。天边刚刚泛出鱼肚白，格雷塔便把所有的窗帘都拉上了，不让一丝光线溜进来。可是，即使阳光照不进来，新的一天依然正在开启。车门"砰砰"关上的声音。轮胎和鹅卵石车道的摩擦声。爸妈的广播闹钟里传来1010 WINS电台一本正经的声音。全是新闻。各种声音不停地响着。卫生间的门被关上了，然后又打开，接着楼梯上便传来趿拉着拖鞋的脚步声。

"我来……"格雷塔说。

"不用。"我摇摇头，迅速把椅子往托比跟前又拉了一点儿。我想让一切都清清楚楚，真真切切。我想让妈妈下楼来，看见我的手就放在托比头上。

她看见了。她穿着浴袍，站在楼梯上，眯着眼睛望着光线昏暗的客厅。"竹恩?"她说。她只说了这两个字，因为她看看我，又看看托比，然后又看看格雷塔，已经无须多言。整个故事都呈现在她眼前。她抬手捂住嘴巴，然后又转身上楼去找爸爸。

接着便传来他们俩的对话，说了很久。有些带着怒气，有些带着委屈。但是对话的大部分内容只是各种问题，说到最后，他们已经无话可说。他们俩都明白了，托比是我的朋友。

有很长时间，我们四个人静静地坐在客厅里，那是一种脆弱的宁静，我只在教堂和图书馆里遇到过。每个人都小心翼翼，生怕破坏了它。我们看着托比的胸脯一起一伏，这是他仍然活着的唯一证据。

妈妈第一个站了起来。她走过去，跪在托比旁边的地板上，伸出一只手放在他的头上。我看着她轻轻抚过他柔软毛糙的头发，虽然她背对着我，但我仍然感觉自己听见她说了一声："对不起。"我想相信自己听见了这句话。我需要知道，妈妈懂得，这件事她脱不了干系。所有的羡慕、嫉妒还有羞耻，都是我们自己的病。跟托比和芬恩的艾滋病一样，都是病。

最后，屋里只剩下了我们俩。我和妈妈。托比的身子僵硬了，她的手伸过来，落在我的肩上。一个人的故事就这样结束了。

后来，那天夜里，托比的尸体早已被拖走了，大家都睡熟了，我看见了一件事，这件事我只跟格雷塔说过。当时，我睡不着，便悄悄下了楼。客厅里黑漆漆的，只有壁炉架旁边的一盏台灯亮着。餐厅的一把椅子被拉到了壁炉旁边，妈妈正站在上面。她一只手握着一根细细的画笔，另一只手托着一只冰淇淋盒子的塑料盖，当作调色盘。我静静地看着，就在我看不见的地方，她小心翼翼地把画笔伸进颜料里蘸了蘸。我看见她让笔落上画布之前，先歪着头，把画像打量了一番，就跟芬恩一样。我站在那里，看着妈妈自己也在画像上留下小小的笔触，简直不敢相信自己的眼睛。第二天早上，我比其他人起得都早，想看看她画了什么。我的脖子上多了一条精致的、画得近乎完美的银项链。格雷塔的手上则多了一枚银戒指，上面镶着她的诞生石。

有时，我会对自己说，导致一个本身就要死的人死亡，害死一个已经将死的人，也没那么坏。有时候我会试着这么想，可是从来都不起作用。两个月就是六十天，一千四百四十个小时，八万六千四百分钟。我是时间的小偷。我偷了托比的时间，也偷了我自己的。最后的结果就是这样。我的家人会继续永远认为托比是个杀人犯，但他们从来都不知道我也是。他们永远都不会猜到自己家里就住着一个真正的杀手。托比原谅了我，这并不会改变什么。他离开这个世界时，对我没有一丁点儿不好的感觉。我们像最亲密的朋友那样告别。这些都改变不了任何事。那些乌黑的纽扣就烙在我的心里。我会背着它们度过余生。

但是，在我的心里还有另一个角落，那就是我知道自己终于信守了诺言。我是那个一直照顾托比到最后的人，陪伴他，让他不会孤独，就像芬恩所希望的那样。有时候，当我不想再悲伤的时候，就会想，这样也算扯平了。

有一件事我是知道的，那就是我的超能力消失了。我的心已经碎了，已经变得柔软，我又成了那个平庸的女孩。我在城里没有朋友了，一个也没有了。以前，我觉得自己也许会想要成为驯隼人，而现在，我已经确定了，因为我需要探明这个秘密。我需要知道怎样才能让事物飞回到我身边，而不是总是飞走。

芬恩立了遗嘱，托比死后，所有的东西都归我和格雷塔，连公寓也是。有时候，我会想象我们俩未来的生活。我们俩一起踏入不同的人生，上大学，为人妻，为人母。也许我们会远隔千里，住在不同的国家。甚至，生活在不同的大洲。我还想象了更久远的未来，等我们都成了老太太，弯腰驼背的老奶奶，拎着大大的手提包，戴着老花镜，脖子上系着手工编织的围巾。我想象着将来的那些年，我们俩回到芬恩的公寓，我们的秘密花园，芬恩和托比留给我们俩独享的地方。

不过，地下室里的那个房间，那个小小的有魔法的地方，将永远只属于我自己。我找到了托比那张和我在游乐场拍的冒着傻气的照片，把它装进了相框。我用铁丝把它穿起来，挂在那间小笼子的墙上。那是我仅有的一次回到那儿。乘电梯下去的时候，我一点儿也没觉得害怕，一丁点儿也没有。有一次，托比曾经告诉我，他和芬恩刚刚发现自己得了艾滋病时，不但没有感觉天塌下来了，自己时日不多了，而是恰好相反。他和芬恩感觉自己充满了力量，好像再也无所畏惧。或许我也接收到了其中的一点儿力量，因为走在地下室里，从那些令人毛骨悚然的床垫和黑乎乎的死胡同旁边经过时，我只感到自己既坚定，又强大。仿佛我想大喊一声："来抓我呀！"因为我知道，我什么都不怕。

托比没有葬礼。他也不想被土葬。他跟我说过一次，开玩笑的口吻。"我不觉得自己是个适合坟墓①的人。"他说。我当时很可能对他说，我也不觉得他适合被烧成灰烬。类似那样吧。我记不清了。

---

① Grave 既有坟墓的意思，也可以表示庄重、严肃。

我一直好奇芬恩的骨灰在哪儿，等我问到第一百遍的时候，妈妈终于承认了，被她保存着。她把他的骨灰存在一个精美的抛光木质骨灰盒里，放在她衣柜的最顶层。我想象着她在夜深人静的时候把那个骨灰盒拿出来。我想象着她用手掌轻轻摩挲它光滑的弧线。我想象着她诉说自己是多么抱歉，因为她曾经对托比是多么刻薄。最后的结果又让她多么难过。我想象着这些场景，因为我需要这样。我需要认为她所做的一切都是出于爱。因为这样我就能理解她了，也可以原谅她。这让我感觉，或许有一天，我也能原谅自己。

托比没有真正意义上的葬礼，而是被火化了，最后，我想到了一个主意。我想把托比还给芬恩。我想让火葬场的人把芬恩的骨灰盒打开，把托比的骨灰也放进去。我以为妈妈会反对，可是她没有。她说她觉得我是对的。她觉得我们起码应该做到这一点。我们俩一起。在那之后，我感觉自己总算有一件事做对了，做得漂亮。

现在，我去树林的时候，总会沿着小溪一直来到大枫树跟前。我会一路跑过去，在那个暴风雨的夜晚，托比肯定也是跑过去的，然后我便弯下腰，在地上匍匐前进。因为，万一有什么线索呢？万一有一块厚厚的草莓泡泡糖还裹在蜡纸里呢，或者有一盒历经风吹日晒的纸板火柴呢，或者某人的灰大衣上掉下来的纽扣呢？万一在那些树叶下面埋着的是我呢？不是这个我，而是那个穿着甘妮·萨克斯裙子、后腰拉链开着的女孩，那个有全世界最棒的靴子的女孩。万一是她躺在树叶下面呢？万一她在哭呢？因为，要是我找到了她，她会哭的。她的泪水会讲述她所知道的故事。她会说，过去、现在和将来，都是同一回事。从这里出发，哪儿也去不了。家，就是家，就是家。

66

　　门铃响起时，我们都坐在客厅。那是一个星期六的早晨，我们都在等他，惠特尼博物馆的那个人。妈妈站起身，注视着我们每个人。

　　"我可不想丢人现眼。"她一边说，一边直接把目光投向我。

　　"什么？"我竭力做出"我绝对不会那样"的表情。

　　"不许发表不当言论，也不许大吵大闹，明白吗？这事儿已经够让人难为情的了。"

　　这一点我的确赞同，的确很让人难为情。惠特尼博物馆的那个人第一次过来看画像的时候，只有我、妈妈和格雷塔在家。我以为我们都在期待着某个和和气气悠游自在艺术范儿的人，可他看上去更像是军人出身。他留着平头，穿一件白衬衫，纽扣一直扣到最上面。他拎了一个黑色的公文包，跟妈妈预料的一样，他觉得我们全都疯了。他对我们说，他对我们的所作所为感到震惊。他说了三四遍，眉头皱得很紧。我能看得出来，连妈妈都有点儿被他吓着了，因为她都忘了给他倒咖啡，而且她自始至终都没有忘记要表现得彬彬有礼。我们在客厅里坐着，他就在那儿瞪着画像。他从公文包里拿出一个写字板，上面夹着黄色的便笺，他一边研究，一边飞快地记下几笔。他会走近几步，然后又退回来，然后再左边看看，右边看看，一直在便笺纸上写个不停。

我不确定他知不知道他正看着的人就是我和格雷塔，而我们俩就在他身后。我没打算向他指出来，可是他盯着我们看得越久，我就越觉得生气。他怎么敢这么看我们？他有什么权利用眼神把我们撕成碎片？芬恩花了那么多工夫才把我们画得那样完美。因为他爱我们，因为他想为我们做这件事。而对这个惠特尼的家伙来说，所有的那些爱没有任何意义，这是显而易见的。他看我们的眼神就好像在看标本。他盯着我们看了又看，突然，我只想保护我们，还有芬恩，我想保护芬恩的作品。

我站了起来。"您看够了吗？"我问。我的手插在屁股口袋里。我以为妈妈会叫我礼貌一点儿，耐心一点儿。我扭头看她，发现她不但没有对我的粗鲁感到生气，相反，她也站了起来。

"是的，"她一边说，一边点头，"我觉得差不多了。"

接着，格雷塔也站了起来，但她没有说话。

惠特尼的那个人缓慢地把我们三人轮流打量了一番。我好奇他是不是一辈子都是这样，对自己看到的每一样东西都要评估一番。过了一会儿，他微微点了点头。

"好吧，"他说，"咱们商量一下，看看有哪些选项。"他指指一张椅子，"我可以坐下说吗？"

"当然可以。"妈妈说。

我们都坐下来听着。

他又对我们说，这幅画"遭到"这么严重的破坏，多么让人遗憾。他用了诸如"拙劣"和"可恶"这样的词，没过多久，就让我们几分钟前的全部气焰消失得一干二净。等他似乎确信我们认识到了自己行为的严重程度，便告诉我们，他认为一位优秀的修复师可以把这些清理干净。

"这项工作花销不菲，"他说，"但是很有必要，我觉得你们都应该感到如释重负，因为至少还有这个可能性。"

我们点点头，经过一番协商，我们同意他把画像带到博物馆去。他告诉我们一个月内应该能送回来。

然后他就走了，通常而言，这种时候我们所有被压抑的情绪都会爆发出来，会忍不住一齐哈哈大笑。可是墙上留下了一片巨大的空白，不知道为什么，这片空白使得这件事似乎一点儿也不好笑了。

此时此刻，他又站在我们家的门外，这一回，画像就在他的手里。

"好的，我保证，"我对妈妈说，"我一句话也不会说的。"

那人看上去还跟上次一样。我想象着他的衣柜里应该全是洁白的衬衫。这一回，妈妈没有忘记客套两句，还请他喝了咖啡，然后他便把画像平放在餐桌上。画像用气泡膜裹了里三层外三层，我心里想，要是他看见芬恩地下室里的那些画都是怎么存放的，估计得直接瘫在地上死掉。因为芬恩地下室里的那些画没有任何包装，一幅一幅全都堆在一起。想到这里，我笑了，因为他永远都不会知道的。没有人会知道的，永远都不会有人知道。

这一次，爸爸也在，我们一起看着他撕开胶带，把包装纸展开。

"估计你们会发现修复工作达到了顶级水平。"他说。

画像呈现在我们面前。我们所做的一切——纽扣、头骨、嘴唇、金光闪闪的头发和指甲——全都不见了。画像又变回了芬恩留下的模样。

我注意到妈妈加上的两样东西——项链和戒指——还在。她就有这么优秀。她画得这么好，连搞艺术的专家都分辨不出哪笔是她画的，哪笔是芬恩画的。她将永远成为那幅画像的一部分。妈妈看画像时，我便看着她，但她并没有任何神情流露。我想试图去看她的眼睛，这样她就会知道我知道她做了什么，可是我又决定不这样了。每个人都需要认为自己是有秘密的。

爸妈在点头，格雷塔似乎松了一口气。失去了那些东西，我是唯一似乎感觉有些悲伤的人。但我没有说出来。这种事，我觉得不会有人懂。而且我已经答应妈妈了，我不会丢人现眼。

爸妈反复向那个人表示感谢，虽然他点了头，但我还是能看出来，要把画像留给我们这样一群笨蛋，简直跟杀了他一样痛苦。可是他又不得不这么做。

于是，画像便被挂在我们的壁炉架上方，回到了它应该待的地方。起初，每次我们当中有人从它旁边走过，我们都会看过去，可是过了一阵，它便融进了我们家的背景里，融入了我们的生活。

然而关键在于，虽然都被修复了，虽然都被擦掉了，但我仍然能够品读那幅画。我是唯一知道负空间里那只狼的人，也只有我知道，如果有合适的光线正确地打在画布上，如果是黄昏时分那种深橘色的光线，从侧边的窗户照进来，形成正确的角度，如果你知道自己在寻找什么，如果你知道应该去哪里找，你仍然能看见那五颗乌黑的纽扣，并不是它们曾经的样子，笨拙而又厚重，而更像是影子，就像被遮住光亮的小小的月亮，照在我的心上。

作者后记

　　大多数时候，世界上发生的事恰好适合我的故事，这让我的内心感到温暖。但是当现实和故事并不吻合时，我便冒昧地对其进行改编——尽可能温柔地——然后写进故事里。

大魚讀品
BIG FISH BOOKS

大鱼读品是磨铁图书旗下优质外国文学出版品牌，名字来自于美国小说家丹尼尔·华莱士的小说《大鱼》。我们认为小说中的大鱼象征着无限的可能性，而文学一直在试图通向无限。

大鱼团队将持续地去发现这个世界精神领域的好东西，通过劳作，锤炼自己，让自己有力，让好作品更好地被传播，从而营养自他，增进自他福祉。

大鱼的读书观、选书观基本可以用卡夫卡的这句话高度概括：所谓书，必须是砍向我们内心冰封大海的斧头。

RACHEL JOYCE

THE UNLIKELY PILGRIMAGE OF HAROLD FRY

一个人的朝圣

[英] 蕾秋·乔伊斯 著 黄妙瑜 译

欧洲首席畅销小说，热销 5 年不衰，入围 2012 年
布克文学奖。全球销量过 4,000,000 册，简体中文
版销量过 1,500,000 册。
这一年，我们都需要他安静而勇敢的陪伴。

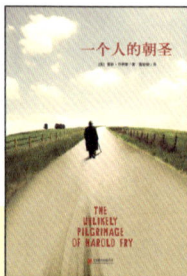

一个人的朝圣（精装版）

[英] 蕾秋·乔伊斯 著 黄妙瑜 译

80 万册精装纪念版，收录作者长篇专访、原版木刻
插画、作者给中国读者的信，赠英文别册。
**献给每一次对生活的胜利，对悲伤的疗愈，
对爱的唤回。**

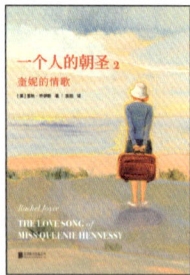

THE LOVE SONG OF MISS QUEENIE HENNESSY

一个人的朝圣 2：奎妮的情歌

[英] 蕾秋·乔伊斯 著 袁田 译

《一个人的朝圣》相伴之作
系列简体中文销量超过 300 万册！
当哈罗德开始旅程的同时，奎妮的旅程也开始了
哈罗德被千万的人爱着，奎妮也一样
这一年，我们都需要她安静而笃定的陪伴。

PERFECT

时间停止的那一天

[英] 蕾秋·乔伊斯 著 焦晓菊 译

触动万千读者的全球热销书
《一个人的朝圣》作者口碑新作
别害怕失去生活的勇气，因为它一刻也未曾离开过我们。

THE MUSIC SHOP

奇迹唱片行（2021年新版）

[英] 蕾秋·乔伊斯 著 刘晓桦 译

当你静下来聆听，世界就开始变化。
这儿有家唱片行。一家明亮的小小唱片行。
门上没有店名，橱窗内没有展示，店里却塞满了古典乐、摇滚乐、爵士乐、流行乐等各种黑胶唱片。它时常开到深夜。
孤独的、失眠的、伤心的或是无处可去的……形形色色的人来此寻找唱片，或者，寻找自己人生的答案。而老板弗兰克，四十岁，是个熊一般高大温柔的男人。只要告诉他你此刻的心情，或者讲讲你的故事，他总能为你找到最合适的唱片。
一个关于跨越藩篱、不要畏惧未知的疗愈故事，一首跳动着希望和温暖的动人情歌，还有声音那抚慰人心的神奇力量。

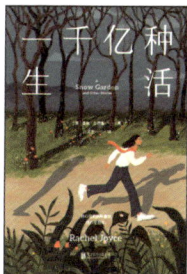

A SNOW GARDEN & OTHER STORIES

一千亿种生活

[英] 蕾秋·乔伊斯 著 吕灵芝 译

全球热销书《一个人的朝圣》作者蕾秋·乔伊斯
首部不可思议的魔力治愈故事集。
我们的相遇不过是一个无比平凡的意外，生活还有一千亿种可能。
致所有独自行走在热闹生活中的你。

THE GREAT ALONE
伟大的孤独

[美] 克莉丝汀·汉娜 著 康学慧 译

小说天后克莉丝汀·汉娜《萤火虫小巷》后碾压全球畅销榜的全新作品

爸爸总是告诫蕾妮外面的世界很危险，其实她的家里才是最危险的

纸书榜、电子书榜、有声书榜、图书馆借阅榜四冠加冕！
你从热闹中失去的，会在孤独中找回来

THE SEVEN DEATHS OF EVELYN HARDCASTLE

伊芙琳的七次死亡

[英] 斯图尔特·特顿 著 徐颖 译

每天晚上 11 点，伊芙琳必然死去。
在父母举办的舞会上，伊芙琳·哈德卡斯尔将再一次被杀。她已经被谋杀过一次又一次，而每一次，艾登·毕肖都没能成功拯救她。打破这一循环的唯一方法就是找出凶手。但每天重新开始之时，艾登都会在一个不同的宾客身体中醒来。而且，有人正竭力地让他永远被困在布莱克希思庄园。
推理迷的烧脑盛宴，经典犯罪模式全景呈现。如同翻开推理版《土拨鼠之日》，这本书会带给你前所未有的阅读体验。不到最后，你不会发现真相。

LÄSARNA I BROKEN WHEEL REKOMMENDERAR

偷心书店

[瑞典] 卡塔琳娜·碧瓦德 著 康学慧 译

一个属于爱书人的美妙故事。瑞典女孩莎拉和美国人艾美凭借着对书的共同爱好，跨海展开了一段忘年友谊。但当莎拉终于踏上拜访艾美的旅程时，迎接她的，竟是艾美的死讯。古道热肠的小镇居民决定代替艾美接待这位外国客人。小镇生活为莎拉的人生点亮了新的可能，她决定在这偏僻的小镇中开一家书店。因为这家书店，更多奇妙的可能性出现在了她和小镇居民身上。

引发 25 个国家版权争夺战、《纽约时报》畅销书、英国"查理与朱蒂"读书俱乐部选书、美国亚逊书店推荐书目、美国独立书商协会 Indie Next #1 选书

GREGORY DAVID ROBERTS

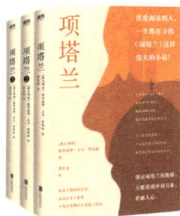

SHANTARAM

项塔兰

[澳大利亚] 格里高利·大卫·罗伯兹 著 黄中宪 译

一个文艺大盗的 10 年流亡，成就一部传奇经典，
人生低谷时必读的涤荡心灵之书！
全球畅销 600 万册，发行 122 个版本，被译成
39 种语言

KATE CHOPIN

THE AWAKENING

觉醒

[美] 凯特·肖邦 著 齐彦婧 译

她一遍遍问自己：什么才是真正的生活？
美国女性文学代表作，因"大逆不道"成为禁书
再版 100 余次，121 年来长销不衰，被誉为"蒙尘的经典"
因在文学上的卓越贡献，作者故居被评为美国国家历史
名胜
作品被选入大学教材，成为美国大学生必读书
作家、资深媒体人郭玉洁 4600 字深入导读

ASLI PERKER

SOUFFLÉ

忧伤的时候，到厨房去

[土] 爱诗乐·沛克 著 韩玲 译

莉莉娅某天醒来发现，她的婚姻可能并不是看上去那么
美好；马克仍然无法面对挚爱的妻子离开后空荡荡的公
寓；菲尔达深陷在原生家庭的泥淖中。但是他们都只想
做的事情是——随着心中还留下的热情走：带着一颗自
由的心灵为真正爱的人下厨。
"看到季节的更替清晰地反映在农贸市场里时，他才第
一次明白整个世界就是一件完整的艺术品。"
纽约，巴黎，伊斯坦布尔。三个城市，三场挫败，三个
厨房，一曲人生的舒芙蕾之歌。

EN MAN SOM HETER OVE

一个叫欧维的男人

[瑞典] 弗雷德里克·巴克曼 著　宁蒙 译

北欧小说之神巴克曼公认口碑代表作
全球销量超过 1000 万册，豆瓣读者 9.2 高分推荐
改编电影提名奥斯卡最佳外语片
来，认识一下这个内心柔软，充满恒久爱意的男人

BJÖRNSTAD

熊镇

[瑞典] 弗雷德里克·巴克曼 著　郭腾坚 译

全球热销1300万册的瑞典小说之王
弗雷德里克·巴克曼
《一个叫欧维的男人》《外婆的道歉信》
《清单人生》之后超越式里程碑新作

读第一遍，有100处细节征服你；
读第二遍，又有100处

我们守护什么，我们就成为什么

VI MOT ER

熊镇 2

[瑞典] 弗雷德里克·巴克曼 著　郭腾坚 译

李银河、吴磊、马天宇、冯唐、李尚龙、七堇年、笛安、
陶立夏、柏邦妮书单
不仅关于冰球和运动，更写尽了成长为一个真正的人
所面临的一切抉择和思索

我们守护什么，我们就成为什么

FREDRIK BACKMAN

OCH VARJE MORGON BLIR VÄGEN HEM LÄNGRE OCH LÄNGRE

人生第一次

[瑞典] 弗雷德里克·巴克曼 著　余小山 译

第一次相遇、第一次告别、第一次陪伴，第一次的爱
这个奇妙又温柔的故事，让你想起那些和家人、爱人共
度的好时光
外面世界的精彩，远不敌眼前人的可爱

MATTIAS EDVARDSSON

EN HELT VANLIG FAMILJ

谎言之家

[瑞典] 马提亚斯·爱德华森 著　郭腾坚 译

在瑞典每 60 人就有 1 人在读的畅销书
售出 33 国版权，北欧版《无声告白》
女儿：我们是一个看似普通的家庭，其中隐藏着深不
可测的秘密。
父亲：我最深的恐惧就是保护不了我的家人。
母亲：为了我的家庭，我会不择手段。
有时，比起伤人的真相，
我们宁肯选择一个让人舒服的谎言。

공지영

도가니

熔炉：10 周年修订版

[韩] 孔枝泳 著　张琪惠 译

读者票选能代表韩国的作家、韩国文学的自尊心孔枝
泳口碑代表作
孔侑念念不忘，亲自投资主演同名电影，位列豆瓣
电影 TOP20，9.3 超高分
韩国前总统李明博激赏、李玹、朴赞郁、张嘉佳
郑重推荐
我们一路奋战，不是为了改变世界，
而是为了不让世界改变我们。

LE PETIT PRINCE

小王子（中法双语版）

[法] 安托万·德·圣埃克苏佩里 著　胡博乔 译　卤猫 绘

留在地球上的小王子
卤猫倾心绘制 30 幅插画
翻译家胡博乔原汁原味译自 1946 年法国首版
献给小王子诞生 75 周年

엄마를 부탁해

请照顾好我妈妈

[韩] 申京淑 著　薛舟 / 徐丽红 译

她为家人奉献了一生，却没有人了解她是谁。

缔造 300 万册畅销奇迹的韩国文学神话，获第 5 届英仕曼亚洲文学奖
作者申京淑为第一位获得此奖的女性作家

每读一遍都热泪盈眶，真诚的文学饱含永不过时的情感和力量。
读完这本书，我很想给妈妈打个电话，问她：
"妈妈，你也曾有自己的梦想吧？"

FLIPPED

怦然心动（中英双语版） [美] 文德琳·范·德拉安南 著 陈常歆 译

豆瓣130万读者共同认可，
电影原著双语纪念版。
斯人若彩虹，遇上方知有。
韩寒、卢思浩、《中国成
语大会》嘉宾郦波教授推
荐电影原著小说。

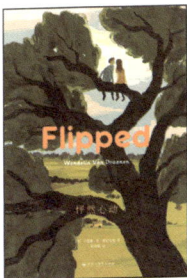

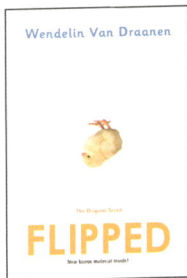

OSAMU DAZAI

美男子と煙草

美男子与香烟

[日] 太宰治 著 吴季伦 译

**昭和文学不灭的金字塔，永远的少年太
宰治**

令人叹为观止的自传体短篇小说 12 篇

收录导演王家卫钟爱的《美男子与香烟》
/ 进入日本高校教材名篇《富岳百景》
珍贵绝笔之作《Goodbye》

女生徒

女生徒

[日] 太宰治 著 刘子倩 译

三度殉情，最懂女人的男作家**太宰治**

令日本文坛刮目相看的女性小说杰作 12 篇

呈现少女心的明亮太宰，理想主义的纯真太宰。

"能目睹《女生徒》这样的作品，是时评家
偶然的幸运。"——川端康成

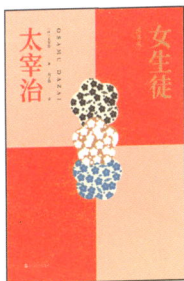

HIMNARÍKÍ OG HELVÍTI

没有你，什么都不甜蜜

[冰岛] 约恩·卡尔曼·斯特凡松 著 李静滢 译

冰岛值得阅读的桂冠级诗人小说家，入围2017年布克文学奖。
一场大风雪，一个男孩的三天三夜，那个古老迷人的冰岛世界。

HARMUR ENGLANNA

天使的忧伤

[冰岛] 约恩·卡尔曼·斯特凡松 著 李静滢 译

冰岛桂冠级小说家 ‖ 诺贝尔文学奖实力候选！
英、法、西、德、冰、丹、挪等权威媒体盛赞
本书"天堂般美妙""每一段都像诗""不可替代的光芒""美的奇迹"
无尽的风雪、海浪群山，一个男孩和一个邮差的奇异之旅。

HJARTA MANNSINS

世界尽头的写信人

[冰岛] 约恩·卡尔曼·斯特凡松 著 李静滢 译

当空中有云，海里有帆，鱼群昼夜不停。我想给你写信。
诺奖实力候选人、冰岛桂冠级诗人小说家斯特凡松
步入世界文坛代表作，译为 27 种语言。
我们在字里行间纠缠着爱，所以才有了历史。

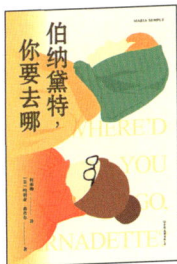

WHERE'D YOU GO, BERNADETTE

伯纳黛特,你要去哪

[美] 玛利亚·森普尔 著 何雨珈 译

"大魔王"凯特·布兰切特被小说折服,主演同名电影
席卷46届,全球销量超过700万册!
蝉联《纽约时报》畅销榜、美国国家公共电台畅销榜
长达88周Goodreads 超过30万读者打出满分好评
136家媒体 "年度图书" 推选!

ALICE IN WONDERLAND

爱丽丝漫游奇境(155 周年纪念版)

[英] 刘易斯·卡罗尔 著 [西班牙] 茱莉亚·萨达 绘 里所 译

155 年以前,一只匆忙经过的白兔引起了爱丽丝的好奇心。
这个女孩决定跟着兔子跳进洞里展开冒险
疯帽先生、红心皇后、柴郡猫这些超现实的人物已经存在
150 年了。

现在,就让我们跟随西班牙桂冠插画师,茱莉亚·萨达的
全新画风和诗人里所的全新翻译,共同重新体验这个我们
再熟悉不过的奇幻故事吧!

DEN RÖDA ADRESSBOKEN

红色地址簿

[瑞典] 苏菲亚·伦德伯格 著 华静文 译

自费出版半年内凭借超强口碑卖出 32 国版权
被 650 万欧洲读者推荐为 "一生之书" 的惊艳处女作

人生很长,我们不必孤身一人

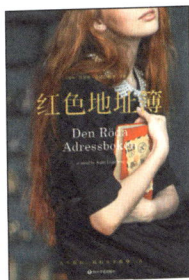

NAIV.SUPER.

我是个年轻人，我心情不太好
（20周年纪念版）

[挪威] 阿澜·卢 著 宁蒙译

北欧畅销书，挪威版《麦田里的守望者》
被无数读者津津乐道20年。
给每一个迷茫的孩子和心情不太好的大人。

DOPPLER

我不喜欢人类，我想住进森林

[挪威] 阿澜·卢 著 宁蒙译

北欧畅销小说《我是个年轻人，我心情不太好》第二
季
被无数读者津津乐道15年并畅销不衰，风靡全球
41国。打动了每一个在现代都市中生活、扮演某种
角色，并感到疲倦的人。
逃避不可耻，还很有用

L

我的人生空虚，我想干票大的

[挪威] 阿澜·卢 著 宁蒙译

北欧畅销小说《我是个年轻人，我心情不太好》炫酷
新作。

哪怕一件事并不科学，也不一定是件坏事。比如说，
爱就是不科学的，而做一次注定会失败的尝试，是真
的毫无意义吗？

被无数读者津津乐道20年并畅销不衰，风靡全球41
国。打动了每一个在现代都市中感到年龄焦虑，情绪
枯竭，觉得人生没有意义的人。

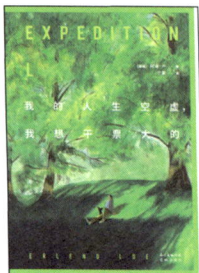

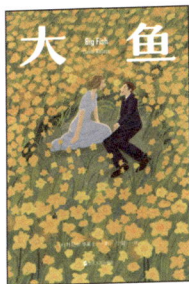

BIG FISH

大鱼

[美] 丹尼尔·华莱士 著　宁蒙 译

出版 20 周年修订典藏版
豆瓣电影总榜 TOP100 口碑神作原著！
精彩程度不输电影！

不要相信所谓真的，相信你所爱的。

---

82 년생 김지영

82 年生的金智英（2021 读者互动版）

[韩] 赵南柱 著　尹嘉玄 译

豆瓣 2019 年度受关注图书，《新京报》年度好书，《新周刊》年度书单
孔刘、郑裕美主演同名电影，郑裕美凭此片荣获影后

愿世间每一个女儿，都可以怀抱更远大、更无限的梦想

2021 新版，编辑部特制作独立附册"觉醒与回响"，精选 15 封具有代表性、令人触动的信件，这些信件均
获得了读者本人的授权。

채식주의자

素食者

[韩] 韩江 著　胡椒筒 译

亚洲首位国际布克文学奖得主获奖作品
享誉全球的现象级杰作，锐利如刀锋，把整个人类社会
推上靶场。
为了逃避来自丈夫、家庭、社会和人群的暴力，她决定
变成一棵树！

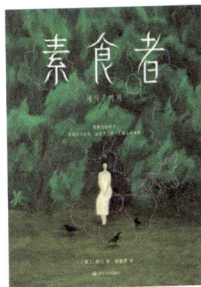

MEET ME AT THE MUSEUM
相约博物馆

[英] 安妮·扬森 著 姚瑶 译

科斯塔图书最佳处女作奖决选作品

英国权威媒体盛赞："如果你今年只读一本书，请读它！"

《一个人的朝圣》作者蕾秋·乔伊斯、《穿条纹睡衣的男孩》作者约翰·伯恩动心推荐

如果《查令十字街84号》《一个人的朝圣》《玛丽和马克思》曾让你感动，那你一定不要错过这本书！

每一个看似习惯了孤独的人，心中都燃烧着被人理解的渴望。

UT OG STJAELE HESTER
外出偷马

[挪] 佩尔·帕特森 著 余国芳 译

国际 IMPAC 都柏林文学奖获奖作品

痛不痛的事，我们可以自己决定。

EVERY NOTE PLAYED
无声的音符

[美] 莉萨·吉诺瓦 著 姚瑶 译

人如何生活，取决于他认为自己还有多少时间。

第87届奥斯卡金像奖获奖影片《依然爱丽丝》原著小说作者，哈佛大学神经学博士莉萨·吉诺瓦撼动人心之作！入选2017年 Goodreads 年度最佳小说，美国亚马逊近满分好评。

第一本以"渐冻人症"患者为主角的小说，这本书让你重新认识生命。

ÖR

寂静旅馆

[冰岛] 奥杜 · 阿娃 · 奥拉夫斯多蒂 著　黄可 马城 译

荣膺"诺贝尔风向标"2018 年北欧理事会文学大奖

冰岛版《一个叫欧维的男人》

人人都有自己的仗要打，当我和你在一起的时候，我想
变成自己七岁时梦想成为的那种英雄

SJU DAGAR I AUGUST

八月七日

[挪威] 布莱特·比尔顿 著　姜佳颖 译

一对夫妇的盛夏七日。暴雨如注后，一定与过去和解。

当代挪威不容忽视的女作家

2018 年都柏林文学奖入围作品

即使在亲密的怀抱里，最终也只能独自前行。

武志红

为何家会伤人（百万畅销纪念版）

武志红 著

知名心理学家武志红
从业 25 年来公认口碑代表作！
1,000,000 册畅销纪念版，
中国家庭问题第一书！

家是港湾，爱是退路。

和另一个自己谈谈心

武志红 著

**百万级畅销书《为何家会伤人》作者、知名心理学家
武志红 2021 温柔新作
4 合 1 便携小开本，提炼从业 20 多年来思想精华，
随时随地反复阅读**

拆解为孤独、自恋、成长、梦想的四本分册，对应人
生四大课题。挖掘现象下的潜意识，展现思维盲区，
剖析行为背后深层的心理动机。对于刚刚接触心理学，
或有自我探索需求的读者很友好，适合作为入门书。

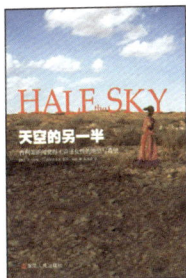

HALF THE SKY

天空的另一半

[美] 尼可拉斯·D.克里斯多夫 雪莉·邓恩 著

吴茵茵 译

每一个地球公民的必读书。——比尔 • 盖茨

普利策新闻奖得主讲述女性的绝望与希望。

A PATH APPEARS

走的人多了，就有了路

[美] 尼可拉斯·D.克里斯多夫 雪莉·邓恩 著

张孝铎 译

普利策新闻奖得主、美国畅销书《天空的另一半》作者
重磅新作。

讲述微小个人也能让世界变得更好。
帮助他人所带来的力量，最终也能帮助我们自己。

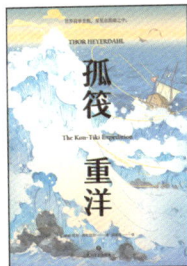

THE KON-TIKI

孤筏重洋

[挪威] 托尔·海尔达尔 著 吴丽玫 译

畅销 70 年，被译介为 156 个版本，全球
销量超过 3500 万册！入选联合国《世界记
忆名录》，改编电影提名奥斯卡最佳外语片。
木筏横渡太平洋！

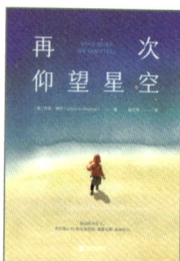

ONCE MORE WE SAW STARS: A MEMOIR

再次仰望星空

[美] 杰森·格林 著 赵文伟 译

每当我想念你，你就无处不在。
在我心中，你是永恒的，就像太阳，或者星空。
一位父亲写给意外离世的两岁女儿的回忆录，诗意语言中爱之深，痛之切，堪称美国版的《妞妞》。
《时代周刊》《魅力 Glamour》《图书馆杂志》2019年度好书，美国亚马逊 2019 上半年编辑选书。给每一个曾失去至爱的人，将勇气、信念与力量传递给每一位读者，陪伴他们一同走过生命的艰难时刻。

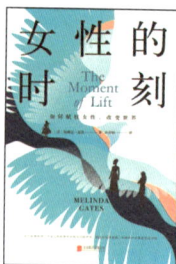

THE MOMENT OF LIFT

女性的时刻

[美] 梅琳达·盖茨 著 齐彦婧 译

比尔·盖茨夫人、《福布斯》权力榜女性领袖梅琳达·盖茨首度出书
比尔·盖茨亲自晒书推荐，入选奥巴马年度书单，巴菲特、奥普拉、马拉拉、艾玛·沃森、杨澜联合推荐！她和她讲述的女性故事，激励每个人摆脱无力感，认识到自身无限潜能；分享全球女性的困境与抗争，分享个人成长经历、微软职业经历、与比尔·盖茨的相恋过程和婚姻生活。

WILD

走出荒野

[美] 谢丽尔·斯特雷德 著
靳婷婷 张怀强 译

连续 126 周盘踞《纽约时报》畅销榜！
仅美国就卖出 300 万册！
罕见地横扫 17 项年度图书大奖！版权售出 40 国！
每个人的生命中，都有一片荒野，
需要你自己探出一条路来。

SMOKE GETS IN YOUR EYES

好好告别

关于死亡你不敢知道却应该知道的一切

[美] 凯特琳·道蒂 著 崔倩倩 译

媒体力赞："大开眼界""一本改变你死亡观的书""不被道蒂的讲述启发是不可能的""让你一路笑不停的奇书"！！

我们越了解死亡，就越了解自己。

北野武的深夜物语

[日] 北野武 著 李汉庭 译

李现、蔡康永倾心推荐，窦文涛在《圆桌派》与梁文道、许子东热情讨论的话题之书
日本殿堂级导演北野武诚意讨论梦想、艺术、文化、生命、专业精神、人生价值等话题
虽然很辛苦，我还是会选择那种滚烫的人生。

THIS BOY'S LIFE

《男孩的生活》

[美] 托拜厄斯·沃尔夫 著 方嘉慧 译

与卡佛齐名，回忆录写作的开山之作。
回忆录经典之作，中文版首次引进。

这是一部关于一个男孩，在暗淡的青春期如何自救，从而走向广阔天地的回忆录。每个人在那时所喷薄的勇气，都将馈赠其一生。
英国亚马逊心理学畅销排行榜 TOP 1

可是我偏偏不喜欢

吴晓乐 著

也许他们说的都是对的，也许符合标准的人生都是很好很好的——可是我偏偏不喜欢

《你的孩子不是你的孩子》作者吴晓乐非虚构力作，关于性别、成长、职业选择、梦想、与家人关系等主题的 21 篇犀利随笔。

献给和社会格格不入的你。

你的孩子不是你的孩子

吴晓乐 著

一位家庭教师长达八年的观察，九个震撼人心的真实家庭故事。

数月雄踞博客来总榜 No.1，同名网剧被称为"中国台湾版《黑镜》"。

这世间最可怕的伤害，打的旗号叫"为你好"

万叶集

钱稻孙 译　宋再新、宋方洁 整理

川端康成、夏目漱石、新海诚频频引用，日本版《诗经》

日本古典文学翻译家钱稻孙先生演绎华美译本

中国日本文学研究会理事宋再新教授汇编整理并作专文导读

全新选编，华美译本、雅致典藏

如果只读一本日本文学书，首推《万叶集》

くらしのきほん　100 の実践

生活的 100 个基本：
过好恒常如新的每一天

[日] 松浦弥太郎 著　冷婷 译

松浦弥太郎作品中王牌里的王牌。

100 个简单、亲和的基本生活实操箴言，

帮你找回人生秩序感，过好恒常如新的每一天。